作家小说
典藏

冯骥才小说

冯骥才 著

作家出版社

目 录

雕花烟斗　　　　　　　　　1
高女人和她的矮丈夫　　　　21
炮打双灯　　　　　　　　　33
雪夜来客　　　　　　　　　53
老夫老妻　　　　　　　　　60
胡　子　　　　　　　　　　68
楼顶上的歌手　　　　　　　76
木　佛　　　　　　　　　　90
死　鸟　　　　　　　　　118
刷子李　　　　　　　　　123
苏七块　　　　　　　　　126
蓝　眼　　　　　　　　　129
小杨月楼义结李金鏊　　　133
田大头　　　　　　　　　137
抱小姐　　　　　　　　　142
侯老奶奶　　　　　　　　147
啊！　　　　　　　　　　152
三寸金莲　　　　　　　　228
多瑙河峡谷　　　　　　　383

雕花烟斗

一　老花农

　　他被这大盆光灿灿的凤尾菊迷住了。

　　这菊花从一人多高的花架上喷涌而出，闪着一片辉煌夺目的亮点点儿，一直泻到地上，活像一扇艳丽动人的凤尾，一条给舞台的灯光照得熠熠发光的长裙，一道瀑布——一道静止、无声、散着浓香的瀑布，而且无拘无束，仿佛女孩子们洗过的头发，随随便便披散下来。那些缀满花朵的修长的枝条纷乱地穿插垂落，带着一种山林气息和野味儿。在花的世界里，惟有凤尾菊才有这样奇特的境界。他顶喜欢这种花了。

　　大自然的美使他拜倒和神往。不知不觉间他一只手习惯地、下意识地从衣兜里掏出一个挺大的核桃木雕花烟斗，插在嘴角，点上火，才抽了几口，突然意识到花房里不准吸烟，他慌忙想找个地方磕灭烟火，一边四下窥探，看看是否被看花房的人瞧见了。

　　花房里静悄悄，幸好没有旁人，他暗自庆幸。可就在这时，忽见身旁几片肥大浓绿的美人蕉叶子中间，有一张黑黑的老汉的脸直对着他。这张脸长得相当古怪，竟使他吓了一跳。显然这是看花房的人，不知什么时候站在这里的，而且没出一声，好像一直躲在叶子后边监视着他。一双灰色的小眼睛牢牢盯着他嘴上的烟斗。烟斗正冒着烟儿。他刚要上前承认和解释自己的过错，那老汉却出乎他的意料，对他招招手，和气地说：

"没关系，到这边来抽吧！"

他怔了一下，不觉从眼前几片蕉叶下钻过去。老汉转过身引着他走了几步，停住。这里便是花房的一角。

这儿，靠墙是条砖砌的土炕，上边的铺盖卷成卷儿，炕上只铺一张苇席；炕旁放着一堆短把儿的尖头锄、长柄剪子、喷水壶、水桶、麻绳和细竹棍之类；炕前潮湿的黄土地扫得干干净净。中间摆一个矮腿的方木桌，只有一尺多高，像炕桌；隔桌相对放两把小椅子——实际上是凳子，不过有个小靠背，像幼儿园孩子们用的那种小椅子。桌椅没有涂漆，光光的木腿从地上吸了水分，都有半截的湿痕。桌面上摊开一张旧报纸，晾着几片焦黄的烟叶子……看来，这看花房的老汉，还是个收拾花的老花农呢！以前他来过这里几次，印象中似乎有这么个人，但从未注意过。

"您只管抽吧，这儿透气。"老花农指指炕上边一扇打开的小玻璃窗说，并请他坐下，斟了一碗热水，居然还恭恭敬敬放在他面前。使他这个犯了错的人非常不安，也更加不明白老汉为什么如此对待他。

随后，老花农坐在他对面，打腰里拿出一杆小烟袋和一个圆圆的磨得锃亮的洋铁烟盒，打开烟盒盖儿，动手装烟叶。但这双手痉挛似的抖着，装了一阵子才装满。点上火抽起来，也不说话，却不住地对他露出笑容，还总去瞟他叼在嘴上的烟斗。他从老花农古怪的脸上，

很难看出是何意思。是善意地讥笑他刚才的过失,还是对他表示好感呢?自己能引起别人什么好感来?他百思莫解,老花农却开了口:

"唐先生,您还画画不?"

他怔住了。"您怎么知道我姓唐?还知道我画画?"他问。

"啥?"老花农侧过右耳朵。

他大点声音又说一遍。

老花农两颊上的皱纹全都对称地弯成半圆形的曲线,笑眯眯地说:

"先前,您带学生到这儿来画过花儿,咋不知道。您模样又没变……"

唐先生想了想,才想起这是六十年代中期"文化大革命"的狂潮到来之前的事。由于这儿的花开得特别好,他曾带学生们来上写生课,而且是在他喜欢的这凤尾菊盛开的时节。时隔六七年,老花农居然还记得。尤其近几年的骤变,过去的事对于他犹如隔世的事,去之遥远。像他这样的一个红极一时的大画家,好比高高悬挂的闪烁辉煌的大吊灯,如今被一棒打落下来,摔得粉粉碎。那些五光十色、光彩照人的玻璃片片,被人踩在脚下,无人顾惜。他落魄了,被人遗忘了,无人问津了。原先整天门庭若市,现在却"门前冷落车马稀";那些终日缠在他身旁的名流、贵客、记者、编辑、门生、慕名而来的崇拜者,以及附庸风雅的无聊客,一概都不见了。他就是一张盖了戳的邮票,没有用处。而当下,居然被这老汉收集在记忆的册子里。他心里不禁泛起一阵酸楚和温暖的感动的微波。"您居然还记得我,好记性呀!可我,我现在……不常画了。"他因感慨万端,声调低沉下来。

"啥?"老花农又是那样偏过右耳朵。

"不常画了。"

"明白，明白。"老花农像个知心的人那样，深有所感似的、会意地点了点头。跟着加重语气说："不过，还是该画，该画。您画得美，美呀……"

"我？可您并没见过我的画呀！"他想自己在这儿给学生们上写生课时，并没动手画过。一刹那，他觉得老花农在对自己客套，拉近乎。

"不！"老花农说，"您的画印出过画片，俺见过，画得美呀！"

老花农赞美的语气是由衷的，好像回味吃过的一条特别美味的鱼似的。看来，这老汉不只是在花房认识自己的，还注意过自己的作品，耳闻过自己的声名。难道在这奇花异卉中间，在这五彩缤纷的花的天地里，隐藏着一个知音吗？好似深山幽谷之间的钟子期？他惊异地望着对方。当他的目光在老花农古怪的脸上转了两转，这些离奇的猜想便都飞跑了——

谁能从这老花农身上、脸上和奇形怪状的五官中间找到聪慧、美的知识的影子呢？瞧，他穿一身皱巴巴的黑裤褂，沾满污痕，膝头和领口的部分磨得油亮；像老农民那样打着裹腿，脚上套一双棉鞋篓子；面色黧黑，背光的暗部简直黑如锅底，这颜色和衣服混成一色；满脸深深的皱纹和衣服的皱褶连成一气。他身子矮墩墩，微微驼背；罗圈腿，明显地向里弯曲。坐在那里，抱成一团，看上去像一个汉代的大黑陶炉，也只有汉代人才有那种奇特的想象，把器物塑造得如此怪异——他的脑门向外凸成一个球儿；球儿下边，便是两条猿人一般隆起的眉骨，眉毛稀少；眼睛小，眼圈发红，眸子发灰，有种上年纪人褪尽光泽而黯淡的眼神。下半张脸差不多给乱杂杂的短髭全盖上了。那双扇风耳，像假的，或者像惟恐听不清声音而极力抈开。尤其总偏过来的右耳朵，似乎更大一些……就这样一个老汉，给人一种不舒展、执拗和容易固守偏见的感觉，好似一个老山民，一辈子很少出山沟，不开通，没文化，恐怕连自己的名字都不会写；而且岁数大了，耳朵又背，行动迟缓而不灵便。他往烟袋里塞满烟叶子，一半掉落在外，也不去拾。掉多了，就垂下一只又黑又厚又粗糙的手，连地上的土渣一齐捏起来，按在烟锅里，并不在意。老年的邋遢使他显得有些愚笨。由于语言少，他夸耀唐先生的画时，除了"美，美呀！"之外，好像再没有其他词语了。唐先生很少听人用"美"这个字眼儿来称赞画。这个字眼儿本身就含着很深的内容，尤其是现在给这样一个黑老汉的嘴里说出来，就显得很特别，不和谐，不可思议。这个"美，美呀！"究竟是指什么而言，是何内容，难道是对自己的艺术发自内心的一种感受？唐先生心想，或许这老汉听人说过自己的大名，偶然还见过自己大作的印刷品，碰巧发生了一时兴趣，但仅仅是一种直觉的喜爱，与对艺术的理解无关。这种喜爱即便有理由，也是出于无知和对艺术幼稚的曲解。仿佛我们听鸟叫，觉得婉转动听，但完全不懂鸟儿们说些什么；两只鸟儿对叫，可能在相互生气谩骂，我们却以为它们在亲昵地召唤或对歌……

他俩坐了一阵子。老花农似乎无话可说，默默抽着烟。老花农烟抽得厉害，铜烟嘴一直没离开嘴唇。唐先生呢？也没有更多的话可说。不过，他不再像刚才那样——由于自己犯了花房的规矩而不安和发窘了。心里舒坦，有滋有味地抽着自己的烟斗。可是他发现老花农仍在不时瞅他嘴上的烟斗。他不明其故。"您来尝尝我的烟斗丝吗？"他问。

"不！"老花农笑眯眯地说。他笑得又和善又难看："俺是瞧您的烟斗挺特别……"

他的烟斗比一般的大。上边雕着一只肥胖的猫头鹰，栖息在一段

5

粗粗的秃枝上,整个图形是浮雕的,凸出表面;背后是一个线刻的圆圆的大月亮,实际上只是一个大圆圈,却十分洗练,和浮雕的部分形成对比,画面显得十分别致和新颖。他把烟斗磕灭火,递给老花农。

"这烟斗是我自己刻的。"他说。

老花农接过烟斗,双手摆弄着,目不转睛地瞧着。然后仰起脸对唐先生赞不绝口:"美,美,美呀!"那双灰色的小眼睛竟流露出真切的钦慕之情,使他见了,深受感动。这烟斗是他得意的精神产儿呵!但他跟着又坚信,烟斗上那些奇妙的变形和线条的趣味,绝不在老花农的理解之中。此时,他脑袋里还闪过一种对老花农并非善意的猜疑。他疑心老花农对他如此敬重,如此赞美,是看上了他的烟斗,想要这烟斗。他瞅着老花农对这烟斗爱不释手的样子,便说:

"您要是喜欢这烟斗,就送给您吧!"

不料,老花农听了一怔,脸上的表情变得郑重又严肃,赶忙把烟斗双手捧过来,说:

"不,不,俺要不得,要不得!"

"您拿去玩吧!我家里还有哪!"

"您有是您的。俺不能要!"

老花农一个劲儿地固执地摇脑袋,坚决不肯要。他客气再三,老花农竟有些急了,脸色很难看,黑黑的下巴直打颤,好像被人家误以为自己贪爱他人之物,自尊心受不了似的。老花农激动得站起身,把烟斗用力塞回到唐先生的手掌里。唐先生只得作罢,将烟斗装上烟斗丝,重新插在嘴角,点上火。

这样,唐先生对陌生的怪模怪样的老花农的认识便进了一步。除了感到他个性十分固执之外,还感到他很质朴和诚实。对自己的敬重是实心实意的,没有任何利欲的杂质。尽管他依然确信老花农对艺术一窍不通，仅仅出自一种外行的欣赏方式，与自己毫无共同语言，但由于自己长时间受尽歧视，饱尝冷淡和受排斥的苦滋味，在这里所得到的敬重对于他便是十分珍贵的了。尤其这一片单纯、温厚、自然而然的人情，好比野火烧过的荒原上的花儿、寒飙吹过的绿叶那样难得。

从此以后，尽管这花房离他家不算太近，他却常来坐坐，特别是在凤尾菊盛开的时刻。他来，看过花，便和老花农相对而坐。两碗冒着热气儿的开水，两个冒着白烟儿的烟锅。周围是艳丽缤纷的花的海洋，静静地吐着芬芳。没有一丝风儿，但可以一阵阵闻到牡丹的浓香，一会儿又有一股兰花的幽馨暗暗飘来。两人的话很少，常常默默地坐到薄暮。窗子还挺亮，花房内已经晦暗，到处是模模糊糊的色块，对面只能见到一个朦胧的人影。这时，老花农完全变成一尊大黑陶炉子。只有在一闪一闪的烟火里，才隐隐闪现出那副古怪的面孔。

从偶然、不多的几句话里，他得知老花农姓范，唐山北边的丰润县人，上几代都是花农；从三十多岁他就来到这属于郊区公社的小花房工作，为市区各机关的会场增添色彩，给许许多多家庭点缀生活的美。他老伴早已病故，有个儿子，在附近的农场修水渠。这间充满阳光、花气和潮湿的泥土气味的小花房便是他的家。除此，再不知道旁的，似乎老花农再没有什么可以告诉他的了。两人默默对坐，并不因为无话可说而觉得尴尬，相反，却互相感受到一种满足。至于老花农以什么为满足，他很难知道。但他从老花农凝视着他和他嘴上的烟斗的含笑的目光里，已经明确地感觉到了——老花农难道真的懂得他的艺术，只是不善于表达？不，不！这雕花的烟斗，目前在他生活中、在他精神的天地里的位置，旁人是很难想象得到的。

二 画家

　　一些巴黎的穷画家，曾经由于买不起画布和颜料，或者被饥肠饿肚折磨得坐卧不宁，就去给酒吧间的墙上画金月亮，换取一点甜酒、酸黄瓜、面包和亚麻布，跑到家，趁肚子里的食物没消化完，赶紧把心中渴望表达出来的美丽的形象涂在画布上。

　　我们的唐先生则不然。现在，所有的画家都靠边站，又没有课教，待在家无事可做。他每月十五日可以到画院的财务室领到足够的薪金。天天把肚子塞得鼓鼓的，像实心球；精力有余，时间多得打发不出去。画瘾时时像痒痒虫弄得他浑身难受，但他不敢去摸一摸笔杆。

　　这是当时我们的文学艺术家们共同的苦恼。文坛上拉满带电的铁丝网，画苑里遍处布雷；笔杆好像炸弹里的撞针，摆弄不好，就会引来杀身之祸。

　　时间久了，锡管中黏稠的颜色硬结成粉块，好似昆虫学家标本盒里的死蚂蚱；画布被尘埃抹了厚厚的一层；笔筒中长长短短的画笔中间结上了亮闪闪的蛛丝……

　　他整天无所事事，又很少像从前那样有客来访，无聊得很。他怀念往事，怀念失去的一切，包括那飞黄腾达的岁月里种种出风头和得意的事情。那时，不用他去找，好事会自己跑上门来，还是请求他接受。如今却只有寂寞陪伴着他。但他总不能浸在回忆里，要摆脱。他曾同别人学过钓鱼、下棋、打牌，借以消磨时光；他却发现自己缺乏耐性，计算、推理和抽象认识的能力极差，无论怎样努力也养不成这些嗜好。他还学过一阵木工。虽然他五十余岁，身子蛮壮，结实的肌骨里还蕴藏着不少力量，拉得了大锯，推得动大刨子。前几年的大风暴里，他的家具被抄去不少，自己动手做些应用的家具，倒还不错。

经过努力，他的木工活学到能粗粗制成一张桌子或一只碗橱的程度，但没有一件家具能够最后完成，总是设计得好，做得差不多就没兴致了。草草装配上，刷一道漆色；往往是这里剩下一个抽屉把儿没安，那里还有一扇玻璃柜门没有装上去，就扔在一边，像一件件半成品，无精打采地站在屋子四边……他不能画画，就如同一个失恋的人，一时做什么事都打不起精神来。

一次，他闲坐着，嘴上叼一只大烟斗。无意间，目光碰到又圆又光滑、深红色的烟斗上。他忽然觉得上边深色的木纹，隐隐像一双敦煌壁画中的飞天人物；他灵机一动，找到一把木刻刀，依形雕刻出来，再用金漆复勾一遍，竟收到了意想之外的效果。这飞天，衣袂飞举，裙带飘然旋转，宛如在无极的太空中款款翱翔，并给阳光照得辉煌耀目。真有在莫高窟里翘首仰望时所得的美妙的感觉。那些刀刻的线条还含着一种他从未感受过的浓厚又独特的趣味。如此一来，一只普普通通的烟斗便变成一件绝妙的艺术品。一下子，他就像在难堪的囚居中找到一个新天地，在焦渴的荒漠中发现一汪清泉；像孩子突然拾到一个可以大大发挥一下想象的木头轮子似的，兴致勃勃、欣喜若狂地摆弄起这玩意儿来。

他钻到床底下，从一只破篮子里翻出好几个旧烟斗，几天内全刻了出来。有的刻上一大群扬帆的船；有的雕出一只啁啾不已、活灵活现、毛茸茸的小雏雀；有的仅仅划几条春风吹动的水纹、几颗淡淡的星；有的则仿照汉画中带篷子的战车，线条也逼真地摹绘出汉画拓片上那种浑古苍拙的味道。现成的烟斗刻完了，他就找来一些硬木头、干树根、牛角料，自制烟斗。雕刻的技术愈来愈精，从线刻到浮雕、高浮雕，有的还在表层打孔和镂空。再加上煮色、磨光、烫蜡和涂漆，精美无比。它和一般匠人们雕刻的烟斗迥然不同。匠人们靠熟练得近似油滑的技术，式样千篇一律，图形也都有规定的程式，严格地讲那仅仅算是玩意儿，不是艺术品。而唐先生的烟斗，造型、图纹、形象、制法，乃至风格，无一雷同。他把每只烟斗都当作一件创作，倾尽心血，刻意经营。在每一个两三厘米高的圆柱体上，都追求一种情趣，一种境界……他把雕好的烟斗摆满一个玻璃书柜——里边的书早被抄去，原是空的——这简直是一柜琳琅满目、绝美的艺术珍品。在这里，可以见到世纪前青铜器上怪异的人形，彩陶文化所特有的酣畅而单纯的花纹，罗马建筑，蒙娜丽莎，日本浮世绘中的武士，北魏佛像，昭陵六骏，凯旋门，武梁祠石刻，韩干的马，韩滉的牛，郑板桥的竹子，埃及的狮身人面像，华特·迪斯尼的卡通人物。这些图形都保持原来的艺术风格和趣味，不因模仿而失真。有的原是宏幅巨制，缩小到千分之一刻在烟斗上，毫不丢掉原作的风神、气势和丰富感。还有些用怪模怪样的老树根雕成的烟斗，随形刻成嶙峋的山石、古鼎或兽头、海浪或飞云。文明世界的宝藏，人世间的万千景象，都是他摄取的题材。他的变形大胆而新奇。为了传神，常常舍弃把握得很准确的物象的轮廓；他在艺术上向来反对单纯地记录视网膜上的影像；在调色板上，他主张融进内心感受的调子。此时，他把这一切艺术理想都实现了。

　　他如同真正从事创作时那样，有时一干就是一整天。半夜里，有了想法也按捺不住跳下床来，操起雕刻刀。得意之时，还要把老伴推醒共同欣赏。老伴与他三十年前同毕业于一座艺术院校，有一样的理想和差距不大的才华。结婚后，老伴为了他，把个人的抱负收拾起来，或者说是全部地加入到他的理想中。瘦削单薄的肩膀挑起生活的重担，却以他的成功为欢乐。默默与他一起分享荣誉的快感和事业上的收获。当有人宣布他的前程已经被毁灭时，老伴表面上比他不在乎，心里反比他更沉重、更灰心失望。现在，老伴见他从多年的苦闷里找到一种精神的寄托，心中深感安慰。不管怎样，在旁人眼里烟斗是个玩物，不被留意。画画的，不去画画，还有什么麻烦？有时，老伴见他居然从这么一个小东西上获得如此之多的快乐，还忍不住偷偷掉泪呢！

想想看，这一切老花农哪里懂得。如果说老花农是他的知音，恐怕是自寻安慰吧！然而，艺术家需要的不是家庭承认，而是社会承认。也许由于唐先生的周围万籁俱寂，无人赏识，无人喝彩，无人搭理他，太寂寞了；老花农这里发出的一个孤孤单单的苍哑的回声，多多少少使他得到一点充实。

三　时来运转

秋风一吹，大自然单调的绿色顷刻变得黄紫斑驳。又是一番姿色，又是赏菊的好时节。可是唐先生却没有到那离家较远的小花房去。他已经半年多没去了。

半年前，他被落实了政策，名画家的桂冠重新戴在头上。家里的客人渐渐多起来。好像堪堪枯谢的枝头又绽开花蕾，引来一群群蜜蜂、蝴蝶、小虫。编辑们来要稿，记者来采访，名流们穿梭不已。前几年销声匿迹的门生，又来登门求教。求画的人更是接踵不绝。他整天迎进送出，开门关门，忙得不亦乐乎。有时一群群闯进来，坐满一屋子，闹得他的画室像刚刚开业的小饭铺。

他给这些人缠着，什么也干不了。还有些人纯粹来泡时间，一坐就是半天。要不是他们自己坐得厌烦了，还不肯走呢！他对这些不知趣的人，尤其没有办法。有时他不说话，想把来访者冷淡走，偏偏这

11

种人不善察言观色。甚至有人还对他说:"你的客人太多了,把你的时间都占去了,还怎么画画?你不能不搭理他们吗?"说话的人往往把自己除外,弄得他啼笑皆非。

然而,他被这么多人捧在中间,像众星捧月似的,毕竟很高兴。这是自己地位、名望、荣誉和价值的见证。前些年失掉的荣誉,像一只跑掉的鸟儿,又带着一连串响亮的鸣叫飞回来了。整天,喜悦如同一对小漩涡旋在他嘴角上,连睡觉时也停在他嘴角上缓缓转动。因此,人来人往,又使他得意、满足、引以为荣。此时,他忙得早把那无足轻重的老花农淡忘了。

烟斗呢?却非刻不可。因为来访者搞不到他的画,都设法要一只烟斗去。大凡这些要烟斗的人,其中没有几个真正懂得他寄寓在这小东西上奇妙的语言,也并非喜欢得不得了(尽管装得珍爱如狂),不过因为这是大名鼎鼎的"唐先生"刻的烟斗而已。好比有人向大作家要书,拿回去可能翻也不翻,要的是作家在扉页上的亲笔签名——但他必须应付这种事。几个月里,他摆在玻璃书柜里的烟斗被人们要去大半。他还要抽时间不断地雕出一些新的来,刻得却不那么尽心了,草草了事,人家照样抢着要。除非对方是艺术内行或什么大人物,他在构思用意和刻法上才着意和讲究一些。

他可以画画了,反而画不成,没时间。一时他的烟斗倒比他的画更出名。他快成烟斗艺术大师了。

一天,打一早就是高朋满座。一个矮胖胖,是位通晓些绘画常识的名作家;另两个身材一般高,都戴圆眼镜,若不是一个长脸盘、一个小脸盘,简直是一对儿,这两个是出版社比较有些资格的编辑,来催稿件;还有一位瘦高、长腿,像只鹳鸟的大个子,是位画家。大家当着他的面讨论他的绘画风格,自然都是赞美之词。那位长腿画家曾是唐先生的画友，多年来也曾登门，近来又成了座上客。此刻竟以唐先生的贴己和知音的口气说话。

　　唐先生虽然听得挺舒服，但他要画画，并不希望这些人总坐着不走。昨晚他勾了一张草图，本想今天完成，但客人们一早就鱼贯而入，他又不好谢客，只得作陪。此时，大家已经抽掉一包带过滤嘴的香烟了，浓烟满室，都还没有告辞的意思。正在无可奈何之际，外边又有人敲门。他心里厌烦地说："又来一个，今天算报销掉了！"便去开门。

　　打开门，不觉双目一亮：面前一大盆光彩照人的凤尾菊。一个人抱着这盆花，面部被花遮住。他怔了，是谁给自己送花来了呢？这么漂亮的花！

　　"谁？快请进！"

　　来人没吭声，慢吞吞走进来，把花儿放在地上。待来人直起腰一看，原来是半年多未见的老花农。是他把自己喜爱的花儿送到家里来了。

　　"唷，老范，是您呀！您怎么来的？抱来的吗？"

　　矮墩墩的老花农笑眯眯地站在他面前，前襟沾着土，他抱了这盆花走了很长的路，累了，额上沁出亮闪闪的汗珠，微微直喘，说不出话，只频频点头。

　　客人们都起身过来，围着地上这盆凤尾菊欣赏起来，兼有为主人助兴的意思。

　　唐先生请老花农坐下歇歇。老花农扭身本想就近坐在一张带扶手的沙发椅上，但他迟疑一下没坐，似乎嫌自己一身衣服太脏。他见墙角的书柜前有个小木凳，就过去蹲下去坐在木凳上。唐先生没跟他客气地让座位，倒了一杯热水给他，问道：

13

"怎么样，忙吗？"

"啥？"老花农还是那样偏过右耳朵。

"我问您忙吗？"唐先生放大音量又问一遍。

"噢，没啥忙的。半年没见您了。您不是爱凤尾菊吗？您要是再不来，花就开败了。今儿俺歇班，给您抱一盆来，您就在家瞧吧！"

老花农说着，打腰里掏出小烟袋和那个圆圆的洋铁烟盒，打开盖儿放在地上，装上烟叶末子，点了火抽起来。

客人们看过花，重新落座。唐先生也坐回到自己的一张大靠背的皮软椅上去，接着谈天。大家谁也没有把这个送花来的、蹲坐在一边的黑老汉当作一回事。也没人和他说话，问他什么。唐先生也没和他搭腔，任他一旁抽烟、喝水，只是间或朝他无声地笑一笑，点一下头。老花农丝毫没有怨怪这些人不理他。他津津有味地听着这些人海阔天空地谈天。为了听清这些人的话，他把那右耳朵偏过来，时而皱起满脸皱纹，仿佛感到费解；时而又舒展面容，似乎领略到这些人话中的奥妙。他不声不响地坐在一旁，黑黑的脸上露出满足的神情，好像在享受着什么，如同当年在小花房里，与唐先生相对而坐、默默抽着烟时所表现出的那种满足。

后来他发现了身后陈列烟斗的玻璃柜，便站起身，面对柜子，见到这么多雕着花、千奇百怪的烟斗，他看呆了。而且距离柜门的玻璃面那么近，好像要挤进柜里去。嘴里呼出的热气把柜门弄污了，不断用手去抹。还禁不住发出一声声——对于他是惟一的、很特别的——赞叹声："美，美，美呀……"

屋内的几位客人听到这声音，不以为然，并觉得这个傻里傻气、怪模怪样的黑老汉挺可笑。这使得唐先生感觉自己认识这么一位无知的缺心眼的怪老头很难为情。因此，没敢和老花农说话，生怕引他说出更无知可笑的话来，栽自己的面子。他尽力说些话扯开贵客们对老花农的注意，心里却巴望老花农快快告辞回去。

没人搭理老花农。待了会儿，老花农向唐先生告辞要回去了。唐先生一边和他客气着，一边送他到了大门外。

"耽误你们谈话了。"老花农歉意又发窘地说。

"哪的话！您给我送花来，跑了这么远的路。"他说着客套话。

"您怎么一直没来呢？今年的凤尾菊开得盆盆好。您很忙吧？"

唐先生听了，马上想到如果自己说"不忙"，说不定这老花农没事就要来，便说："何止忙呢，忙得不可开交呀！这些人整天没事，到这儿来泡时间，弄得我一点时间也没有。他们还找我要画，我哪来的时间画？！半年来，我一共才画了四张画，多半还是夜里画的。照这么下去，我非得跑到深山里躲躲去不可，否则什么也干不成！"他一边显得很烦恼，一边还透出两分得意的神色。

"呀！不画哪成！该画、该画……"老花农好像比唐先生更为忧虑。沉了片刻，他诚恳又认真地说："要不，您到我的花房画去吧！"

"不，不……我，我离不开这儿。有时，有人找我，也确实是有事。您甭为我操心了，我自己慢慢再想些别的办法。"

老花农听罢，怔了怔，便说："那我走了。您这儿还有客人哪！"随即转身慢吞吞地走去。

此后，老花农又来送过两次花，却没有露面，连门也没敲，而是悄悄把花儿放在门口，悄悄去了。这两次都是唐先生送客出来，发现了花，摆在门旁边。他便知是老花农送来的。他领会到老花农的用心，心里也受了感动。本想去看看老花农，但川流不息的来客，以及更重要的事情把这些念头冲跑了。

有一次，他送走几位来客，正打开窗子放放屋里的烟，忽听门外

15

咚的一声,好像有人把一件沉重的东西放在地上。他忙走到门前,拉开门,只见门外台阶上又放了一盆美丽的花。一个矮墩墩、穿一身黑裤褂的老汉的背影,正离开这里走去。一看那微微驼背,慢吞吞迈着弧形步子的罗圈腿,立即认出是老花农。他招呼一声:"老范!"便赶上去。

他请老花农屋里坐,老花农说什么也不肯,摇着手说:"不,不,别耽误您的时间。"

"屋里没人。您坐坐,喘一喘再走。"

"不,您正好可以画画。俺不累,溜溜达达就回去了。"

"往后您别再跑这么远的路了。这一盆花得十多斤重。我要是看花,到花房去看好了。"唐先生说。

"您哪里有空呢?"老花农说。他牢牢记着上次唐先生埋怨没有时间工作的话,才一次次把花儿送来。

"可是……您送花,也不要我付钱,怎么成呢?哪能叫您白送。"

老花农摇着一双又厚又黑、短粗的手,说:

"没啥,没啥。俺就一个儿子,他做事,不要我的钱。我的钱用不了,没嗜好,也没处花,连烟叶子也是自己种的……您干啥要提钱呢!"

"可我怎么谢谢您呢?"

"啥?"

"我说,我总得谢谢您。"

老花农听了,在他黑黑发亮的铁球一般的鼓脑门下,两只无神的灰色的小眼睛直怔怔地盯着唐先生。

"您真的要谢谢俺?"

"是呵……"

"那……"老花农变得犹豫不决,然后他像下了决心那样地说,"您就送俺一只您刻的烟斗吧!"这时,他的表情既是一种诚恳的请求,也好像因为开口找人家要东西而不好意思,甚至挺窘。

"噢?行,没问题,我给您去拿一只去!"

唐先生说着,转身走进屋。一边想,这老范的性格真够怪的。自己刚和他认识那次,曾经要送给他一只烟斗,他怎么不要呢?

唐先生打开玻璃柜门,里边的烟斗不多了,最上边的一格仅仅有五只。其中两只是他的杰作,一直没肯给人。另外三只是新近雕的,也属精品,但都有主了。这是一位诗人、一位市艺术处处长、一位电影大导演请他雕的。这几只烟斗完全可以摆在博物馆的陈列柜里。他没动这些,而从下边一层内一堆属于一般水平的烟斗中,选择一只刻工比较简单的,刻的是五朵牡丹花。还是他刚刚开始刻烟斗时的作品,艺术上还不太纯熟。但他以为,这对于不懂艺术的老花农来说,足可以了。便拿着这只烟斗,在手心里揉擦干净,走出去,给老花农。

老花农一见这烟斗,眼睛像一对灰色的小灯泡亮了起来。唐先生没注意到,这双小眼睛居然有这样的神采。

"您……"老花农欢喜得声音都震颤了,"您真的把这么好的烟斗送给俺吗?"

唐先生见老花农如此喜爱,心里也挺满意。这么一来,总算还了所欠对方送花的情。"是呵,您拿去吧!"说着,把烟斗递给老花农。

老花农双手郑重地接过烟斗,激动得磕磕巴巴地说:

"谢谢您,唐先生,真谢谢您,俺回去了……"

他的目光一直没离开双手捧着的烟斗,走去了。

四　寂寞中的叩门声

　　唐先生坐在那张高背的皮椅子上，抽着烟斗。他显得疲惫不堪，软弱无力，身子坐得那么低，好像要陷进椅子里似的。那样子，仿佛一连干了三天三夜的重活，撑不住了，瘫在了这儿。

　　他的眸子黯淡无神，嘴角上那一对喜悦的漩涡不见了。天才入秋，他就套上两件厚毛衣，当下还像怕冷似的缩着脖子。屋里静得很，家具上蒙了一层薄薄的尘土，显然好几天没有擦抹过，没有客人来。

　　他的一幅画被莫名其妙地定为黑画——还是那个曾请他刻烟斗的艺术处处长定的。那位处长本来挺喜欢他的画，但为了迎合上边某种荒谬的理论，为了自己在权力的台阶上再登一级，亲手搞掉他。一下子，他又失去了一切。在受到一连串批判斗争之后，被撇在一边，听候处理。于是，他再一次落魄了，无人理睬了，每天从大门进出的又只剩下他和老伴两个。喧闹的人声从屋内消失，好似午夜后关了门的小饭铺，静得出奇。而玻璃书柜的第一层上，还摆着几只名人和要人请他雕刻的烟斗。这几只烟斗刻得精美极了，却放在那里，没人来取。他重新领略到歧视和冷漠的滋味；至于寂寞，他反而觉得挺舒服，挺难得，和这一次反复之前的感受大不一样。生活的变化使他获得多少积极和消极的处世哲理。反正他再不把那重新被夺去的荣誉、那众星捧月般虚幻的荣华，当作生活中失落的最宝贵的东西了。

　　这时，他听到有人轻轻叩门。已经许久没听过这声音了。他撂下烟斗，趿拉着鞋去开门。

　　打开门，不禁惊奇地扬起眉毛。原来一个人抱着一盆特大的金光灿烂的凤尾菊正堵在门口。因花枝太长，抱花盆的人努力耸着肩，把花盆抱得高高的，遮住他的脸，但枝梢还是一直拖到地上。

呵，是老花农——老范！不用说，肯定是他来了。他总是在这种时候出现；而在自己春风得意之时，他却悄悄避开了。并且总是不声不响地用一片真心诚意对待自己。唐先生感到一阵浓郁的花香，混着一股醇厚的人情扑在身上，心中有种说不出的乱糟糟的感触。嘴里忙乱地说：

"老范，老范，快请进，请进……好，好，就放在地上吧！这花儿开得多好！好大的一盆，重极了吧！"

来人把花儿放在地上，直起腰。他看了不由得一怔，来人竟不是老范。他不认得。是一个中等个子的青年人，穿件黑布夹袄，装束和气质都像个农民。手挺大，宽下巴，一双吊着的小眼睛，皮肤黑而粗糙；鞋帮上沾着黄土。

"你？"

"俺是您认得的那老范的儿子。"

唐先生听了，忽觉得他脸上某些地方确实挺像老范。忙请他坐，并给他斟了杯热茶。"你爹还好吧！这两天，我还正想去看他呢！"唐先生这话真切不假，毫无客套的意思。

不料这青年说："俺爹今年夏天叫雨淋着，得了肺炎，过世了。"他的声音低沉。但好像事情已过了多日，没有显得强烈的悲痛与难过。

"什么？他？！"唐先生怔住了。

"俺爹病在炕上时，总对俺念叨说，唐先生最爱瞧凤尾菊。这盆是他特意给您栽的。他嘱咐俺说，开花时，他要是不在了，叫俺无论如何也得把花儿给您送来。"

唐先生听呆了。他想不到生活中还有这样的事。一个对于他无足轻重的人，竟是真正尊重他，真心相待于他的人……他心里一阵凄

19

然，不知该说些什么话。他下意识地习惯地从茶几上拿起烟斗，可是划火柴时，手抖颤着，怎么也划不着。那青年一见到烟斗，忽然像想起什么似的说：

"唐先生，您知道俺爹爹多喜欢您刻的烟斗吗？您曾经送给过他一只烟斗吧！他临终时对俺说：'你记着，俺走的时候，身上的衣服穿得像样不像样都不要紧，千万别忘了把唐先生那只烟斗给俺插在嘴角上。'"

"什么？"唐先生惊愕地问。他好像没听清这句话，其实他都听见了。

那青年又说一遍。他的脑袋嗡嗡响，却一个字儿也没听见。

直到现在，唐先生的耳边还常常响着那傻里傻气的"美，美呀！"苍哑的赞叹声。于是，一个难解的问题便纠缠着他：这个曾用一双粗糙的手培植了那么多千姿万态的奇花异卉的老花农，难道对于美竟是无知的吗？那死去的黑老汉在他的想象中，再不是怪模怪样的了，而化作一个极美的灵魂，投照在他心上，永远也抹不去。每每在此时，他还感到心上像压了一块沉重的大石板似的，怀着深深的内疚。他后悔，当初老花农向他要烟斗时，他没有把雕刻得最精美的一只拿出来，送给他……

高女人和她的矮丈夫

一

你家院里有棵小树，树干光溜溜，早瞧惯了，可是有一天它忽然变得七扭八弯，愈看愈别扭。但日子一久，你就看顺眼了，仿佛它本来就应该是这样子。如果某一天，它忽然重新变直，你又会觉得说不出多么不舒服。它单调、乏味、简易，像根棍子！其实，它不过恢复最初的模样，你何以又别扭起来？

这是习惯吗？嘿，你可别小看"习惯"！世界万事万物中，它无所不在。别看它不是必须恪守的法定规条，惹上它照旧叫你麻烦和倒霉。不过，你也别埋怨给它死死捆着，有时你也会不知不觉地遵从它的规范。比如说，你敢在上级面前喧宾夺主地大声大气地说话吗？你能在老者面前放肆地发表自己的主见吗？在合影时，你能叫名人站在一旁，你却大模大样站在中间放开笑颜？不能，当然不能。甭说这些，你娶老婆，敢娶一个比你年长十岁，比你块头大，或者比你高一头的吗？你先别拿空话戗火，眼前就有这么一对——

二

她比他高十七厘米。

她身高一米七五，在女人们中间算作鹤立鸡群了；她丈夫只有一米五八，上大学时绰号"武大郎"。他和她的耳垂儿一般齐，看上去却好像差两头！

再说他俩的模样：这女人长得又干、又瘦、又扁，脸盘像没上漆的乒乓球拍儿。五官还算勉强看得过去，却又小又平，好似浅浮雕，胸脯毫不隆起，腰板细长僵直，臀部瘪下去，活像一块硬挺挺的搓板。她的丈夫却像一根短粗的橡皮辊儿，饱满、轴实、发亮；身上的一切——小腿啦，脚背啦，嘴巴啦，鼻头啦，手指肚儿啦，好像都是些溜圆而有弹性的小肉球。他的皮肤柔细光滑，有如质地优良的薄皮子。过剩的油脂就在这皮肤下闪出光亮，充分的血液就从这皮肤里透出鲜美微红的血色。他的眼睛简直像一对电压充足的小灯泡；他妻子的眼睛可就像一对乌乌涂涂的玻璃球儿了。两人在一起，没有谐调，只有对比。可是他俩还好像拴在一起，整天形影不离。

有一次，他们邻居一家吃团圆饭时，这家的老爷子酒喝多了，乘兴把桌上的一个细长的空酒瓶和一罐矮墩墩的猪肉罐头摆在一起，问全家人："你们猜这像嘛？"他不等别人猜破就公布谜底："就是楼下那高女人和她的矮爷儿们！"

全家人哄然大笑，一直笑到饭后闲谈时。

他俩究竟是怎么凑成一对的？

这早就是团结大楼几十户住家所关注的问题了。自从他俩结婚时搬进这大楼，楼里的老住户无不抛以好奇莫解的目光。不过，有人爱把问号留在肚子里，有人忍不住要说出来罢了。多嘴多舌的人便议论纷纷。尤其是下雨天气，他俩出门，总是那高女人打伞。如果有什么东西掉在地上，矮男人去拾便是最方便了。大楼里一些闲得没事的婆娘们，看到这可笑的情景，就在一旁指指画画。难禁的笑声，憋在喉咙里咕咕作响。大人的无聊最能纵使孩子们的恶作剧。有些孩子一见到他俩就哄笑，叫喊着："扁担长，板凳宽……"他俩闻如未闻，对孩子们的哄闹从不发火，也不搭理。可能为此，也就与大楼里的人们一直保持着相当冷淡的关系。少数不爱管闲事的人，上下班碰到他们时，最多也只是点点头，打一下招呼而已。这便使那些真正对他俩感兴趣的人们，很难再多知道一些什么。比如，他俩的关系如何？为什么结合在一起？谁将就谁？没有正式答案，只有靠瞎猜了。

这是座旧式的公寓大楼，房间的间量很大，向阳而明亮，走道又宽又黑。楼外是个很大的院子，院门口有间小门房。门房里也住了一户，户主是个裁缝。裁缝为人老实，裁缝的老婆却是个精力充裕、走家串户、爱好说长道短的女人，最喜欢刺探别人家里的私事和隐秘。这大楼里家家的夫妻关系、姑嫂纠纷、做事勤懒、工资多少，她都一清二楚。凡她没弄清楚的事情，就要千方百计地打听到；这种求知欲能使愚顽成才。她这方面的本领更是超乎常人，甭说察言观色，能窥见人们藏在心里的念头；单靠嗅觉，就能知道谁家常吃肉，由此推算出这家收入状况。不知为什么，六十年代以来，处处居民住地，都有这样一类人被吸收为"街道积极分子"，使得他们对别人的干涉欲望合法化，能力和兴趣也得到发挥。看来，造物者真的不会荒废每一个人才的。

尽管裁缝老婆能耐，她却无法获知这对天天从眼前走来走去的极不相称的怪夫妻结合的缘由。这使她很苦恼，好像她的才干遇到了有力的挑战。但她凭着经验，苦苦琢磨，终于想出一条最能说服人的道理：夫妻俩中，必定一方有某种生理缺陷，否则谁也不会找一个比自己身高逆差一头的对象。她的根据很可靠：这对夫妻结婚三年还没有孩子呢！于是团结大楼的人都相信裁缝老婆这一聪明的判断。

事实向来不给任何人留情面，它打败了裁缝老婆！高女人怀孕了。人们的眼睛不断地瞥向高女人渐渐凸出来的肚子。这肚子由于离地面较高而十分明显。不管人们惊奇也好，质疑也好，困惑也好，高女人的孩子呱呱坠地了。每逢大太阳或下雨天气，两口子出门，高女人抱着孩子，打伞的事就落到矮男人身上。人们看他迈着滚圆的小腿，半举着伞、紧紧跟在后面滑稽的样子，对他俩居然成为夫妻，居然这样形影不离，好奇心仍然不减当初。各种听起来有理的说法依旧都有，但从这对夫妻身上却得不到印证。这些说法就像没处着落的鸟儿，啪啪地满天飞。裁缝老婆说："这两人准有见不得人的事。要不他们怎么不肯接近别人？身上有脓早晚得冒出来，走着瞧吧！"果然一天晚上，裁缝老婆听见了高女人家里发出打碎东西的声音。她赶忙以收大院扫地费为借口，去敲高女人家的门。她料定长久潜藏在这对夫妻间的隐患终于爆发了，她要亲眼看见这对夫妻怎样反目，捕捉到最生动的细节。门开了，高女人笑吟吟迎上来，矮丈夫在屋里也是笑容满面，地上一只打得粉碎的碟子——裁缝老婆只看到这些。她匆匆收了扫地费出来后，半天也想不明白这对夫妻之间到底发生了什么事。打碎碟子，没有吵架，反而像什么开心事一般快活。怪事！

后来，裁缝老婆做了团结大院的街道居民代表。她在协助户籍警察挨家查对户口时，终于找到了多年来经常叫她费心的问题答案，一个确凿可信、无法推翻的答案。原来这高女人和她的矮丈夫，都在化学工业研究所工作。矮男人是研究所总工程师，工资达一百八十元之多！高女人只是一名普普通通的化验员，收入不足六十元，而且出生在一个辛苦而赚钱又少的邮递员家庭。不然她怎么会嫁给一个比自己矮一头的男人？为了地位，为了钱，为了过好日子，对！她立即把这珍贵情报，告诉给团结大楼里闲得难受的婆娘们。人们总是按照自己的思维方式去解释世界，尽力把一切事物都和自己的理解力拉平。于是，裁缝老婆的话被大家确信无疑。多年来留在人们心里的谜，一下子被打开了。大家恍然大悟：原来这矮男人是个先天不足的富翁，高女人是个见钱眼开、命里有福的穷娘儿们。当人们谈到这个模样像匹大洋马、却偏偏命好的高女人时，语调中往往带一股气。尤其是裁缝老婆。

三

人命运的好坏不能看一时，可得走着瞧。

一九六六年，团结大楼就像缩小了的世界，灾难降世，各有祸福，楼里的所有居民都到了"转运"时机。生活处处都是巨变和急变。矮男人是总工程师，迎头遭到横祸，家被抄，家具被搬得一空，人挨过斗，关进"牛棚"。祸事并不因此了结，有人说他多年来，白天在研究所工作，晚上回家把研究成果偷偷写成书，打算逃出国，投奔一个有钱的远亲，把国家科技情报献给外国资本家——这个荒诞不经的说法居然有很多人信以为真。那时，世道狂乱，人人失去常态，宁肯无知，宁愿心狠，还有许多出奇的妄想，恨不得从身旁发现希特勒。研究所的人们便死死缠住总工程师不放，吓他，揍他，施加各种压力，同时还逼迫高女人交出那部谁也没见过的书稿，但没效果。有人出主意，把他俩弄到团结大楼的院里开一次批斗大会；谁都怕在亲友熟人面前丢丑，这也是一种压力。当各种压力都使过而无效时，这种做法，不妨试试，说不定能发生作用。

那天，团结大楼有史以来这样热闹——

下午研究所就来了一群人，在当院两棵树中间用粗麻绳扯了一道横标，写着有那矮子的姓名，上边打个叉；院内外贴满口气咄咄逼人的大小标语，并在院墙上用十八张纸公布了这矮子的"罪状"。会议计划在晚饭后召开。研究所还派来一位电工，在当院拉了电线，装上四个五百烛光的大灯泡。此时的裁缝老婆已经由街道代表升任为治保主任，很有些权势，志得意满，人也胖多了。这天可把她忙得够呛，她带领楼里几个婆娘，忙里忙外，帮着刷标语，又给研究所的革命者们斟茶倒水，装灯用电还是从她家拉出来的线呢！真像她家办喜事一样！

晚饭后，大楼里的居民都给裁缝老婆召集到院里来了。四盏大灯亮起来，把大院照得像夜间球场一般雪亮。许许多多人影，好似放大了数十倍，投射在楼墙上。这人影都是肃然不动的，连孩子们也不敢随便活动。裁缝老婆带着一些人，左臂上也套上红袖章。这袖章在当时是最威风的了。她们守在门口，不准外人进来。不一会儿，化工研究所一大群人，也戴袖章，押着高女人和她的矮丈夫，一路呼着口号，浩浩荡荡地来了。矮男人胸前挂一块牌子，高女人没挂。他俩一直给押到台前，并排低头站好。裁缝老婆跑上来说："这家伙太矮了，后边的革命群众瞧不见。我给他想点办法！"说着，带着一股冲动劲儿扭着肩上两块肉，从家里抱来一个肥皂箱子，倒扣过来，叫矮男人站上去。这样一来，他才与自己的老婆一般高，但此时此刻，很少有人对这对大难临头的夫妻不成比例的身高发生兴趣了。

大会依照流行的格式召开。宣布开会，呼口号，随后是进入了角色的批判者们慷慨激昂的发言，又是呼口号。压力使足，开始要从高女人嘴里逼供了。于是，人们围绕着那本"书稿"，唇枪舌剑地向高女人发动进攻。你问，我问，他问；尖声叫，粗声吼，哑声喊；大声喝，厉声逼，紧声追……高女人却只是摇头，真诚恳切地摇头。但真诚最廉价，相信真诚就意味着否定这世界上的一切。

无论是脾气暴躁的汉子们跳上去，挥动拳头威胁她，还是一些颇有攻心计的人，想出几句巧妙而带圈套的话问她，都给她这恳切又断然的摇头拒绝了。这样下去，批判会就会没结果，没成绩，甚至无法收场。研究所的人有些为难，他们担心这个会开得虎头蛇尾；乘兴而来，败兴而归。

裁缝老婆站在一旁听了半天，愈听愈没劲。她大字不识，既对什么"书稿"毫无兴趣，又觉得研究所这帮人说话不解气。她忽地跑到台前，抬起戴红袖章的左胳膊，指着高女人气冲冲地问：

"你说，你为什么要嫁给他？"

这句突如其来的问话使研究所的人一怔。不知道这位治保主任的问话与他们所关心的事有什么奇妙的联系。

高女人也怔住了。她也不知道裁缝老婆为什么提出这个问题。这问题不是这个世界所关心的。她抬起几个月来被折磨得如同一张皱巴巴的枯叶的瘦脸，脸上满是诧异的神情。

"好啊！你不敢回答，我替你说吧！你是不是图这家伙有钱，才嫁给他的？没钱，谁要这么个矮子！"裁缝老婆大声说。声调中有几分得意，似乎她才是最知道这高女人根底的。

高女人没有点头，也没摇头。她好像忽然明白了裁缝老婆的一切，眼里闪出一股傲岸、嘲讽、倔犟的光芒。

"好，好，你不服气！这家伙现在完蛋了，看你还靠得上不！你心里是怎么回事，我知道！"裁缝老婆一拍胸脯，手一挥，还有几个婆娘在旁边助威,她真是得意到达极点。

研究所的人听得稀里糊涂。这种弄不明白的事,就索性糊涂下去更好。别看这些婆娘们离题千里地胡来,反而使会场一下子热闹起来。没有这种气氛,批判会怎好收场?于是研究所的人也不阻拦,任使婆娘们上阵发威。只听这些婆娘们叫着:

"他总共给你多少钱?他给你买过什么好东西?说!"

"你一月二百块钱不嫌够,还想出国,美的你!"

"邓拓是不是你们的后台?"

"有一天你往北京打电话,给谁打的,是不是给'三家村'打的?"

会开得成功与否,全看气氛如何。研究所主持批判会的人,看准时机,趁会场热闹,带领人们高声呼喊了一连串口号,然后赶紧收场散会。跟着,研究所的人又在高女人家搜查一遍,撬开地板,掀掉墙皮,一无所获,最后押着矮男人走了,只留下高女人。

高女人一直待在屋里,入夜时竟然独自出去了。她没想到,大楼门房的裁缝家虽然闭了灯,裁缝老婆却一直守在窗口盯着她的动静。见她出去,就紧紧尾随在后边,出了院门,向西走了两个路口,只见高女人穿过街在一家门前停住,轻轻敲几下门板。裁缝老婆躲在街这面的电线杆后面,屏住气,瞪大眼,好像等着捕捉出洞的兔儿。她要捉人,自己反而比要捉的人更紧张。

咔嚓一声,那门开了,一位老婆婆送出个小孩。只听那老婆婆说:"完事了?"

没听见高女人说什么。

又是老婆婆的声音:

"孩子吃饱了,已经睡了一觉。快回去吧!"

裁缝老婆忽然想起,这老婆婆家原是高女人的托儿户,满心的兴致陡然消失。这时高女人转过身，领着孩子往回走，一路无话，只有娘俩的脚步声。裁缝老婆躲在电线杆后面没敢动，待她们走出一段距离，才独自怏怏地回家了。

第二天一早，高女人领着孩子走出大楼时眼圈明显地发红，大楼里没人敢和她说话，却都看见了她红肿的眼皮。特别是昨晚参加过批斗会的人们，心里微微有种异样的、亏心似的感觉，扭过脸，躲开她的目光。

四

矮男人自批判会那天被押走后，一直没放回来。此后据消息灵通的裁缝老婆说，矮男人又出了什么现行问题，进了监狱。高女人成了在押囚犯的老婆，落到了生活的最底层，自然不配住在团结大楼内那种宽敞的房间，被强迫和裁缝老婆家调换了住房。她搬到离楼十几米远孤零零的小屋去住。这倒也不错，省得经常和楼里的住户打头碰面，互相不敢搭理，都挺尴尬。但整座楼的人们都能透过窗子，看见那孤单的小屋和她孤单单的身影。不知她把孩子送到哪里去了，只是偶尔才接回家住几天。她默默过着寂寞又沉重的日子，三十多岁的人，从容貌看上去很难说她还年轻。裁缝老婆下了断语：

"我看这娘儿们最多再等上一年。那矮子再不出来，她就得改嫁。要是我啊——现在就离婚改嫁，等那矮子干吗，就是放出来，人不是人，钱也没了！"

过了一年，矮男人还是没放出来，高女人依旧不声不响地生活，上班下班，走进走出，点着炉子，就提一个挺大的黄色的破草篮去买菜。一年三百六十五天，天天如此……但有一天，矮男人重新出现

29

了。这是秋后时节，他穿得单薄，剃了短平头，人大变了样子，浑身好似小了一圈儿，皮肤也褪去了光泽和血色。他回来径直奔楼里自家的门，却被新户主、老实巴交的裁缝送到门房前。高女人蹲在门口劈木柴，一听到他的招呼，刷地站起身，直怔怔看着他。两年未见的夫妻，都给对方的明显变化惊呆了。一个枯槁，一个憔悴；一个显得更高，一个显得更矮。两人互相看了一忽儿，赶紧掉过头去，高女人扭身跑进屋去，半天没出来，他便蹲在地上拾起斧头劈木柴，直把两大筐木块都劈成细木条。仿佛他俩再面对片刻就要爆发出什么强烈而受不了的事情来。此后，他俩又是形影不离地一起上班，一起下班回家，一切如旧。大楼里的人们从他俩身上找不出任何异样，兴趣也就渐渐减少。无论有没有他俩，都与别人无关。

一天早上，高女人出了什么事。只见矮男人惊慌失措地从家里跑出去。不会儿，来了一辆救护车把高女人拉走。一连好些天，那门房总是没人，夜间也黑着灯。二十多天后，矮男人和一个陌生人抬一副担架回来，高女人躺在担架上，走进小门房。从此高女人便没有出屋。矮男人照例上班，傍晚回来总是急急忙忙生上炉子，就提着草篮去买菜。这草篮就是一两年前高女人天天使用的那个，如今提在他手里便显得太大，底儿快蹭地了。

转年天气回暖时，高女人出屋了。她久久没见阳光的脸，白得像刷一层粉那样难看。刚刚立起的身子左倒右歪。她右手拄一根竹棍，左胳膊弯在胸前，左腿僵直，迈步困难，一看即知，她的病是脑血栓。从这天起，矮男人每天清早和傍晚都搀扶着高女人在当院遛两圈。他俩走得艰难缓慢。矮男人两只手用力端着老婆打弯的胳膊。他太矮了，抬她的手臂时，必须向上耸起自己的双肩。他很吃力，但他却掬出笑容，为了给妻子以鼓励。高女人抬不起左脚，他就用一根麻绳，套在高女人的左脚上，绳子的另一端拿在手里。高女人每要抬起左脚，他就使劲向上一提绳子。这情景奇异，可怜，又颇为壮观，使团结大楼的人们看了，不由得受到感动。这些人再与他俩打头碰面时，情不自禁地向他俩主动而友善地点头了……

五

高女人没有更多的福气在矮小而挚爱她的丈夫身边久留。死神和生活一样无情。生活打垮了她，死神拖走了她。现在只留下矮男人了。

偏偏在高女人离去后，幸运才重新来吻矮男人的脑门。他被落实了政策，抄走的东西发还给他了，扣掉的工资补发给他了。只剩下被裁缝老婆占去的房子还没调换回来。团结大楼里又有人盯着他，等着瞧他生活中的新闻。据说研究所不少人都来帮助他续弦，他都谢绝了。裁缝老婆说：

"他想要什么样的，我知道。你们瞧我的！"

裁缝老婆度过了她的极盛时代，如今变得谦和多了。权力从身上摘去，笑容就得挂在脸上。她怀里揣一张漂亮又年轻的女人照片，去到门房找矮男人。照片上这女人是她的亲侄女。

她坐在矮男人家里，一边四下打量屋里的家具物件，一边向这矮小的阔佬提亲。她笑容满面，正说得来劲，忽然发现矮男人一声不吭，脸色铁青，在他背后挂着当年与高女人的结婚照片，裁缝老婆没敢掏出侄女的照片，就自动告退了。

几年过去，矮男人还是单身鳏居，只在周日，从外边把孩子接回来，与他为伴。大楼里的人们看着他矮墩墩而孤寂的身影，想到他十多年来一桩桩事，渐渐好像悟到他坚持这种独身生活的缘故……逢到下雨天气，矮男人打伞去上班时，可能由于习惯，仍旧半举着伞。这时，人们有种奇妙的感觉，觉得那伞下好像有长长一大块空间，空空的，世界上任什么东西也填补不上。

1982 年 2 月 16 日
天津

炮打双灯

一

都说静海县西南那边,地里不是土,全是火药面子。把那干结在地皮上白花花的火硝刮下来,掺上硫磺木炭,就是炸药。再加上盐碱,土里的火性太大、太强、太壮,庄稼不生,野草长不到三寸就枯死;逢到大旱时节,烈日暴晒,大开洼地无缘无故自个儿会冒起黑烟来……可有一种灌木状丛生的碱蓬,俗称红柳,却成片成片硬活下来,有时候不知为什么,一下子全死了,死时变得通红通红,像一团团热辣辣的火苗。在夕照里望去,静静的,亮亮的,好像地里的火药全都狂烧起来。老百姓靠山吃山,靠水吃水,靠火药吃火药,自来不少村子,家家户户都是制造鞭炮烟花的小作坊,屋里院里总放着一点就炸的火药盆子,一不留神就屋顶上天、血肉横飞;土匪、游勇、杂牌军常窜到这里来,不抢粮食,专抢火药,弄不对劲儿就药炸人亡。那么此地人的性子又是怎样?是急是缓是韧是烈?拿人们常用的话说便是:点着一根药信子瞧瞧。

牛宝，人称"卖缸鱼的牛宝"，今年二十三，陈官屯人。他祖宗神道，名字起得像算命一般准，"牛宝"二字就是他的一切。先说牛，他浑身牛一般壮实的肉，一双总睁得圆圆、似乎眨也不眨的牛眼，还有股牛劲，牛脾气，头上没角却好顶牛，舌头比牛舌还硬，不会巧说话；再说宝，他天生一双宝手，虽长得短粗厚硬，手掌像肉饼子，却从杨柳青外婆家学来一手好画，专画大年贴在水缸上求福求贵的缸鱼：一条肥鲤仰头摆尾，配上莲蓬荷花，连年有余呀！那红鱼绿水，金莲粉荷，一看照眼，图样出得富态，版线刻得活泛，颜色上得亮堂，画缸鱼的人多的是，可这喜庆兴旺的劲儿谁也学不来。年年腊月大集上，不少人专等着"卖缸鱼"的牛宝来。一露面，全出手，腊月里攒的钱，够一年四季零花。真像是手里捏个宝，想什么变什么。

腊月十四这天，静海县城的大集已经很有年味了。牛宝肩扛三百张缸鱼到集上，找一块人流往返的地界儿，站不多时候，卖个干净，别无它事，便轻轻爽爽去往顶西边的炮市看热闹。

这里的炮市，天下少有。原本是条河，年年秋后河水干涸，三九天河泥冻硬，这河床便成了卖鞭炮的集市。牛宝最爱看这阵势，远近各村赶来一车车鞭炮，都停在两岸河堤上，车上鞭炮用大红棉被蒙盖严实，怕引上火。牲口的眼睛一律使红布遮住，耳朵使红布堵上，怕给炮声吓惊。为什么使红色的布？造鞭炮的都是铤而走险，灾祸四伏，据说红色避邪。人们拿着自家制造的鞭炮，走下堤坡，到河床上去放，相互争强斗胜，哪家的鞭炮出众，自然招引很多人来买。这一截子差不多二里长的河床里，浓烟裹眼，烟硝呛鼻，连天炮响震得耳朵生疼。这股子火爆凶猛的劲儿，叫牛宝看得快活，不觉下了堤坡，但还没到鞭炮阵的中央，满脑袋就全是鞭炮屑儿了。

把事情挑出头来的是这女人。这女人一下子跳进牛宝的眼睛里。怎么能说是这女人跳进他眼里？她还离着远呢！可世上好看的女子，都不是你瞧见的，而是她自己招灾惹事活灵灵跳到你眼里来的。她顶大二十出头，头上扎块大红布头巾，两鬓各耷拉下一片黑发，像是乌鸦的翅膀，把她那张有红有白鲜活透亮的小鼓脸儿夹在当中。她人在那么远，牛宝怎么能看得这般清楚？魂儿给勾了去呗！渐会儿，才看明白，北边堤坡一棵歪脖老柳树下，停着一辆驴车，她坐在蒙着大红棉被满满一车鞭炮上。倚车站着两个小子，一个大，一个小，各执一根放鞭用的长竹竿子，这两个小子什么模样，牛宝满没瞧见。

他像驾了云，双脚由得也由不得自己，幻幻糊糊一步步朝那女人走去。看这女人像看花，愈近愈好看，那眉眼五官，画也画不出这般美，而且清清楚楚，白处雪白，黑处乌黑，红处鲜红，像羊肠子汤那样又鲜又冲……忽然，一杆竹竿横在他身前，牛宝怔住才看清，原来就是站在那女人车前的小子，年龄较大的一个，估摸十八九年岁，圆头圆脑，四方厚嘴，肥嘟嘟的嘴巴子冻得像唱戏打脸涂了胭脂，倒是虎虎实实样子，只可惜长了一双单眼皮。这圆头小子问道："你是买炮的，还是卖炮的？"口气很不客气。

牛宝正要回话的当口，从这小子肩头刚好与那女人眼对眼，只觉得两个深幽幽、晃着天光的井眼对着自己，弄不好就要一头栽进去。心里一恍惚，说出的话便岔出道儿去。

"卖炮的，干啥？"

他哪卖过炮，为什么偏偏这样说？这话一错，可就把自己送上绝路了。

圆头小子说："这边是俺们蔡家卖鞭炮的地界儿。你要来买炮，俺不拦你；你要卖炮，对不住！你先放一挂叫俺们瞧瞧，要是比俺们强,这地界儿就归你了。"说罢,嘴唇朝天噘,不信天下还有老大,也不信还有老二。

牛宝涌上来一股劲。说不清是叫这小子的傲气激的,还是叫那女人的美色挤的。反正他顶上牛。听完圆头小子的话,拨头就走,到那边炮市中央,在呛鼻震耳的浓烟烈炮中转了两圈,寻到一家卖鞭的,个大,贼响,掏钱买了四挂,都是千头大查鞭,还高价把人家放鞭使的大竹竿也买下来,返回到这圆头小子面前,闲话不会讲,剥开大红包纸,挑起一挂就放,一阵火闪烟腾,声如炸雷,噼噼啪啪连珠般响起来,真是好鞭!惹得不少人围上来并纷纷喝彩叫好。可这挂鞭放完,圆头小子站在原地并没动,嘴仍噘着,一脸不屑的神气。牛宝一瞅他绕在竿子上的一挂鞭,差点没笑出声来:这挂硬纸卷的小钢鞭,分外细小,像是豆芽菜,而自己的大查鞭却同小指头粗,摆在一起,只怕那小钢鞭像一堆耗子屎啦。想必是这圆头小子心虚不敢比试,故作高傲,再不端端架子还不倒下来?明摆着对方叫自己比趴下了!抬眼瞧那女人,愈发兴奋起来,把余下三挂大查鞭扎成一束,使竿子高高挑起,拿火一点,三挂齐响,声音翻番,成百上千小爆竹喷火刺烟,纷纷炸落下来,好似一阵恣肆的弹雨。牛宝不懂放鞭炮的门道,竿子举得过直,许多爆竹就落到他头上肩上手上,还有几个从领口掉进衣服,在前胸后背炸了,这一炸,尤其透过火光硝烟看见那女人正在笑他,立时撒起欢来,粗声吆喊,尖声欢叫,似唱非唱,腿又蹦,肩又摆,手中的竹竿子像是醉汉的腰,东摇西晃,甩得爆竹四下散落,逼得围观的人叫着笑着往后退,有人认出卖缸鱼的牛宝,不知他遇上喜还是撞上邪,跑到这里来瞎闹,耍活宝。

就这时候,空中一声啪!清脆至极,像是清晨车把式将那带露水的鞭子,在寒冽的空气里麻利地一抖。

牛宝没弄明白这声音打哪儿来，跟着就听这鞭子在半空中啪啪抽打起来，愈打愈紧愈密，声音毫不粘连，每一响都异常清晰、干脆、刚烈，上下左右，响在何处都一清二楚。牛宝这才瞅见，原来是圆头小子把他那挂小钢鞭点响了。奇了！他这鞭怎么声声都像是钻到耳朵里炸，直要把耳膜炸裂？这炸声还把三挂大查鞭的响声从耳朵里赶了出来，赶到外边，变得像拍打棉袄或吹破猪尿泡的那种闷响，完全成了圆头小子那小钢鞭的陪衬了。真奇了！他豆芽菜似的小鞭，哪来如此大的炸劲儿？当两人竿子上的鞭炮全放净，对面站着，牛宝瞪大眼发傻，圆头小子指指地面，牛宝一瞅更是惊讶。圆头小子身周一片炸得粉粉碎的鞭炮屑儿，像是箩过，细如粉末，足见炸药的劲力；自己四周却有许多爆竹根本没炸开，到处是烧净了火药黑糊糊的纸筒子，围观的人给他起哄，喝倒彩，这算栽到家了。他抬头硬叫自己向歪脖柳树下边望去，那女人也在嘿嘿笑话他。这笑比任何人嘲弄挖苦都叫他难堪。他要是土行孙，当即就扎进地里。羞恼之下，把竹竿子一扔，朝圆头小子说：

"十八号大集，咱再到这儿见！"

"干啥等到十八，"圆头小子神气活现地说，"你要不服，带着好货去独流镇找俺们，那儿后天就是集！"

周围一片叫好，此地人就喜欢这种带劲的话。

二

转过两天，牛宝在独流镇的炮市上拉开阵势。

独流镇的炮市与静海县城不同。十来亩平平坦坦一块场子，四外围着泥坯垒的一道墙，多处坍塌，任人跨出跨进；地上光秃秃，只是戳着高高矮矮许多拴牲口的木桩,平时这是买卖牲口的地界儿。可一入腊月,卖花炮的渐渐挤进来,鞭炮一响,牲口吓走了,自然而然改做临时的炮市。

今儿牛宝好精神。一身崭新的棉袄棉裤,乌鞋净袜,脑袋一早洗过,此刻太阳一照,墨黑油亮。卖炮的人从没有这般打扮,烟熏火燎,鞭炸炮崩,衣衫多是旧破与燎洞。牛宝平时最不爱新衣,这样一身全新,架架楞楞,生生板板,像是相亲来的。他身边站着一个苍白消瘦的小子,带着病相,一双小眼倒是亮亮闪闪,十二分的精神。这人是他堂弟,名唤窦哥,专门折腾花炮的小贩。昨天牛宝请他买来一批上好鞭炮。窦哥既钻钱眼,也讲义气,买卖道上很有情面,这批鞭炮是他打沿儿庄"万家雷"家里买出来的。这"万家雷"不单名满静海,还在天津卫宫前大街和北平的厂甸设炮摊,挂字号,有几分名气。人说"万家雷"能开山打洞,装进大炮膛里当炮弹使。

牛宝连夜把鞭炮上凡有"万家雷"的戳记都扯下来,换上红纸,临时使块杜梨木刻条大鲤鱼盖上去。自打静海造炮千八百年来,还没见过这字号。转天满满装一小车,运到集上,车上车下摆得漂漂亮亮;大挂的万头雷子鞭,一包三尺多高,立在车上,像半扇猪,极是气派。牛宝和窦哥各拿一根大竹竿,足足两丈长,左右一站,好比守阵门的两员武将。

对面是圆头小子,手握长竿,挑一挂红纸大鞭,横刀立马站在前头。后边是装满鞭炮的驴车,那女人面雕泥塑般坐在车上。车前,除去那年龄小的小子,还多出一个黑瘦瘦的男子。他们腰上全扎一条避邪用的红布腰带。炮市上的人看这阵势,知道要比炮,都围了上来。

窦哥一瞅对方,眼珠惊得差点没掉在地上,扭脸对牛宝低声说:

"牛宝哥,你咋跟他们斗上气儿了?人家是文安县蔡家呵!在天津卫'蔡家鞭'和'万家雷'齐名，前二年蔡家老大给火药炸死，蔡家人不大往咱静海这边来了，'蔡家鞭'也见不着了。哎，你瞧，坐在车上那俊俏人就是蔡家大媳妇，名叫春枝，方圆百里，打灯笼也难找着这么俊的人儿！可惜守了寡！这圆脑袋小子是蔡三，倚车站着的是蔡家老二和老四，都是放炮的好手。咱的炮再好，也放不过人家，更别说人家'蔡家鞭'了！"

牛宝听了，脑袋里只多了春枝，根本没有"蔡家鞭"，还要多问，可不容他说话，圆头圆脑的蔡三已经将竹竿子使劲划起圈儿来，直把拴在竿尖上的那挂鞭甩成一条直线，在空中呜呜响。卖鞭的人都这么做，显示自己编炮使的麻绳结实不断。跟着，蔡三又变了手法，要起花活，叫手中的竿子转起来，半圈紧，半圈松，一紧一松，有张有弛，那鞭就忽弯忽直，忽刚忽柔，蛇舞龙飞，十分好看，还没点炮，就引得人们叫好。随后，竹竿往地上噔地一戳，鞭炮垂下来，点着就炸，声音比上次那小钢鞭响几倍，震得周围一些拉车的牲口慌慌挪动身子和腿，受不住，要跑。

牛宝挑起一挂雷子鞭也点响，"万家雷"名不虚传，个个爆竹都像炸雷，带着一股烈性与豪气，只比蔡家的大鞭强，绝不比蔡家弱，也招来一阵喝好。

两边就紧紧较上劲儿。

只见蔡三往右边一闪，小小蔡四从车子那儿走来，手提一挂巨型大鞭，每只都有黄瓜一般粗，总共十二只，像是提着一串长茄子，引得人们喊怪叫奇。蔡四身小，虽然斜向上举，最下边的一只大鞭依然嚓嚓蹭地。牛宝头次瞧见这般大的鞭。窦哥告诉他："这叫'一步一响'，走一步，炸一个，这是蔡家鞭的看家货，已经多年见不到，你一听就知道了。"他掏钱给了身边一个熟人，嘀咕些话，然后对牛宝

39

说："我叫人去买他几挂,有几挂这鞭当幌子,今年多赚一倍钱。"

蔡四走到场子中央,蔡三帮他点着药信子,大鞭炸天,响声像打炮,震得看热闹的人不单堵耳朵,还闭眼。小小蔡四却毫不为之所动,炮炸身边,浓烟蔽体,他却像提着笼子遛鸟,从容又清闲,叫人佩服蔡家人鞭炮这行真有功底。

蔡四稳稳当当走了十二步,一停,手里的大鞭刚好放完。一时不少人拥上来,争买大鞭。窦哥扬手大叫:"别急,还有更好的家伙哪!"他从车上抱下来一个天下少见的大雷子炮,立在地上,一尺多高,快要齐到膝盖,小胳膊粗,药信子像根麻绳,大红纸筒,上边盖的戳记是条墨线大鱼。

"娘哟!这不是炸城池子用的吧!"有人惊叫道。

"你瞧炮上那条鱼,挺像是牛宝的缸鱼,哎,那壮小子是牛宝吧,他咋改行卖起炮来了?"

人们议论着。

春枝在车上,仍旧像娘娘庙里的泥像,端坐不动,只是眼睫毛偶尔惊颤一下,那是听到人们议论时的反应,这反应却不为任何人发现。

牛宝拿香点着大雷子炮,轰地炸开,烟腾火起,声如天塌地陷,近前的人溅了一身黄土,没人叫,都呆了,像是出了大事。连牛宝都发蒙,一时竟不知发生了什么意外。面皮生疼,是大炮炸开气浪拍打的。惟有蔡家人眼皮眨也没眨,但这一炸,却使春枝对眼前的事全然明了了。

随后两边各逞其能,蔡家人放炮似有用不尽的花样,可牛宝一招不会,新棉袄叫炮打煳了两大片,一只耳朵打红了,差点丢人现眼,多亏窦哥常年贩炮,见多识广,会使小伎俩,支应着局面,但要不是

"万家雷"货真价实，东西地道，也早叫蔡家打趴下了。看来，真东西没亏吃，此亦万事之理。

蔡家老二放"二踢脚"的本事，叫人赞叹不已。他打开两把"二踢脚"，一个个插在红布腰带上，站在场子中央，先照寻常手法放上天空。蔡家鞭好，炮一样是头等。这"二踢脚"飞得高，炸得脆，高空一炸，碎屑飞散，像是打中一只鸟，羽毛迸开，飘飘飞去。他这样一连放三个，便换了手法，把"二踢脚"倒拿手里，点着药信子，先叫下边一响在手上炸了，再用力抛上天空，炸上边一响。想叫它在哪儿炸就在哪儿炸。圆头圆脑的蔡三在两丈开外举起一挂鞭，蔡二看准，点着"二踢脚"，炸掉一响后，把余下一响抛过去，正好在那挂鞭下端炸开，当即引着那鞭，噼噼啪啪响起来，更引得周围一个满堂彩。这蔡老二得好却不罢手，更演出一手绝活。他像刚才那样倒拿"二踢脚"，炸掉下边一响后，却不抛出手，而是交给另一只手，抓住炸开的下半截，叫上边一响在另一只手上炸。两响不离手，一手一响，这招极是危险，换手慢了，就把手炸伤。但他黑瘦瘦紧绷绷的脸上老练而自信，动作从容又娴熟，好像玩一条鱼。

牛宝见对方压住自己，心里着急。

窦哥说："在天津卫大街上摆炮摊，不叫你乱放'二踢脚'，怕引着房子，崩着人，'二踢脚'就这样拿在手里，放给人看。蔡老大，就是那女人死了的爷们儿，还有手活儿更绝，他把大雷子夹在手指头缝里，一个指缝夹一个，两手总共夹八个，平举着，八个药信子先后点着，哪个快炸，松开哪个。叫雷子掉下来炸，可又不能碰地，碰地会弹起来崩着人。这火候拿不准，手指头就炸飞了。如今蔡老大一死，没人敢耍这手活了。哎，牛宝哥，你咋直眼了？"

牛宝听着这话，眼盯着春枝，脑袋里轰地涌出个念头，他对窦哥说：

"你给俺把大雷子夹在手指头缝里，俺试试。"

"你疯啦，这手活是拿空炮筒子练出来的，咋能使真的试？炸坏手，你使啥画缸鱼，俺不干！"窦哥说。

牛宝不理他，从车上取些大雷子，一个个夹在手指缝里，平举双臂，瞪大眼，用一种命令口气对窦哥说："点上！"

窦哥见事不好，想扔下香头跑掉。

谁知牛宝这么一来，蔡家哥仨如同中了枪弹，怔住。春枝脸色十分难看，像是闹心口疼；蔡三红着脸喊道："这小子当俺们蔡家没人，欺侮俺们嫂子，拼啦！"哥仨疯了似的冲过来。还有蔡家同乡和要好的也一齐拥上。

牛宝还没弄懂这缘故，就给蔡家人摁在地上，窦哥也被揪扯住。对方喊着要把雷子插进他们屁眼儿点上，窦哥吓得叫救命求饶，想解释，却不知牛宝与蔡家究竟什么仇。牛宝给十来只大手死死摁着，摁得愈死，他犟劲愈大，用力一挣，脑袋刚抬起来，嘴巴反被压下来，在冻硬的地皮上蹭破，火辣辣地疼痛，蔡老三问他要干啥，他火在身体里撞，嘴更笨，索性大叫：

"俺想做你哥，俺想做蔡老大！"

这话叫在场的人全傻了！傻子也没有这么说话的。蔡家哥仨气得发狂，把他拉起来，用几十挂大鞭把他浑身上下缠起来，要炸他。牛宝使劲使得脖子脑门全是青筋，叫着：

"点火，点火呀！死活我是你哥啦！"

蔡三攥着一把香火，指着牛宝说："你欺人太甚，俺豁出去吃官司，坐大牢，今儿也要把你点了，大伙闪开，我个人做事个人当——"说着就要冲上去点。

"慢着。"忽然响起一个清亮的声音。

牛宝瞧见春枝竟站在他身前,一手拦着蔡三,面朝自己。这张脸就是在杨柳青年画《美人图》上也找不着,可此刻满面愁容,两眼亮晃晃,厚厚包着泪水,像是委屈极了。在牛宝惊讶中,春枝说:"你不好好卖你的'缸鱼',弄来这些'万家雷'来闹啥?你要再来搅扰俺,俺就亲手点这鞭!"然后对蔡家哥仨说,"回家!"一扭身,一大片眼泪全甩在牛宝当胸上。牛宝觉得,像是一排枪子打在自己身上。

春枝和蔡家人去了,浑身缠着大鞭的牛宝,像那拴牲口的木桩,直呆呆戳在那儿。

三

如果牛宝不去沿儿庄,他和春枝这段纠缠也就此罢了。自己一时迷糊、冒傻、犯浑,把人家好好一个女人逼成那份可怜相。究竟春枝因何这般痛苦不堪,他琢磨不透。眼盯着溅在他棉衣上春枝的泪痕,后悔到头,不住地骂自己,最后把剩下的半车鞭炮堆在大开洼里点了,炸成火海雷天,惹得邻村人敲锣报警,以为谁家造炮,中了邪火,炸了窝。

转过两天,窦哥提着两瓶老白干、一包天津卫大德祥的鸡蛋糕来找他,要一同去沿儿庄谢谢人家姓万的,不管牛宝自己的事如何,人家"万家雷"真给使劲儿,那巨型的大雷子炮是万老爷子特意做的,真叫激动人心!这事关着窦哥生意道儿上的情面义气,牛宝便随窦哥来到沿儿庄。

沿儿庄人上至七老八十,下至童男童女,倘若不会造炮,非残即傻。尤其在这腊月里,家家院子的树杈上、衣竿上、屋檐下,都晾满整挂整挂沉甸甸的大鞭，好比秋后拿线穿成串儿、晒在屋外的大辣椒；墙头摆满捆成盘的雷子两响，像是码起来的大南瓜，极是好看。那些进村出村的大车装满花炮，蒙上大红棉被，在冰天雪地里更是惹眼。这腊月的鞭炮之乡虽然十二分的热闹，却听不到一声炮响。静得绝对，静得离奇，静得叫人揪心。

牛宝万万想不到，这位跟火药打一辈子交道的万老爷子，竟然胆小如鼠。三九寒冬，屋里和屋外一般冷，炕不生火，灶不烧柴，茶碗里水全结成冰，惟有说话时从嘴里冒出点热气。牛宝和窦哥一进门，万老爷子就嘀咕他们身上有没有铁器、抽烟打火的家伙，鞋底钉没钉"橘子瓣儿"？还非叫他俩抬脚亮鞋底，看清楚才放心。窦哥假装不高兴地说：

"万老爷子每次都这么折腾我，下次我得光屁股来了。"

"别怪我疑神疑鬼。火是我们这行的灾。我不认字，我爹说'灾'字就是下边一个'火'字，上边三个火苗。所以俺们非到做饭时才生火，烟也不抽，家里除去做饭的锅，不准使一点铁器。那九十堡的'炮打灯'杨四，就是称火药时，秤砣掉在地上，迸出火星子，把一桶火药引炸，炸得杨四没有尸首，秤砣飞出半里多地。火这东西不知打哪来的，有时两家隔一道墙，这家点烟，火竟能穿墙过去，把那家屋里的鞭炮引着，火可邪啦……"万老爷子说到这儿，两眼发直，像是见到鬼，"哎，窦哥，你可小心点桌上那盆火药！"

待窦哥把"万家雷"前天在独流镇显威风的情景，一说一吹一捧，万老爷子才松开面皮，满脸直垂的皱纹也打弯了，龇开一嘴黄牙笑了。这儿井水盐碱也大，人牙焦黄。他神情得意地问道：

"俺那大活咋样？"

"还用说。生把土地炸个大坑，人说再炸就炸出个井来了。是不是这么说的,牛宝哥?"窦哥朝牛宝挤挤眼,叫他帮腔,哄万老爷子高兴。

牛宝嘴拙,找不着话说,只傻笑,点头。

万老爷子愈发得意,笑眯眯再问:

"你们跟谁家比炮?"

"俺们咋能拿您的'万家雷'去跟无名小辈比试,那不成请关老爷和小兵小卒比高低了?对手是文安县'蔡家鞭'蔡家,行吧?"

"噢?"万老爷子惊讶得很。他说:"蔡老大一死,都说蔡家关门不造炮,挂在天津卫的牌匾都摘了,怎么又出头露面,是不是假冒?"

"咋能假冒呢?蔡家四个大活人都在场呀!"

"咋四个?"

"蔡家老二、老三、老四,哥仨……"

"对呀,才仨,咋四个呢?"

"还有人家蔡老大的那俊媳妇春枝呢。春枝她——"窦哥说到春枝,看牛宝直了眼,便赶紧停住口。

"窦哥,你嘴动,胳膊别乱动,小心俺那火药盆子!"万老爷子叫道,然后叹口气说,"春枝那孩子命够苦,三个跟她贴近的男人全给炸死了——她爹,她公公,她爷们儿!俺说她是火命!是火!是灾!"

牛宝听得惊异不已,他死也想听明白;窦哥完全清楚牛宝的心思,何况他自己也想知道这闻所未闻的事,便死乞白赖,东绕西套,终于从万老爷子肚里掏出下边的话:

"哎,窦哥,俺当你万事通呢,你咋不知春枝姓杨,她爹就是九十堡'炮打灯'杨四呵。还是大清时候,天津卫炮市上就有句话,是'蔡家鞭,万家雷,杨家的炮打灯',这都是上两辈人创的牌子,到今儿全是百年老炮了。那时,因为杨家是本县人,跟俺们万家熟识,蔡家远在文安,相互只知其名罢了。到了俺们这辈,杨家跟蔡家认识了,很要好,两家给春枝和蔡老大定了娃娃亲。可春枝十岁就死了妈,跟她爹相依为命过日子。后来孩子们长大,该成亲了,蔡家老头子就去找杨四商量嫁娶的日子,杨四怕春枝走了,一个人受不住孤单,非要蔡老大倒插门。其实蔡家有四个儿子,少一个在身边怕啥?蔡家老头子偏不肯,谈崩了,都上了火气,蔡家老头子回家喝闷酒,一头醉倒,睡成烂泥巴,忘了热炕上还烤着几十挂受了潮的大鞭呢!一下烤过了劲儿,炮炸火起,怪的是四个大小伙子愣没打火里弄出他们爹,活活烧死。蔡家人恨死杨四,没人提那婚事。过两年,哎,就是俺刚头说过的——杨四同村人来找他借点火药,提着杆秤来称分量。造炮的人弄火药绝不准使铁器,勺用木勺,铲用木铲,他怎么忘了秤砣是铁疙瘩呢!秤杆一斜,秤砣砸在石头上,火星子迸进火药里,生把人炸得净光光,连根骨头也没找到,你们说奇不奇?好好一个人,像是变成一股烟,影都没留下,这是遭了啥罪?啥灾?杨家只剩下春枝孤孤单单一个闺女。那蔡老大来向她求婚,她不肯,不知因为她爹欠着蔡家一条命,还是怕一走,'炮打灯'杨家的根儿就此绝了?蔡老大打小跟春枝要好,知道这闺女的性子比火药还强,他竟造了一百个'炮打双灯'去到杨家门口放。意思是你杨家祖业给我蔡老大接过来了,绝断不了根脉。蔡老大是造炮好手,更是放炮好手,他把'炮打双灯'一个个立在手掌上托着放。凡是打上天的炮,头一响都得用'竖药',只往高处蹿,不往横处炸。顶多觉出点坐力来,绝不会伤手。这又表示,他蔡老大已经把杨家的'炮打灯'学到家了。一百个放完,春枝流着泪出屋,二话没说,跟他去了文安……哎,窦哥,这些事你咋会不知道呢?"

"只只片片听见过,可各村各庄造花炮的年年出事,年年死人,哪会连成您这么长的故事!"窦哥说,"俺倒听人说过蔡老大的死,他是惹了大仙吧?"

"说是也是。春枝嫁到蔡家第二年,也是年根底下,她做了一盘'炮打灯',打算三十夜里自己放,祭祖呗!她剩下一捧炸药没处放,就使高丽纸包个包儿,塞到鸡窝后边夹缝里。这地方平时绝没人去碰,最保险,谁知夜里闹黄鼠狼钻进鸡窝后边夹缝里,这也奇了,它上房翻墙,跑哪儿去不成,偏扎到火药包上,蔡老大拿棍子一捅,嘿,正好,轰地生把蔡老大炸得人飞起来,撞在屋檐上,再摔下来,成了血人……唉,怎么这样巧,又都巧到春枝一个人身上?也是命呗!出殡那天,春枝把自己编了十天十夜的两挂大鞭,足有几十万头,挂在大门两边老树上,放起来足足响了整整一夜,直叫整个村的人听着听着,都听哭了……"

牛宝听到这里,忽地翻身趴在地上,给万老爷子叩头。万老爷子蒙了,忙弯腰搀扶,说道:

"俺哪句话伤着你了,快起来,快起来,告诉俺,俺赔不是!"

牛宝却不起身,脑门撞地,咚咚山响,然后抬起泪花花的脸说:"您得教俺造'炮打灯',您得教俺造'炮打灯',您得教俺造'炮打灯'……"反反复复只这一句话。

万老爷子更糊涂了,窦哥心里却很明白,他害怕牛宝再去惹事,但牛宝犟上劲儿的事,愈拦愈坏,因此他非但没有劝阻,反也趴在地上给万老爷子叩头说:

"您成全俺哥哥吧!"

这句话像是在万老爷子脑袋里点盏灯。万老爷子先是惊讶,随后摇着头低声说:

"要说春枝是个好闺女,懂事明理,知情讲义,可惜她天生是火

47

命,是灾祸!你去问问文安县的光棍,还有人敢娶她做老婆吗?听俺一句吧,老弟!你只要一沾她,灾祸就扑上身,快快绝了这念头!"

牛宝额头顶着地,一动不动,说话的声音便又闷又重:"俺、俺死活要当蔡老大。"他不会再多说一句。

乡里人之间并不靠说,哼哼两声,谁都能知道谁的意思。万老爷子叹口长气,无奈地说道:"都是命里有呵!好,都起来吧,俺教!"他屁股没离凳子,一转,旁边就是一头吊在房梁上的赶版。他使这赶版一下一个,赶出四五十个炮筒子交给牛宝。然后把桌上的火药盒子和几个料碗端过来说:"一硝、二磺、三木炭,火药就这三样东西。你要想往天上打,少放磺,多放炭,这叫竖药;你要想往横处炸,多放磺,少放炭,这叫横药。'炮打灯'是把灯往天上送,下边一响必得用竖药。听明白了?硫磺好买,县城里铺子就卖,木炭你自己会烧?"

"俺画样子就拿木炭起稿。把柳树枝用泥封在洋铁罐里烧,行不?"牛宝说。

"这可不行!造炮的木炭不能使柳枝,只能用青麻秆。"

"麻秆倒有,可硝到哪儿去弄?"

"碱河边有的是,白花花一片片。人说文安任丘那边地上的硝更好,是火硝。"窦哥插嘴说。

"使那硝造炮,还不如放屁响。俺告你们个绝密。你们要是说给外人,俺就使炮炸了你们——"万老爷子凑过织满皱纹的老脸,表情神秘,压低嗓音说,"你们就到俺家对面那茅厕后的墙上去刮。"

"那是尿硝呵!"窦哥说。

"谁说不是。这村里人身上全是硝,尿出来的尿烫手,结成的尿硝才有劲儿哪!我家的不行,人老了,没火力。对面崔家五个小子,个个像小牛,那硝面子才是好东西。"万老爷子说,"这硝弄回去,可不能直接使,先用锅熬,熬成水,泼在木炭上,晾干压成粉再掺硫磺。记着,一份硝炭,一份半硫磺。'炮打灯'使竖药,还得多放硝炭!"

"那打到天上的灯,咋做法?"牛宝问。

万老爷子说:"这东西叫明子,你不会配,俺送你些吧。"他从身后拿出两个瓦坛子,里边装着黄豆大小、药丸似的东西,各拿出几十粒,分别使红绿纸包上。"这红纸包的,打到天上就是红灯,绿纸包的打到天上是绿灯。'炮打灯'有很多样儿,有一响一灯,有两响七灯,俗称'炮打七灯',可灯色都是黄色的。惟有这'炮打双灯',一红一绿,打到天上才好看哪!听俺爷爷说,大清时候,男的向女的求婚,就在人家房前放这炮。当年蔡老大在杨家房前放'炮打双灯',多半就是这意思。"

牛宝呼喇一声又趴地上,给万老爷子连叩响头,像是遇到救命大恩人。他动作太猛,差点把桌上火药盆子撞下来,幸亏窦哥眼疾手快抱住了。

待牛宝与窦哥千恩万谢告辞回去,万老爷子一人叹息、摇头,还狠狠砸了自己几拳,好像自己伤天害理、送人上西天了。

牛宝和窦哥出来就绕到对面茅厕后边。一看沿墙根白白的,果然都是尿硝,又厚又硬,使瓦片刮下来,晶莹闪亮。两人正刮得带劲,有个孩子喊:"有人偷硝了。"吓得他俩赶紧使帽头兜上硝面子,慌张逃出村,再逃回家。

牛宝照万老爷子的法儿,买料、配料、装活,他平日里干活认真,可此时脑袋着魔了,总一闪一闪老年间求婚使的那一双双红灯绿灯,糊里糊涂弄不清硝炭同硫磺,该是哪多哪少,装了一半,便不敢再装。傍晚时候,窦哥来了,两人一说,窦哥笑道:

"你脑袋里净是那春枝啦,咋弄不清呢?'炮打灯'使竖药往天上打呗,多掺些木炭不就行了!"牛宝往药里又加些木炭。两人在房后空地上试了两个,真鼓捣成啦!一响过后,打炮筒里飞出两条亮线,一红一绿,直上天空,老高老高,跟着变成一红一绿两盏灯,极亮极艳,照得天都暗了。窦哥看去,这双灯不在天上,而是在牛宝眼里;那大眼眶子中间,绚烂五彩,烁烁逼人。可窦哥哪知,刚刚牛宝往火药里加木炭之前,已经装成的一些炮,配料正好弄反,竖药成横药!

四

静海县城逢四逢八是大集。今儿是腊月二十八,大年根儿,赶集是最后一遭儿,买卖东西的人便都翻几番,穿戴也鲜活多了;炮市上更是气势压人,河床上烟火连天,炸声如雷,像是开了战;两岸堤坡装鞭炮的车排得密不透风,好似千军万马列成长蛇阵。牛宝和窦哥手拿一包"炮打双灯",蹲在一辆牛车后头,等候天晚人少。牛宝目光穿过大车轮子,一直死盯着春枝。她依旧在那歪脖柳树下,坐那驴车上,依旧黑衣服、白脸儿、红头巾,但她不像前两次木雕泥塑般纹丝不动,而是把俊俏小脸扭来扭去,东张西望,像是找什么。蔡家哥仨放鞭卖炮,忙前忙后,她却像没瞧见。

下晌后,炮市明显歇下劲来,停在堤上的大车走了许多,零零落落,不成阵势;河床中央的硝烟也见稀薄,看出一个个人来。日头西沉,景物、天空乃至空气全变暗,火光反显得分外明亮。渐渐剩下的人多是鞭炮贩子,吆喝喊叫加劲闹,无非想把压在手里的货甩出去。鞭炮这东西,压过腊月二十八,就得压上一年。地上炸碎的鞭炮屑儿,已经铺了厚厚一层,歪脖树下的蔡家人开始收摊子,也要返回去了,就这时牛宝带着窦哥突然出现在蔡家人面前。

春枝眼睛一亮,像是这才定住魂儿。

蔡家哥仨马上抄起家伙走上来。他们见牛宝立眉张目,嘴角紧张得直抖,有股子决然神气,以为并非比炮,只是要报复前仇,拼命来的。可牛宝不动手也不动嘴,他把厚厚大手平着向前一伸,掌心朝上,中央摆着一个"炮打双灯",大红炮筒,绿纸糊顶,还使黄纸盖个鲤鱼戳记粘贴中间,鲜艳漂亮,不是画画的牛宝,谁能把花炮打扮成这个样儿?蔡家哥仨一看,立即明白牛宝要干什么,气急眼红,竹竿子给抖动的膀臂震得哗哗响。他们回头看春枝,等待嫂子下令,他们就把这欺侮人到家的小子活活打死。只见春枝脸刷白,没一点血色,紧咬着嘴唇,两眼却像一对小火苗,闪闪冒光,叫蔡家哥仨不明白。

牛宝拿香头把立在手心的炮点着,一声响过,一对浓艳照眼的红绿双灯,腾空而起,他人也觉得随同升起,绚烂地呈现在幽蓝的晚空上。一个放过,窦哥就递上一个,一双双火弹连续不断打上天,美丽、响亮、又咄咄逼人。春枝抬头看,这双灯是她的过去——她最好的日子和最美的希望;而双灯一亮一灭,便是她坎坷多难的岁月经历,她入迷了。

突然,一声巨响,一个炮在牛宝手心爆炸,没往天上蹿,却往横处崩,手心登时裂开,血淌下来。窦哥急得忙把塞在牲口耳朵里的红布拉出来,要给牛宝缠手,一边叫着:"牛宝哥,别再放了。人家春枝不会跟你的……"

牛宝抢过红布一扬,朝窦哥喊道:"拿来,拿炮给俺!你不给俺就宰了你!"他瞪圆一对牛眼,像门神,很吓人。脑门上的青筋鼓起来嘣嘣直跳。

一个炮递过去,又炸了手心,眼瞅着皮开肉绽,手掌像托着一盘

炒鱿鱼卷儿。窦哥忽想到万老爷子的话,一股子不祥感透入骨头,不觉心寒胆战,掉着眼泪哀求道:

"咱中了万老爷子的话了,再放下去没命了,求你快回家吧!"

牛宝不吭声,像是没听见。一个个炮立在血肉模糊的手掌上,点着药信子,有的飞上去,有的往横处乱炸,完全没有准,血点子滴了一片。蔡家哥仨和周围的人都看呆了。决死的人跟神仙差不多,叫人敬畏。那打上去的双灯,像是带着血,变成血灯。牛宝后牙咬得咯咯咯响,努力不叫托炮的胳膊打颤,两眼死死盯着春枝。春枝坐在车上一动不动,但双手紧紧抓住盖在车上的红棉被,好像一松手,人就要掉下车来。

牛宝又点着一个"炮打双灯",他万没想到这炮筒子里硫磺这么多,几乎是炸弹,猛烈一声巨响,火光闪着血光,牛宝倒在地上,春枝倒在车上。

一年后,还是腊月里,牛宝赶车往县城赶集,左手扬鞭,残断的右手缩在袄袖里。他拿不成笔,不能再画缸鱼了,改卖"杨家的炮打灯",而且只卖"炮打双灯"。满满一车花炮盖着大红棉被,上头坐着一个鲜艳如花的女人,便是春枝。

但人们说到他俩,都暗暗摇头。窦哥无意间,把万老爷子应验了的预言泄露出来,大家更信春枝这女人是火、是灾、是祸,瞧!她还没进牛家门,就叫牛宝先废了一只手,而且是干活画画的手,这跟搭进去半条命差不多。牛宝听到这些闲话,憨笑不语,人间的苦乐惟有自知。

1991 年 6 月

雪夜来客

"听，有人敲门。"我说。

"这时候哪会有人来，是风吹得门响。"妻子在灯下做针线活，连头也没抬。

我细听，外边阵阵寒风呼呼穿过小院，只有风儿把雪粒抛打在窗玻璃上的沙沙声，掀动蒙盖煤筐的冻硬的塑料布的哗哗啦啦声，再有便是屋顶上那几株老槐树枝丫穿插的树冠，在高高的空间摇曳时发出的嘎嘎欲折的摩擦声了……谁会来呢？在这个人们很少往来的岁月里，又是暴风雪之夜，我这两间低矮的小屋，快给四外渐渐加厚的冰冷的积雪埋没了。此刻，几乎绝对只有我和妻子默默相对，厮守着那烧红的小火炉和炉上咝咝叫的热水壶。台灯洁净的光，一闪闪地照亮她手里的针和我徐徐吐出的烟雾。也许我们心里想的完全一样就没话可说，也许故意互不打扰，好任凭想象来陪伴各自寂寞的心。我常常巴望着有只迷路的小猫来挠门，然而飘进门缝的只有雪花，一挨地就消失不见了……

咚！咚！咚！

"不——"我要说确实有人敲门。

妻子已撂下活计,到院里去开门。我跟出去。在那个充满意外的年代,我担心意外。

大门打开。外边白茫茫的雪地里站着一个挺宽的黑糊糊的身影。谁?

"你是谁?"我问。

那人不答,竟推开我,直走进屋去。我和妻子把门关上,走进屋,好奇地看着这个莫名其妙的不速之客。他给皮帽、口罩、围巾、破旧的棉衣包裹得严严实实。我刚要再问,来客用粗拉拉的男人浊重的声音说:

"怎么?你不认识,还是不想认识?"

一听这声音,我来不及说,甚至来不及多想一下,就张开双臂,同他紧紧拥抱在一起。哟哟,我的老朋友!

我的下巴在他的肩膀上颤抖着:

"你……怎么会……你给放出来了?"

他没答话。我松开臂膀,望着他。他摘下口罩后的脸颊水渍斑斑,不知是外边沾上的雪花融化了,还是冲动的热泪。只见他嘴角痉挛似的抽动,眼里射出一种强烈的情绪。看来,这个粗豪爽直、一向心里搁不住话的人,一准要把他的事全倒出来了。谁料到,他忽然停顿一下,竟把这情绪收敛住,手一摆:

"先给我弄点吃的,我好冷,好饿!"

"呵——好!"我和妻子真是异口同声,同时说出这个"好"字。

我点支烟给他。跟着我们就忙开了——

家里只有晚饭剩下的两个馍馍和一点白菜丝儿,赶紧热好端上来。妻子从床下的纸盒里翻出一听久存而没舍得吃掉的沙丁鱼罐头,打开放在桌上。我拉开所有抽屉柜门，恨不得找出山珍海味来，但被抄过的家像战后一样艰难！经过一番紧张的搜索，只找到一个松花蛋，一点木耳的碎屑，一束发黄并变脆的粉丝，再有便是从一个瓶底搲下来的几颗黏糊糊的小虾干了。这却得到妻子很少给予的表扬。她眉开眼笑地朝着我："你真行，这能做一碗汤！"随后她像忽然想到一件宝贝似的对我说：

"你拿双干净筷子夹点泡菜来。上边是新添上的，还生。坛底儿有不少呢！"

待我把冒着酸味和凉气的泡菜端上来时，桌上总算有汤有菜、有凉有热了。

"凑合吃吧！太晚了，没处买去了。"我对老朋友说。

"汤里再有一个鸡蛋就好了。"妻子含着歉意说。

他已经脱去棉外衣，一件不蓝不灰、领口磨毛、袖口耷拉线穗儿的破绒衣，紧紧裹着他结实的身子，被屋里的热气暖和过来的脸微微泛出好看的血色。

他把烟掐灭，搓着粗糙的大手，眼瞪着这凑合起来的五颜六色的饭菜，真诚地露出惊喜，甚至有点陶醉的神情："这，这简直是一桌宴席呀！"然后咽一口口水，说，"不客气了！"就急不可待地抓起碗筷，狼吞虎咽起来。他像饿了许多天，东西到嘴里来不及尝一尝、嚼一嚼，就吞下去。却一个劲儿、无限满足、呜噜呜噜地说："好极了，真是好极了，真香！"

这仅仅是最普通、最简单，以至有点寒酸的家常饭呀，看来他已经许久没吃到这温暖的人间饭食了。

女人最敏感。妻子问他：

"你刚刚给放出来，还没回家吧！"

我抢过话说:"听说你爱人曾经……"我急着要把自己知道的情况说出来。

他听了,脸一偏,目光灼灼直对我。我的话立即给他这奇怪却异常冷峻的目光止住了,嘴巴半张着。怎么?我不明白。

妻子给我一个眼色,同时把话岔开:

"年前,我在百货大楼前还看见嫂子呢!"

谁知老朋友听了,毫无所动。他带着苦笑和凄情摇了摇头,声调降到最低:

"不,你不会看见她了……"

怎么?他爱人死了,还是同他离婚而远走高飞了?反正他的家庭已经破碎,剩下孤单单的自己,那么他从哪儿来,到哪儿去?

一时,我和妻子不知该说什么,茫然无措地望着他,仿佛等待他把自己那非同寻常的遭遇说出来。

他该说了!若在以前,他早就说了——

我等待着……然而,当他的目光一碰到冒着热气儿的饭呀菜呀,忽然又把厚厚的大手一摆,好像把聚拢在面上的愁云拨开,脸颊和眸子顿时变得清亮,声调也升高起来:

"哎,有酒吗?来一杯!"

"酒?"我和妻子好像都没反应过来。

"对!酒!这么好的菜哪能没酒?"他说。脸上露出一种并非自然的笑容。但这笑容分明克制住刚才那浸透着痛楚的愁容了。

"噢……有,不过只有做菜用的绍兴酒。"妻子说,"咱北方人可喝不惯这种酒。"

"管他呢!是酒就行!来,喝!"他说。话里有种大口痛饮、一醉方休的渴望。

"那好。"妻子拿来酒,"要不要温一下?"

"不不,这就蛮好!"他说着伸手就拿酒。

还是妻子给他斟满。他端起酒叫道:

"为什么叫我独饮?快两年没见了,还能活着坐在一起,多不易!来来来,一起来!"

真应该喝一杯!我和妻子有点激动,各自斟了一杯。当这漾着金色液体的酒杯一拿起来,我感觉,我们三人心中都涌起一种患难中老友相逢热烘烘、说不出是甜是苦的情感。碰杯前的刹那,我止不住说:

"祝你什么呢?一切都还不知道……"

他这张宽大的脸腾地变红,忽闪闪的眸子像在燃烧,看来他要依从自己的性格,倾吐真情了。然而当他看到我这被洗劫过而异常清贫的小屋,四壁凄凉,他把厚厚的嘴唇闭上,只见他喉结一动一动,好像在把将要冲出喉咙的东西强咽下去。他摆了摆手,用一种在他的个性中少见的深沉的柔情,瞅了瞅我和妻子,声音竟然那么多愁善感:

"不说那些,好吧!今儿,这里,我,你们,这一切就足够了。还有什么比这一切更好?就为眼前这一切干杯吧!"

一下子,我理解了他此时的心情。我妻子——女人总是更能体会别人的心——默默朝他点头表示同意。

我们把酒朝他举过去,好像两颗心,当地碰响了他那微微却强烈地抖动的杯子。

我们各饮一大口。

酒不是水,它不能把心中燃起的情感熄灭,相反会加倍地激起来。

瞧他——抓起身边的帽子戴上头又扔下,忙乱的手把外边的绒衣直到里边衬衫的扣子全解开了。他的眉毛不安地跳动着,目光忽而侧视凝思,忽而咄咄逼人地直对着我;心中的苦楚给这辛辣的液体一激,仿佛再也遏止不住而要急雨般倾泻出来……

我和妻子赶忙劝他吃菜、饮酒,不给他说话的机会。只要他张开嘴,不等他说,就忙抓起酒杯堵上去。

我们又像在水里拦截一条来回奔跑的鱼,手忙脚乱,却又做得不约而同。

他,忽然用心地瞧我们一眼。这眼肯定对我们的意图心领神会了。他便安静下来,表情变得松弛平和,只是吃呀、饮呀,连连重复一个"好"字……随后就乐陶陶地摇头晃脑。我知道他的酒量,他没醉,而是尽享着阔别已久的人间气息,尽享着洋溢在我们中间纤尘皆无的透明的挚诚……不用说,我们从生活的虚伪和冷酷的荆棘中穿过,当然懂得什么是最宝贵的。生活是不会亏待人的。它往往在苦涩难当的时候,叫你尝到最甜的蜜。这时,我们已经互相理解,完全默契了。我给他点上烟。抽着烟,我们相对不语,只是默默微笑着。隔着徐徐的发蓝的烟雾,对方可亲的笑容或隐或现。是呵,现在似乎只有微笑才能保住这甜蜜的情景。由于这微笑是给予对方的,才放进去那么多关切、痛惜、抚慰和鼓励,才笑得这么倾心、这么充实、这么痴醉,一直微笑得眼眦里颤动着发涩的泪水来。

如果任何美好的事物都是有限的,我们今天的相见就应该到此为止。恰恰这时,老朋友拿起帽子扣在头上,起身告辞了。呵,我们可是真正懂得怎样爱惜生活了!

外边依旧大风大雪,冰天冻地。

在冷风呼啸的大门口分手的一瞬,他见我嘴唇一动,忙伸手打个手势止住我。我朝他点头,也算作告别吧!他便带着一种真正的满足,拉高衣领,穿过冰风冷雪去了。

他至走什么也没说。

那天,我和妻子不知在寒风里站了多久。

大风雪很快盖住他的脚印。一片白茫茫,好像他根本没来过。这却是他,留给我的一块最充实的空白……

1984年2月

老夫老妻

"为我们唱一支暮年的歌儿吧!"

他俩又吵架了。年近七十的老夫老妻,相依为命地共同生活了四十多年,也吵吵打打地一起度过了四十多年。一辈子里,大大小小的架,谁也记不得打了多少次。但是不管打得如何热闹,最多不过两个小时就能恢复和好,好得像从没吵过架一样。他俩仿佛两杯水倒在一起,怎么也分不开。吵架就像在这水面上划道儿,无论划得多深,转眼连条痕迹也不会留下。

可是今天的架打得空前厉害,起因却很平常——就像大多数夫妻日常吵架那样,往往是从不值一提的小事上开始的——不过是老婆儿把晚饭烧好了,老头儿还趴在桌上通烟嘴,弄得纸块呀,碎布条呀,粘着烟油子的纸捻子呀,满桌子都是。老婆儿催他收拾桌子,老头儿偏偏不肯动。老婆儿便像一般老太太们那样叨叨起来。老婆儿们的唠唠叨叨是通向老头儿们肝脏里的导火线,不会儿就把老头儿的肝火引着了。两人互相顶嘴,翻起对方多年来一系列过失的老账,话愈说愈狠。老婆儿气得上来一把夺去烟嘴塞在自己的衣兜里，惹得老头儿一怒之下，把烟盒扔在地上，还嫌不解气，手一撩，又将烟灰缸子打落地上。老婆儿则更不肯罢休，用那嘶哑、干巴巴的声音说：

"你摔呀！把茶壶也摔了才算有本事呢！"

老头儿听了，竟像海豚那样从座椅上直蹿起来，还真的抓起桌上沏满热茶的大瓷壶，用力叭地摔在地上，老婆儿吓得一声尖叫，看着满地碎瓷片和溅在四处的水渍，直气得她那年老而松垂下来的两颊的肉猛烈抖颤起来，冲着老头大叫：

"离婚！马上离婚！"

这是他俩还都年轻时，每次吵架吵到高潮，她必喊出来的一句话。这句话头几次曾把对方的火气压下去，后来由于总不兑现便失效了；但她还是这么喊，不知是一时为了表示自己盛怒已极，还是迷信这句话最具有威胁性。六十岁以后她就不知不觉地不再喊这句话了。今天又喊出来，可见她已到了怒不可遏的地步。

同样的怒火也在老头儿的心里撞着，就像被斗牛士手中的红布刺激得发狂的牛，在看池里胡闯乱撞。只见他嘴里一边像火车喷气那样不断发出嘻嘻的声音，一边急速而无目的地在屋子中间转着圈。转了两圈，站住，转过身又反方向地转了两圈，然后冲到门口，猛拉开门跑出去，还使劲叭的一声带上门。好似从此一去就再不回来。

老婆儿火气未消，站在原处，面对空空的屋子，还在不住地出声骂他。骂了一阵子，她累了，歪在床上，一种伤心和委屈爬上心头。她想，要不是自己年轻时候得了肠结核那场病，她会有孩子的。有了孩子，她可以同孩子住去，何必跟这愈老愈执拗、愈急躁、愈混账的老东西生气？可是现在只得整天和他在一起，待见他，给他做饭，连饭碗、茶水、烟缸都要送到他跟前，还得看着他对自己耍脾气……她想得心里酸不溜秋,几滴老泪从布满一圈细皱的眼眶里溢出来。

　　过了很长时间,墙上的挂钟当当响起来,已经八点钟了。他们这场架正好打过了两个小时。不知为什么,他们每次打架过后两小时,心情就非常准时地发生变化,好像大自然的节气一进"七九",封冻河面的冰片就要化开那样。刚刚掀起大波大澜的心情渐渐平息下来,变成浅浅的水纹一般。她耳边又响起刚才打架时自己朝老头儿喊的话:"离婚!马上离婚!"她忽然觉得这话又荒唐又可笑。哪有快七十的老夫老妻还打离婚的?她不禁扑哧一下笑出声来。这一笑,她心里一点皱褶也没了;连一点点怒意、埋怨和委屈的心情也都没了。她开始感到屋里空荡荡的,还有一种如同激战过后的战地那样出奇的安静,静得叫人别扭、空虚、没着没落的。于是,悔意便悄悄浸进她的心中。她想,俩人一辈子什么危险急难的事都经受过来了,像刚才那么点儿小事还值得吵闹么?——她每次吵过架冷静下来时都要想到这句话。可是……老头儿总该回来了;他们以前吵架,他也跑出去过,但总是一个小时左右就悄悄回来了。但现在已经两个小时仍没回来。他又没吃晚饭,会跑到哪儿去呢?外边正下大雪,老头儿没戴帽子、没围围巾就跑了,外边地又滑,瞧他临出门时气冲冲的样子,别不留神滑倒摔坏吧?想到这儿,她竟在屋里待不住了,用手背揉揉泪水干后皱巴巴的眼皮,起身穿上外衣,从门后的挂衣钩儿上摘下老头儿的围巾、棉帽,走出房子去了。

　　雪下得正紧,积雪没过脚面。她左右看看,便向东边走去。因为每天早上他俩散步就先向东走,绕一圈儿,再从西边慢慢走回家。

　　夜色并不太暗,雪是夜的对比色,好像有人用一支大笔蘸足了白颜色把所有树枝都复勾一遍,使婆婆的树影在夜幕上白茸茸、远远近近、重重叠叠地显现出来。雪还使路面变厚了,变软了,变美了;在路灯的辉映下，繁密的大片大片的雪花纷纷而落，晶晶莹莹地闪着光，悄无声息地加浓它对世间万物的渲染。它还有种潮湿而又清冽的气息，有种踏上去清晰悦耳的咯吱咯吱声；特别是当湿雪蹭过脸颊时，别有一种又痒、又凉、又舒服的感觉。于是这普普通通、早已看惯了的世界，顷刻变得雄浑、静穆、高洁，充满活鲜鲜的生气了。

她一看这雪景，突然想到她和老头儿的一件遥远的往事。

五十年前，她和他都是不到二十岁的欢蹦乱跳的青年，在同一个大学读书。老头儿那时可是个有魅力、精力又充沛的小伙子，喜欢打排球、唱歌、演戏，在学生中属于"新派"，思想很激进。她不知是因为喜欢他、接近他，自己的思想也变得激进起来，还是由于他俩的思想常常发生共鸣才接近他、喜欢他的。他们在一个学生剧团。她的舞跳得十分出众。每次排戏回家晚些，他都顺路送她回家。他俩一向说得来，渐渐却感到在大庭广众中间有说有笑，在两人回家的路上反而没话可说了。两人默默地走，路显得分外长，只有脚步声，那是一种甜蜜的尴尬呀！

她记得那天也是下着大雪，两人踩着雪走，也是晚上八点来钟，她从多少天对他的种种感觉中，已经又担心又期待地预感到他这天要表示些什么了。在沿着河边的那段宁静的路上，他突然仿佛抑制不住地把她拉到怀里去。她猛地推开他，气得大把大把抓起地上的雪朝他扔去。他呢？竟然像傻子一样一动不动，任她用雪打在身上，直打得他浑身上下像一个雪人。她打着打着，忽然停住了，呆呆看了他片刻，忽然扑向他身上。她感到，他有种火烫般的激情透过身上厚厚的雪传到她身上。他们的恋爱就这样开始了。——从一场奇特的战斗开始的。

多少年来，这桩事就像一张画儿那样，分外清楚而又分外美丽地收存在她心底。每逢下雪天，她就不免想起这桩醉心的往事。年轻时，她几乎一见到雪就想到这事；中年之后，她只是偶然想到，并对他提起，他听了都要会意地一笑，随即两人都沉默片刻，好像都在重温旧梦。自从他们步入风烛残年，即使下雪天气也很少再想起这桩事。是不是一生中经历的事太多了，积累起来就过于沉重，把这桩事压在底下拿不出来了？但为什么今天它却一下子又跑到眼前，分外新鲜而又有力地来撞她的心……

现在她老了，与那个时代相隔半个世纪了。时光虽然依旧带着他们往前走，却也把他们的精力消耗得快要枯竭了。她那一双曾经蹦蹦跳跳、多么有劲的腿，如今僵硬而无力；常年的风湿病使她的膝头总往前屈着，雨雪天气里就隐隐发疼；此刻在雪地里，每一步踩下去都是颤巍巍的，每一步抬起来都费力难拔。一不小心，她滑倒了，多亏地上是又厚又软的雪。她把手插进雪里，撑住地面，艰难地爬起来，就在这一瞬间，她又想起另一桩往事——

啊！那时他俩刚刚结婚，一天晚上去平安影院看卓别林的《摩登时代》。他们走进影院时，天空阴沉沉的。散场出来时一片皆白，雪还下着。那时他们正陶醉在新婚的快乐里，内心的幸福使他们把贫穷的日子过得充满诗意。瞧那风里飞舞的雪花，也好像在给他们助兴；满地的白雪如同他们的心境那样纯净明快。他们走着走着，又说又笑，跟着高兴地跑起来。但她脚下一滑，跌在雪地里。他跑过来伸给她一只手，要拉她起来。她却一打他的手：

"去，谁要你来拉！"

她的性格和他一样，有股倔劲儿。

她一跃就站了起来。那时是多么轻快啊，像小鹿一般，而现在她又是多么艰难呀，像衰弱的老马一般。她多么希望身边有一只手，希望老头儿在她身边！虽然老头儿也老而无力了，一只手拉不动她，要用一双手才能把她拉起来。那也好！总比孤孤单单一个人好。她想到楼上邻居李老头，"文化大革命"初期老伴被折腾死了。尽管有个女儿，婚后还同他住在一起，但平时女儿、女婿都上班，家里只剩李老头一人；星期天女儿、女婿带着孩子出去玩，家里依旧剩李老头一人。——年轻人和老年人总是有距离的。年轻人应该和年轻人在一起玩，老人得有老人为伴。

真幸运呢！她这么老，还有个老伴。四十多年如同形影，紧紧相随。尽管老头儿爱急躁，又固执，不大讲卫生，心也不细，等等，却不失为一个正派人，一辈子没做过一件亏心的、损人利己的、不光彩的事。在那道德沦丧的岁月里，他也没丢弃过自己奉行的做人的原则。他迷恋自己的电气传动专业，不大顾及家里的事。如今年老退休，还不时跑到原先那研究所去问问、看看、说说，好像那里有什么事与他永远也无法了结。她还喜欢老头儿的性格，真正的男子气派，一副直肠子，不懂得与人记仇记恨；粗心不是缺陷，粗线条才使他更富有男子气……她愈想，老头儿似乎就愈可爱了。两小时前能够一样样指出来、几乎无法忍受的老头儿的可恨之处，也不知都跑到哪儿去了。此刻她只担心老头儿雪夜外出，会遇到什么事情。她找不着老头儿，这担心就渐渐加重。如果她的生活里真丢了老头儿，会变成什么样子？多少年来，尽管老头儿夜里如雷一般的鼾声常常把她吵醒，但只要老头儿出差外地，身边没有鼾声，她反而睡不着觉，仿佛世界空了一大半……想到这里，她就有一种马上把老头儿找到身边的急渴的心情。

她在雪地里走了一个多小时，大概快有十点钟了，街上没什么人了，老头儿仍不见，雪却稀稀落落下小了。她两脚在雪里冻得生疼，膝头更疼，步子都迈不动了，只有先回去了，看看老头儿是否已经回家了。

她往家里走。快到家时，她远远看见自己家的灯亮着，灯光射出，有两块橘黄色窗形的光投落在屋外的雪地上。她心里怦地一跳：

"是不是老头儿回来了？"

她又想，是她刚才临出家门时慌慌张张忘记关灯了，还是老头儿回家后打开的灯？

走到家门口，她发现有一串清晰的脚印从西边而来，一直拐向她楼前的台阶。这是老头儿的吧？跟着她又疑惑这是楼上邻居的脚印。

她走到这脚印前，弯下腰仔细地看，这脚印不大不小，留在踏得深深的雪窝里。她却怎么也辨认不出是否老头儿的脚印。

"天呀！"她想，"我真糊涂，跟他生活一辈子，怎么连他的脚印都认不出来呢？"

她摇摇头，走上台阶打开楼门。当将要推开屋门时，心里默默地念叨着："愿我的老头儿就在屋里！"这心情只有在他们五十年前约会时才有过。初春时曾经撩拨人心的劲儿，深秋里竟又感受到了。

屋门推开了，啊！老头儿正坐在桌前抽烟。地上的瓷片都扫净了。炉火显然给老头儿捅过，呼呼烧得正旺。顿时有股甜美而温暖的气息，把她冻得发僵的身子一下子紧紧地攫住。她还看见，桌上放着两杯茶，一杯放在老头儿跟前，一杯放在桌子另一边，自然是斟给她的……老头儿见她进来，抬起眼看她一下，跟着又温顺地垂下眼皮。在这眼皮一抬一垂之间，闪出一种羞涩的、发窘的、歉意的目光。每次他俩闹过一场之后，老头儿眼里都会流露出这目光。在夫妻之间，打过架又言归于好，来得分外快活的时刻里，这目光给她一种说不出的慰安。

她站着，好像忽然想到什么，伸手从衣兜里摸出刚才夺走的烟嘴，走过去，放在老头儿跟前。一时她鼻子一酸，想掉泪，但她给自己的倔劲儿抑制住了。什么话也没说，赶紧去给空着肚子的老头儿热菜热饭，还煎上两个鸡蛋……

1981 年 6 月 17 日

胡　子

有本时尚杂志说,胡子是男性美最鲜明的标志。还说男人的雄性、刚性、野性都在这黑乎乎糊满了下巴的胡楂子上——这话可不是真理!对于我认识的老蔡来说,胡子可不是什么美,而是他的命运。

老蔡从十三岁起唇上就长出软髭。这些早生的黑毛长长短短,稀稀拉拉,东倒西歪,短的像眉毛,长的像腋毛。他正为这些讨厌的东西烦恼时,黑毛开始变硬,渐渐像一根根针那样竖起来。一次和同学扭打着玩,这硬毛竟把同学的手背扎破,多硬的胡子能扎破人的手背?那不成刺猬的刺了吗?因而他得了一个外号,叫"刺猬"。从此再没人敢和他戏耍了。

他执意要把这个耻辱性的外号抹去,便偷用父亲的刮脸刀刮去唇上和下巴上的那些硬毛。头一次使刮脸刀,虽然笨手笨脚地划出几条血伤,但刮出来的光溜溜的瓷器一般的下巴叫他快乐无穷。这一下真顶用,"刺猬"的绰号不攻自废。可时过不久,一茬新生的胡子从他嘴唇四周冒出头来,反而变粗一些,也硬一些。他急了,再刮,更糟!原来胡子天生具有反抗性。愈刮愈长,愈刮愈硬。到了高中二年级,已经非得一天一刮不可了。

这时,他不得不在自己的胡子前低下头来。认头人家称他"刺猬",不和他亲近。他呢?渐渐被别人这种惧怕"刺猬"的心理所异化,主动与别人保持距离。他是不是因此变得落落寡合?并在上大学时选择了远离世人的古生物研究专业,工作后主动到那种整天戴着口罩的试验室工作?

后来,这胡子还成为他和女友之间的障碍。一次看完电影,女友忽然把手中的电影票递给老蔡,说:"你用它蹭蹭脸。"

"为什么?"他不明白她的用意,却还是这样做了。当电影票从脸颊上蹭过,发出非常清晰的嚓嚓声。

真是挺可怕。三个小时前他从家里出来时刚刮过脸。难道只是一场电影的工夫,胡子就冒出来了!

还能怪女友不准他凑过脸去吗?这位与他结交的第一位女友送给他一个比"刺猬"更具威胁的绰号,叫"铁蒺藜"。无疑,这绰号里边包含着一种恐惧。

从此他一天不止一次刮胡子了。一位同事笑他:"这应上了那句俏皮话,一天刮三遍胡子——你不叫我露脸,我不叫你露头!"

老蔡面对镜子里黑乎乎的自己。真不明白这些坚硬的、顽强的、不可抑制的硬毛是从哪里来的。皮下边?肉里边?到底他身上多了些什么怪诞的元素,使他如此难堪与苦恼。他发现自己进入二十岁之后,胡子变得更加癫狂。不仅更黑更粗更硬更密,而且沿着两腮向上攀升,与鬓角连成一体。不可思议的是,有时面颊上也会蹿出油亮的一根。这别是有人类的"返祖"现象吧。他去看过医生,医生笑道:"指甲长得快能治吗?汗毛儿长得多也能治吗?你这不是病!比你胡子多的人我也见过。你父亲胡子是不是也很盛?要是遗传就谁也没办

69

法了。你天生就得这样。"

没办法了。任凭这命中注定、霸气十足的胡子把他第一个女友打跑。虽然女友没说分手的原因是为了胡子。但谁会一辈子天天夜里睡在铁蒺藜旁边？用下巴上的胡子把女朋友吓跑，可谓天下少有，真算得上蝎子屃尼——毒（独）一份了。

从此老蔡变得自卑起来，甚至不敢主动去接近女人。至于他后来的妻子，完全是人家自己主动走进他这一团荆棘的。若说这段姻缘的起始，那可是再普通不过的一件小事——

一次老蔡出差杭州办完事，买了回程的车票在火车站等车。站台上有一个很长的水泥水池，上边一排七八个水龙头，这是为了方便来往的长途旅客洗洗涮涮的。可有的人只顾洗，完事不关龙头，三个龙头正在哗哗流水。过往的人没有一个人当回事儿。老蔡上去把这三个龙头全拧上——这个细节叫坐在车窗边的一个女子瞧见，心中生出敬意。老蔡上车后凑巧坐在这女子的斜对面。谁想这女子就主动和他交谈起来。这女子在杭州上大学，念中文，喜欢文学的女子都很看重人的心意。而真正的爱慕，往往是从对方身上感触到自己人生理想的准则开始。还有比关水龙头再小的事吗？但对于这念文科的女子，它就像一束细细的光照亮一个世界。有了这样的来自心灵的因由，胡子就不会是任何障碍了。

如果爱一个人，一定爱这个人的一切，包括缺欠。缺欠甚至可以被美化。比如对老蔡的胡子，妻子称之为"温柔的锉"。

老蔡自己却很小心。刚结婚时，他怕在激情中扎伤妻子，每天睡觉前都把下巴刮得锃亮。一天早晨醒来，睡意未尽的妻子无意间伸过来的手触到他的脸，手马上闪开，好像触到一个硬棕刷，被扎一下。妻子不知道睡了一觉的老蔡的胡子竟会长成这样。

老蔡说:"我马上起来刮脸。"

妻子笑道:"不,这是你的识别物。如果摸不到胡子就不是你了,换别人了。"妻子逗他。

老蔡有点急。他赌气说:"还有一种情况就是我死了,人一死就不会再长胡子了。"

妻子忽然翻身起来,使劲捂住他的嘴,朝他大声叫着:"说什么浑话呀,快敲木头,敲木头!"

老蔡很惊讶。娴静的妻子怎么会变得这样的气急败坏。

老蔡不是学文的。也许他没想过,爱的本质就是生命的相互依赖。

再往后,老蔡与胡子的关系不但不小,反而更大了。

比方六十年代末被关进"牛棚"的时候,他最受不了的并不是那些逼供啦、写检查啦、批斗时"坐飞机"以及挨揍啦等等,而是不能刮胡子。从十七岁起,他没有一天不刮胡子,可是"牛棚"里任何人都不准刮胡子,主要是怕他们用刮脸刀片自杀。饭碗也不用瓷的,怕他们摔碎碗用瓷片割脖子,他们用的饭碗都是搪瓷或铝的。此外也不给他们筷子,担心他们把筷子头磨尖,插进自己身体的要害处。据说一位老专家就用这种自己改制的筷子了结了自己。因此吃饭时发给他们每人一条硬纸片做代用品。

于是,被放纵的胡子便在老蔡的脸上像野草那样疯长起来。五天后像卡斯特罗,十天后就像张飞了。他感到下半张脸发热,捂得难受,好像扣着一个厚厚的棉帽。这时候正是八月天气,不时要用手巾去擦胡子中间的汗水——好似草里的露水。不久,他感到胡子根儿的地方奇痒,愈搔愈痒,大概生痱子了。

他原以为自己这么硬的胡子,长得太长会像四射的巨针。在他刚

71

被关起来的头几天胡子还真是长得又长又硬,使他想起少年时代那个"刺猬"的绰号。但没料到,胡子过长,反而变软,就像柳枝愈长愈柔,最后垂了下来。可是他的胡子垂下来并不美,因为这胡子没经过修剪和梳理,完全是野生的。一脸乱毛,横竖纠结,在旁人看来像肩膀上扛着一个鸟窠。于是,他的胡子就成了被审讯时的主要话题——成了审讯他的那帮小子耍坏取乐的由头。

一次,一个小子居然问他:

"你怎么不说话,哑巴了?你那堆毛里边有嘴吗?那里边只会尿尿吗?"

他没生气,过后也没拿这句话当回事。如果他拿胡子不当回事,这世上就没什么可以特别较真的事了。

四个月后,他被宣布为"人民内部矛盾,但不平反,帽子拿在人民手中"。可以回家了。

他从单位的"牛棚"走出来,即刻拐向后街一家小理发店。由于在"牛棚"里没人看他,也不怕人看,整天扬着一脸胡子,已经惯了;此刻走在大街上,竟把一女孩子吓得尖叫起来,仿佛见了鬼。待进了理发店,坐下来,对镜子一瞧,俨然一个判官。一时把站在椅子后边的剃头师傅吓了一跳。自己也完全不认得自己了。

剃头师傅问他:"怎么剃法?"

他说:"全剃去。"

师傅放下椅背,叫他躺好。拿过一块热气腾腾的手巾焐在他下巴上,真是温暖!不会儿剃头师傅掀去手巾,用胡刷蘸着凉丝丝、冒着气泡的肥皂水涂在他的下巴上,好似清冽的溪水渗入久旱的荒草地。当大大小小的肥皂泡儿纷纷炸破时,每根胡子都感到了愉悦。跟着一刀刮去,便感到一股凉爽的风吹到那块刮去胡子的脸上。一刀刀刮去，一道道清风吹来。他闭上眼，享受着这种奇妙的快感。鼻子闻着肥皂的香气——其实只是一种最廉价的胰子而已；耳听着又薄又快的刀刃扫过面皮时清晰悦耳的声音，还有胖胖的剃头师傅俯下身来喘着暖乎乎的粗气……随后又一块湿漉漉的热毛巾如同光滑的大手在他整个脸上舒舒服服地抹来抹去。最后只听师傅说："好了。"他被推起来的椅背托直了身子。

睁眼一瞧，好似看到一个白瓷水壶摆在镜子中央——他更认不得自己了。

怎么？刚才有胡子的不是自己，此刻没胡子的也不是自己，究竟谁是自己呢？自己在哪儿呢？

他付了钱。口袋里有五六块钱，是两个月前妻子送衣服来时放在口袋里的。他跑到小百货店给妻子买了一瓶雪花膏，又跑到街口买了一小包五香花生，两支刚蘸着玻璃般亮晶晶糖汁的糖葫芦。这都是妻子平日最喜爱的东西。天已经暗下来，他回到家。一手举着糖葫芦，一手敲门，想给妻子一个突然的意外的惊喜。她并不知道他今天被放回来。他们已经四个月没见面，音讯断绝，好似生活在阴阳两极。

里边门一开，妻子看见他立即惊得一叫，声音极大，好像出了什么事。他说：

"你是不是不认识我了？我是老蔡呀。"

妻子把他拉进屋，关上门，扑在他怀里，哭起来。边说："你变成狗，我也认得你。你怎么不事先告我一声呀！"

老蔡说："我还以为我刮脸，刮得太白太光，你认不出我来呢！"

妻子抬头看他一眼，带着眼泪笑了，说："什么太白太光，你什么时候刮的脸，那些胡子又都出来了。"

他一怔，抬起手背蹭蹭下巴，这么短的时间已经又毛楂楂地冒出一层!但这一次他对胡子的感觉很例外,很美妙。就这层胡楂,使他忽然感到,往日往事,充溢着勃勃生机的生命,还有习惯了的生活,带着一种挺动人的气息又都回来了。

老蔡的病是八十年代开始得的。

先是视力下降,干不成他化验室的工作;后来是一根脑血管不畅,走道打斜,也无法在办公楼里传送文件和里里外外跑跑颠颠;跟着是负面的遗传基因开始发作——血糖高上来了,他父亲就是从这条道儿去天国的;随后是内分泌乱了套,他称自己的体内正在进行"文化大革命"。各大医院都去过了,各大名医也托人引荐见过了,最终还是躺在了床上。奇怪的是,虽然身体各部分都很弱,惟有胡子依然很旺,黑亮而簇密,生气盈盈。他依旧习惯地早一次晚一次刮两遍。一位朋友说:"这表明老蔡生命力强。毛发乃人的精血呀!"

于是,胡子成了老蔡和妻子隐隐约约的一种希望与寄托。这期间经常挂在妻子嘴边的,是她从古诗中改出来的两句:

"胡子除不尽,剃刀刮又生。"

然而,胡子从来就不听老蔡的,只给他找麻烦。

最早发现胡子发生变异的,不是他自己,而是妻子。

自从他躺到床上,一早一晚刮胡子的事就由妻子来做。自己刮自己的脸,脸蛋和刮刀相互配合,不会刮破脸;别人来刮就难了,常常会刮破。老蔡血糖高,伤口不好愈合,幸好那时市场上出现一种进口的电动刮脸刀,刀头上蒙着一种带网眼儿的铁罩,绝对安全。妻子赶紧买了一个,倒是十分得用。但一天,妻子发现老蔡下巴上有一根胡子怎么也刮不掉,奇怪了,怎么会刮不掉呢?戴上花镜一看,竟是一根很怪异的胡须,颜色发黄,又细又软,须尖蜷曲。它弯弯曲曲很难进入网罩上的细眼儿。老蔡的胡子向来都是又黑又硬,怎么冒出这么一根?好似土地贫瘠长出的荒草。妻子只当是偶然。谁料从此,这蜷曲的黄须就一根根甚至攒三聚五地出现。随后,她发现他下巴上的胡须变得稀疏,开始看见白花花的肉皮了。

她心里明白,却不敢吱声。反正老蔡很少照镜子,肯定不知道脸上所发生的变化。一天傍晚,妻子给他刮脸。迟暮的余晖由窗口射入。一缕夕阳正照在他的下巴上。妻子陡然觉得这日渐荒芜的下巴,好似晚秋时节杂草丛生的土岗子那样萧瑟而凄凉。她不觉落下泪来,泪水滴在老蔡的脸上。

老蔡闭着眼,却开口说:"从小我就巴望它们长得慢点、慢点,现在终于遂了我的愿。你该高兴才是。"

妻子反而哭出声来。

从老蔡病倒卧床那天开始计算,七年后的一天,一个平平常常的春天的早晨,妻子醒来,习惯地用手去摸老蔡的下巴。手心抚处,奇异的光滑,像一块卵石。她下意识地感到了什么,又摸一下,感觉更不对,老蔡的胡子呢?

此时此刻她分明听到一个声音,是老蔡的声音,很遥远,那是许久许久以前老蔡说过的一句话:

"人一死就不再长胡子了。"

她猛地翻过身,叫一声老蔡。老蔡极其刻板地仰面躺着,灰白而瘦削的脸一片死寂,没有一根胡子。她第一次看到老蔡不生胡子的脸。原来不生胡子的脸这样难看。

2006年仲夏日

楼顶上的歌手

——一个在极度压抑下浪漫的故事

一

那天早晨，忽有一块极亮的、颤动着的光像发狂的精灵，在我房间里跑来跑去。当这光从我眼前掠过，竟照得我睁不开眼。我发现这块诡奇的光是从后窗外射进来的，推窗一看，原来隔着后胡同，对面屋顶上那间小阁楼正在安装窗子的玻璃。

我也住在阁楼上。不同的是，我的阁楼是顶层上的两间低矮的亭子间；对面的阁楼是立在楼顶之上孤零零、和谁都没关系的一间尖顶小屋。远远看，很像放哨用的岗楼。它看上去很小，而且从来没人居住。它为什么盖在楼顶上？当初是干什么用的？无人能说清。这片房子是二十年代英国人"推广租界"时盖的。只记得后胡同里曾经有人养过鸽子，有许多白的、黑的、灰的鸽子便聚到这荒废的屋子里，飞进飞出，鸽子们拿这小空屋当作乐园。现在有人住了吗？是谁搬进来了？

隔了十来天，黄昏时分，忽然一阵歌声如风一样吹进我的后窗。后胡同从来没有歌声，只有矿石收音机劣质的纸喇叭播放着清一色的语录歌和样板戏。那种充满霸气的吼叫和强加意味的曲调被我本能地排斥着。于是此刻，这天籁般的歌声自然就轻易地推开我的心扉了。

没等我去张望是谁唱歌，妻子便说："是那小阁楼新来的人。"

女人对声音总是比男人敏感。

我们隔着窗望去，对面阁楼的地势略高一些，相距又远，无法看到那屋里唱歌的人。这是一个男性的歌声，音调浑厚又深切，虽然声音并不大，但极有穿透力，似乎很轻易地就到了我耳边。这时金红色的夕照正映在那散发着歌声的小屋，神奇地闪闪烁烁。我分不出这是夕阳还是歌声在发光。

我第一次感受到声音是发光的，有颜色的。

这个人是谁呢？一个职业的歌手吗？他是谁？只一个人吗？从哪搬来的？他也像我们——抄家之后被轰到这贫民窟似的楼群里来的？对于楼顶上这间废弃已久的小破屋，似乎只有被放逐者才会被送到这里。

我相信我的判断。因为我的判断来自他的歌声。一些天过去，我听得出他的歌声如同盛夏的天气时阴时晴。这声音里的阴晴是歌者心中的晦明。我还听得出，他的歌声里透出一种很深的郁闷与无奈。他的歌为什么从来不唱歌词？在那个"革命歌曲"之外一切都被禁唱的时代，他一定是怕这些歌词会给自己找麻烦吧。从中，我已经感知到他属于那个时代的受难者。

也许我和他是社会的同类。也许他随口哼唱出来的歌——那些名歌、情歌、民歌我太熟悉，也太久违了。我为自己庆幸。好像在沙漠的暴晒和难耐之中，忽然天上飘来一块厚厚的雨云，把我遮盖住，时不时还用一些凉丝丝的雨滴浇洒我的心灵。

我这边楼群的后胡同，其实也是他那边楼群的后胡同。后胡同自来人就很少。从我的后窗凭栏俯望，这胡同又窄又细又长又深，好像深不见底的一条峡谷。阳光从来照不进去，雨点或雪花常常落下去，但落下去一半就看不见了；下一半总是黑糊糊的，阴冷潮湿，冒着老箱子底儿那种气味。对面的楼群似乎更老。一色的红砖墙上原先那种亮光光刚性的表层都已经风化、粉化、剥落，大片大片泛着白得刺目的碱花。排水的铅管久已失修，大半烂掉，只有零碎的残管东一段西一段地挂在墙角。一颗凭着风吹而飘来的椿树籽在女儿墙边扎下根，至少活了二十年，树干已有擀面杖粗。它们很像生长在悬崖石壁的树，畸形般地短小，却顽强又苍劲。这些老楼里的人拥挤得不可思议，每间屋子里差不多都住着一家老少三代甚至四代，各种生活的弃物只能堆在屋外。不论是胡同下边的小院、上上下下的楼梯，还是阳台上，到处堆着破缸、碎砖、废炉子、自行车架以及烂油毡。最奇特的景象还是在屋顶上，长长短短的竹竿拉着家家户户收音机细细的天线，好像一张巨大的蜘蛛网笼罩着整片的楼群。然而，这种破败、粗粝而艰辛的风景现在并不那么难看了。因为它和神灵般的歌声融在了一起。

二

一切艺术中，最神奇最伟大的莫过于音乐，莫过于歌。它无形无影，无可触摸，飘忽不定，甚至不如空气——挥挥手掌就能感到。但它却能够以其独有的气质与情感，改变它所充盈的空间里的一切。它轻盈我们轻盈，它沉重我们沉重，它恬淡我们恬淡，它激情鼓荡我们便热血偾张。一个地方只要有音乐，连那里的玻璃杯看上去也有感觉。这些被艺术家神化的声音，能够一下子直接进入我们的心，并轻而易举地把我们带进它的世界，心甘情愿地接受它美的主宰。

那时代，我活得可够劲。整个社会都疯了，我所供职的画院里的人们忽然都视艺术为粪土，都迷上了军装穿上军装，都把眼睛睁得奇大，好像处处藏着"敌人"。对于我，离开了艺术的生活空洞无物，更何况整个生活充斥着那种与艺术相悖的东西。你躲不开它，又绝对不能拒绝它，还要装着顺从它——甚至热爱它。

不管为了什么，违心地活着都很累。

当我带着一天的倦乏回家，拉下肩上的挎包——此时已无力把挎包放在柜子或椅子上，而是随手往地上一扔，一转身仰面朝天倒在床上，心中期待的是对面楼顶上的歌声飘过来。

尽管他的歌是苦味的，有时很苦、很苍凉，但很动情；他的歌声还有一种很特别的磁性美，使我的心一直走进他的歌声里，一天里积存在浑身骨节和肌缝里的疲惫，便不知不觉烟一般地消散了。不仅如此，他的歌还常常会给我端起的水酒里添上一点滋味，感染得我和家人亲热时多一些爱意与缠绵。最令我惊奇的是，他的歌还像精灵一样钻进我的笔管里。白天在单位不能画画，下班在家便会铺开纸，以笔墨释怀。这时我发现我的笔触与水墨居然明显地多了些苦味，很像他歌里的那种味道。歌声能够改变画意吗？当然不是，其实这种苦味原本也潜在我的心底，只不过被他的歌声唤醒罢了。为此，我非但没有去抵制他对我的影响，反而喜欢在他的歌声中作画。

一天，我被他低沉而阴郁的歌声感动，一种久违的冲动使我急急渴渴在桌案上展纸提笔，以充沛的水墨抹上大片厚厚的阴霾。然而，他浓重的低音并不绝望，时而透出一种祈望，于是我笔下的阴云在相互交错中不觉地透出一块块天光。我情不自禁，还在云隙之间，用极淡的花青点上薄薄的蓝色。这是晴空的颜色。但它又高又远，可望而不可即。这是无限的希冀之所在，一块极其狭小的安放遐想之地，却又朦朦胧胧，远如幻梦。

后来，他的声音转而变得强劲。那种金属般磁性的音质渐渐有力地透露出来。这一瞬，我看见在画面的云天上，飞着几只乌黑的大雁，它们引颈挥翅，逆风而行，吃力地扇动着翅膀。我在画这些顶风挥舞的雁翅时，好像自己的臂膀也在用力，甚至听到这些大雁与强风较劲时肩骨发出的咯吱咯吱声。我忽然想，这苦苦挣扎却执意前行的大雁所表现的不正是一切生命本质中的顽强？

我忽然彻悟到，人的力量主要还是要在自己的身上寻找。别人给你的力量不能持久，从自己身上找到的力量，再贯注到自己身上，才会受用终身。

也许为此，这样题材的画我不止一次地画过。奇妙的是，每次画这些逆风的大雁耳边都会幻觉般地出现那天听到的歌声来。

我个人生活的一段时光是和他的歌声在一起的。

我很幸运。因为那是我生命中极度贫乏的一段日子。

和歌声在一起是奇妙的。它与我似伴相随。

它进入我的生活时，是随意的、自由的、不知不觉的；它走出我的空间时，也随意而自由，像烟一般地飘去。它从不打扰我。他的歌很少完整地从头到尾，似乎随心所欲，想唱就唱。有时一段歌反复地唱,有时只唱一两句就再没声音。他是绝对自我的,完全不管也不知道我的存在。这反而使我很自由,完全不必"应酬"他。人和音乐所进行的是两个心灵奇妙的"对话"。当心灵互不投机时,人与音乐彼此无关;当两个心灵互相碰撞一起,便一下子相拥一起了。我和这歌手也如此,有时他的歌与我的心情不一致——我就不去用心倾听它。我与人聊天说话或者独自沉思时,它仅仅是一种远远的背景。就像身后的一幅画。

白天里很少听到他的歌,大多是他下班归来,所以他的歌总是和黄昏的夕照同时进入我的后窗。

由于他不唱歌词,歌中内容多是代以"呵、噢、啦、哎、呜",类似歌手练习发声,但他在这字音里注入很多情感。这种无歌词的哼唱听起来就更像是音乐。有时他还会唱一些著名的钢琴曲或交响曲的旋律。这些旋律一直刻在我心里。他一唱,我就觉得旧友旧情亲切地回来了。

虽然他的歌不是为我唱的,却不时会与我共鸣。有时我像站在山这边听他在那边"自言自语",有时却一下子落入他歌的深谷里。这些歌于我,常常勾引回忆,唤发向往,抚慰心灵,诱发爱意。它能使我暂时忘掉身边的苦恼,但当我离开这些歌,回到现实中,我会感到更苦恼更茫然。

渐渐地他的歌已成为我生活的一部分。

如果一天、两天听不见他的歌。我会想他,猜他,为他担心。但是他人长得什么样?我看不清楚。他大多时间待在屋里,偶尔会到屋外——也就是对面楼群的房顶上站一站。或在晾衣绳上晾晒洗过的衣物。我最多只能知道,他中等略高的身材,瘦健,头发似乎较长。眉眼就绝对看不清了。除此之外,我对他一无所知。

但我知道他的心,他的气质与情绪。这全来自他的歌。

歌声就是歌手本人。因为歌是歌手外化的灵魂。由此说,我已经和他神交了。

一天,天降急雨。因为是北风,我怕雨水溜进屋,关上后窗。忽然一阵歌声混在雨声里,这支歌一听就立即感动了我。它很伤感、无奈,还有些求助的意味。它穿过密密的雨一直来到我后窗前,粘在我的玻璃上。风儿一个劲儿地吹我的窗,好像有人在外边哐哐地推。不知道为什么,我打开窗放它进来。一瞬间,我感觉这歌声仿佛是淋着雨进来的,好像一位顶着雨来串门的老朋友。

三

忽然一天,妻子站在后窗边,手指着楼对面叫我去看。她发现,歌手那边的窗边有个新的人影。鲜黄的衣色,黑色长发,显然是一个女人。这人是歌手的妻子吗?新交的女朋友吗?一年多来,那阁楼上只有歌手孤单一人,从没见过任何别的身影。

他一直很孤独,这是他的歌告诉我的。

但从那天起,我听得出他的歌发生了变化。歌声里边多了些新鲜的东西。有更多的光线与色彩,还有明媚的花朵,柔和的风,慢慢行走在天上的洁白无瑕的云,静谧的月色与奔涌的激流……而这些美好的事物好像实实在在就在眼前。

我妻子说:"他在恋爱了。"她微笑着。

我望着妻子含辛的脸庞上柔和的目光。忽然感受到我们的生活和我们自己。脑袋里冒出一幅画来:大风大雪中,幽暗的密林深处一双

小鸟相互紧靠在一起。我马上把心中这个画面画下来,即兴还写了四句诗:

  北山有双鸟,老林风雪时。
  日日长依依,天寒竟不知。

  妻子看罢,对我打趣地说:"你现在还在恋爱吗?"
  我望她一眼。她依然是那种天生而不变的柔和的目光,脸上茹苦含辛的意味却一扫而空。

  这之后歌手的歌愈来愈明亮,声音也明显高昂起来。一天黄昏,他居然唱起那支古巴民歌《鸽子》,而且连歌词也唱出来。歌声与夕阳一同把我们后窗遮阳的窗帘照得雪亮,歌中最高亢的含着那种金属质感的磁性的声音混在一束强烈的阳光里,穿过窗帘上一个破洞,雪亮地直射进来。这使我们很激动。在那个文化真空的时代,一时好像天下大变了。
  突然后胡同一个男人粗声一吼:"谁唱的?派出所来人了!"
  歌手和歌好像被轧刀咔嚓切断,整个世界没声音了。严酷的现实回到眼前。
  我想,那个叫喊的男人,多半嫌歌声太大,打扰了他。但这一吼过后,歌声戛然而止,立即消失,整个世界因突然无声而显得分外的空洞与绝情。
  我真的担心歌声由此断绝。但一周之后,对面楼顶上的歌声渐渐出现。开始只是断断续续,小心翼翼,浅尝辄止,居然还夹着一点语录歌的片段。随后,他又像以前那样唱歌——没有歌词;没有歌词就安全，因为住在后胡同里那些人没人懂得他唱的是什么。而由此他的音量始终控制得比较轻。令我奇怪的是，他的歌中那些光线与色彩却变得含糊了，内含犹疑了，甚至还有些缭乱不安。他要向我诉说什么呢？

四

一个月后，歌手的歌无缘无故地中断。是由于那次唱《鸽子》被人告发，还是出了什么事或是病倒了？

我总在猜。

妻子说："要不你到那楼上瞧瞧去。他一个人，如果真的病倒了呢？"

没想到，我们已经把这个不曾认识甚至连长相都不知道的人，当作朋友一样关切了。

若要进入他那片楼群，先要走出我这片楼，绕到后边一条窄街上，寻一个楼口进去。

他这楼群是十几排楼房组成的。他在哪一排？我事先观察了地形，估摸好他那楼的位置和距离，但真的走进这片老得掉牙的楼群里，马上转向，纵横迂回了半天，还是扎进了一条死胡同。又费了很大劲，总算找到他这排楼。可是一排楼有许多门，哪个门通向楼顶上歌手那个阁楼。我看见一位矮胖的大娘站在楼前，上前询问。

矮胖大娘显然是街道代表一类人物。叫她大娘时，她一脸肉松松地微笑。待一打听那歌手，她腮帮的肉立即紧绷，小眼睛警惕地直视着我，好像发现了"敌情"。总算我还机灵，扯谎说我是东方红电机厂毛泽东思想宣传队的，想找那人去唱革命歌曲，尽管她将信将疑，还是告诉我应该走哪个门。

这种年深日久的老楼的楼梯，差不多都只剩下一半宽窄的走道，其余地方堆满破烂，全都蒙着厚厚的尘土；楼梯的窗子早都没有玻璃，有的连窗框也没有，不知哪年叫一场大风扯去的；墙壁上的灰皮大块大块地剥落下来，露出砖块；顶子给烟熏得黑糊糊，横七竖八地扯着电线。做饭时分，家家门口的煤球炉子都用拔火罐，辣眼的浓烟贯满楼梯上下。

我从中穿过，直攀楼顶，一扇小门从乳白色的煤烟中透出来。我屈指敲了敲门，里边没声音，手指再用点劲，门儿径自开了，没有上锁，看看门框，也没有锁。

眼前的景象使我惊呆。说老实话，我从没见过如此一贫如洗的房间。七八平米小屋，家徒四壁。墙上除去几个大小不同、锈红的钉子，什么也没有。用码起的砖块架着的几条木板就是他的床。一个旧书架，上面放着竹壳暖瓶、饭盒、碗盆、梳子、旧鞋、药瓶；只有几本书，都没封皮，我却看得出其中半本旧书是屠格涅夫的《猎人笔记》，因为书中有些写得极美的段落我能背诵。小屋里既无柜子，也没桌椅。墙角放着两个装香烟的纸箱子，大概是放衣服的。我着意看一眼果然是，一个装干净衣服的，一个盛脏衣服的。

我真不解，就这样几乎一无所有的地方，一年多来，竟给了我们那么丰盈、深切、充满美感的抚慰和补偿！

其实，这才正是艺术的神奇与伟大。不管物质怎样贫乏内心怎样压抑，它都能创造出无比丰富的精神和高贵的美来。

我从他的窗子向外张望，对面正是我住的楼房，再往下看，是我的阁楼。换一个位置看自己的家的感觉挺有趣，就像站在镜子前瞧自己。此时，我妻子好像正在窗子里抬头望我。她很想知道我看到了什么吧。我向她打手势,太远,她肯定看不清。我想告诉她,我看到的远远比我想看到的多得多。

十天后,外边忽然又传来他的歌声,他重新"出现"了。我和妻子在惊喜之时,不约而同地屏住呼吸,从他的歌声里询问他的一切。

这次的歌,婉转低回,郁闷惆怅,宛如晚秋的风景一片凋零。所有树木光秃秃的枝条都无力地低垂着,枝梢俯在地上,并浸在凹处冰冷的积水里。不用再去分辨,我坚信这是失恋者的哀伤。从这歌声里知道,他没有患病,却看到十多天来他身上发生了什么。他的歌最多只是几句,断断续续,似乎每次唱,都是难耐的痛苦的一种释放。失恋中的苦与爱是同步的。从中我听得出昨日的爱在他生命中的位置。

她为什么离开他?不知道。歌声里只有情感没有叙事。

这天傍晚,我的一位画友在我家吃饭。我这位朋友住在老西开那座天主教堂的高墙后边。他最初画水墨,近些年改画油画,画得很抽象。他画中怪异而冷峻的变形缘于心中的变态,他笔下那些畸形的形态彰显着内心的扭曲。

我问他:"你不怕这种画会给你找麻烦?"

他说:"那些人不像你,他们不懂画。我会对他们说,我的画还没画完,或者说我刚学画,还画不像。"

我笑道:"这是绘画的好处。作家不行。作家都是白纸黑字,弄不好一句话就招来大祸。"

妻子在餐桌摆上炒鸡蛋、炸花生、拌黄瓜、猪肉丸子汤,还有一瓶刚从凉水盆里拿出来的啤酒,这便是那时代上好的家宴了。酒到半酣时,后窗外传来那歌手很轻的哼唱。我的画友问我:

"这是谁在唱？"

我便讲了对面楼顶上的那位歌手。从一年多前他搬到对面那阁楼上，一直讲到这些天发生的事。还讲到他的歌和我的感受，以及我对他的造访和他的热恋与失恋。我的画友问我："直到今天，你也不知道他的模样吗？"

"从未见过。长什么样根本不知道，姓甚名谁更无从得知。"我说。

我的画友笑道："有意思。可你却是他的知音。不，应该说你是他这世上惟一的知音。哎，他知道你吗？"

"不！"我说，"他可能根本不知道我的存在。"

我的画友忽然停住不再说话，手中的筷子也停下来，这因为歌手那边又轻轻唱起来。我的画友听得用心，仿佛也有些投入了。他忽发感慨地说道：

"原来失恋不单苦，也这么美。"

我说："在艺术中，痛苦的东西愈美就愈深切。"

五

我对大地震的亲身体验是，第一下并非左右剧烈摇摆，而是突然向上猛地一弹，所有东西和人都往上猛地一蹦。我妻子对大地震的体验是门框下边才最安全。她当时摔倒在门框下边，地震时屋里屋外砖瓦落如急雨，但凭仗着门框的保护她居然没受到一点伤。

这次全世界都知道的大地震总共摆了四十秒钟。我楼下的邻居后来说，他们听到我从始至终一直在拼命叫喊，我说我不知道。据说这种喊叫是人的一种本能的反应，是在释放心中的恐怖，自己并不知道。但在那地动山摇时，我却听到两声来自后胡同的高声的呼叫。我太熟悉歌手这种带着磁性的声音了，但我怎么也不会想到这是我听到的他最后的声音。

大地震的第二天，我爬上自家的破楼，在坍塌的废墟——成堆的瓦砾里，寻找可用和急用的衣物。地震中，我的屋顶没了，一切全暴露在光天化日之下；房间靠后胡同那面大墙，带着后窗户一起落下去。现在对面的楼群一目了然。我像站在一座山顶，看另一片山，感觉极是奇异。这片上了年纪的老楼早已松松垮垮，再给大地一摇，全像狼牙狗啃过了一样。突然，一个景象闯进我的眼中，令我愕然。对面屋顶那歌手的小屋消失了，成了一堆砖头瓦块，远远看，像一个坟冢。

他呢？被砸了还是侥幸逃生了？

两年后，我的小阁楼修复了，只是把原先厚重的瓦顶改成简易的木顶。但对面歌手那小屋却一直没有重建。待他那堆震垮的瓦砾清除干净后，整片楼顶重新铺过油毡，黑黑的，一马平川，反射着刺目的光，看上去很异样。望着对面这空荡荡的屋顶常常牵动我的是那歌手的下落，他是否还在人间。

我又到他那片楼里去一趟。此时"文革"已然结束，再去打听那位歌手不必提心吊胆。奇怪的是，那楼里的邻居竟连他叫什么也说不清楚。只知道他地震中受了伤，被人抬走了。但他被谁抬走的，抬到哪去了，没人知道。

那时代，人对人知道的这么少。

六

　　三年后的一天晚上，我到不远的"三角地"那边的地震棚去看一个朋友，聊天聊得太长，回来已经挺晚。街上很黑，也很静。秋叶清新的气息呼吸起来很舒畅。走着走着，后边传来一阵歌声，像风一般吹到我的背上。我立即被热烘烘地感动起来。这歌是那时候传唱最广的《祝酒歌》。欢悦里边含着很深的苦涩和伤感，这是那个时代特有的情感。然而我不只是为这支歌而感动。更让我惊喜的发觉——哎呀，不正是那失踪已久又期待已久的歌手的声音吗？真的会是他吗？

　　我扭过头，只见唱歌那人骑着车，从街心远处一路而来，歌声随之愈来愈近。

　　可是在这短暂的时间里，我又不能立即确定这就是那歌手的声音。因为我听过他的歌是没有歌词的，现在却唱着歌词。这声音听起来就有点似是而非了。就在犹疑之间，唱歌的人骑车从我身边擦肩而过。这一瞬，我看清楚了他，一个中年男人，头发向后飘着，瘦削的脸上线条清晰，眉毛很深，他唱得很动情，神情完全投入到歌里边去了。可是我从来没见过他呀。反倒是愈看清楚他，愈不能断定了。跟着他已经跑到我前面十几米远，马上就要走掉，我心一急，一举手，待要招呼住他，却忽然控制住自己。如果他不是那歌手，不是会很尴尬，而且更失落吗？世上的事，有时模糊比弄清楚更好。希望不总是在模糊中么？于是我伫立街心，目光穿过黑夜，跟着他的身影与歌声一同远去，直到消失在深邃的夜色里，我却还在下意识和茫然地举着一只空手。

2007年8月22日初稿于京西

2007年11月3日二稿于津门

2007年11月11日定稿

木　佛

先别问我叫什么，你慢慢就会知道。

也别问我身高多高，体重多少，结没结婚，会不会外语，有什么慢性病，爱吃什么，有没有房子，开什么牌子的车，干什么工作，一月拿多少钱，存款几位数……这些你渐渐也全会知道。如果你问早了，到时候你会觉得自己的问题很可笑，没知识，屁也不懂。

现在，我只能告诉你，我看得见你，听得见你们说什么。什么？我是监视器？别胡猜了。我还能闻出各种气味呢，监视器能闻味儿吗？但是，我不会说话，我也不能动劲，没有任何主动权。我有点像植物人。

你一定奇怪，我既然不能说话，怎么对你说呢？

我用文字告诉你。

你明白了——现在我对你讲的不是语言，全是文字。

你一定觉得这有点荒诞，是荒诞。岂止荒诞，应该说极其荒诞。可是你渐渐就会相信，这些荒诞的事全是真事儿。

一

我在一个床铺下边待了很久很久。多久？什么叫多久？我不懂。你问我天天吃什么？我从来不吃东西。

我一直感受着一种很浓烈的霉味。我已经很习惯这种气味了，我好像靠着这种气味活着。我还习惯阴暗，习惯了那种黏糊糊的潮湿。惟一使我觉得不舒服的是我身体里有一种肉乎乎的小虫子，在我体内使劲乱钻。虽说这小虫子很小很软，但它们的牙齿很厉害，而且一刻不停地啃啮着我的身体，弄得我周身奇痒难忍。有的小虫已经钻得很深，甚至快钻到我脑袋顶里了。如果它们咬坏了我的大脑怎么办？我不就不能思考了吗？还有一条小虫从我左耳朵后边钻了进去，一直钻向我的右耳朵。我不知道它们到底想干什么，我很怕叫它们咬得千疮百孔。可是我没办法。我不会说话、讨饶、呼救；我也不知向谁呼救；不知有谁会救我。谁会救我？

终于有一天，我改天换地的日子到了！我听见一阵很大的拉动箱子和搬动东西的声音。跟着一片刺目的光照得我头昏目眩。一根杆子伸过来捅我，一个男人的声音："没错，肯定就在这床底下，我记得没错。"然后这声音变得挺兴奋，他叫道："我找到它了！"这杆子捅到我身上，一下子把我捅得翻了一个个儿。我还没弄清怎么回事，也没看清外边逆光中那个黑糊糊的人脑袋长得什么样儿，我已经被这杆子拨得翻过来掉过去，在地上打着滚儿，然后一直从床铺下边犄角旮旯儿滚出来，跟着被一只软乎乎的大手抓在手里，拿起来啪一声撂在高高一张桌上。这人朝着我说：

"好家伙，你居然还好好的，你知道你在床底下多少年了吗，打'扫四旧'那年一直到今天！"

打"扫四旧"到今天是多少年？什么叫"扫四旧"？我不懂。

旁边还有个女人，惊中带喜地叫了一声："哎呀，比咱儿子还大呢！"

我并不笨。从这两句话我马上判断出来。我是属于他俩的。这两人肯定是夫妇俩。男人黄脸，胖子，肥厚的下巴上脏呵呵呲出来好多胡楂子；女人白脸，瘦巴，头发又稀又少，左眼下边有颗黑痣。这屋子不大，东西也不多。我从他俩这几句话听得出，我在他床底下已经很久很久。究竟多久我不清楚，也不关心，关键是我是谁？为什么一直把我塞在床底下，现在为什么又把我想起来，弄出来？这两个主人要拿我干什么？我脑袋里一堆问号。

我看到白脸女人拿一块湿抹布过来，显然她想给我擦擦干净。我满身灰尘污垢，肯定很难看，谁料黄脸胖子伸手一把将抹布抢过去，训斥她说：

"忘了人家告诉你的，这种老东西不能动手，原来嘛样就嘛样，你嘛也不懂，一动不就毁了？"

白脸女人说：

"我就不信这么脏头脏脸才好。你看这东西的下边全都糟了。"

"那也不能动，这东西在床底这么多年，又阴又潮，还能不糟？好东西不怕糟。你甭管，我先把它放到柜顶上去晾着，过过风。十天半个月就干了。"

他说完，把我举到一个橱柜顶上，将我躺下来平放着，再用两个装东西的纸盒子把我挡在里边。随即我便有了一连许多天的安宁。我天性习惯于安宁，喜欢总待在一个地方，我害怕人来动我，因为我没有任何防卫能力。

在柜顶上这些日子我挺享受。虽然我看不见两个主人的生活，却听得见他们说话，由他们说话知道，他们岁数都大了，没工作，吃政府给贫困户有限的一点点救济。不知道他们的孩子为什么不管他们？反正没听他们说，也没人来他们家串门。我只能闻到他们炖菜、烧煤和那个黄脸男人一天到晚不停地抽烟的气味。我凭这些气味能够知道他们一天只吃两顿饭。每顿饭菜都是一个气味，好像他们只吃一种东西。可是即便再香的饭菜对我也没有诱惑——因为我没有胃，没有食欲。

此刻，我最美好的感觉还是在柜顶上待着。这儿不阴不潮，时时有小风吹着，很是惬意。我感觉下半身那种湿重的感觉一点点减轻，原先体内那些小虫子好像也都停止了钻动，长久以来无法抗拒的奇痒搔心的感觉竟然消失了！难道小虫子们全跑走了？一缕缕极其细小的风，从那些小虫洞清清爽爽地吹进我的身体。我从未有过如此美妙得近乎神奇的感觉。我从此能这么舒服地活下去吗？

一天，刚刚点灯的时候，有敲门声。只听我的那个男主人的声音：
"谁？"
门外回答一声。开门的声音过后，进来一人，只听我的主人称这个来客为"大来子"。过后，就听到我的男主人说：
"看吧，这几样东西怎么样？"
我在柜顶上，身子前边又有纸盒子挡着，完全看不到屋里的情景。只能听到他们说话。大来子说话的腔调似乎很油滑，他说：
"你就用这些破烂叫我白跑一趟？"
我的女主人说：
"你可甭这么说，我们当家的拿你的事可当回事了。为这几样宝贝他跑了多少地方搜罗，使了多少劲、花了多少钱！"

"我没说你当家的没使劲，是他不懂，敛回来的全是不值钱的破烂！破烂当宝贝，再跑也是白跑！"

女主人不高兴了，她呛了一句："你有本事，干吗自己不下去搜罗啊。"

大来子说："我要下去，你们就没饭吃了。"说完嘿嘿笑。

男主人说：

"甭说这些废话，我给你再看一件宝贝。"

说完，就跑到我这边来，蹬着凳子，扒开纸盒，那只软乎乎的大手摸到我，又一把将我抓在手里。我只觉眼前头昏目眩地一晃，跟着被啪的一声立在桌上——一堆瓶瓶罐罐老东西中间。我最高，比眼前这堆瓶子罐子高出一头，这就得以看到围着我的三个人。除去我的一男一女两主人，再一位年轻得多，圆脑袋、平头、疙疙瘩瘩一张脸，贼乎乎一双眼，肯定就是"大来子"了。我以为大来子会对我露出惊讶表情，谁料他只是不在意地扫我一眼，用一种蔑视的口气说："一个破木头人儿啊！"便不再看我。

由此，我知道自己的名字——木头人。

随后我那黄脸的男主人便与大来子为买卖桌上这堆老东西讨价还价。在男主人肉乎乎的嘴里每一件东西全是稀世珍奇，在大来子刁钻的口舌之间样样却都是三等货色甚至是赝品。他们只对这些瓶瓶罐罐争来争去，惟独对我提也不提。最后还是黄脸男主人指着我说：

"这一桌子东西都是从外边弄来的，惟独这件是我祖上传下来的家藏，至少传了四五代，打我爹记事时就有。"

"你家祖上是什么人家？你家要是'一门三进士'，供的一准都是金像玉佛。这是什么材料？松木桩子！家藏？没被老鼠啃烂了就算不错。拿它生炉子去吧。"

我听了吓了一跳。我身价原来这么低贱!说不定明天一早他们生炉子时就把我劈了、烧了。瞧瞧大来子的样子,说这些话时对我都不再瞅一眼,怎么办?没办法。我是不会动的。逢此劫难,无法逃脱。

最后,他们成交,大来子从衣兜里掏出厚厚一叠钱,数了七八张给了我的男主人。一边把桌上的东西一件件往一个红蓝条的编织袋里装,袋里有许多防压防硌的稻草。看他那神气不像往袋里子装古物,像是收破烂。最后桌上只剩下我一个。

女主人冲着大来子说:"您给这点钱,只够本钱,连辛苦费都没有。当家的——"她扭过脸对男主人说,"这种白受累的事以后真不能再干了。"

大来子眨眨眼,笑了,说:"大嫂愈来愈会争价钱了。这次咱不争了,再争就没交情了。"说着又掏两张钱,放在女主人手里,说:"这辛苦费可不能算少吧。"说着顺手把孤零零立在桌上的我抄在手里,边说,"这破木头人儿,饶给我了。"

男主人说:"这可不行,这是我家传了几代的家藏。"伸手要夺回去。

大来子笑道:"屁家藏!我不拿走,明天一早就点炉子了。怎么,你也想和大嫂一样再要一张票子?好,再给你一张。大嫂不是不叫你收这些破瓶烂罐了吗?打今儿起我也不再来了。我没钱干这种赔钱买卖!"说完把我塞进编织袋。

我的黄脸主人也没再和大来子争。就这样,我易了主,成了大来子的囊中之物了。

我在大来子手中的袋子里,一路上摇来晃去,看来大来子挺高兴，嘴里哼着曲儿，一阵子把袋子悠得很高很带劲，叫我害怕他一失手把我们这袋子扔了出去。但我心里更多的是庆幸！多亏这个大来子今天最后不经意地把我捎上，使我获救，死里逃生，没被那黄脸男人和白脸女人当作糟木头，塞进炉膛烧成灰。

可是，既然我在大来子眼里这么差劲，他为什么要捎上我，还多花了一张票子？

二

完全没想到，我奇妙非凡的经历就这么开始了。

这天，我在袋子里，两眼一抹黑，好像被大来子提到了一个什么地方。我只能听到他说话。他到了一个地方，对另一个什么人说了一句兴高采烈的话：

"今天我抱回来一个大金娃娃了。"

我不懂这话是什么意思。

另一个人的声调很细，说："叫我看看。"

"别急呵，我一样样拿给你开开眼。"大来子说着，用他那粗拉拉、热乎乎的大手伸进袋子，几次摸到我，却都没有拿起我来，而是把我扒拉开，将我身边那些滑溜溜的瓶瓶罐罐一样样抻出口袋。每拿出一样，那个细声调的人都说一句："这还是大路货吧！"

大来子没说话。

最后袋子里只剩下我，他忽抓住我的脖子，一下子把我提出袋子，往桌子上一放，只听那个细声调的人说："哎呀，这东西大开门，尺寸也不小，够年份啊！我说得对吧？"

这时，我看到灯光里是两个人，四只眼都不大，却都瞪得圆圆、目不转睛、闪闪发光地盯着我瞧。一个就是这个圆脑袋、疙瘩脸、叫"大来子"的人。再一个猴头猴脸，脖子很细，一副穷相，就是细声调的人。大来子叫他"小来子"。不知他们是不是哥俩儿，看上去可不像是一个娘生的。

小来子问大来子："你瞧这木佛什么年份？"

这时我又进一步知道自己还不是叫"木头人"，而是一个更好听的名字，叫作——木佛。我对这个称呼似乎有点熟悉，模模糊糊好像知道自己有过这个称呼，只是记不起这是什么时候的事啦。

大来子说："你先说说这木佛是什么年份？"

小来子："您考我？乾隆？"

大来子："你鼻子两边是什么眼？肚脐眼儿？没长眼珠子？乾隆的佛嘛样？能有这个成色？连东西的年份都看不出来，还干这个？"

小来子一脸谄媚的神气，细声说："这不跟您学徒吗？您告诉给我，我不就懂了！"

大来子脸上忽然露出一丝坏笑，他说："先甭说这木佛。我给你说一个故事——"

小来子讨好地说："您说，我爱听。"

下边就是大来子说的故事：

从前有个老头和老婆，老两口有个儿子，娶了媳妇。儿子长年在外地干活。老头老婆和儿媳守在家。家里穷，只一间屋。老头、老婆、儿媳各睡一张小床上。老头子不是好东西，一家人在一个屋里睡久了，对儿媳起了邪念，但老婆子整天在家，他得不到机会下手。

一天儿媳着凉发烧。儿媳的床靠窗，老婆子怕儿媳受风,就和儿媳换了床,老婆子睡在儿媳床上。这天老头子早早地睡了,换床这些事全不知道。

半夜老头子起来出去解手回屋,忽起坏心,扑到儿媳床上,黑乎乎中,一通胡闹,他哪知道床上躺着的是自己的老婆子。老头子闹得兴高采烈时,把嘴对在"儿媳"的耳朵上轻声说:"还是年轻的好,比你婆婆强多了。"

忽然,在他身下发出一个苍哑并带着怒气的声音说:"老王八蛋,你连老的新的都分不出来,还干这个?"

老头子一听是老婆子,吓傻了。

大来子讲完这故事,自己哈哈大笑起来。

我听着也好笑,只不过自己无法笑出来,心笑而已。

小来子却好像忽然听明白了这故事。他对大来子说:"您哪里是讲故事,是骂我啊!"

大来子笑着,没再说别的,双手把我捧起来放进屋子迎面的玻璃柜里,然后招呼小来子锁好所有柜门和抽屉,关上灯,一同走出去再锁好门,走了。剩下我自己待在柜里,刚好把四下看个明白。原来这是个小小的古董店铺。这店铺好似坐落在一座很大的商场里。我透过玻璃门窗仔细看,原来外边一层楼全是古董店铺,一家家紧挨着。我是佛,目光如炬,不分昼夜,全能看得清楚。我还看到自己所在的这个小店铺里,上上下下摆满各种稀奇古怪的东西。我的年岁应该很大,见识应该很多,只是曾经被扔在我原先那主人黄脸汉子的床下太久了,许多事一时想不起来。这古董店里好几件东西都似曾相识,却叫不出名字。我看到下边条案上一个玻璃罩里有个浅赭色的坛子,上边画了一些缭乱的图样。看上去很眼熟,却怎么也想不起来它是干什么用的了。

过了一夜，天亮不久，大来子与小来子就来开锁开门。小来子提着热水瓶去给大来子打水，然后回来沏茶、斟茶，大来子什么也不干，只坐在那里一个劲儿打哈欠，抽烟；大来子抽的烟味很呛鼻子。

我发现这店铺确实不大。屋子中间横着一个摆放各种小物件的玻璃柜台。柜台里边半间屋子归大来子自己用，放一张八仙桌，上边摆满花瓶、座钟、铜人、怪石、盆景、笔墨以及烟缸茶具，这里边也是熟人来闲坐聊天的地方。柜台外边半间屋子留给客人来逛店。地上堆着一些石头或铁铸的重器。

我从大小来子两人说话中知道，这地方是天津卫有名的华萃楼古玩城。

过不久，就有人进来东看西看。大小来子很有经验，一望而知哪种人是买东西的，哪种人是无事闲逛。应该跟哪种人搭讪，对哪种人不理。我在这店里待了差不多一个月吧，前后仅有三个人对我发生兴趣。一个矮矮的白脸瘦子问我的价钱，小来子说："七千。"对方摇摇脑袋就走了。从此再没人来，我由此知道了自己的身价：七千元，相当高了。这店里一天最多也卖不出二三百元的东西，有的时候还不开张。看来我可能还真有点身份呢。在市场里，身价不就是身份吗？

此后一个月，没人再对我问津。可是，一天忽然一个模样富态的白白的胖子进了店，衣着干干净净挺像样。古玩行里的人一看衣着就一清二楚。邋邋遢遢的是贩子，有模有样的是老板，随随便便的反而是大老板。这胖子一进门就朝大来子说："你这儿还真够清净呵。"看意思，他们是熟人，可是这胖子一开口就带着一点贬义，分明是说大来子的买卖不带劲儿。

99

大来子明白，褒贬向来是买主。他笑着说："哎哟，高先生少见啊，今儿早上打北京过来的？"

高先生说："是啊，高铁真快，半个钟头，比我们从东城到西城坐出租还快。一次我从东四到西直门，赶上堵车，磨磨蹭蹭耗了一个半钟头。"然后接着打趣地说，"今儿我算你头一个客人吧。"

"我可怕人多。人多是旅游团，全是来看热闹，我这儿没热闹可看。这不是您告诉我的话嘛——三年不开张，开张吃三年。东西好，不怕放着。"大来子说，"您里边坐。"

高先生一边往里走，两只小圆眼却像一对探照灯上上下下打量着店里的东西。

大来子说："听说最近你们潘家园的东西不大好卖。"

高先生说："买古玩的钱全跑到房市那边去了。肯花大价钱买东西的人少了。你们天津这边价钱也'打滑梯'了吧！"他说着忽然眼睛落在我身上。上前走了半步，仔细又快速盯了我三眼，这当儿我感觉这胖子的一双眼往我的身体里边钻，好像原先我身体里那些肉虫子那股劲。他随口问大来子："你柜里这个破木佛价钱不高吧？"

大来子正要开口，嘴快的小来子已经把价钱说出来："七千。不算高。"

大来子突然对小来子发火："放你妈屁，谁定的价，你敢胡说！东西摆在这儿我说过价吗？七千？那都是人家的出价，这样大开门的东西七千我能卖吗？卖了你差不多！"

小来子机灵。他明白自己多了嘴，马上换一个神气，用拳头敲着自己的脑袋说："哎呀呀，瞧我这破记性！这七千块确实是前几天那个东北人给的价，您不肯卖，还说那人把您当作傻子。是我把事情记差了，把人家的买价记成咱的卖价了。"说完，还在敲自己的脑袋。

高先生当然明白这是瞎话。这世界上瞎话最多的就是古董行。

高先生笑眯眯看着大小来子演完这场戏，便说："我也只是顺口问问，并没说要买啊！说多说少都无妨。"说着便坐下来，掏出烟，先把一根上好的金纸过滤嘴的"黄鹤楼"递给大来子。大来子馋烟，拿过去插在上下嘴唇中间点着就抽。我一闻这香气沁人的烟味儿，就明白高先生实力非凡。大来子叫小来子给高先生斟茶倒水。

我呢？一动不动地坐在柜里，居高临下，开始观看高先生与大来子怎么斗智斗法。我心里明白，对于我，他俩一个想买，一个想卖；却谁也不先开口，谁先开口谁就被动。于是两人扯起闲天，对我都只字不提，两人绕来绕去绕了半天，还是人家北京来的高先生沉得住气，大来子扛不住了，把我提了出来。不过他也不是等闲之辈，先不说我的价高价低，而是手一指我，对高先生说："今儿您也别白来一趟。您眼高，帮我掌掌眼，说说它的年份。"

谁料高先生更老练，竟然装傻，说道："你这柜里东西这么杂，叫我看哪件？铜器我看不好，瓷器陶器佛造像还凑合。"

大来子笑道："您看什么拿手我还不知道？铜佛不会找您，就说您刚才瞧上的这木佛吧，您看是嘛时候的？"

"你心里有数还来问我。你整天在下边收东西，见多识广，眼力比我强。"高先生不紧不慢地说。

"您不说是先拿我练？我说出来您可别见笑。依我看——跟我条案上这罐子一个时候的。"大来子停了一下说，"而且只早不晚。"

大来子说的罐子，就是条案上玻璃罩里的那个浅赭色的大陶罐，也正是自己看着眼熟却怎么也想不起来干什么用的那件东西。

"你知道这酒坛子什么年份吗？"高先生问大来子。

大来子一笑，说："您又考我了。大开门，磁州窑的文字罐，自

101

然是宋？"

高先生举起又白又胖的右手使劲地摇，连说："这罐子虽然品相不好，年份却够得上宋。这木佛可就差得远了。"

大来子说："总不能是民国吧。我这件东西，古玩城里不少人可都看过。年份要是不老，那天那个东北人也不会上来就出七千。当然他心里知道这东西什么分量，那家伙是想拿这个价投石问路，探探我的底。"大来子这几句话说得挺巧，把刚刚小来子编的瞎话也圆上了。

我在柜里，把他们一来一去一招一式全看在眼里，商人们的本事，一靠脑筋，二靠嘴巴，看谁机灵看谁鬼看谁会说。我从他们斗法之中真看出不少人间的学问。

高先生听了，随即笑道："打岔了。我什么时候说是民国的东西。虽然够不上大宋，明明白白是一件大明的东西，只是下边须弥座有点糟了，品相差了些。"

大来子站起身从柜里把木佛拿出来，说："您伸出手来？"

高先生说："你拿着我看就行了。"

大来子执意叫高先生伸出手，然后把木佛往高先生手上一放，说："我叫您掂一掂它的分量。"

高先生立即露出惊讶表情。大来子龇着牙说："跟纸人一样轻吧。没有上千年，这么大一块木头能这么轻？这还是受了潮的呢！再晾上半年，干透了，一阵风能刮起来。"大来子咧着嘴，笑得很得意。

高先生说："这是山西货。山西人好用松木雕像，松木木质虽然不如榆木，但不变形。可是松木本身就轻，山西天气又干，这轻不新鲜。再说看老东西的年份不能只凭分量，还得看样式、开脸、刀口。我看这一准是大明的做法。"

大来子说："甭跟我扯这些，您看它值多少？"这话一出口，不遮不掩就是要卖了。

高先生本来就想买，马上接过话说："你要叫我出价，我和你说的那东北人一样，也是七千。"

"七千可不沾边。"

"多少钱卖？卖东西总得有价。"

"多少钱也不卖。"大来子的回答叫小来子也一怔。不知大来子要什么招数，为嘛不卖。

"那就不谈了？"高先生边说边问。

"别人不卖，您是老主顾，您如果非要我也不能驳面子。"大来子把话往回又拉了拉。

"别扯别的，说要价。"高先生逼大来子一句。

"三个数，不还价。"大来子伸出右手中间的三个手指，一直伸到高先生面前，口气很坚决。古董行里，三个数就是三万。

高先生脸上的假笑立即收了回去，但还是打着趣说："你就等着'开张吃三年'吧。"说完他一边站起身一边说："不是什么东西都能'开张吃三年'的。古董有价也没价。顶尖的好东西，没价；一般东西还是有价的。"然后说："不行了，我得走了。今晚北京那边还有饭局，一个老卖主有几件正经皇家的东西托我出手，饭局早订好了。我得赶回去了。"说完告辞而去。

高先生是买家，忽然起身要走，是想给大来子压力。可是大来子并不拦他。

我在柜里看得有点奇怪，大来子不是想把我出手卖给他吗？干什么不再讨价还价就放他走了？

大来子客客气气把高先生送出门后，回来便骂小来子说："都是你多嘴，坏了我的买卖。"

103

小来子说:"我嘴是快了些。可是七千这价也是您定的啊。再说人家高先生明摆着已经看上咱这木佛了,您干吗把价叫到三个数,这么高,生把人家吓跑了?"

大来子说:"你这笨蛋,还没看出来,他这是假走,还得来。"

后来我才懂得,大来子这一招叫"钓鱼",放长线才能钓大鱼。

小来子在古董行还是差点火候,一个劲地问:"叫人家高先生看上的都是宝吧?咱这木佛能值大钱吗?"

大来子没说话,他心里似乎很有些底数了。

我却忽然想到,前些天大来子把我从原先那黄脸男主人手里弄来,只花了区区的一百元!古董行里的诈真是没边了。

过了一周,高先生没露面。店里却来了另外两个北京人,点名要看我,给的价很低,才三千元,还说最多是明末的东西。这两人走后,大来子说这两个人是高先生派来诚心"砸价"的,还说很快就有人要来出高价了。不出所料,过了五天来个黑脸汉子,穿戴很怪,上边西服上衣,下边一条破牛仔,右手腕上还文了一只蝙蝠。进门就指着我要看,他把我抓在手里看了半天,张口竟叫出一个"惊天价"——两万块。惊得小来子冒出汗来。谁料大来子还是不点头,也不说自己要多少,只说已经有人看上我了,黑脸汉子出的价远远够不上人家的一半,硬把这黑脸汉子挡在门外。等这汉子走后,大来子说这黑脸汉子也是高先生派来的"替身"。他更得意。他看准高先生盯上我了,并从高先生这股子紧追不舍的劲头里看到我的价值。他拿准主意,一赶三不卖,南蛮子憨宝,非憨出个大价钱不可。他对小来子说:"弄好了,说不定拿木佛换来一辆原装的丰田。"

一时弄得我自觉身价百倍。

我虽然只是一个"旁观者",却看得出来,这小来子费猜了。他既不知大来子想要多少钱,也不知我到底能值多少钱。他和大来子干了好几年,没见过大来子的买卖干得这么有根、这么带劲。一天,他独自在店里,忽然两眼冒光好似如梦方醒朝我叫道:"怪不得他那天把你背回来时,说'抱了一个金娃娃',原来金娃娃就是你!"

这一下我反而奇怪了。我是木头的,怎么会是金娃娃?

我一动不动立在玻璃柜里,虽然前后才一个多月,却已经将这各种各样的花花肠子都看得明明白白。人世间原来这么多弯弯绕、花招和骗局;假的比真的多得多。不靠真的活着,都靠假的活着,而且居然活得这么来劲儿。虽然我还是我,却在这骗来骗去中身价愈来愈高。这就是人的活法吗?更叫我不高兴的是,我既然是佛爷,怎么没人拿我当作佛爷敬着,全叫他们当成钱了?而且当作钱那样折腾起我来。

三

一天深夜,我突然发现有两个人影在店铺门口晃动,我刚才看见小来子下班离开店铺时锁了门,不知为什么这两个黑影竟然不费吹灰之力,一拧门把就推开进来。总不会是小来子给这两人留的门吧?

虽然店内关灯,但我是佛,目光如炬,一眼就看清楚走进店内的两个人。一个五大三粗,一个竟然是个光头。两人进来直朝我这玻璃柜走来,拉开玻璃柜,双手伸上来把我端出柜子。他们的目标就是我,动作又快又利索,绝不顺手牵羊拿点别的,只用块黑布把我一包就走。我给这块黑布一包就什么也看不见了。只能听到这两个人跑步的声音。

从他们的跑步声判断,他们似乎上上下下穿越过一些不同空间,有一阵还在一条有回声的通道里奔跑,后来奔跑声就加入他们急促的喘气声。他们跑到一条街上。街上有汽车声。突然,在后边不远的地方有人喊叫:"抓住他俩,小偷!抓住他们!"这两人就跑得更快。就在脚步声变得极其紧急与慌张时,忽地发出一声巨响,同时我好像被扔了出去——我确实被扔了出去——可能是抱着我的那人被什么绊倒了,我就从他手中飞了出去。在我飞行在半空时,包着我的那块黑布脱落了。我看到了自己在空中划了一条弧线然后掉落在地上那非常惊险的一幕!当我撞在地面时,感到眼冒金星,头部和肩部像挨到重锤一样剧疼,不知自己是否被摔坏。

直到完全静下来之后,我发现刚才偷盗我的那两个人已经跑得无影无踪;两个小偷逃命要紧,顾不上我,追小偷的人也没有发现我,我被遗弃在一条深更半夜空荡荡的大街上。偶尔有一辆汽车从我身边飞驰而过,我开始害怕起来,街上一片漆黑,这些夜行车不会看见我,如果它们从我身上一轧而过,我会立即粉身碎骨。更要命的是,我不能动,只有乖乖地等待死神降临。可是我想,我不是佛吗?佛总不会和人一样的命运吧!

忽然,一道强烈的光直照我的双眼。我横躺在街上,看着它直朝我飞驰而来,而且强光愈来愈亮,一辆车!我想我完蛋了,只等着它从身上碾过,突然它竟吱呀一声,来个猛刹车。跟着我看见车门开了,一个人从驾驶车位下来,手里拿个电筒朝我走来。走到我跟前用电筒一照,自言自语地说:"他妈的,这是什么东西?我还以为一只死猫死狗呢,原来一截破木头!"他抬起脚刚要把我踢到道边,忽然说,"噢?还不是破木头,一个木头人?木佛吧?老东西吧?大半夜谁扔在这儿呢?"他想了想说,"我得把它抱回去,说不定是件古董。"

只他一个人,他自言自语,然后猫下腰把我抱起来,回到车里去。一进车门,一股很浓重很浓重的酒气扑面而来。一个人坐在车子后排坐椅上发出声来:"什么东西?"声音咬字不清,像是醉了。

这人把我递给他,说:"您看吧,老板。兴许是个宝贝!"

原来车里的醉汉是个老板,抱我进车的是老板的司机。

跟着,我感觉自己躺在一个软软的热热的晃晃悠悠的怀抱里,倒是很舒服。我开始庆幸自己又一次死里逃生。只听这醉醺醺的老板对着我胡说:"你真是个宝贝,我的好宝贝吗?不、不、不,我的那些大奶子的宝贝儿们全在'夜上浓妆'呢!我怎么看不清你呢,你睁开眼叫我好好看看……"

我可真受不了他嘴里喷出的酒气。

前边开车的司机笑呵呵地说:"老板,它的眼一直睁着。您自己得睁开眼,才能把它看清楚。"

老板说:"去你妈的,多什么嘴,开你的车,天天闻你的屁味儿谁受得了?杨科长说爱放屁的司机根本不能用……"

我还没弄清楚怎么回事,老板就打起很响的酣声睡着了。只听司机自言自语地说:"我忍了半天没放,这就叫你闻个够。"

我还是没弄清楚司机这话什么意思,只听一连串吱扭吱扭关门似的声音,一会儿就闻到一种很臭的气味从车子前边飘到后边,渐渐与酒味混在一起。这种混合的气味叫我无法忍受。我感觉我身体里边又有点发痒,是不是残存我体内的原先那些小虫子也受不了这气味扭动起来了?

转天,我被放在一间气派又豪华的客厅里,老板坐在这里喝茶。

此时的老板和昨夜在车里完全两样了。昨天衣衫不整，红着眼珠，口角流涎，满嘴胡言，横在车里像只睡熊。今天穿戴格格正正，挺着肚子，不苟言笑，脸上还有点霸气。我有点不明白，凭老板这种实力，为什么非用那个爱放屁的司机？昨天那屁味现在都不能琢磨一下，太叫人受不了了。

将近中午时候，老板家里来了两个客人。一个像曾经到华萃楼大来子店里去过的高先生，有点身份，只是头发梳得很高，抹许多油。另一个文绉绉，肉少骨多，衣着古板，人还文气。听他们一说话，那个像高先生、头上抹油的人，老板称他华先生。文绉绉这位是在博物馆工作的文物鉴定员，老板称他曲老师。客人进来没有落座，就叫老板引到我身前，一起把我好好端详，然后才落座，饮茶，开始对我品头论足。

两位客人先说我"这件东西"不错，是"山西货"，曾经施彩，甚至沥粉和饰金。虽然年深日久，但还留有痕迹。看来这二位说话比较公道，因为不是买卖关系的，没有故意褒贬。由他们嘴里我还对自己有了进一步的认识，我听后不仅吃惊，还大喜过望。他们说出我正式的名称，叫作"菩萨坐像"。他们还有根有据说出了我的年代，属于宋元物件。华先生说是元初，因为我身上已经有一点辽金以来的"野气"。曲老师却一口咬定我是宋佛。曲老师说，宋代的菩萨还没有完全"女性化"，故看上去身躯有点伟岸，唇上有髭。元代就完全没有了。曲老师还说，这皮壳下边肯定有一层彩。欧洲人修这种老木器很有办法，而且是一厘米一厘米地修，能叫皮壳下边的彩绘充分显露出来，咱们的技术还不行。如果真能露出彩绘，肯定大放异彩。那就得送到欧洲去修。

二位客人中，曲老师是货真价实的专家，还常在电视台《鉴宝》

节目里露面。经曲老师这么一说,那位华先生便不敢再多嘴。

老板欣喜异常,他对露不露彩绘的颜色没兴趣,只想知道值多少银子。他笑嘻嘻地用《鉴宝》节目的口气说:"您给个价吧。"

曲老师说:"在咱们国内真不好说,咱国内藏家的收藏不是出于爱好,大半为了升值;文化不行,审美也差,根本看不出好来。这件东西要拿到香港拍卖得大几十万。在咱国内最多十个八个吧。"

这句话把老板说得脑袋像一朵盛开的大牡丹。

经曲老师金口玉言地一说,我确而无疑地身价百倍了。你是否认为我心里也开花了呢?别忘了——我是佛,心无俗念,只望有个清幽静谧的地方,空气纯净,安全牢靠,不像现在活得这么揪心。想想吧,既然我这么值钱,下一步这大老板会拿我去做什么?这些有钱的人没好处的事绝不会干。

事情有点出乎我的意料。没想到这老板家有个佛堂。

老板娘信佛。可是他家有钱,去庙里烧香怕招事,就把"庙"请进家里,在家里建个佛堂。他家里的事老板娘说了算。家里豪华气派,佛堂更是豪华气派。佛龛、供桌、供案、供具,全都朱漆、鎏金、贴金、镶金。还花了不少钱请了北京一位书法名家题了两幅字。一幅是"佛缘",一幅是"心诚则灵",词儿挺俗,却刻成匾挂在迎面大墙上。佛龛里的佛除去金佛就是玉佛。听这里人说,曾经也有做买卖的关系户为了讨老板娘欢喜,使大价钱从古玩行买来几尊佛,件件够得上文物。但老板娘嫌旧嫌脏,还是喜欢自家请来的锃光瓦亮的金佛玉佛。她说她自己请来的这些佛一看就有财气。

为此,我先被老板送到曲老师的博物馆,请一位修复师把我悉心清理一番。拿回来放在佛堂一角一个又明显又不明显的地方。因为老

109

板不知老板娘对我是否喜欢。喜欢就往前摆，不喜欢往后放。看来我和这老板娘缺点缘分。她一见到我，就用鼓眼皮下边一双挑剔的小眼睛瞅我，脸上一点笑容也没有。她不像大来子、高先生和曲老师，对我有一种欣赏的目光。她似乎讨厌我，瞥了我几眼后，只说了一句："怎么这么破，别给我这佛堂带进虫子来。"

老板说："这尊佛一千年，哪能囫囵个儿。我已经请曲老师用了他们博物馆从英国进口的最先进的防虫药。"事后，老板就叫人把我挪到供案左边另一尊佛弟子阿难立像的后边。我心想，不管立在哪里，安稳就好。

老板娘不喜欢我，我也不喜欢这肥婆。虽说她信佛敬佛，一天早晚两次来佛堂磕头烧香之外，碰到任何大小麻烦都还要跑到佛堂来念叨一番，把头磕得山响，求我们帮助。于是我知道他家哪只股票要跌，哪个楼盘钱顶不住，哪个领导软硬不吃，哪个亲戚赖钱不还，再有就是老板近来又夜不归宿了。她把她恨谁、咒谁死也告诉我们，叫我们帮她。哪有佛爷管这件事的？我又想了：人间信佛礼佛敬佛拜佛，都是为了自己这点屁事、这点好处吗？

一天，老板把城南大佛寺的住持请来，请他指点一下我们这佛堂的摆设是否合乎规制，还缺什么。老板与这位住持闲话时说的话，我也全听到了。

老板问道："到您庙里去的信男信女多吗？"

住持见左右无人，说出点实话："现在哪还有几个真正的信男信女？都是烧香磕头来的。拜佛都是求佛，把自己解决不了的事推给佛爷。"

老板说："都是些什么人？"

住持立即回答："六种人。"

老板："噢，您都归纳好了，哪六种？说说看。"

住持开口便说："第一种是得重症的，生死未卜，来求佛爷；第二种是高考的学生，前途未卜，来求佛爷；第三种是你们做买卖的，盈亏未卜，来求佛爷。对吗？"

老板："没错。第四种呢？"

住持接着说："第四种是女人没有孩子，身孕未卜，也求佛爷；第五种是每次官员换届时，前程未卜，来求佛爷，官员都是偷偷来，自己一个人，连秘书也不带，悄悄来烧香磕头，完事低着头走掉；第六种，你猜是谁——"

老板想了想，说："我怎么知道？"

住持说："去比赛的足球队员，赢输未卜。一群壮汉一起来磕头、求佛。"住持跟着又说一句，"你想想，这六种人加在一起，每年到庙里会有多少人，香火还能不盛？"

这话叫老板听了哈哈大笑。一时我也笑，满佛堂的佛都大笑起来。

其实我们这些佛都只是心里笑。既无声音，也无表情。对人间的各种荒唐无稽，从来都是淡然相对，心怀悲悯，可怜世人的愚顽。

四

我终于没能在佛堂中待住。一天，老板那个爱放屁的司机把我从供案抱下来，放进一个讲究得有点奢侈的金黄色的锦缎盒中。我进了盒子里就什么也看不见了。我感觉自己被放在汽车里，开出了老板家。听说话车里还是老板和司机两个人，装着我的盒子就放在老板身边。他们要把我送到哪儿去，拍卖吗？

虽说佛主天下，我却不能做自己的主。谁有钱谁做我的主。本来佛是人想出来，造出来，给人用的。可是人们为什么还要给佛磕头，这事是不是太过离奇？

我听见老板说话的声音："我还是不甘心把它送给这陈主任，毕竟几十万啊！"

司机的声音："人家批给您一个工程能赚多少钱？人家不是没给您帮过忙。当初把市里盖那个大剧院的活给您之前，甭说这一个佛，五个佛您也送了。再说这个佛是咱在大街拾的，白来的。"

老板说："哪是拾的？是天上掉的馅饼。要拾，怎么不叫别人拾到？"

司机说："您要不早早送出去，哪天叫您太太拿出去卖了，她还叫我用手机拍下来去打听价钱呢。卖了钱也到不了您手里。"

老板说："她怎么这么不喜欢这个佛？"

司机说："人家不喜欢旧的，喜欢新的呗！我也看着佛堂里那些金佛玉佛漂亮。如果不是曲老师说值几十万，您会喜欢吗？谁会喜欢旧的？谁不爱值钱的？"

老板说："那就不知道这陈主任懂不懂了。"

司机说："您会用得着为他操心？他秘书打一通电话，能把咱们市里最懂行的专家都叫去。不管懂不懂，懂得值大钱就行。"

老板忽说："他会不会把那个搞电视'鉴宝'的曲老师也找去？"

"肯定会！"司机说，"曲老师懂市场行情，能定价啊。"

老板说："那就坏了，曲老师就会知道咱把这木佛送给陈主任了。"

司机的笑声。他说："这您就不知道了，曲老师为嘛懂得行情？他整天在外边也折腾古董，搞钱。现在的专家哪个不憋足劲儿搞钱？

您是用能耐搞钱，人家用学问搞钱。如果这佛叫曲老师沾上，美死他了，他准会使点法子，从这佛爷身上搞出一大笔钱来呢。您怕他把您说出去？他才不会呢。闷声发大财嘛。"

"是啊！"老板说，"他可以给陈主任介绍个大买家，做中间人。"

司机说："赚钱的法子多着呢，只有我靠卖苦力搞钱。"

他们笑起来。

我在盒子里一听，原来那个博物馆的专家和这些买卖人并无两样，甚至更厉害了：一边在电视上捞名气，一边在市场上捞钱。

两人在车里正说得热闹，老板忽说："你怎么又放屁了？"

我听了一怔，并没有闻到那天那种奇臭。我马上想到我被严严实实关在锦盒里边，而且锦盒里有一种樟木的香气。我为自己感到庆幸。只听司机说：

"我糖尿病吃的药'拜糖平'，就是屁多。十年前我刚给您开车时哪有屁？我的糖尿病就是跟着您天天晚上在酒店饭馆歌舞厅陪着您应酬吃出来的。"

老板的声音："你小子天天在车里放屁熏我，居然还怨我，哪天我找个没糖尿病的司机把你换了！"

司机的声音有点发赖："老板您舍得换我吗？我管不住屁眼却管得住嘴，这么多年这么多事，您哪件事哪个人名哪句话从我嘴里漏出去过。您心里有数。哎，老板，现在马上没味了，我已经打开'送风'了。"

老板的声音："送什么风，开车门吧，咱们到了。"

当锦盒被打开，我被拿出来放在桌上，来不及弄清这是什么地

113

方，只见眼前站着三个人，其中一个是老板，但他靠边靠后站着。中间一人倒背着手，沉着脸看着我，那神气好像他是佛。他身边站着一个年轻人，肯定是秘书了。中间那人一动不动站着，呆呆瞧着我，似懂似不懂，他也不表示喜欢与否，站了一会儿便转过身向右边另一间屋子走去，老板和秘书马上跟在他的后边一起走去；好像他走向哪里，别人就得跟着走向哪里。他大概就是陈主任了。

在他们走进另一间屋子之后，由于距离太远，我就听不清他们说些什么了。能听到都是"喝茶、喝茶"，过一会儿还是"喝茶"。又过些时候，老板似乎告别而去，他走时没经过我这间屋子。看来我被陈主任留下了。随后那年轻的秘书走进来，重新把我放进锦盒，轻轻关好。我好像被拿到什么地方放好，跟着我听见关柜门和上锁的声音。

我以为从此要过一阵"深藏密室"的绝对平静的生活。我想得美！只过了几天时间，我就给从锦盒里拿出来放在桌上，陈主任陪着一个人对着我瞧。这人并不是曲老师，刚才秘书向陈主任来报客人姓名时，说是"北京嘉宝拍卖行的黄老"。我想，陈主任是不是行事谨慎，刻意回避了曲老师这类本地人？黄老的年纪总有六十开外，谢顶，衣装考究，气度不凡，陈主任一口一个"黄老"称呼他，口气似很尊敬。他对我看得十分仔细，还几次用"不错"两个字夸赞我。在陈主任到另一间屋接听电话时，他紧盯着我胸前的璎珞与飘带细看，忽然脸上露出极其惊讶的表情，好像发现了宝物。等陈主任听过电话回来，这黄老立刻把脸上惊讶的表情收了回去，对主任只淡淡说了一句：

"东西不错，您要想出手就交给我吧。"

陈主任说："交给你我自然放心。"

黄老说："您的东西不上拍为好，我拿到香港去找买家。国内买家大都是土豪，只认鎏金铜像，要讲看历史看文化看艺术还得是人家欧洲人，肯出高价的也是人家。"

陈主任说："东西太老不能出关吧？"

黄老笑得露出牙来。说："您下次去香港去到荷里活老街那些古玩店看看就明白了，汉俑魏碑唐三彩，全是新出土的。只要肯出钱，什么东西都能出去。不单能出去，您要是咱们大陆的人，在那儿买了几件，东西还不用自己往回带，只管回来后到北京潘家园这边来取。"

陈主任听得瞠目结舌，说："那就交您全权去办吧。"

黄老说："那好，别的事我就和小袁秘书说吧。"说完便告辞而去。我就被装进锦盒再装进他坐驾的后备厢里。

自从离开天津，我便找不到北了。

我被转手好些地方，经手好多拨人，至少被十五六个人看过，而且是在各式各样的环境里，高贵讲究的，粗俗不堪的，一本正经的，文气十足的，我对什么样的环境毫不在意，这都是人间的各种把戏，我只求一己的清净。

我的转机出乎我的意料！

那天——我也不知自己在什么地方。一个外国人拿着一大一小两个放大镜仔细打量我。外国人这么看佛吗？我第一次看到外国人，他脸上的胡子修理得很干净，根根见肉；牙齿像瓷器那么光滑透亮，金丝边的眼镜框后边一双蓝色的小圆眼珠专注地看着我。他那股认真劲儿给我一种好感。他有一个翻译，把他的话翻译成中文，说给我当时的经手人徐经理听。他说我身上刀刻的线条很深，刀法简练有力，只有宋人才有这么好的刀法。徐经理只是连说："是、是、是。"这个外国人又说一句："这种刀法，很像你们宋代北宗山水画使用的中锋的线条，非常有力，非常优美。"他挑起大拇指。

徐经理只是点头，陪笑，说是。看来他没太听明白。难道中国人对自己的好东西还不如外国人懂？

当这外国人看到我胸前的璎珞和衣衫，也和当时北京嘉宝拍卖行的黄老一样露出同样惊讶的表情，他轮番用大小两个放大镜一通看，最后开始与徐经理谈价钱。那些话即便有翻译，我也听不懂了。

为了我，这个外国人至少到徐经理这儿跑了三趟。最后他们开始对我进行精细的包装，当一些有弹性的细绵纸把我小心翼翼地缠绕起来后，我就什么也看不见、听不到了，我只能随遇而安了。

过了很长的时候，当我被从一层又一层包装中取出来后，我看到许多稀奇古怪的脸，红的、黑的、白的、满是毛的，全是外国人对着我惊奇地张着嘴，其中一个竟然用不流畅的中国话对我说"欢迎你来到德国德累斯顿温格艺术博物馆"，然后他们一同露出很友好的笑容。

他们不会相信我一个"木头人"能听见他们的话吧。我呢？则是惊讶自己的奇遇，我居然来到一个从来没有佛也不信佛的世界中来。这样会更糟糕吗？我还会碰到怎样更惊险和古怪的遭遇吗？

想不到吧，我现在已经是德累斯顿温格艺术博物馆的骄傲了。

这里边有一个重要原因连我也不曾料到。在我一连串匪夷所思的经历中，只有三个人曾经看到藏在我身上的奥妙。最早是那位搞"鉴宝"的曲老师，后来一个是北京嘉宝拍卖行的黄老，最后一个是把我"买"到德国来的那个外国人。他们都发现到我身体一层皮壳下边，还保存着一些宋代彩绘的颜色。在我进了德累斯顿的博物馆后，他们请来一些修复古物的高手，动用了很多高科技，将我身上一些没有价值的表皮和污迹，一点点极其小心地除掉，这样前后居然干了半年。我没想到他们在我身上下了那么大功夫，却渐渐将皮壳下边一千年前的色彩，美丽的朱砂、石绿、石青、石黄五彩缤纷地显露出来，叫我古物重光，再现当年的辉煌。连我自己看了都大吃一惊。好像我穿了一件无比尊贵的华服！原来我竟是这般惊艳！哈哈哈哈，大来子、高先生、老板、陈主任要是见了，准要后悔不迭，捶胸顿足呢！我最初那个黄脸男主人说不定还要跳河呢！

我现在就在温格博物馆B区亚洲古代艺术一展厅的正中央。他们给我量身定制一个柜子。柔和的灯光十分考究又精妙地照射在我身上。最舒服的是柜子里边的空气，清爽滋润，如在深山。柜子的一角有各种仪表，可以保证这种舒适无比的温度和湿度一直不变。最神奇的是，原先我体内那些肉虫子好像全死光了，再没有任何刺痒。最美好的感觉还是站在玻璃柜前的人们都在欣赏我，赞美我，没人再想打我的主意，拿我赚钱。

我应该从此无忧无虑了吧。可是渐渐我忽然有点想家，有点彷徨和失落，有点乡愁吧。可是我的家又在哪儿呢？大来子的古玩城还是那个老板家的佛堂？我是佛，一定来自一处遥远的庙宇或寺观，那么我始祖的寺庙又在哪里？

2019年2月22日初稿
2019年8月定稿

死　鸟

　　天津卫的人好戏谑，故而人多有外号。有人的外号当面叫，有人的外号只能背后说，这要看外号是怎么来的。凡有外号，必有一个好笑的故事；但故事和故事不同，有的故事可以随便当笑话说，有的故事人却不能乱讲。比方贺道台这个各色的雅号——死鸟。

　　贺道台相貌普通，赛个猪崽。但真人不露相，能耐暗中藏。他的能耐有两样，一是伺候头儿，一是伺候鸟儿。

　　伺候上司的事是挺特别的一功。整天跟在上司的屁股后边，跟慢跟紧全都不成。跟得太慢，遇事上不去，叫上司着急；跟得太紧，弄不好一脚踩在上司的脚后跟上，反而惹恼了上司。而且光是赛条小狗那样跟在后边也不成，还得善于察言观色，摸透上司脾气，知道嘛时候该说嘛，嘛时候不该说嘛；挨训时俯首帖耳，挨骂时点头称是。上司骂人，不准是你的不是，有时不过是上司发发威和舒舒气罢了。你要是耐不住性子，皱眉撇嘴，露出烦恼，那就叫上司记住了。从此，官儿不是愈做愈大，而是愈做愈小。就这种不是人干的事，贺道台却得心应手，做得从容自然。人说，贺道台这些能耐都出自他的天性。

说他天生是上司的撒气篓子，一条顺毛驴，三脚踹不出个屁来，对么？

说完他伺候头儿，再说他伺候鸟儿。

伺候鸟的事也是另外一功。别以为把鸟关在笼子里，放点米，给点虫，再加点水，就能又蹦又跳。一种鸟有一种鸟的习惯，差一点就闭眼饮毛，耷拉翅膀；一只鸟有一只鸟的性子，不依着它就不唱不叫，动也不动，活的赛死的差不多。人说贺道台上辈子准是鸟。他对鸟们的事全懂，无论嘛鸟，经他那双小胖手一摆弄，毛儿鲜亮，活蹦乱跳，嗓子个个赛得过在天福茶园里那个唱落子的一毛旦。

过年立夏转天，在常关做事的一位林先生，打江苏常州老家歇假回来，带给他一只八哥。这八哥个大肚圆，腿粗爪硬，通身乌黑，嘴儿金黄；叫起来，站在大街上也听得清清楚楚。贺道台心里欢喜说："公鸡的嗓门也没它大。"

林先生笑道："就是学人说话还差点。它总不好好学。怎么教也不会，可有时不留神的话，却给它学去了。不过，到您手里一调理，保准有出息。"

贺道台也笑了，说道："过三个月，我叫它能说快板书。"

然而，这八哥好比烈马，一时极难驯服。贺道台用尽法子，它也学不会。贺道台骂它一句："笨鸟。"第二天它却叫了一天"笨鸟"。叫它停嘴，它偏不停。前院后院都听得清清楚楚，午觉也没法儿睡。贺道台用罩子把笼子严严实实罩了多半天，它才不叫。到了傍晚，太太怕把它闷死，叫丫鬟把罩子摘去，它一露面，竟对太太说："太太起痱子了吧？"把太太吓了一跳。再一想，这不是前几天老爷对她说的话吗，不留神竟给它学去了，逗得太太咯咯笑半天。待贺道台回来，对老爷说了。没等她去叫八哥再说一遍，八哥自己又说："太太

119

起痱子了吧?"

贺道台给逗得咧嘴直笑,还说:"这东西,连声音也学我。"

太太说:"没想到这坏东西竟这么聪明。"

自此,贺道台分外仔细照料它。日子一长,它倒是学会了几句什么"给大人请安""请您坐上座""您走好了"之类的话,只是不好好说。可是,它抽冷子蹦出几句老爷太太平时说的"起痱子"那类的话,反倒把客人逗得大笑,直笑得前仰后合。

知府大人说:"贺大人,从它身上就知道您有多聪明了。"

贺道台得意这鸟,更得意自己。这话就暂且按下不提。

九月初九那天,东城外的玉皇阁"攒九",津门百姓照例都去登阁,俗称九九登高。此时,天高气爽,登高一望,心头舒畅,块垒皆无。这天直隶总督裕禄也来到了玉皇阁,兴致非常好,顺着那又窄又陡的楼梯,一口气直爬到顶上的清虚阁。随同来的文武官员全都跑前跑后,哄他高兴。贺道台自然也在其中。他指着三岔河口上的往来帆影,说些提兴致的话,直叫裕禄大人心头赛开了花。从阁上下来,贺道台便说,自己的家就在不远,希望大人赏脸,到他家去坐坐。裕大人平日绝不肯屈尊到属下家中做客,但今日兴致高,竟答应了。贺道台的轿子便在前面开道,其余官员跟随左右,骑龙驾虎一般去了。

贺道台的八哥笼子就挂在客厅窗前,裕大人一进门,它就叫:"给大人请安。"声音嘹亮,一直送进裕禄的耳朵里。

裕大人愈加兴高采烈,说道:"这东西竟然比人还灵。"

贺道台应声便说:"还不是因为大人来了。平时怎么叫它说,它也不肯说。"

待端茶上来,八哥忽又叫道:"这茶是明前茶。"

裕大人一怔,扭头对那笼子里的八哥说:"这是你的错了。现在什么时候了,哪还有明前茶?"

上司打趣,下司拾笑。笑声灌满客厅,并一齐讪笑八哥是个傻瓜。

贺道台说:"大人真是一句切中了要害。其实这话并不是我教的,这东西总是时不时蹦出来一句,不知哪来的话。"

知府笑道:"还不是平日里说者无意,听者有心。想必贺大人总喝好茶,它把茶名全记住了!"

裕禄笑道:"有什么好茶,也请裕禄我尝尝。"

大家又笑起来。但八哥听到了"裕禄"两字,忽然翅膀一抖,跟着全身黑毛全乍起来,好赛发怒,声音又高又亮地叫道:"裕禄那王八蛋!"

满厅的人全怔住。其实这一句众人全听到了,就在惊呆的一刻,这八哥又说一遍:"裕禄那王八蛋!"说得又清楚又干脆。裕禄忽地手一甩,把桌上的茶碗全抽在地上,怒喝一声:"太放肆了!"

贺道台慌忙趴在地上,声音抖得快听不见:"这不是我教给它的——"话到这里,不觉卡住了。他想到,八哥的这句话,正是他每每在裕禄那里受过窝囊气后回来说的,怎么偏偏给它记住了?这不是要他的命吗?他浑身全是凉气。

等他明白过来,裕禄和众官员已经离去,只他一个人还趴在客厅地上。他突然跳起来,朝那八哥冲去,一边吼着:"你毁了我!我撕了你,你这死鸟!"

他两手抓着笼子一扯,用力太大,笼子扯散,鸟飞出来,一把没有抓住。这八哥穿窗飞出,落在树上。居然把贺道台刚刚说的这话学会了,朝他叫道:"死鸟!"

贺道台叫仆人们用竿子打,用砖头砍,爬上树抓,八哥在树顶上来回蹦了一会儿。还不住地叫:"死鸟!死鸟!死鸟!"最后才挥翅飞

121

去，很快就无影无踪。

自此，贺道台就得了"死鸟"的外号。而且人们传这外号的时候，还总附带着这个故事。

2000 年 1 月 23 日

刷子李

　　码头上的人，全是硬碰硬。手艺人靠的是手，手上就必得有绝活。有绝活的，吃荤，亮堂，站在大街中央；没能耐的，吃素，发蔫，靠边待着。这一套可不是谁家定的，它地地道道是码头上的一种活法。自来唱大戏的，都讲究闯天津码头。天津人迷戏也懂戏，眼刁耳尖，褒贬分明。戏唱得好，下边叫好捧场，像见到皇上，不少名角便打天津唱红唱紫、大红大紫；可要是稀松平常，要哪没哪，戏唱砸了，下边一准起哄喝倒彩，弄不好茶碗扔上去，茶叶末子沾满戏袍和胡须上。天下看戏，哪儿也没天津倒好叫得厉害。您别说不好，这一来也就练出不少能人来。各行各业，全有几个本领齐天的活神仙，刻砖刘、泥人张、风筝魏、机器王、刷子李等等。天津人好把这种人的姓，和他们拿手擅长的行当连在一起称呼。叫长了，名字反没人知道。只有这一个绰号，在码头上响当当和当当响。

　　刷子李是河北大街一家营造厂的师傅。专干粉刷一行，别的不干。他要是给您刷好一间屋子，屋里任嘛甭放，单坐着，就赛升天一般美。最让人叫绝的是，他刷浆时必穿一身黑，干完活，身上绝没有一个白点。别不信！他还给自己立下一个规矩，只要身上有白点，白刷不要钱。倘若没这本事，他不早饿成干儿了？

但这是传说，人信也不会全信。行外的没见过的不信，行内的生气愣说不信。

一年的一天，刷子李收个徒弟叫曹小三。当徒弟的开头都是端茶、点烟，跟在屁股后边提东西。曹小三当然早就听说过师傅那手绝活，一直半信半疑，这回非要亲眼瞧瞧。

那天，头一次跟师傅出去干活，到英租界镇南道给李善人新造的洋房刷浆。到了那儿，刷子李跟管事的人一谈，才知道师傅派头十足。照他的规矩一天只刷一间屋子。这洋楼大小九间屋，得刷九天。干活前，他把随身带的一个四四方方的小包袱打开，果然一身黑衣黑裤，一双黑布鞋。穿上这身黑，就赛跟地上一桶白浆较上了劲。

一间屋子，一个屋顶四面墙，先刷屋顶后刷墙。顶子尤其难刷，蘸了稀溜溜粉浆的板刷往上一举，谁能一滴不掉？一掉准掉在身上。可刷子李一举刷子，就赛没有蘸浆。但刷子划过屋顶，立时匀匀实实一道白，白得透亮，白得清爽。有人说这蘸浆的手法有高招，有人说这调浆的配料有秘方。曹小三哪里看得出来？只见师傅的手臂悠然摆来，悠然摆去，好赛伴着鼓点，和着琴音，每一摆刷，那长长的带浆的毛刷便在墙面啪地清脆一响，极是好听。啪啪声里，一道道浆，衔接得天衣无缝，刷过去的墙面，真好比平平整整打开一面雪白的屏障。可是曹小三最关心的还是刷子李身上到底有没有白点。

刷子李干活还有个规矩。每刷完一面墙，必得在凳子上坐一大会儿，抽一袋烟，喝一碗茶，再刷下一面墙。此刻，曹小三借着给师傅倒水点烟的机会，拿目光仔细搜索刷子李的全身。每一面墙刷完，他搜索一遍。居然连一个芝麻大小的粉点也没发现。他真觉得这身黑色的衣服有种神圣不可侵犯的威严。

可是，当刷子李刷完最后一面墙，坐下来，曹小三给他点烟时，竟然瞧见刷子李裤子上出现一个白点，黄豆大小。黑中白，比白中黑更扎眼。完了！师傅露馅了，他不是神仙，往日传说中那如山般的形象轰然倒去。但他怕师傅难堪，不敢说，也不敢看，可忍不住还要扫一眼。

这时候，刷子李忽然朝他说话：

"小三，你瞧见我裤子上的白点了吧。你以为师傅的能耐有假，名气有诈，是吧？傻小子，你再细瞧瞧吧——"

说着，刷子李手指捏着裤子轻轻往上一提，那白点即刻没了，再一松手，白点又出现，奇了！他凑上脸用神再瞧，那白点原是一个小洞！刚才抽烟时不小心烧的。里边的白衬裤打小洞透出来，看上去就跟粉浆落上去的白点一模一样！

刷子李看着曹小三发怔发傻的模样，笑道：

"你以为人家的名气全是虚的？那你是在骗自己。好好学本事吧！"

曹小三学徒头一天，见到听到学到的，恐怕别人一辈子也未准明白呢！

1999 年 12 月

苏七块

苏大夫本名苏金散,民国初年在小白楼一带,开所行医,正骨拿环,天津卫挂头牌,连洋人赛马,折胳膊断腿,也来求他。

他人高袍长,手瘦有劲,五十开外,红唇皓齿,眸子赛灯,下巴儿一绺山羊须,浸了油赛的乌黑锃亮。张口说话,声音打胸腔出来,带着丹田气,远近一样响,要是当年入班学戏,保准是金少山的冤家对头。他手下动作更是"干净麻利快",逢到有人伤筋断骨找他来,他呢,手指一触,隔皮截肉,里头怎么回事,立时心明眼亮。忽然双手赛一对白鸟,上下翻飞,疾如闪电,只听咔嚓咔嚓,不等病人觉疼,断骨头就接上了。贴块膏药,上了夹板,病人回去自好。倘若再来,一准是鞠大躬谢大恩送大匾来了。

人有了能耐,脾气准各色。苏大夫有个各色的规矩,凡来瞧病,无论贫富亲疏,必得先拿七块银元码在台子上,他才肯瞧病,否则绝不搭理。这叫嘛规矩?他就这规矩!人家骂他认钱不认人,能耐就值七块,因故得个挨贬的绰号叫作:苏七块。当面称他苏大夫,背后叫他苏七块,谁也不知他的大名苏金散了。

苏大夫好打牌，一日闲着，两位牌友来玩，三缺一，便把街北不远的牙医华大夫请来，凑上一桌。玩得正来神儿，忽然三轮车夫张四闯进来，往门上一靠，右手托着左胳膊肘，脑袋瓜淌汗，脖子周围的小褂湿了一圈，显然摔坏胳膊，疼得够劲。可三轮车夫都是赚一天吃一天，哪拿得出七块银元？他说先欠着苏大夫，过后准还，说话时还哼哟哼哟叫疼。谁料苏大夫听赛没听，照样摸牌看牌算牌打牌，或喜或忧或惊或装作不惊，脑子全在牌桌上。一位牌友看不过去，使手指指门外，苏大夫眼睛仍不离牌。"苏七块"这绰号就表现得斩钉截铁了。

牙医华大夫出名的心善，他推说去撒尿，离开牌桌走到后院，钻出后门，绕到前街，远远把靠在门边的张四悄悄招呼过来，打怀里摸出七块银元给了他。不等张四感激，转身打原道返回，进屋坐回牌桌，若无其事地接着打牌。

过一会儿，张四歪歪扭扭走进屋，把七块银元哗地往台子上一码。这下比按铃还快，苏大夫已然站在张四面前，挽起袖子，把张四的胳膊放在台子上，捏几下骨头，跟手左拉右推，下顶上压，张四抽肩缩颈闭眼龇牙，预备重重挨几下，苏大夫却说："接上了。"当下便涂上药膏，夹上夹板，还给张四几包活血止疼口服的药面子。张四说他再没钱付药款，苏大夫只说了句："这药我送了。"便回到牌桌旁。

今儿的牌各有输赢，更是没完没了，直到点灯时分，肚子空得直叫，大家才散。临出门时，苏大夫伸出瘦手，拦住华大夫，留他有事。待那二位牌友走后，他打自己座位前那堆银元里取出七块，往华大夫手心一放。在华大夫惊愕中说道：

"有句话，还得跟您说。您别以为我这人心地不善，只是我立的这规矩不能改！"

华大夫把这话带回去，琢磨了三天三夜，到底也没琢磨透苏大夫这话里的深意。但他打心眼儿里钦佩苏大夫这事这理这人。

1994 年 1 月

蓝　眼

　　古玩行中有对天敌，就是造假画的和看假画的。造假画的，费尽心机，用尽绝招，为的是骗过看假画的那双又尖又刁的眼；看假画的，却凭这双眼识破天机，看破诡计，捏着这造假的家伙没藏好的尾巴尖儿，打一堆画里把它抻出来，晾在光天化日底下。

　　这看假画的名叫蓝眼。在锅店街裕成公古玩铺做事，专看画。蓝眼不姓蓝，他姓江，原名在棠，蓝眼是他的外号。天津人好起外号，一为好叫，二为好记。这蓝眼来源于他的近视镜，镜片厚得赛瓶底，颜色发蓝，看上去真赛一双蓝眼。而这蓝眼的关键还是在他的眼上。据说他关灯看画，也能看出真假。话虽有点玄，能耐不掺假。他这蓝眼看画时还真的大有神道——看假画，双眼无神；看真画，一道蓝光。

　　这天，有个念书打扮的人来到铺子里，手拿一轴画。外边的题签上写着"大涤子湖天春色图"。蓝眼看似没看，他知道这题签上无论写嘛，全不算数，真假还得看画。他刷地一拉，疾如闪电，露出半尺画心。这便是蓝眼出名的"半尺活"，他看画无论大小，只看半尺。是真是假，全拿这半尺画说话，绝不多看一寸一分。蓝眼面对半尺画，眼镜片刷地闪过一道蓝光，他抬起头问来者：

"你打算卖多少钱？"

来者没急着要价，而是说：

"听说西头的黄三爷也临摹过这幅画。"

黄三爷是津门造假画的第一高手。古玩铺里的人全怕他。没想到蓝眼听赛没听，又说一遍：

"我眼里从来没有什么黄三爷。你说你这画打算卖多少钱吧。"

"两条。"来者说。这两条是二十两黄金。

要价不低，也不算太高，两边稍稍地你抬我压，十八两便成交了。

打这天起，津门的古玩铺都说锅店街的裕成公买到一轴大涤子石涛的山水，水墨浅绛，苍润之极，上边还有大段题跋，尤其难得。有人说这件东西是打北京某某王府流落出来的。来卖画的人不大在行，蓝眼却抓个正着。花钱不少，东西更好。这么精的大涤子，十年内天津的古玩行就没见过。那时没有报纸，嘴巴就是媒体，愈说愈神，愈传愈广。接二连三总有人来看画，裕成公都快成了绸缎庄了。

世上的事，说足了这头，便开始说那头。大约事过三个月，开始有人说裕成公那幅大涤子靠不住。初看挺唬人，可看上几遍就稀汤寡水，没了精神。真假画的分别是，真画经得住看，假画受不住瞧。这话传开之后，就有新闻冒出来——有人说这画是西头黄三爷一手造的赝品！这话不是等于拿盆脏水往人家蓝眼的袍子上泼吗？

蓝眼有根，理也不理。愈是不理，传得愈玄。后来就说得有鼻子有眼儿了。说是有人在针市街一个人家里，看到了这轴画的真品。于是，又是接二连三，不间断有人去裕成公古玩铺看画，但这回是想瞧瞧黄三爷用嘛能耐把蓝眼的眼蒙住的。向来看能人栽跟斗都最来神儿！

裕成公的老板佟五爷心里有点发毛，便对蓝眼说："我信您的眼力，可我架不住外头的闲话，扰得咱铺子整天乱哄哄的。咱是不是找个人打听打听那画在哪儿。要真有张一模一样的画，就想法把它亮出来，分清楚真假，更显得咱高。"

蓝眼听出来老板没底，可是流言闲语谁也没辙，除非就照老板的话办，真假一齐亮出来。人家在暗处闹，自己在明处赢。

佟老板找来尤小五。尤小五是天津卫的一只地老鼠，到处乱钻，嘛事都能叫他拿耳朵摸到。他们派尤小五去打听，转天有了消息。原来还真的另有一幅大涤子，也叫《湖天春色图》，而且真的就在针市街一个姓崔的人家！佟老板和蓝眼都不知道这崔家是谁。佟老板便叫尤小五引着蓝眼去看。蓝眼不能不去，待到了那家一看，眼镜片刷刷闪过两道蓝光，傻了！

真画原来是这幅。铺子里那幅是假造的！这两幅画的大小、成色、画面，全都一样，连图章也是仿刻的。可就是神气不同——瞧，这幅真的是嘛神气！

他当初怎么打的眼，已经全然不知。此时面对这画，真恨不得钻进地里去。他二十年没错看过一幅。他蓝眼简直成了古玩行里的神。他说真必真，说假准假，没人不信。可这回一走眼，传了出去，那可毁了。看真假画这行，看对一辈子全是应该的，看错一幅就一跟斗栽到底。

他没出声，回到店铺跟老板讲了实话。裕成公和蓝眼是连在一块的，要栽全栽。佟老板想了一夜，有了主意，决定把崔家那轴大涤子买过来，花大价钱也在所不惜。两幅画都攥在手里，哪真哪假就全由自己说了。但办这事他们绝不能露面，便另外花钱请个人，假装买主，跟随尤小五到崔家去买那轴画。谁料人家姓崔的开口就是天价，不然就自己留着不卖了。买东西就怕一边非买，一边非不卖。可是去装买主这人心里有底,因为来时佟老板对他有话"就是砸了我铺子,你也得把画给我买来"。这便一再让步,最后竟花了七条金子才买到手,反比先前买的那轴多花了三倍的钱还多。

待把这轴画拿到裕成公,佟老板舒口大气,虽然心疼钱,却保住了裕成公的牌子。他叫伙计们把两轴画并排挂在墙上,彻底看个心明眼亮。等画挂好,蓝眼上前一瞧,眼镜片刷刷刷闪过三道光。人竟赛根棍子立在那里。天下的怪事就在眼前——原来还是先前那幅是真的,刚买回来的这幅反倒是假的!

真假不放在一起比一比,根本分不出真假——这才是人家造假画的本事,也是最高超的本事!

可是蓝眼长的一双是嘛眼?肚脐眼?

蓝眼差点一口气闭过去。转过三天,他把前前后后的事情捋了一遍,这才明白,原来这一切都是黄三爷在暗处做的圈套,一步步叫你钻进来。人家真画卖得不吃亏,假画卖得比天高。他忽然想起,最早来卖画的那个书生打扮的人,不是对他说过"黄三爷也临摹过这幅画"吗?人家有话在先,早就说明白这幅画有真有假。再看打了眼怨谁?看来,这位黄三爷不单冲着钱来的,干脆就是冲着自己来的。人家叫你手里攥着真画,再去买他造的假画。多绝!等到他明白了这一层,才算明白到家,认栽到底!打这儿起,蓝眼卷起被服卷儿离开了裕成公。自此不单天津古玩行没他这号,天津地面也瞧不见他的影子。有人说他得一场大病,从此躺下,再没起来。栽得真是太惨了!

再想想看,他还有更惨的——他败给人家黄三爷,却只见到黄三爷的手笔,人家的面也没叫他见过呢!

所幸的是,他最后总算想到黄三爷的这一手。死得明明白白。

2000 年 1 月 17 日

小杨月楼义结李金鏊

民国二十八年，龙王爷闯进天津卫，大小楼房全赛站在水里。三层楼房水过膝，两层楼房水齐腰，小平房便都落得"没顶之灾"了。街上行船，窗户当门，买卖停业，车辆不通，小杨月楼和他的一班人马，被困在南市的庆云戏院。那时候，人都泡在水里，哪有心思看戏？这班子二十来号人便睡在戏台上。

龙王爷赖在天津一连几个月，戏班照样人吃马喂，把钱使净，便将十多箱行头道具押在河北大街的"万成当"。等到水退了，火车通车，小杨月楼急着返回上海，凑钱买了车票，就没钱赎当了，急得他闹牙疼，腮帮子肿得老高。戏院一位热心肠的小伙计对他说："您不如去求李金鏊帮忙，那人仗义，拿义气当命。凭您的名气，有求必应。"

李金鏊是天津卫出名的一位大锅伙，混混头儿。上刀山、下火海、跳油锅，绝不含糊，死签一个。虽然黑白道上，也讲规矩讲脸面讲义气，拔刀相助的事，李金鏊干过不少，小杨月楼却从来不沾这号人。可是今儿事情逼到这地步，不去也得去了。他跟随这小伙计到了

133

西头,过街穿巷,抬眼一瞧,怔住了。篱笆墙,栅栏门,几间爬爬屋,大名鼎鼎的李金鳌就住在这破瓦寒窑里?小伙计却截门一声呼:"李二爷!"

应声打屋里猫腰走出一个人来,出屋直起身,吓了小杨月楼一跳。这人足有六尺高,肩膀赛门宽,老脸老皮,胡子拉碴;那件灰布大褂,足够改成个大床单,上边还油了几块。小杨月楼以为找错人家,没想到这人说话嘴上赛扣个罐子,瓮声瓮气问道:"找我干吗?"口气挺硬,眼神极横,错不了,李金鳌!

进了屋,屋里赛破庙,地上是土,条案上也是土,东西全是东倒西歪;迎面那八仙桌子,四条腿缺了一条,拿砖顶上;桌上的茶壶,破嘴缺把,磕底裂肚,盖上没疙瘩。小杨月楼心想,李金鳌是真穷还是装穷?若是真穷,拿嘛帮助自己?于是心里不抱什么希望了。

李金鳌打量来客,一身春绸裤褂,白丝袜子,黑礼服呢鞋,头戴一顶细辫巴拿马草帽,手拿一柄有字有画的斑竹折扇。他瞄着小杨月楼说:"我在哪儿见过你?"眼神还挺横,不赛对客人,赛对仇人。

戏院小伙计忙作一番介绍,表明来意。李金鳌立即起身,拱拱手说:"我眼拙,杨老板可别在意。您到天津卫来唱戏,是咱天津有耳朵人的福气!哪能叫您受治、委屈!您明儿晌后就去'万成当'拉东西去吧!"说得真爽快,好赛天津卫是他家的。这更叫小杨月楼满腹狐疑,以为到这儿来做戏玩。

转天一早,李金鳌来到河北大街的"万成当",进门朝着高高的柜台仰头叫道:"告你们老板去,说我李金鳌拜访他来了!"这一句,不单把柜上的伙计吓跑了,也把典当来的主顾吓跑了。老板慌忙出来,请李金鳌到楼上喝茶,李金鳌理也不理,只说:"我朋友杨老板有几个戏箱押在你这里,没钱赎当,你先叫他搬走,交情记着,咱们往后再说。"说完拨头便走。

当日晌后,小杨月楼带着几个人碰运气赛的来到"万成当",进门却见自己的十几个戏箱——大衣箱、二衣箱、三衣箱、盔头箱、旗把箱等等,早已摆在柜台外边。小杨月楼大喜过望,竟然叫好喊出声来。这样便取了戏箱,高高兴兴返回上海。

小杨月楼走后,天津卫的锅伙们听说这件事,佩服李金鳌的义气,纷纷来到"万成当",要把小杨月楼欠下的赎当钱补上。老板不肯收,锅伙们把钱截着柜台扔进去就走。多少亦不论,反正多得多。这事又传到李金鳌耳朵里。李金鳌在北大关的天庆馆摆了几桌,将这些代自己还情的弟兄们着实宴请一顿。

谁想到小杨月楼回到上海,不出三个月,寄张银票到天津"万成当",补还那笔欠款,"万成当"收过锅伙们的钱,哪敢再收双份,老板亲自捧着钱给李金鳌送来了。李金鳌嘛人?不单分文不取,看也没看,叫人把这笔钱分别还给那帮代他付钱的弟兄。至此,钱上边的事清楚了,谁也不欠谁的了。这事本该了结,可是情没结,怎么结?

转年冬天,上海奇冷,黄浦江冰冻三尺,大河盖上盖儿。甭说海上的船开不进江来,江里的船晚走两天便给冻得死死的,比抛锚还稳当。这就断了码头上脚夫们的生路,尤其打天津去扛活的弟兄们,肚子里的东西一天比一天少,快只剩下凉气了。恰巧李金鳌到上海办事,见这情景,正愁没辙,抬眼瞅见小杨月楼主演《芸娘》的海报,拔腿便去找小杨月楼。

赶到大舞台时,小杨月楼正是闭幕卸装时候,听说天津的李金鳌在大门外等候,脸上带着油彩就跑出来。只见台阶下大雪里站着一条高高汉子。他口呼:"二哥!"三步并两步跑下台阶。脚底板冰雪一滑,一屁股坐在地上,仰脸对李金鳌还满是欢笑。

小杨月楼在锦江饭店盛宴款待这位心中敬佩的津门恩人。李金鳌说:"杨老板,您喂得饱我一个脑袋,喂不饱我黄浦江边的上千个扛活的弟兄。如今大河盖盖儿,弟兄们没饭辙,眼瞅着小命不长。"

小杨月楼慨然说:"我去想办法!"

李金鳌说:"那倒不用。您只要把上海所有名角约到一块儿,义演三天就成!戏票全给我,我叫弟兄们自个儿找主去卖,这么做难为您吗?"

小杨月楼说:"二哥真行,您叫我帮忙,又不叫我费劲。这点事还不好办吗?"第二天就把大上海所有名角,像赵君玉、周信芳、黄玉麟、刘筱衡、王芸芳、刘斌昆、高百岁等等,全都约齐,在黄金戏院举行义演。戏票由天津这帮弟兄拿到平日扛活的主家那里去卖。这些主家花钱买几张票,又看戏,又帮忙,落人情,过戏瘾,谁不肯?何况这么多名角同台献技,还是《龙凤呈祥》《红鬃烈马》一些热闹好看的大戏,更是千载难逢。一连三天过去,便把冻成冰棍的上千个弟兄全救活了。

李金鳌完事要回天津,临行前,小杨月楼又是设宴送行。酒足饭饱时,小杨月楼叫人拿出一大包银子,外头拿红纸包得四四方方,送给李金鳌。既是盘缠,也有对去年那事谢恩之意。李金鳌一见钱,面孔马上板起来,沉下来的嗓门更显得瓮声瓮气。他说道:"杨老板,我这人,向例只交朋友,不交钱。想想看,您我这段交情,有来有往,打谁手里过过钱?谁又看见过钱?折腾来折腾去,不都是那些情义吗?钱再多也经不住花,可咱们的交情使不完!"说完起身告辞。

小杨月楼叫李金鳌这一席话说得又热又辣,五体流畅。第二天唱《花木兰》,分外的精气神足,嗓门冒光,整场都是满堂彩。

田大头

辛亥后那些年，天津城里出了一位模样出奇的人。个子不高，头大如斗；不是头大，而是大头；肩上好赛扛一个特大的三白瓜，瓜重扛不住，直压得后背微微驼起来。脑袋太大还不好扭头，要扭头时，只能转身子。再有，脑袋太沉，头重脚轻，不好快走，走不好就向前一个大马趴，一个"大"字趴在地上。这样的人走在街上谁不看上两眼？

大头本名叫田少圃，但除去他爹，没人知道他的名字，都叫他田大头。田大头是富家子弟。祖上能干，赚钱兴家，买地盖房，成了南门里一个富户。长辈兴业发家，后辈坐享清福，不用干活，吃好穿好，有人侍候。田家祖上的家底太厚，田大头的父亲就一辈子嘛也没干，也没坐吃山空，到了田大头这一辈接着再吃。可是这个人走起路来都晃悠，还能叫他干什么，反正家里有米，锅里有肉，腰里有银子不犯愁就是了。

田大头没嘛心眼儿，天性平淡，人憨厚，从来不想出类拔萃，也就没愁事。活得清闲又舒服。他平生就三大爱好。一是好吃，一是好听玩意儿，一是好玩抓阄儿。有人说他没主意，所以碰事就抓阄儿。

天津是九河下梢，水陆大码头，东西南北的河都通着天津，各地好吃的、好看的、好听的，人间百味，民间百曲，世间百艺都会不请自来。天津人有口福，也有耳福和眼福。田大头在天津能活得不快活？

人要有钱，过得好，活得美，就会围上来一帮人帮吃帮喝，陪玩陪看，哄笑哄乐。城里一些浪荡公子和有闲清客就拥了过来。一起陪着他把天津城内外大大小小酒楼饭店挨着家吃。天津卫的饭馆满街都是，不管鲁菜粤菜苏菜闽菜湘菜川菜浙菜徽菜潮汕菜还是满汉全席，要嘛有嘛。你一天最多也就吃一个馆子，一年最多不过三百个馆子，天津卫现有的饭铺够你一天一个吃上十年二十年，还有数不过来的要开张的馆子排着队等在后边呢。更别提那些戏园子里数不过来的听的看的演的——戏曲说唱杂耍马戏名班名角名戏名段子了。

田大头最喜欢的事是，在馆子里酒足饭饱之后，乘兴决定晚晌到哪个戏园子里听戏听曲听快板或说书。每到这个时候，一准要拿出他最欢心的游戏——抓阄儿。抓上什么去看什么。

有个白白胖胖的机灵小子，叫梅不亏，整天在田大头身前身后跑来跑去。他只要一听田大头说抓阄儿，立即起身跑到柜台，从账房那里要一张纸，裁成小块。今天吃饭几个人，就裁成几块。分别写上本地最叫座的几个戏园子的名字。每个园子演的戏曲说唱都不一样，演出的节目和演员也天天更换，但是没有梅不亏不知道的。

梅不亏更知道田大头喜欢听哪种戏、哪出戏、哪个角儿。每当梅不亏把写好的阄儿放在一个空碗里，大家就嚷着叫着让田大头第一个抓。那些阄儿上边写的戏目和节目都是田大头喜欢的，无论抓起哪个，打开一看，田大头准都会高兴。大家便说他手气好，他抓的都是大家最爱看最想看的。他替大家抓了，大家便都不抓了。

反正哄他高兴、掏钱，大伙白玩白乐呗。

这伙人和田大头还玩一种抓阄儿。就是每当吃一顿大餐后，该付账时，就抓阄儿。一般的饭钱全由田大头付，吃大餐钱多，抓阄儿合乎情理，也刺激有趣。这个阄儿还是由梅不亏去做。抓这种阄儿的规矩是，只有一个阄儿画着圈儿，表示花钱，其余的阄儿都是空白，不花钱。谁抓上画圈儿的阄儿谁掏钱。

每次抓阄儿时也是大伙嚷着叫着让田大头第一个抓。但奇怪的是，不管田大头怎么抓，打开一看，阄儿上边准画着一个墨笔的圈儿。

既然他抓上了，别人就不抓了，再抓一定全是白纸。

每次田大头抓到画圈的阄儿，都站在那儿傻乎乎地笑，然后晃晃悠悠去到柜台付钱。

如果有人跟他客气，争着付款，他都摆摆手笑道：

"应该的，我手气好。"

他付钱，好像理所当然。谁叫他钱多，就该他花钱。吃大头嘛！原来天津卫"吃大头"这句话就是从田大头这儿来的！人家田大头呢，天生厚道，傻吃傻玩，乐乐呵呵，从不计较。

他怎么也不想想，为嘛自己每次抓的阄儿都画着圈儿？为嘛从来没有抓过白纸的阄儿？

他一直这么糊里糊涂、美滋滋地活着。直到父亲去世后，没人给他钱花了，这才知道父亲留给他的，原来不是吃不完用不完的金山银山。钱是有数的，花一点少一点。

他自然不再由着性情往大饭庄好菜馆里跑了。嘴馋了，就去街上的小馆里要几个炒得好的小菜。这一来原先围在他身边混吃混喝的浪

139

荡公子们全瞧不见了，只有梅不亏时不时露个面儿。

这天梅不亏来他家，一直坐到下晌吃饭的时候还不走，明摆是等着田大头拉他到外边吃一顿。直叫田大头坐不住了，站起来对他说：

"南门外新开一个馆子不算大，可是挺实惠，专吃河蟹，实打实七里海的河蟹，现在七八月，顶盖儿肥，你去尝尝鲜吗？"

梅不亏白胖的脸儿笑开了花，他说："只要陪着您，蝎子都吃。"随后就连蹦带跳跟田大头去了。

一大盘子的粉肚青背的大河蟹，没多少时候，就叫田大头和梅不亏吃得丢盔卸甲，一桌子残皮烂壳。朝这堆东西中间一看，便知哪些是梅不亏吃过的，哪些是田大头吐出来的。梅不亏绝不叫一点蟹黄膏脂留在甲壳里，田大头向来连皮带肉一起嚼，嚼过就吐。梅不亏对大头说：

"这银鱼紫蟹可是朝廷的贡品，老佛爷也不舍得还带着肉就吐了。"

两人吃得满腹河鲜，满口蟹香，再加上直沽老酒上了头，美滋滋晕乎乎。梅不亏觉得这个田大头人真的挺好，像一碗白开水，几十年来总一个劲儿，从不和人计较什么，该付钱时准由他付，自己没掏过腰包。想到这儿，他身上不多的一点义气劲儿冒了上来，说：

"今儿的河蟹我请了。"

田大头摇摇手笑着说："不跟你争，如果你想付，还是得按老规矩，先抓阄儿。"然后一指柜台那边说，"还是你去做阄儿。"

抓阄儿？已经多年没玩过了，现在一提，触动了梅不亏。梅不亏心里边有一点事，虽然这事过去了多年，此刻禁不住还是说出来：

"有个事在我心里，一直弄不明白，我得问问您——就是抓阄儿这事。当年我们一起吃饭，到了该付钱时候，您干吗非要抓这个阄儿不可？"

"我好喜，好玩呗。"田大头说。

"为嘛每次您都要头一个抓？"

"你们不是叫我头一个抓吗？"田大头说。

"可为嘛每次画圈儿的阄儿都叫您抓上？您想过没有？"梅不亏说完，两只小眼盯在田大头脸上，认真等着他的回答。

"手气好呗。我娘说过，我打小命就好，手气好。"田大头说，说得挺得意。

显然，梅不亏心里的问号还是没解开。他接着往下问：

"您每次抓上那个画圈儿的阄儿之后，为嘛不打开看看别的阄儿？"

"看别的阄儿干吗，一定都是白纸了！"

"每次的阄儿都是我做的。您就不怕我把所有阄儿都画上圈儿，叫您无论抓上哪个阄儿，都得付钱？"

"你不会。"田大头说完，摆摆手，咧开嘴傻乎乎地笑了。

梅不亏两眼盯着他，疑惑不解。田大头是真不明白，还是装糊涂？他为嘛装糊涂？但他今天似乎非要弄明白不可，接着再问：

"您现在不想问问我吗？"

"问你干吗，那些饭咱早吃过了，钱也早付完了。"

"您就从来没疑惑这事吗？"梅不亏已经是在逼问了。现在就差自己把实情说出来。

"疑惑个嘛呢。你们不就是叫我请吃个饭吗？抓阄儿不就是为了一乐吗？不抓阄儿我也一样掏钱——"田大头沉吟一下，说了一句很特别的话，"叫别人掏钱，我过意不去。"

这句话叫梅不亏怔住。

如今，田大头这样的人没有了。这样大头的人也没有了。

141

抱小姐

　　清初以降,天津卫妇女缠脚的风习日盛。无论嘛事,只要成风,往往就走极端,甚至成了邪。比方说东南角二道街鲍家的抱小姐。

　　抱小姐姓鲍。鲍家靠贩卖皮草发家,有很多钱。虽然和八大家比还差着点,却"比上不足,比下有余"。鲍家老爷说,他若是现在把铺子关了,不买不卖,彻底闲下来,一家人坐着吃,鸡鸭鱼肉、活鱼活蟹、精米白面,能吃上三辈子。

　　人有了钱就生闲心。有了闲心,就有闲情、雅好,着迷的事。鲍老爷爱小脚,渐渐走火入魔,那时候缠足尚小,愈小愈珍贵,鲍老爷就在自己闺女的脚上下了功夫。非要叫闺女的小脚冠绝全城,美到顶美,小到最小。

　　人要把所有的劲都使在一个事上,铁杵磨成针。闺女的小脚真叫他鼓捣得最美最小。穿上金色的绣鞋时像一对金莲,穿上红色的绣鞋时像一对香菱。特别是小脚的小,任何人别想和她比——小到头小到家了。白衣庵卞家二小姐的小脚三寸整,北城里佟家大少奶奶戈香莲那双称王的小脚二寸九,鲍家小姐二寸二。连老天爷也不知道这双小脚是怎么鼓捣出来的。不少人家跑到鲍家打听秘笈,没人问出一二三。有人说,最大的秘诀是生下来就裹。别人五岁时裹,鲍家小姐生下来几个月就缠上了。

脚太小,藏在裙底瞧不见,偶尔一动,小脚一闪,小荷才露尖尖角,鲜亮,上翘,灵动;再一动就不见了,好赛娇小的雏雀。

每每看着来客们脸上的惊奇和艳羡,鲍老爷感到无上满足。他说:"做事不到头,做人难出头。"这话另一层意思,单凭着闺女这双小脚,自己在天津也算一号。

脚小虽好,麻烦跟着也来了。闺女周岁那天,鲍老爷请进宝斋的伊德元出了一套"彩云追凤"的花样,绣在闺女的小鞋上,准备抓周时,一提裙子,露出双脚,叫来宾见识一下嘛样的小脚叫"盖世绝伦"。可是给小姐试鞋时,发现闺女站不住,原以为新鞋不合脚,可是换上平日穿的鞋也站不好,迈步就倒。鲍太太说:"这孩子娇,不愿走路,叫人抱惯了。"

老爷没说话,悄悄捏了捏闺女的脚,心里一惊!闺女的小脚怎么像个小软柿子,里边好赛没骨头?他埋怨太太总不叫闺女下地走路,可是一走就倒怎么办?就得人抱着。往后人愈长愈大,身子愈大就愈走不了,去到这儿去到那儿全得人抱着。

这渐渐成了老爷的一个心病。

小时候丫鬟抱着,大了丫鬟背着。一次穿过院子时,丫鬟踩上鸟屎滑倒。小姐虽然只摔伤皮肉,丫鬟却摔断腿,而且断成四截,骨头又没接好,背不了人了。鲍家这个丫鬟是落垈人,难得一个大块头,从小干农活有力气。这样的丫鬟再难找。更大的麻烦是小姐愈大,身子愈重。

143

鲍老爷脑袋里转悠起一个人来，是老管家齐洪忠的儿子连贵。齐洪忠一辈子为鲍家效力。先是跟着鲍老爷的爹，后是跟着鲍老爷。齐洪忠娶妻生子，丧妻养子，直到儿子连贵长大成人，全在鲍家。

齐家父子长得不像爷俩儿。齐洪忠瘦小，儿子连贵大胳膊大腿；齐洪忠心细，会干活，会办事；儿子连贵有点憨，缺心眼，连句整话都不会说，人粗粗拉拉，可是身上有使不完的力气，又不惜力气。鲍家所有需要用劲儿的事全归他干。他任劳任怨，顺从听话。他爹听鲍老爷的，他比他爹十倍听老爷的。他比小姐大四岁，虽是主仆，和小姐在鲍家的宅子里一块儿长大，而且小姐叫他干吗他就干吗。从上树逮鸟到掀起地砖抓蝎子。不管笨手笨脚从树上掉下来，还是被蝎子蜇，都不在乎。如果找一个男人来抱自己的女儿，连贵再合适不过。

鲍老爷把自己的念头告诉给太太，谁料太太笑道：

"你怎么和我一个心思呢。连贵是个二傻子，只有连贵我放心！"

由此，齐连贵就像小姐的一个活轿子，小姐无论去哪儿，随身丫鬟就来呼他。他一呼即到，抱起小姐，小姐说去哪儿就抱到哪儿。只是偶尔出门时，由爹来抱。渐渐爹抱不动了，便很少外出。外边的人都叫她"抱小姐"。听似鲍小姐，实是抱小姐。这外号，一是笑话她整天叫人抱着，一是贬损她的脚。特别是那些讲究缠足的人说她脚虽小，可是小得走不了路，还能叫脚？不是烂蹄子？更难听的话还多着呢。

烂话虽多，可是没人说齐连贵坏话。大概因为这傻大个子憨直愚呆，没脑子干坏事，没嘛可说的。

鲍老爷看得出，无论他是背还是抱，都是干活。他好像不知道自己抱的人是男是女，好像不是小姐，而是一件金贵的大瓷器，他只是小心抱好了,别叫她碰着磕着摔着。小姐给他抱了七八年,只出了一次差错。那天,太太发现小姐脸色气色不好,像纸赛的刷白,便叫连贵抱着小姐在院里晒晒太阳。他一直抱着小姐在院里火热的大太阳地站着。过了许久,太太出屋,看见他居然还抱着小姐在太阳下站着,小姐脸蛋通红,满头是汗,昏昏欲睡。太太骂他:

"你想把小姐晒死!"

吓得他一连几天,没事就在院里太阳地里跪着,代太太惩罚自己。鲍老爷说:

"这样才好,嘛都不懂才好,咱才放心。"

这么抱长了,一次小姐竟在连贵怀里睡着了。嘿,在哪儿也没给他抱着舒服呢。

连贵抱着小姐直到她二十五岁。

光绪二十六年,洋人和官府及拳民打仗,一时炮火连天,城被破了。鲍太太被塌了的房子砸死,三个丫鬟死了一个,两个跑了。齐家父子随鲍家父女逃出城,路上齐洪忠被流弹击中胸脯,流着血对儿子说,活要为老爷和小姐活,死也要为老爷和小姐死。

连贵抱着小姐跟在鲍老爷身后,到了南运河边就不知往哪儿走了,一直待到饥肠饿肚,只好返回城里,老宅子被炸得不成样子,还冒着火冒着烟。往下边的日子就一半靠老爷的脑子,一半靠连贵的力气了。

五年后,鲍老爷才缓过气来,却没什么财力了。不多一点皮草的生意使他们勉强糊口。鲍老爷想,如果要想今后把他们这三个人绑定一起,只有把女儿嫁给连贵。这事要是在十年前,连想都不会想,可是现在他和女儿都离不开这个二傻子了,离了没法活。尤其女儿,从

145

屋里到屋外都得他抱。女儿三十了，一步都不能走，完全一个废人，谁会娶这么一个媳妇，嘛也干不了，还得天天伺候着？现在只一个办法，是把他们结合了。他把这个意思告诉女儿和连贵，两人都不说话。女儿沉默，似乎认可；连贵不语，好似不懂。

于是鲍老爷悄悄把这"婚事"办了。

结了婚，看不出与不结婚有嘛两样，只是连贵住进女儿的屋子。连贵照旧一边干活，一边把小姐抱来抱去。他俩不像夫妻，依旧是主仆。更奇怪的是，两三年过去，没有孩子。为嘛没孩子？当爹的不好问，托一个姑表亲家的女孩来探听。不探则已，一探吓一跳。原来齐连贵根本不懂得夫妻的事。更要命的是，他把小姐依旧当作"小姐"，不敢去碰，连嘴巴都没亲一下。这叫鲍老爷怎么办？女儿居然没做了女人。这脚叫他缠的——罪孽啊！

几年后老爷病死了。皮草的买卖没人会做，家里没了进项。连贵虽然有力气却没法出去卖力气，家里还得抱小姐呢。

抱小姐活着是嘛滋味没人知道。她生下来，缠足，不能走，半躺半卧几十年，连站都没站过。接下来又遭灾受穷，常挨饿，结了婚和没结婚一样，后来身体虚弱下来，瘦成干柴，病病歪歪，一天坐在那里一口气没上来，便走了。

剩下的只有连贵一人，模样没变，眼神仍旧像死鱼眼痴呆无神，一字样地横着大嘴叉，不会笑，也不会和人说话。但细一看，还是有点变化。胡楂有些白的了，额头多了几条蚯蚓状的皱纹，常年抱着小姐，身子将就小姐惯了，有点驼背和含胸。过去抱着小姐看不出来，现在小姐没了显出来了。特别是抱小姐那两条大胳膊，好像不知往哪儿搁。

侯老奶奶

天津卫，阔人多，最阔要数八大家，就是无人不知的天成号韩家、益德裕店高家、长源店杨家、振德店黄家、益照临店张家、正兴德店穆家、土城刘家和杨柳青石家。有的由粮发家，有的贩盐致富，有的养船成豪。这些豪富们高楼巨屋，山珍海味，穿金戴银，花钱当玩。

人阔了就要招摇。官家要炫势，阔人要摆阔，名人要扬名。

阔人总得有阔事。于是，办起红白喜事，你从东城闹到西城，我从城里闹到城外；开粥厂济贫，你一连七天，我一连三个月。可是这些事多了就不新鲜。既然是阔事，总得要人记得。不然花钱也是白花。有人说海张五家掏钱修炮台，算一件阔事。可是细想想，他修炮台这事，不过是为了向官府讨好，哪个生意人不谄媚于官家？这算不上纯粹的阔事。

咸丰十年夏天，西城的侯家干了一件事，不仅八大家无人能比，古今没有，空前绝后。

马上侯家的老奶奶要过八十大寿了，全家筹备，忙上忙下，以贺老寿星的耄耋之喜。眼瞅着家里家外给鲜花、灯彩、寿幛装点得花花绿绿、渐渐热闹起来。老奶奶坐在那里,却忽然掉下泪来。大家不知为嘛,大老爷过来一问,老奶奶才说:

"我这辈子嘛都见过,可就没看过火场,连救火的水机子嘛样也从来没瞧见过。二十年前小仪门口那场大火烧得天都红了,在咱家屋里也照出了人影儿,城里人全跑去看。你爹——他过世了,我不该说他——就是不叫我去看。我这辈子不是白来了?"

说完脸蛋子奃拉着挺长。

大老爷心想,老人的事只能顺不能戗,若要不叫老奶奶看一次火场,眼前这生日无论怎么筹划,也难叫她高兴起来。可是着火的事哪能说来就来。侯家中的二管家鲍兴机灵能干主意多,他对大老爷说:

"这事您就交给我办吧。我保管叫老太太乐起来。"

大老爷问他有嘛好主意,他说出来,大老爷笑了,叫他快去办,一定要在老太太生日之前闹出这一出,否则要想把八十寿诞弄好了,别的嘛法子也不灵。

鲍兴拍马就去办。先到西门外小杨庄买了二十多间房,有砖瓦房也有茅草屋,有的房子连里边的家具物品也出高价买下。跟着跑到北城朝阳观那边的清远水会,拜会了会头韩老七。天津卫人多,房子挤,着起火来就烧一大片。救火就得靠水会,城里边最大的水会是清远水会。鲍兴把上门来请韩老七帮忙的事一说,韩老七满脸的褶子全垂下来,对鲍兴说:

"你这不是叫我去演救火?我是救火的,又不是戏班子。"

鲍兴笑道:"这事您要不干,叫别人干了,您可就亏了。"说着把一叠银票撂在桌上。看着这些银票,韩老七不吭声了。

事情说好之后,鲍兴便找人在小杨庄外一块空地上用苇席杉篙搭了一个棚子，摆好座椅和八仙桌，像每年天后诞辰富人家看皇会用的那种大棚，又宽敞又舒服。这一切鲍兴安排得很快，前后只用了四五天时间全摆平了。大老爷夸他，鲍兴说：

"哪是我能干，是因为您有钱，有钱能叫鬼推磨。"

这天黄昏，老奶奶正在房里喝茉莉花茶、嗑酱油瓜子、嚼京糕条，忽然鲍兴跑上来，一边叫道："老奶奶，西城着大火了，我接您去看。大老爷在门口等着您呢！"这兴奋劲儿像是去看大戏。

老奶奶说："可看着火了！"一高兴，差点栽一跤。

到了门口，大老爷站在那儿迎候。门前停了一排六辆枣木包铜的轿车。老奶奶给人扶着上了车，一路威风十足出了小西门，很快就看到前边火光闪闪。老奶奶下车，上了高大的席棚，棚子正面对着火场。她也没问这棚子是干吗用的。

老奶奶一落座，火势即起，火苗蹿起三丈，火场大得出奇；浓烟滚滚，火光夺目，不仅照亮了天，把老奶奶这边也照得雪亮。老奶奶扭脸左右一看，不仅全家老小都来齐了，后边还坐着一些平时家中的常客，好像陪她看戏。

随即大锣响起，一队人马由远而近，都穿着黄衣衫、紫坎肩，用墨笔在前胸后背写着两个大字"清远"。为首一老者，辫子缠头，银髯飘拂，身形矫健，步履如飞，带着十万火急的架势。一手提着一面井盖大的大铜锣，一手执槌不停地敲，声音连成串儿。他围着火场，转一大圈。

鲍兴跑到老奶奶跟前俯下腰说：

"这是咱天津最大的清远水会。敲锣的是会头韩老七。现在他敲的这锣是'传锣告警'。天津城内外各水会听到，全都会赶来救火。他跑这一大圈是'下场子'。他圈定的火场，只能水会进，其他任何

149

人都不能进。"

老奶奶说:"干吗不叫人进?"

鲍兴笑道:"怕有人趁乱拿东西——趁火打劫呀!"接着说:"救火这就开始,各大水会的人已经全赶来了。"

不一会儿,耳听着一串串锣声由远而近,跟着就看到各水会挥旗而至。他们服装不一,颜色分明,各列长队,手执钩叉,纵入火场,齐刷刷勇不可当。老奶奶终于瞧见了水机子。一个重重的大木箱子,四个壮汉抬着,箱子上边的木架子横着一根压杆,两个身穿号服的人一头一个,像小孩打压板那样你上我下、你下我上,一条银白色的水龙便喷射出来。很快就有十几条长长的水龙飞入火海。熊熊烈焰加倍升腾。

在火场前,各会的会头与韩老七好像合唱一台戏,手中锣声相答互应,居然就把各水会调度得你东我西,你出我入,你前我后,你退我进,配合得天衣无缝。好比打仗布阵,井然有序。一时火光照天,浓烟翻腾,火星飞溅,人影腾跃。这种凶猛又骁勇的场面,戏台上是绝看不到的。火势最猛时,都感到热浪扑面,好像大火要烧到身上。老奶奶忽指着大儿媳妇叫道:"火在你的脸上呢!"她像一个小孙女看戏那样大喜大呼傻了眼。她周围的人一边连喊带叫,起哄造势,一边夸老奶奶有眼福,都说跟着老奶奶就是有福。

渐渐眼瞅着火势渐渐被压了下来,火苗小了,火光退了,一些水会开始"倒锣"撤人。南风起时,有些火星子刮过来。鲍兴上来问:"老奶奶尽兴吗?"这话是请老奶奶起驾回府。

老奶奶起身时说:"我这辈子值了!"

大老爷在旁边听了,心里的石头落了地,这么一来,下边寿诞的事全好办了。转天叫鲍兴给清远水会送去满满两大车桂顺斋的点心,

150

其余各会也分别以点心酬谢。给各会犒劳点心，是天津卫的规矩。

到了六月二十三火神祝融的生日，水会设摆祭神，侯家又送去厚厚一份"份子"，而且从此年年如此。这一来，侯家老奶奶花钱看着火这事也就给人传了下来。

啊！

　　只要这些有碍社会进步和毒化生活的现象，还没有被深刻地加以认识、从中吸取教训、彻底净除与杜绝，还存在着再生的条件，那么，与本篇小说同一性质的作品就不会是无用的；也是不可避免的。

——作者

一

　　早春的天空分外美丽。那淡蓝色的无限开阔的空间，全给灿烂明亮的日光占有了。鸟雀们拼命向云天钻飞，去迎接从遥远的地方随同大雁一同来临的春天。

　　它的气息往往裹在融雪的气息里。

　　它第一个脚步，是踏在寒气犹存的人间和大地上的。然而它以宇宙间浑然充沛的生命的元气，使冰封的大河嘎嘎碎裂，使冻结的土壤松解复苏，使僵缩的万物舒展、变柔、生机勃发，使每一颗美好的心都充满幻想和希望。

春天,不仅带来希冀、新生、美、向上的力、大自然的繁忙、五彩缤纷的新天地,还要与亲切真诚的吐露、劳动者手上的厚茧、描绘未来的图纸、为真理而斗争的硝烟、柔情的眼波、迷人的夜曲,纺织成甜蜜、幸福、诗意、闪闪发光的生活。

它从来不辜负人们。它恪守时节,还慷慨无私地把它的一切财富贡献给人们。

多好的春天呵!

然而,这一切,对于现在坐在历史研究所当院的一百多人来说,却是无关和多余的。没有一个人有心抬起头,去感受一下早春的天空。

这里又要揪人了!

二

有两个迹象说明今天召开的全所大会有种非同寻常的急迫感和严重性。

一个是,所里的五名长期病号和十一名退休人员全到会了。他们接到的开会通知上注有"不准请假"的字样,谁也不敢推辞或借故不来,现在在会场后边东倒西歪地坐了一排。

另一个是,还有两名外出到西安半坡博物馆考察文物的人员,在昨天上午收到所里打去的加急电报,星夜驰归,此刻就坐在人群中间。

当矮个子、黑皮肤、呆板又平庸的所革委会的郝主任,双手端起一份上级下达的要立即开展运动的文件,像念天书一般,吭吭哈哈、结结巴巴、夹杂着许多错别字地念过之后,刚刚从市里开过紧急政工会议的政工干部贾大真赶回来了,他瘦瘦高高,戴一顶时髦的象征革命化的绿军帽,站在台上。他那瘦骨嶙峋的脸上有种可怕的严肃劲儿。用着发狠的口气和那个时代流行的发狠的词句,讲了一番话。这番话是这样结束的:

"虽然我们搞过许多次运动,但并不彻底。我们这个单位知识分子成堆,阶级成分复杂,藏龙卧虎,混杂着大大小小、为数不少的一批坏人。有历史的,也有现行的;有的公开,也有的隐蔽。我们不能掉以轻心,垫高枕头睡大觉。对敌人姑息,就是对革命犯罪。不少人在运动中不是跳出来表演了吗?现在该是和他们算总账的时候了!对于那些隐蔽得很深的家伙们,就是掘地三尺,也要把他们挖出来!

"这次运动的特点是来势猛、决心大、搞得细。一方面,发动强大的政治攻势,对阶级敌人展开全面进攻。另一方面,对所有有问题、有嫌疑的人,要进行一次彻底的清理;对历史有污点的人,也要重新调查、重新鉴定、重作结论。我们下了决心,绝不漏掉一个敌人!而且,这次运动还将在社会上广泛展开,撒下天罗地网,将一切敌人一网打尽。上级领导讲了,'该杀的就杀,该关的就关,该管的就管'!我们要立即行动起来,迎接这场大揭发、大检举、大批判、大斗争的阶级斗争的新高潮!"

显然,一阵凶猛的狂潮马上就要卷进生活中来。一切随即就要发生变化——生活内容,人,人的想法,人与人的关系,相互的感觉;还有空气。空气仿佛不再是流动的了,凝结了,并且骤然间充满了火药味道。

三

散会后,地方史组三个都戴眼镜的研究员回到他们的工作室,组长赵昌被留下听候所领导对运动的安排部署。这三个人前前后后进了屋，谁也没吭声，各就各位，像往常那样从桌上或抽屉里拿一本书看，天知道他们在看些什么。

本组年纪最大的老研究员秦泉的脸色非常难看。此人很瘦：面皮如同旧皮包那样黯淡，高颧骨像皮包里塞着的什么硬东西支棱出来，正好把一副普普通通的白光眼镜架住。他是个仔细、寡言、稳重的人。胳膊上总套着一对褐色的粗布套袖，和他每天上下班提着的书包用的是同一块布料。看上去，很像个细致又严谨的银行老职员。长期的案头工作使他驼了背。整天虾一样弓腰坐着，面前一杯热水和一本书，右手拿钢笔，左手夹一支烟卷；长长的脑袋被嘴里吐着的烟纠缠着，宛如云岚缭绕的山头；有时烟缕钻进他花花的头发丝里，半天散不净。这便是他给人印象最深的形象。他一天不停地喝水和上厕所，咽水的声音分外响；平日为了不打扰室内研究工作所必要的安静，他喝水时总是尽力抑制自己的毛病，把一口水分作几次，小心翼翼地咽下去。今天他似乎忘了，一边咽水，喉咙里一边咕咚咕咚地响，像是咽一个个小铁球。

他是五十年代出名的右派，而后摘掉帽子，但仍是所里惟一的身上打过"右"字号戳儿的人物。那种戳儿打上了，就留下深深的印记，想抹也抹不掉，每逢运动一来，都照例被作为反面人物中的一种典型，拿出来当作进攻的靶子。他属于那种人们常说的"老运动员"。虽然饱经沧桑，眼见过各种惊心动魄的大场面，但眼下仍不免心情烦躁。因为他很清楚马上又临到头上的日子是什么样的。

另一个白胖胖，却坐在一边呆呆发怔。他叫张鼎臣。才过了五十岁生日，圆头圆脑，皮肤细腻而光亮，戴一副做工挺细的钢丝边眼镜，装束整整齐齐，衣料也不差；平时爱吃点细食，不吸烟；牙齿刷得像瓷制的那样洁白，并且总在笑嘻嘻的唇缝中间闪露出来。他的古文颇好，对清史很有些研究；只是脸上总挂着些笑意，说话爱迎合人，带点商人气味，引人反感。

他是老燕京大学的学生，毕业后由于生计的关系，自己经营过一家小书铺。书架上总放着七八百册书，一边看，一边卖，积攒下知识和钱财。后来经本家叔叔再三劝说，在那个堂叔开的小贸易行里入了一份数目不大的股金。小贸易行经办不力，几乎关门。由于碍于叔侄情面，不好抽出股份，只当做买卖亏掉了。1956年公私合营时，这奄奄一息的小贸易行被合进去，他反落得一份微薄的股息。这份股息致使他在"文化大革命"初期被当作资本家挨斗游街。他的成分至今尚未得到最后确定。如同没有系缆的小船，在这将到来的风浪中，不知会遇到什么情况。

这三个人中间，惟有戴黄色圆边近视眼镜的吴仲义是个幸运儿。

他的历史如同一张白纸。平时的言行又相当谨慎，无懈可击。为人软弱平和，不肯多事。前一度，所里的人分作两派，斗得你死我活，他在一旁逍遥自在，但按时上下班。在班上虽无事可做，也绝不违犯所里订立过的那些规章制度。两派都争取过他，他却一笑了之。幸亏他素来是个胆小无能的人，无论哪派把他拉过去，最多只是增加一个人数。因此，两派都不再去理他。他是个多余的人。

然而，在一场场运动中间的间歇，也就是抓业务的时期里，他却是所里目光集中的一个人物。他年纪不大，三十多岁，学识相当扎实，工作认真肯干，研究上经常出成果。他是专门研究地方农民运动史的。这一内容始终受重视，他因此也受重视。他的成绩是领导和上级治所有方的力证。谁都认为，这是他在所里平时受优待、运动中受保护的资本……因此运动一来，他就被那些有污点而惴惴不安的人钦慕、眼馋，甚至有些妒忌呢！好似山洪冲下来，人家站在平地上担惊受怕，他却在石壁下、高地上，碰不着，扫不上，得天独厚，平平安安。

可是，谁知道那是怎样的时候呢？天大的功劳也无济于事，一点点过错就会招来灾祸；它逼得你去搜寻自己的过失，并设法保护自己；本来可以相安无事的人，在那种凶险的情势下，也会无端地心惊肉跳，疑神疑鬼……

快下班时，组长赵昌推门进来，用一种与他平时惯常的温和略显不同的比较严肃的态度说："革委会决定，从明天起开始整天搞运动，一切业务暂停。事假一律不准；医生开的假条必须革委会签字盖章方可有效。由明天算起的头一周，是大揭发大检举活动。每人回家都不准停止大脑的思维，去回忆平日哪些人有哪些错误言行，以及可疑的现象和线索，做好互相检举揭发的准备。"

赵昌的话说完，大家收拾东西离开房间的时候，不像往常那样互相打个招呼，说一半句笑话。脸上都没什么表情，谁也不理谁，各自走掉，似乎都有了戒心。

四

吴仲义在回家的路上，心里说不出是种什么滋味。总之，他感到堵心、不舒畅、麻烦，研究工作中一切正在大有进展的线索都要中断，去应付那些没完没了的大会小会、揭发批判，此外还隐隐有些莫名的不安。可是他又想，自己一向循规蹈矩，没出过半点差错，总比秦泉和张鼎臣幸运和幸福。在那种时候，平安是多大的福气呀！

"管他呢，没我的事！晚上在家可以照旧搞我的研究。明天下班，把放在单位里那些书和论文都带回来就是了！"

想到这儿，他感到一阵轻松，推开门，穿过黑魆魆的过堂，登上楼梯。他自己的房间在二楼。这时，住在楼下的邻居杨大妈——一位胖胖、笨拙而热心和气的山东人——听见他的声音，走出屋来召唤他：

"吴同志，您的信。给您！"

"信？噢，我哥哥来的，谢谢您。"他半鞠躬半点头，笑吟吟地接过信来。

"是封挂号信。邮递员说，他每天送两次信，都赶在您在班上。我就代您盖个戳儿。怕有急事耽误了……"杨大妈说。

"可能是我侄子的照片。谢谢，真麻烦您呢！"他说着，捏着这封信走进自己的房间，拆开一看，并无照片，只有两张写满字的信纸。心想，什么事要用挂号？哥哥从来没这样做过，想必有特别的缘由……可是当他那双灰色的小眼睛看到信上的第一句话："我必须告诉你一件事，你别害怕！"眼睛立刻惊得发亮，如同一对突然增大电压的小电珠。等他惊慌的目光从信中一行行字上蹦蹦跳跳地跑过，真像挨了重重的当头一棒！忽然他发现门是开着的。黑糊糊的门外有个白晃晃的东西，仿佛是人脸。他赶忙跑到门口看看，屋外没人。他又急急忙忙走进来把门关上，销死，上了锁。站在屋中间，把信从头再看一遍，他感到一场灾难像块大陨石，从无边无际的天上，直直照准他的脑袋飞来了。一下子，好像突如其来发生一场大地震，屋顶、地板，连同他自己都一起坠落下去一样。他还站在屋子中间，却感觉不到自己。

五

他清清楚楚记得那件事。那是他一生的转折点。

十多年前,他正在本地大学的历史系读书,他是毕业班,随着一位助教和两个同学到较远的郊县收集近百年中一次农民起义的素材,好补充他毕业论文的内容。在平静的绿色的乡野间,他们得知学校里正开展热火朝天的鸣放活动,各种不同观点进行着炽烈的辩论。跟着他们接到学校的通知,叫他们尽速回校参加鸣放。他们的工作很紧张,一时撂不下,直到学校连来了四封信催促他们,才不得不草草结束手头的工作,返回城市。

下火车的当天,天色已晚,他们先都各自回家看看。

那时,他爸爸早殁了,妈妈还在世,哥哥刚刚结婚一年,家里的气氛挺活跃。哥哥是个易于激动而非常活跃的青年:长着大个子,脸色通红,头发乌黑,明亮的眼睛富于表情,爱说话和表现自己;说话时声音响亮,两只手还伴随着比比画画,总像在演讲。他在一座化工学院上学时就入了党,毕业后由于各方面表现都很突出,被留校教学。但他似乎不该整天去同黑板、粉笔、试管与烧瓶打交道,而应当做演员才更为适宜。他喜欢打冰球、游泳、唱歌,尤其爱演话剧。他在校时曾是学生剧团的团长,自己还能编些颇有风趣和特色的小剧目,很有点才气。后来做了教师,依然是学生剧团的名誉团长和一名特邀演员。化工学院在每次大学生文艺会演中名列前茅,都有他不小的功劳。吴仲义的嫂子名叫韩琪,是本市专业话剧团一名出色的演员,在《钗头凤》《日出》和《雷雨》中都担任主角。她下妆似乎比在台上还美丽。俊俏的脸儿,细嫩的小手,身材娇小玲珑却匀称而丰韵,带着大演员雍容大方的气度,性情中含有一种深厚的温柔,说话的声音好听而动人。她是在观摩一次业余演出时认识哥哥的。当时她坐在台下,被台上这位业余演员的才气感动得掉下眼泪。这滴亮闪闪、透明的泪珠便是一颗纯洁无瑕的爱情的种子;这种子真的出芽、长叶、放花、结了甜甜的果实。

这时期的吴仲义,性格上虽比哥哥脆弱些,但一样热情纯朴。好比一株粗壮的橡树和一棵修长的白桦,在生机洋溢的春天里都长满鹅黄嫩绿、生气盈盈的叶子。更由于他年轻,还是个唇上只有几根软髭的大学生,没离开过妈妈的身旁,未来对于他还是一张被想象得无比瑰丽与绚烂的图画。随时随地容易激动和受感动;对一切事物都好奇、敏感、喜欢发问,相信自己独立思考得出的结论,也相信别人与自己一样坦白,心里的话只有吐尽了才痛快,并以对人诚实而引为自豪……再有,那个时代,人们和整个社会生活,都高抬着昂然向上的步伐呵!

他的妈妈呢?大概中国人差不多都有那样一个好妈妈:贤淑、善良、勤劳,她以孩子们的诚实、正直和幸福为自己的幸福。她只盼着吴仲义将来也有一个像他嫂嫂那样的好媳妇。

吴仲义回到这样一个家庭中来。哥哥为他举办一个小小而丰盛的家庭欢迎会。大家快乐的笑声在嫂嫂精心烹制的香喷喷的饭菜上飘荡。全家快活地交谈,自然也谈到了当时社会上的鸣放。吴仲义对这些知道得很少,哥哥那张因喝些酒而愈发红了的脸对着他,兴冲冲地说:

"吃过饭,我带你去一个地方。到了那儿,不用我说,你就全知道了。"

当晚,哥哥领他去到那个地方。

那儿是哥哥常去的地方,是哥哥的一个很要好的小学同学陈乃智的家。经常到那儿去的还有龚云、泰山、何玉霞几个人。大家都是好朋友，共同喜好文学、艺术、哲学，都爱读书。大家在这里组织一个"读书会"。为了可以定期把自己一段时间里读书的心得发表出来，相互启发。这几个青年朋友在气质上有许多相似之处，比如，性格开放，血气方刚，抒发己见时都带着潮水一般涌动的激情。有时因分歧还会争得红了脸颊、脖子和耳朵。不过这绝伤害不了彼此之间的情感与友爱。

这当儿，哥俩儿还没进门，就听见里面一片慷慨激昂的说话声。他俩拉开门，里边的声音大得很呢！哥哥那几个朋友除去泰山，其余都在。大家激动地讨论什么，个个涨红了脸，眼睛闪闪发光，争先恐后的说话声混在一起。显然他们是给社会上从来没有过的滚沸的民主热潮卷进去了。

屋里的人见他俩进来，都非常高兴。何玉霞，一个脸蛋漂亮、活泼快乐的艺术学院的女学生，眼疾口快地叫起来："欢迎、欢迎！大演员和历史学家全到了！"并用她一双雪白光洁的小手鼓起掌来，脑袋兴奋地摇动着，两条黑亮亮的短辫在双肩上甩来甩去。陈乃智站起来摆出一个姿势——他微微抬起略显肥大的头，伸出两条稍短的胳臂，用他经常上台朗诵诗歌的嘹亮有力的声音，念出他新近写出的一句诗来：

"朋友们，为了生活更美好，和我们一起唱吧！"

于是，哥俩儿参加进来，年轻人继续他们炽烈的讨论。龚云认为："官僚主义若不加制止，将会导致国家机器生锈，僵滞，失去效力，最后坏死。"他说得很冲动。说话时，由于脑袋震动，总有一绺头发滑到前额来；他一边说，一边不断地急躁地把这绺挡脸的头发推上去。

何玉霞所感兴趣的是文学艺术的问题。她喋喋不休，翻来覆去地议论，却怎么也不能把内心一个尚未形成的结论完完整整又非常明确地表达出来。她急得直叫。

哥哥笑着说：

"你不过认为，文学艺术家要表现自己对生活的真正感受，以及自己独立思考得出的结论。不能只做当时政策的宣传喇叭，否则文学艺术就会给糟蹋得不伦不类。是这个意思吗，小何？"

何玉霞听了，感觉好像自己在爬高，费了九牛二虎之力却怎么也爬不上去，哥哥托一把，就把她轻轻举了上去似的。她叫起来："对，对，对，你真伟大！要不你一来，我立刻欢迎你呢！"她在沙发上高兴地往上一蹲，身子在厚厚的沙发垫上弹了两弹。她对大家说："我就是大吴替我说的这个意思。大家说，我这个观点对不对？可是我们学院有不少人同我辩论，说我反对文艺为政治服务。真可气！现在不少文艺单位的领导，根本不懂文艺，甚至不喜欢文艺，却瞎指挥。我们学院的一个副书记是色盲。五彩缤纷的画在他眼里成了黑白画，他还天天指东指西，喜欢别人听他的。凡是他提过意见的画，都得按照他的意思改。这怎么成？明天，我还要和他们辩辩去！哎，大吴，你明儿到我们学院来看看好吗？"

陈乃智急说：

"咱们可不能叫历史学家沉默。大吴不见得比小吴高明。研究历史的，看问题比咱们深透得多。"

吴仲义忙举起两条胳膊摇了摇，腼腆地笑着，不肯开口。其实他给他们的热情鼓动着，心里的话像加了热，在里边蹦蹦跳跳，按捺不住，眼看就要从唇缝里蹿出来一样。哥哥在一旁说：

"他刚刚从外边回来，学校里的鸣放一天也没参加，一时还摸不清是怎么回事呢!"

"不!"陈乃智拦住哥哥,转过头又摆出一个朗诵的姿态,神气活现地念出几句诗——大概也是他的新作吧,"你,国家的主人还是奴仆?这样羞羞答答,不敢做又不敢说?主人要拿出主人的气度,还要尽一尽主人之责;那么你就不应该沉默!该说的就要张开嘴说!说!"他念完最后一个字,固定了一个姿态,一手向前伸,身体的重心随之前倾,好像普希金的雕像。灯光把这影子投在墙上,倒很好看。

这番有趣的表演逗得大家大笑不止。何玉霞说:

"陈乃智今天算出风头了,每次上台朗诵,观众反应都没这么热烈过!"

大家笑声暂歇,刚一请吴仲义发表见解,吴仲义就迫不及待地说出自己对国家体制的看法。他认为国家体制还没有一整套科学、严谨和健全的体制;中间有许多弊病,还有不少封建色彩的东西。这样就会滋生种种不合理、不平等的现象,形成时弊,扼杀民主。那样,国家的权力分到一些人手中就会成为个人权势,阶级专政有可能变为个人独裁……他记得,那天晚上,他引用了许许多多中外历史上的实例,把他的论点证实得精确、有说服力和无可辩驳。他还随手拈来众多的生活现象来说明,他所阐述的这个问题的重要性和迫切性,屋中的人——包括他的哥哥——都对这个年轻的大学生意想不到的思想的敏锐、深度和惊人之见折服了。吴仲义看着在灯光中的阴影里,一双双亮晶晶的眼睛,朝他闪耀着钦慕与惊羡的光彩。听着自己在激荡的声调中源源而出的成本大套、条理明晰的道理,心中真是感动极了。特别是何玉霞那美丽而专注的目光,使他还得到一种隐隐的快感。他想不到自己说得这样好。说话有时也靠灵感;往往在激情中,没有准备的话反而会说得出乎意料的好。这是日常深思熟虑而一时迸发出的火花。他边说边兴奋地想，明天到学校的争鸣会上也要这样演说一番，好叫更多的人听到他的道理，也感受一下更多张脸上心悦诚服的反应……

第二天，他到了学校。学校里像开了锅一般热闹。小礼堂内有许多人在演讲和辩论。走廊和操场上贴满了大字报，还扯了许多根大麻绳，把一些大字报像洗衣房晾晒床单那样，挂了一串串。穿过时，要把这些大字报掀得哗哗响。这些用字和话表达出来的各种各样的观点，在短时间里，只用一双眼和一对耳朵是应接不暇的。这情景使人激动。

这时，他班上的同学们正在教室内展开辩论。三十多张墨绿色漆面的小桌在教室中间拼成一张方形的大案子。四边围了一圈椅子，坐满了同班同学。大家在争论"外行能不能领导内行"的问题。吴仲义坐在同学们中间，预备把昨晚那一席精彩的话发表出来，但执着两种不同观点的同学吵着、辩着、混成一团。他一时插不进嘴，也容不得他说。他心急却找不到时机。一边又想到自己将要吐出惊人的见解，心里紧张又激动，像有个小鼓敲得咚咚响。但他一直没找到机会。几次寻到一点缝隙，刚要开口，就给一声"我说！"压了过去。还有一次，他好容易找到一个机会，站起身，未等他说出一个字儿，便被身边一个同学按了一下肩膀，把他按得坐了下来。"你忙什么？你刚回来，听听再说！"跟着这同学大声陈述自己对"外行与内行"问题的论断。

这同学把领导分作三类，即内行、外行、半内行。他认为在业务上内行的领导，具备把工作做好的一个重要条件，理所当然应该站在领导岗位上；半内行的领导应当边工作，边进修；外行领导可以调到适当的工作岗位上去，照旧可以做领导工作，因为他对这个行业不内行，不见得对于别的工作也不内行，但专业性很强的单位的领导必须是内行，否则就要人为地制造麻烦，甚至坏事……

这个观点立即引起辩论，也遭到反对。学生会主席带头斥责他是在变相地反对党领导一切。于是会场大哗。一直吵到晚饭时间都过了，才不得不散会。

吴仲义没得到机会发言，心中怅然若失。他晚间躺在床上，又反复打了几遍腹稿，下决心明天非说不可，否则就用二十张大纸写一篇洋洋大观的文章，贴在当院最醒目的地方。

但转天风云骤变，抓右派的运动突然开始。一大批昨天还是神气飞扬、头脑发热的论坛上的佼佼者，被划定为右派，推上审判台；讲理和辩论的方式被取消了，五彩缤纷的论说变成清一色讨伐者的口号。如同一场仗结束了，只有持枪的士兵和缴了械的俘虏。

哥哥、陈乃智、龚云、何玉霞，由于昨天都把前天晚上那些激情与话语带到了各自的单位，公开发表，一律被定为右派。哥哥被开除党籍，陈乃智和何玉霞被剥夺了共青团员的光荣称号。昨天，陈乃智在单位当众阐述了吴仲义关于国家体制的那些观点。可能由于他多年来写的诗很少赢得别人的赞赏，他太想震惊和感动他的听众了，他声明这些见解是自己独立思考的果实。虚荣心害了他，使他的罪证无法推脱。他却挺义气，重压之下，没有暴露出这些思想的出处。哥哥、龚云、何玉霞他们，谁与谁也没再见面，但谁也没提到他们之间的"读书会"和那晚在真挚的情感和思想的篝火前的聚会。因此吴仲义幸免了。

此后，这些人都给放逐到天南地北，看不见了。哥哥被送到挨近北部边疆的一座劳改场，伐木采石。年老的妈妈在沉重而意外的打击下，积郁成疾，病死了。此后两年，哥哥由于为了老婆孩子的前途，在劳动时付出惊人的辛劳,并在一次扑救森林大火时,烧坏了半张脸,才被摘去了右派帽子,由劳改场留用,成为囚犯中间的一名有公民权的人。嫂嫂便带着两个孩子去找哥哥,宽慰那被抛到寒冷的边陲的一颗孤独的心……

吴仲义还清楚地记得,他送嫂嫂和侄儿们上车那天的情景。嫂嫂穿一件挺旧的蓝布制服外衣,头发绾在后边,用一条带白点儿的蓝手绢扎起来,表情阴郁。自从哥哥出事以来,她受到株连,不再做演员,被调到化妆室去给一些演技上远远低于她的演员勾眉画脸,受尽歧视和冷淡,很快就失去了美丽动人的容颜;额头与眼角添了许多浅细的皱痕。一度,丈夫没收入、婆婆有病、孩子还小,吴家的生活担子全落在她的肩头。一切苦处她都隐忍在心。婆婆死后,她还得照顾生活能力很差的小叔子吴仲义。吴仲义从这个年纪稍长几岁的嫂嫂的身上,常常感受到一种类似于母爱的温厚的感情,但他从没见嫂嫂脸颊上淌过一滴软弱的泪珠。

月台上。嫂嫂站在他面前,一句话没有,脸色很难看。而且一直咬着嘴唇,下巴微微地抖个不停。吴仲义想安慰她两句,她却打个手势不叫他说,似乎心里的话一说,就像打破盛满苦水的坛子,一发而不可收拾。这样,直站到开车的铃声响了,火车鸣笛了,嫂嫂才扭身上了车。这时,吴仲义听到一个轻微而颤抖的声音:

"别忘了,新拆洗好的棉背心在五斗柜里。"

车轮启动了。两个侄儿在车窗口露出因离别而痛哭的小脸,那小脸儿弄得人心酸,但不见嫂嫂探出头来和他告别。他追着火车,赶上几步,从两个侄儿泪水斑斑的娇嫩的小脸中间,看见嫂嫂坐在后边,背朝窗外,双手捂着脸,听不见哭声,只见那块带白点的蓝手绢剧烈地抖颤着。这是吴仲义惟一见到的嫂嫂表露出痛苦的形象,却把她多年来不肯表现在外的内心深处的东西都告诉吴仲义了……

——失足会有怎样的结果?

他害怕曾经的那些事。距离灭顶之灾,仅仅差半步。大灾难之中总有幸存者,那就是他。那天在班里的辩论会上,他多么想说话,不知谁帮了他的忙,不给他一点说话的空隙。那些话一旦说出来会招致什么后果,他已经从陈乃智身上看到了。如果他当时说出其中的一句——哪怕是一句,今天也就和哥哥的处境没有两样了。他记得,那天他急急巴巴地从座位站起来,口中的话眼看要变作声音时,一个同学按住他,讲了关于把领导的业务情况分为三种类型的话。这个同学成了他的替死鬼。在一次斗争会上被宣布逮捕,铐走了,不知去处。

生活的重锤没有把他击得粉碎,却叫他变了形。一下子,他变成另一个人:怕事,拘谨,不爱说话,不轻信于人,难得对人说两句知己话,很少发表对人和对生活的看法,不出风头……久而久之,有意识的会变成无意识的,就如同一个人长期不说话便会变成半个哑巴。他渐渐成了一个缺少主见、过于脆弱的人,没有风趣,甚至缺乏生气。好比一个青青的果子,未待成熟却遇到一阵肃杀而猛烈的狂飙,过早地就衰退了。连外貌也是如此。瘦瘦的身子,皱皱巴巴,像一个干面团那样不舒展。细细的脖子支撑一个小脑袋,有点谢顶;一副白光眼镜则是他身上惟一的闪光之物。好像一只拔了毛的麻雀,带点可怜巴巴的样子,尤其当他坐在本组同事大块头的赵昌身旁,更是这样。

他在大学毕业后,由于哥哥问题的牵累,给分配到一所中学做历史教师。后来,历史研究所缺乏一名对近代地方农民起义问题有水平的研究员,哥哥又摘了帽子,他才被调到所里来,很快就成了所里人所共知的一名老实怕事的人。

多年来,他一直过着独身生活。一些好事的同事给他介绍女友。

姑娘们喜欢老实的男人，却不喜欢没有主见和朝气、过于软弱的男性。他与一个个姑娘见过面，很快就被对方推辞掉。前不久，经人介绍才算交上一个朋友，在市图书馆做管理员，是个三十五六岁的老姑娘，模样平平常常，但爱看书，为人老实得近乎有些古板。他头一遭和一个姑娘见过十几次面儿居然没告吹！而且那姑娘竟对他有些好感。同事们给他出主意，想办法，想促成他的好事。劝他改改性格，他只是咻咻地笑。他改不了，也不想改。因为他顺从生活逻辑而得出的生活哲学，确实保证了他相安无事。在近几年大革命的狂潮中，所里不少人出来闹事，揪领导，成立战斗队，互相角逐、抄家、武斗，没有一个落得好的终结。揪人的自己被揪，抄家的自己反被抄了家，个个自食其果。他呢？在空前混乱时期，他在所里找一间空屋子，天天躲在那里，从惟一未被查封的经典著作里摘录有关近代史料各种问题论述的名言。他做对了！人们之间整来整去，谁也整不到他头上。一些人挨了整，冷静下来，才后悔当初不像这个没勇气、没出息的人去做。

但哥哥今天来信告诉他，他并非一个幸运的人。

各地都开始搞运动了，不知哥哥从哪里听说，陈乃智因为一句什么话被人揭发，成为重点审查对象。问题要重新折腾一番。哥哥怕陈乃智经受不住高压，把当初给他定罪的那些话的来由招认出来。那样祸事就要飞到吴仲义头上！

哥哥在信中说，当年陈乃智凭一股义气和对友情的信念，没有供出吴仲义。但事过十多年了，大家都不相见，友情淡薄了，人也变了，谁知他会怎么做？据说龚云划定右派后，他爱人一直跟着他，不曾动摇。然而去年，却在平静而难熬的日子里，在永无出头之日的绝望中，在无止无休的泥泞的道路上，走不下去了，对龚云提出离婚，两人分开了……陈乃智心中还有当年那团火吗？吴仲义心里的火早被扑灭，他不相信遭遇悲惨得难以想象的陈乃智仍像当年一样……

五十年代飞去的祸事，好似澳洲土著人扔出的打水鸟用的"飞去来器"，转了大大的十多年的一圈，如今又闪闪夺目地朝他的面门飞回来了。

六

初晓微许的淡白的天光，把封闭在窗前的漆黑的夜幕驱走。屋中的家具物件从模模糊糊的影子中渐渐显现出形象。早春的夜分外寒冷，透入肌骨。炉火在头半夜就灭掉了，余温只在炉膛内；楼板下传上来的杨大妈的鼾声，好像鼓风机，给他做了一夜的伴。这鼾声在天亮前的甜睡中，正是最响的时候。

他整整一夜坐在桌前，给哥哥写信。一边写，一边把将要临头的祸事想得千奇百怪。一个个不断地冒出来的估计、揣测、念头，使他否定掉一封封刚刚写好的信。一会儿，他觉得非把心里的话给哥哥写得明明白白不可；一会儿，又担心这封信落到别人手中惹祸，便改换成隐语。一会儿，他告诉哥哥，如果陈乃智真的把他供出来，他就不承认，他要求哥哥替他证明那些话他没说过；一会儿，他又认为这个办法不牢靠，因为那天在场的还有龚云和何玉霞，这两人之间如有一个人做了旁证，他也推辞不掉。

这样，他弄了满桌废掉的信纸团儿。

他找不到一个大一些的网眼儿可以钻出去。一时只恨自己十多年前多了那几句嘴！他灰心丧气地告诉哥哥："我只有听天由命了！"然后，他给嫂子写了这样几句话：

"嫂嫂！听哥哥说，你为我已经急得两天没睡好觉。我和哥哥都对不起你。我真是恨死自己了。但是，说实在的，我和哥哥并不是真的坏蛋。没有党和新中国，我俩恐怕根本上不了大学。我爹就是在旧社会的底层受累受病才死的，我们怎么能仇恨党和新社会？也许那些话当初不该说，叫坏人利用了。那只能怪我们太年轻幼稚，过于浮嫩了吧！此外，你也先别太着急，'陈'并不见得把我说出来，那样做也丝毫不能减轻他的罪过，相反还得加上一个当初包庇了我的罪责。我求你放放宽心！多年来，你把我当作亲弟弟一样。想到你为我着急、操心、担惊受怕，我反而更不是滋味……"

写到这儿，几滴泪珠从他的镜片后面淌过脸颊，滴滴答答落在信纸上。

嫂嫂待他真比亲姐姐还要亲。嫂嫂的生活难得很，每次回来探望娘家亲戚，总要设法带来大包小包的东北特产，什么豆子啦、木耳啦、松蘑啦……而且还要抽出三整天时间，帮他把平日里杂乱不堪的房间做一次大扫除，一切规整得有条有理，还要把他的被褥拆洗得干干净净，破衣破袜全补缀好才回去。想到嫂嫂，他此刻更感到身边没有亲人多么孤单，有苦无告，无依无靠，无人与他分忧，帮他排解心中的恐惧和不安。事情明摆着，祸事一来，一切完蛋——事业、工作，还有那个新交的女友。前天他曾满怀着幸福的希望向那老姑娘提出做正式朋友。那老姑娘答应今天晚上回答他呢……

六点四十分时，他站起身把桌上的废纸收拾在一起，连同哥哥的来信塞进炉子里烧掉。在心慌意乱中，将要寄给哥哥的那封信抹上许多糨糊，贴上邮票。然后开始漱洗，吃早点，准备去上班。脑袋里，那些摆脱不开的恐怖感、胡猜乱想和一夜的焦虑所造成的麻木和僵滞的感觉混混沌沌搅成一团。他糊里糊涂地端着脸盆在屋里转来转去，一忽儿放在桌上，一忽儿又放回脸盆架上；并且竟用干手巾去擦肥皂，将漱口缸里的热水当茶水喝，一块馒头只吃了几口就莫名其妙地放在衣袋里。随后他把随身要带的东西塞进口袋去上班。他站在走廊上时还按了按硬邦邦的上衣小口袋，怕忘记带那封信。

他上了街，到了第二个路口，便直朝着立在道旁的一个深绿色圆柱形的邮筒走去。在距离邮筒只差三步远的地方，他前后左右地看看有没有人注意他。这条道很窄，离大街又远，即便上下班时人也很少。他只瞧见一个穿绿色军服式的上衣、胸前别着很大一枚像章的小男孩，在他走过来的不远的地方玩耍。迎面三十多米远的地方，有个老妈妈手里提一个大菜篮子慢慢走来，眼睛没瞧他。再有，就是几个上班的人骑车匆匆而过。在马路中央，几只鸡互相追逐着，来来回回地跑；一只大白公鸡叼着虫子似的东西晃晃悠悠地很神气地跑在前面，一边咕咕叫……他放心地从上衣小口袋取出那东西，塞向邮筒。当那件东西快要投进邮筒的插口时，他的手陡然停住，他发现将投入邮筒内的是一个红色的小硬本，原来是他的工作证，险些扔了进去。真若扔进去，怎么向邮局的工作人员解释呢？他微微出点冷汗，伸手再去掏信，可是上衣口袋里什么也没有了。他不禁诧异地一怔，两只手几乎同时紧紧抓住上衣的两个大口袋，但抓在他手里的仅仅是两片软软的口袋布。随后他搜遍全身，所有口袋都翻过来了，里面的纸条、粮票、硬币、钥匙全都掉在地上，叮叮当当地响。还有刚才揣在口袋里的那块啃了几口的馒头，滚到马路上去。但那封信没了！不翼而飞了！

他从整个内脏里发出一声惊叫："哎哟！"然后一动不动地呆住了。上衣小口袋像狗舌头似的耷拉在外，几枚铝质的硬币在足旁闪亮，如果他的眼睛再睁大些，那对灰色的小眼珠恐怕就要掉出来了；

半张着的嘴,好似一个半圆形的小洞。

迎面而来的那个提菜篮的老妈妈已走到他跟前,瞧见他这副怪模样,停住脚步,盯着他的脸看了好一会儿,他也不曾发觉。

七

从七点十五分到七点四十五分,他在由家门口到邮筒这段路上来回跑了两趟,也没有找到丢失的信。他还在楼里的楼梯和走廊上仔细找过,惊动了楼下的邻居杨大妈。

"吴同志,您在找什么?"

"一封信。信!您瞧见了吗?"

"信?怎么没瞧见?!"

"在哪儿?"他惊喜得心儿在胸膛里直蹦。

"您昨儿下班时,我不交给您了吗?您弄丢了吗?"杨大妈问。

"噢……"他的心又扑腾一下沉落下来,嗫嚅着说,"不是那封。是另一封不见了!"

他沮丧地回到自己屋中。屋里没有那封信。桌上只有少半本信笺,墨水瓶开着盖儿。一点点淡淡的丝一样的烟缕,从没有盖严的炉盖旁边的缝隙处钻出来。这是他早晨烧那些废信纸的残烟。恍惚间,他突然想到,是不是早晨烧废信纸时,把那封信也糊里糊涂地烧掉了?跟着他又否定了这种乐观的假设。他清楚地记得,临上班时是把那封信怎样从桌上拿起来放进上衣口袋里的,而且他站在走廊上,还用手按过口袋,当时摸到信的感觉直到现在还保留在手指头上。没有疑问,信丢了,叫人拾去了。可能被谁拾去了呢?于是他想到那个蹲在道边玩耍的穿绿裤子的小男孩儿。

"多半是他！那时路上没别人。"

他认准是那小男孩，就跑出去，找到刚才那小孩玩耍的地方，却不见那孩子。他想那孩子可能就住在附近哪一个门里，于是他站在道边的树旁等候着。他看看表，八点钟了，已是上班时刻，昨天赵昌通知今天任何人不准请假或迟到。但那一切都不如眼前的事情更重要。他大约站了十多分钟，还算幸运，忽从身旁一扇门里走出一个斜背着绿书包的小男孩。他从这小男孩胸前别着的一枚特大的像章，立即辨认出就是刚才那孩子，他一步跨上去，就像一个藏在树后拦路抢劫的匪徒，一把抓住小男孩的胳膊。

"你说，你看见那封信了吗？"

小男孩吃惊地看着他白晃晃、由于过分紧张和冲动而显得怪可怕的一张脸，突然哇的一声哭了。

"别哭，我的信在哪儿？"他扯着小男孩的胳膊说。

这时，隔壁的院子里传出女人的叫声："小庆、小庆，怎么啦？"跟着跑出一个矮身材、黄脸儿的女人，腰上系一条蓝条格的小围裙，两只手水淋淋的，看样子是小男孩的妈妈。这女人见有人抓她的孩子，便生气地冲着吴仲义问：

"你这是干什么？"

小男孩见到妈妈，索性放声大哭起来。吴仲义放开小男孩，发窘地解释道：

"我，我丢了一封信。刚才这孩子在这儿玩，我问他看见没有……"

小男孩哭着说："他抓我，抓得好疼……"他对妈妈还有点撒娇。

女人不满意地对吴仲义说："你问他好了，干什么抓他？他又没惹你！"然后转过头问小男孩："小庆，你瞧见他的信了吗？"

"没有。我什么也没瞧见。他抓我……"

小男孩只是委委屈屈地哭着。没瞧见他的信，吴仲义只好道歉说："那对不住了，对不住了！"随即匆匆忙忙转过身走了。样子显得很狼狈。耳朵还听着身后孩子的哭声和那女人一边劝孩子，一边怒骂他的话：

"丢一封信算什么？值得这样？这么凶，欺侮一个小孩子，真没见过！我看你离倒霉不远了！"

他听着，跟着这声音从耳边消失，脑袋嗡一声响起来。他意识到，那封信叫不知名姓的路人拾去了。要命的是，他为了不叫哥哥那里的人知道是一封私信，而用了印有单位名称的公事信封。信封上又没署上他的姓名地址。拾到信的人肯定很快地就会把信送到他的单位。这等于他把自己送入虎口。

八

"坦白从宽！抗拒从严！"

吴仲义一进单位大门，就见迎面墙壁上贴着这样一条大标语。每个字都有一人多高；标语纸上有刚刚刷过糨糊的湿痕，字迹还汪着黑亮亮、未干的墨汁。白纸黑字，赫然入目，好像是针对他写的。

今天单位里分外静，气氛异常。院子里没人，走廊上也没人，各个房间的门都关着。他推开自己工作室的门，里面静无一人；阳光从四扇宽大的窗子照进来，使几张办公桌上的大玻璃板反射出耀眼的光芒。机关单位已过了熄火的日子。早晨没有炉火和暖气的空屋子，浮着一些寒气。他见自己的桌上有一个小字条，上边写着——

仲义：

　　从今天起，咱组与近代史组合并一起搞运动，人都到那边去了。你见条也快去吧！

赵昌匆匆

　　他赶紧到近代史组。这间房子比他的工作室大一倍。但见他同组的秦泉和张鼎臣与近代史组男男女女四五个人混在一处，张鼎臣换了一件破旧而洗得发白的蓝布褂。不知是何原因，每次运动一来，他立刻换上这件衣服。人家都称他这件破褂子叫"运动衣"。此时，大家忙着写什么。屋内只有五张桌子，人多了一倍，显得拥挤，却没有声音，各干各的。大家见他进来都没打招呼，只有秦泉偏过半张瘦长而黯淡的脸，对他点了点下巴，也未出声。

　　人与人的关系，在一夜之间变得不可思议了。平日的友情变得不可靠了。友情好似一种水分，被蒸发掉了，只剩下干巴巴的利害关系，而且毫无掩饰地突现在外。

　　吴仲义见老秦正在用他擅长的楷体字写大字报。标题字有拳头大小，叫作"欢迎对我狠揭狠批"。下边的字和火柴盒一般大，写得工工整整，行距整齐。以往运动乍到，他都写这么一份，但丝毫拦不住对他批判斗争的凶猛扑来的浪潮。其他人手里都拿着一种十六开表格似的纸张。有的在埋头填写什么；有的笔尖对着纸面呆呆发愣；也有的见他进来，用手把写在纸上的字挡住。他不去看，因为此时此刻总去注意别人写什么的人，就像自己心里有鬼似的。

　　门轴咔嚓一响，走进一个瘦高个儿，中年人，戴一副黑色窄边方框的眼镜，镀金的钢笔卡子在平整整的制服上熠熠闪亮。在大学校、研究单位和机关里都有这样的文职干部。一看即知是个能干、谨严和在各方面都富有经验的人；虽然他略显严肃和矜持，却因为人正派、办事规矩，在群众中很有些威信。他叫崔景春，是近代史组组长。他平时与所有人都保持一定距离，人缘好却谁也接近不得。而且在任何时候都是如此。别人对他更深一层的内心的东西很不容易得知。

"你来迟了。怎么，你不舒服吗？"崔景春发现吴仲义脸色有点异常，故问。

"不，不，我挺好……"吴仲义忙说。可是他跟着又说，"我有点头晕。可能昨晚中点煤气……不过现在好了。"

他平时不说瞎话。此时一说，再加上心跳，有些前言不搭后语。崔景春马上意识到对方表现异常的原因不是生理上的，而是心理上的。吴仲义在每次运动中都无此表现，这是为什么呢？崔景春心里浮现出一个小小的浅浅的问号。此种时刻，人们都变得极其敏感。连最麻木的人，神经都通了电，感觉的触角探在外边。崔景春把这个问号记在心里，表面不动声色地说："从今天起，你们地方史组与我们组合并一起活动。所里成立了运动工作组；政工组老贾是组长。你们组的组长赵昌调到工作组去工作。咱们这个大组的运动暂时由我负责。这个——给你。"他说着，回手从桌上拿了一叠纸递给吴仲义，"你写好，都交给我！"然后转过身来对秦泉用一种完全公事化、一本正经的腔调说："老秦，你随我到工作组去一趟。他们找你。"

"好！"秦泉答应一声。显然，工作组找他没有好事。但他比较老练，并不惊慌，从容地把手中墨笔套上竹管的笔套，又把没有写好的大字报折成三折，用墨盒压好，然后拿起桌上的茶杯，将不多的一点热水咕咚咽下去，声音分外响，好像吞下一块鹅卵石。他撂下杯子就随崔景春走出去了。

这种气氛对吴仲义来说，形成一种压力。他坐在秦泉走后的空座位上,看着崔景春交给他的那几张纸,原来是两种油印的表格。一种是"检举揭发信",上边印着"检举人""被检举人"和"检举有功,包庇有罪"的字样;另一种是"坦白自首书",印着"坦白自首人"和"坦白从宽,抗拒从严"的字样。尤其是这空白的"坦白自首书"对他有种逼迫感。

他一双眼盯着窗外的一株柳树。返青的枝条在微风里轻轻摇着它淡绿色的生机,却没有给他任何动心的感受。他脑子里像马达那样飞快旋转着。他把那封遗失的信所能引起的后果想象得毛骨悚然,就像一个胆小的孩子,坐在那里,想出许多可怕的情节吓唬自己。这时,他的虚构能力抵得上大仲马。可是他忽又想到,刚才找信时,家里书桌最下边的抽屉底下的空处没有找过。往往抽屉里的东西太满,一拉抽屉,放在上边的东西最容易从后边掉下去。早晨他慌慌张张收拾桌上的东西时,很有可能把那封信塞进抽屉里去,再一拉抽屉就掉下去了。他便将早晨那封信带在身上的印象,归于人紧张时常有的错觉。他恨不得马上跑回家把书桌翻过来看看。他坐不住,甚至想装急病好回家一趟。

他使自己轻松了五分钟的光景,很快又觉得这些想法都是不牢靠的自寻安慰的假设。于是,他早晨站在自己家中的走廊上用手按了按上衣口袋内那封信的感觉,又执拗、清晰、不可否定地出现在手指上。信明明丢掉了。只有盼望拾到信的人好心肠,把信替他丢进邮筒里。但如果是另一种人呢?拆开看了,发现了他的秘密,拿这封信立功和谋取政治资本,那么他的一切就都不可挽回了。这时,他眼前出现一个可怕的画面,工作组长贾大真从一个告密者手中接过信,现在正拆开看呢⋯⋯

这当儿,有人叩门。他心里一惊。屋内一个同事说:

177

"进来！"

门被推开一条缝，伸进一张陌生的又宽又长的脸，吊梢小眼，扁扁的大嘴，像一张河马的脸，用一口四川腔问：

"这是办公室吗？我有事。"

"这儿搞运动。你有事到后楼二楼革委会。要是外调就到后楼的三楼。工作组在那儿！"那同事淡淡地说。此时人人都不爱管闲事。

吴仲义的座位正对着门。他忽然发现这张河马样的大脸下边，隐约可见一只手捏着一个白色的东西。他的心顿时提到喉咙处。是不是送信的人来了？

那人已把门带上，走去了。

吴仲义猛地站起身。哐啷一声差点儿把椅子碰翻，他过去抓开门，跑上走廊。这一连串的动作十分迅疾，仿佛救火去似的，使同屋的人都莫名其妙。他在走廊尽头的小门口追上那人。

"你找谁？"

"找你们所里的领导。"

"你，你手里拿的是不是信？"

"是信。"

"是不是在路上捡到的？"他急渴渴地问。

"捡到的？"那人一双吊梢的眼睛几乎立了起来，惊奇地打量着这个举动、言语和表情都像是有些失常的人，含着愠怒反问道，"怎么是捡的呢？我是重庆博物馆来联系业务的。这是我单位开的介绍信，难道是假的？看，这是公章。我身上还带着工作证。"那人板着大脸，打开手里的那个白色的东西，果然是封介绍信。上边还盖着圆形的红色的单位图章呢！

吴仲义松了一口气，但这误会的确闹得人家挺不合适。他给一种尴尬的表情扯得嘴角直扭动，只好向人家道歉，却无法解释明白。

那人嘟囔一句什么"岂有此理"之类的话，脸上带着明显的不满走了。吴仲义转身往回走，只见赵昌迎面走来。赵昌胖胖的脸上带着笑，走到他跟前就说：

"老弟，听说你在写检举信。写好了可得给我看看哟！"

"什么？检举？检举什么？"他给赵昌的话弄得糊里糊涂，不明白赵昌为什么对他说这样的话。

"检举我呀！瞧你，干什么眼瞪得这么吓人。我跟你开玩笑呢！再说，你写了检举信也不会交给我。你得交给崔景春，不过最后还得到我手里。……哎，老弟，你可别拿我的笑话当真。咱俩互相心里最有底儿。谁也没问题，对吧？！"说着，赵昌亲热地拍了吴仲义一巴掌，"有事找我，我在后楼三楼的工作组里。哎，早晨你怎么迟到了呢？我没见到你，在你办公桌上留张条，瞧见了吧！"然后不等吴仲义说什么就走了。

吴仲义站在这里，浑身感到一阵莫名的舒服。既然赵昌对他这样亲热，不是等于告诉他工作组还没有见到那封信吗？在事情没有落得最坏的结局之前，一切都是大有希望的。此刻，他不愿意去想刚刚发生的那件事——不愿意再想那封信了。他要像淋热水澡一样，长久地沉浸在刚刚赵昌对他的这种亲热里，永远不清醒地面对现实。他与赵昌是要好的朋友，赵昌的又软又胖的手常常亲热地拍一下他瘦削的肩头，但他从来没感到现在赵昌拍他一下有这样珍贵。

可是，赵昌刚对自己说的那些话又是什么意思呢？

恐怕他此生此世都不会明白。

九

心与心，有时能像雨滴水珠那样一碰就融成一个；有时却像星球之间距离那样遥远。从这个星球向那个星球上遥望，那里云包雾裹，玄奥莫测，是一个很难解开的谜团……

谁能知道，赵昌在没有发现吴仲义的秘密之前，竟是害怕吴仲义的？

他原是公用局业务科的一个办事员，喜欢地方的风物、历史、遗迹、习俗和掌故。业余有点时间就去访问遗老，搜奇寻异，并注意收集有关地方史方面的零零星星的材料、绝版小书，以及有价值的能对某一史实或事件作为佐证的物件，如本地名人的书信、农民运动中散发过的揭帖、民间年画、城砖庙瓦、大量的旧照片等等。往往一个专家开头的一步并没有什么宏伟的目标，全凭着浓厚的兴趣；而且学识渊博的学者不见得就是专家，对于专家来说"精"比"博"更为重要。赵昌对地方风物的兴趣，并没有停止在单纯的爱好或收藏家那样的嗜好上。他还致力于研究与发掘，并常在报刊上发表些小文章，来公布他的研究成果。地方史的研究一直是冷门。一般历史学家因其内容褊狭而不屑去做；而他们一旦需要这方面的史料或知识，还得求教赵昌这样的地方通。渐渐他就成了一名业余专家，有些小名气。五八年后，所里为了加强地方史研究而专门成立了一个组，就把他调进来；前后调入的还有张鼎臣。秦泉是所里的元老之一，五七年划为右派，摘掉帽子后也调到这个组工作。最后一个是吴仲义。

吴仲义进所不久就与赵昌成为相好。

人之间，好比锁和钥匙，只要合适，一拨就开。赵昌性情随和，没有是非，很好相处。他热衷于自己的工作，对别人很少有意见，这些都和吴仲义合得来。

他外表胖胖的，肌肉松软，全身的轮廓和线条都是圆的，和他的性格、说的话一样，没有一点棱角；弯弯的小眼睛总带着和蔼和亲切的笑。将近五十岁的人，在逆光中脸上还有一层软软发亮和绒样的汗毛。他给人的全部感觉，颇像只温顺的猫儿。有人认为他圆滑，有人认为他平和，不过他从不招惹人、干涉人，工作热情又高，怎能说他不好？

在吴仲义没调进来时，地方史组的三个人归属近代史组，由崔景春代管。业务上由赵昌负责，但没有明确职务，吴仲义调入后，地方史组就从近代史组分出来，独立了。所里委派吴仲义做"临时组长"。因为吴仲义大学毕业，又是个老团员；赵昌和张鼎臣、秦泉三人都是白丁，没有一点政治头衔，之所以叫吴仲义做"临时组长"，根由还在于哥哥的污点，不过一时没有更适当的组长人选罢了。

赵昌对这个新人来做组长，从未表露出一点嫉妒。反而，他很钦佩吴仲义扎实的学识、埋头钻研的毅力、对工作的热忱，以及录音带一般非凡的记忆力。他本人的知识带点"业余"色彩，庞杂而不够严谨，缺乏系统性和理论性。因此他总是谦恭又实心实意地向吴仲义请教。

吴仲义的能力只表现在专业研究方面，生活上是个糊涂虫，一点也不会料理和照顾自己。他对历史上的朝代年号倒背如流，生活上却丢三忘四，饮食起居和房间的一切都七颠八倒。一个人的精神总在另一个天地里，必然常常忘记身边的生活。他那些雨伞、钢笔、手绢、围巾和口罩，不知丢了多少次，买了多少次。由于常丢门钥匙，门锁一撬再撬，连门框都撬得满是洞眼和硬伤。

他一个人，工资够用，但过得挺拮据。衣服又脏又破，弄得人家总认为他装穷,他却很少舒舒服服吃过一顿饭。赵昌在这方面比他强得多,便主动帮助和照顾他:每年入冬,他家里的炉子烟囱都是赵昌替他装上的;吴仲义在人事上特别无能,每逢遇到一些不好处理的事,都是赵昌帮他想办法,排难解纷,处理得稳妥又无后患。渐渐地,他对赵昌的信任中产生一种依赖性,事事都和赵昌商量。当他含着感激温情的目光望着赵昌那张可亲的胖脸时,赵昌便笑道:

"等你娶了老婆,就用不着朋友了!"

他摇头。他多年来谨小慎微,没有朋友。但在同赵昌的长期交往中,认定了这个人是诚实可靠的。他想:"我就要这个朋友啦!"他不相信这样好的朋友会有疏远的一天。

六十年代的"大革命"来了,不仅改变了有形的一切,也改变了无形的一切,诸如人的思想、习惯、道德、信念,以及人和人之间固有的关系。运动初期,人们炮轰各层领导时,赵昌居然给他贴了一张大字报,说他"身为组长,在组内搞业务挂帅、业务第一、白专道路"云云,还举了一些例子。这事出乎吴仲义的意料,他想不明白赵昌这样做究竟为了什么,而且,这是所里第一张点了他的名字的大字报。这么一带头,又有张鼎臣和明史组的两个人朝他轰了几炮。他曾为此害怕、担心、失眠。幸好他平时谨慎,没有更多把柄叫人抓住,供人发挥,闹了一小阵子就很快过去了。过后,他对此事并不在意。他是个与世无争、不会报复的人,没有强烈的爱和恨,也不会记仇。但赵昌的行为确确实实成了他俩之间一层隔膜,关系慢慢疏淡了。

此后,两派打起来。赵昌参加了贾大真为首的一派,是一个中坚分子。据对立一派说赵昌是他那派的谋士,曾被捉起来捆进麻袋里挨过一顿毒打。吴仲义身在局外,冷眼旁观,他不理解赵昌哪来如此狂热的情绪。赵昌还找过他,拉他加入那派组织。他婉言谢绝,头一次没有按照赵昌的主意去做。两人的关系更加淡漠。很长一段时间里，赵昌没去过他家。

后来，两派联合了，工作恢复了。赵昌的一派是战胜者，在新搭成的领导班子里占优势。所里的所有职权差不多都给这一派把持住。贾大真做了政工组长。赵昌被任命为地方史组的组长。原组长吴仲义虽没有公开免职，实际上被稀里糊涂地废黜了。有人对吴仲义说，赵昌早就想谋取他组长的职务。他不相信，也不以为然。只要自己平安无事，怎么办都行。他叫这两年人与人之间残酷无情的搏斗吓坏了，恨不得藏到什么地方去才好。因此他一点也不妒恨赵昌，正像当年他做临时组长时，赵昌也不嫉妒他一样。

赵昌被任命为组长的当天晚上，忽来叩吴仲义家中的门。他长时间没来，但这次来仍像往常一样，神态自若，胖脸上依旧闪着亲切的笑意，进门就朝吴仲义的肩头热热乎乎地拍了一巴掌，笑吟吟地说：

"咱哥俩儿两年多没坐在一起喝喝了，都怪我瞎忙。从今儿起又该常来了！"

这三两句话，把两年来没有明朗化的不愉快的几页全翻过去了，好似他们之间从来没发生过什么。这自然很好。赵昌带来小半瓶白酒，几包油烘烘的酱菜，于是两人收拾一下桌面上的杂物，摆上菜，斟好酒，面对面坐下端起酒盅当地一碰，关系仿佛又回到他俩亲密无间的那个时期。吴仲义反而有些尴尬，竟好像他俩疏淡一阵子的责任都在自己身上似的。

吴仲义不会喝酒，半盅下肚就昏昏沉沉。不一会儿再挪动一下自己的脚，就像挪动别人的脚一样。对面赵昌的脸变得不清晰了。在灯光里，像一个活动着鼻子眼睛嘴巴的毛茸茸的白色大球儿。他笑嘻嘻看着虚幻中赵昌的脸，不说话，他属于那种喝多了酒不爱说话的人。

赵昌的酒量略大,但喝多了,也有些醉意,耳鸣脸热,头脑发涨。他的表情恰恰与吴仲义相反,酒劲上来之后,哇里哇啦说个不停。他觉得对方的脑袋一个劲儿地东摇西晃,但不知是吴仲义摇晃,还是自己摇晃。

酒常常会打昏心扉的卫士,把里边真实的货色放出来。赵昌感到心里像烧开水那样滚沸,控制不住了,日常的约束力消失了,他有种放纵的欲望,想哭、想喊,止不住要将心里的话全都泼洒出来。他把嘴里一块啃得差不多的鸡脖子噗地吐在桌上,咧开嘴说:

"老弟,我当初给你贴过大字报,现在又当了组长,顶了你,你对我有看法吧!"

"没有!没有!"酒意醺醺的吴仲义摇着双手说。

"不!你对我不诚实。这可不够朋友!我赵昌不愿意当这个组长,七品小官儿,只有受累、得罪人,没什么好处,他们非叫我当不可。我实话告诉你,他们因为你哥哥曾是右派,不肯用你!你不当这个组长并不是坏事。你还看不明白,今后像你这样家庭有问题的,别想再受重视,只有老实躲在一边干活吃饭。至于我运动初期给你贴大字报,我——"赵昌忽把酒盅往桌上一扔,涨红的胖脸非常冲动,一双小眼居然包满泪水,给灯光映得亮晶晶的、颤颤巍巍的,仿佛就要掉落下来。他面对吴仲义,嘴唇哆嗦地说:"我承认,我有私心,对不住你!我对你实话实说,当时我听了一个谎信儿说,你家里有问题,你又一向只钻业务,郝主任他……我都告诉你吧!那时他怕群众轰他,想把矛头转向下边。据说领导正布置收集你的材料,要整整你。我平时跟你的关系无人不知,怕被你牵连上,就给你来张大字报——这就是事情的来龙去脉。我把它全掏给你了!你要是因为这些恨我就恨吧!你恨得有理由,我心甘情愿叫你恨!"

吴仲义给酒精刺激得浑身发烧。他听了这些话又吃惊又害怕,同时又受不了别人向自己道歉、谢罪、讨饶、请求宽恕。竟如同受宠若惊那样,眼边晶晶莹莹闪烁着激动的泪花。他一手抓起面前的酒盅,举起来,带着少有的热烈劲儿说:

"过去的事,叫它过去吧!我……我们干一杯!"

赵昌听了,冲动中胡乱抓起酒盅,斟上酒,两人一饮而尽。酒醉的程度各自升了一级,心中的门儿彻底敞开。

赵昌掉着泪说:

"老弟,你这样宽宏大量,我不知道该怎么说才好。你相信我吧!今后我赵昌保证对得起你,你只要别把我当成那种踩着人家的肩膀往上爬的人就成!我再告诉你……这两年我算把什么事都看透了。运动开始时我还挺冲动。干呀、斗呀、死命地打呀,互相跟仇人一样。现在想起来挺可笑,自己这么大人,怎么跟孩子打群架一样,着了魔啦,整天不回家,白天晚上在总部里干,谁劝也不听。从小斯斯文文,没打过架,长大可好,脑袋叫人打得和大冬瓜似的……现在两派又联合了,握手言和。细想起来,谁又跟谁有仇?今天你整我,明天我整你,整来整去没一个好的。谁又落得好处?咱们纯粹是些棋子儿。人家把咱往棋盘上一摆,咱就打。用不着了,往盒里一收。愈想愈没劲!"

此时,在吴仲义的眼里,赵昌的面孔已经模糊一团,说的话也听不太清。但他几乎凭着一种本能,一种在任何情况下都不会放松的警觉,感到赵昌的话里仿佛有种犯忌的危险的因素。他一边摇头——摇头的幅度很大,一边像咬着舌尖儿,吐字不清地说:

"你得注意,不要乱说。否则会使你一辈子爬不起来……"

赵昌叫酒精淹没的脑袋里还残留着一小块清醒的陆地。他听了吴仲义的话，不知为什么，竟像过了电一样，浑身一惊，纠缠着他的酒性顿时消失殆尽。他睁圆的一对发红的小眼，直视着坐在对面的吴仲义。吴仲义还在摇头，连肩膀都跟着左右摇摆，好像在风浪中颠簸的船，嘴里还在含糊不清地说：

"不好，不好。你这些话反、反……"

"反动吗？我，我刚才说了什么？"赵昌问。

吴仲义忽然摇摆得失去了重心，向左边一歪，靠在椅背上。多亏椅子上的扶手拦住他，险些栽倒。他彻底被酒击败，无论赵昌怎样问他，他也回答不了了。

赵昌扶他上床去睡，自己快快回家。路上，他后悔自己酒后失言。他恨酒，更恨自己。但此后他与吴仲义在一起时，吴仲义从没提到那次酒中的谈话。他也不提，不解释；如果那天吴仲义醉醺醺的，根本没听清那些话，他一提反而等于把一条模糊的线条描得清晰和突出了。再说，在平时这些话并不太可怕，尤其像吴仲义这样一个不爱惹事的人，与他的关系又不错，不会主动去揭发和告密。现在在运动中就不同了，这些话会使他身败名裂。而且，自己的短处在人家手中就不能不防，不管是谁。因此他必须随时留神吴仲义的举动，悄悄地筑起一道无形的警戒线。

吴仲义哪里会知道赵昌这些想法呢？他现在自顾不暇。更何况他那天被酒冲昏了脑袋，过后就把赵昌的话忘得干干净净。

十

当晚，吴仲义站在河边。从河面吹来的柔和的微风，扑在他的脸上。在晚风的凉意里，含着一种清新有力、撩动人心的早春的气息。

月光在宽展的河心给波浪摇成一片细碎和闪闪烁烁的银蓝色的光点。这美丽而发光的河映衬着他，河边的栏杆和一些小树，成为黑色的如画一般的剪影。高高的柏树在远远近近沙沙作响，帮助躲藏在暗影中的一对对情人掩盖避人的私语……这时，在岸边月色明亮的地方，走过来一个瘦弱的姑娘，缓缓地，带点羞涩的劲儿，生活把这珍贵和美好的东西给他送来。这样迷人的月夜，犹如给姗姗走来的姑娘伴奏着一曲甜美的琴音。

但这一切与他都似乎无关了。

下班后，他赶紧跑回家，心里怀着希望，把书桌的抽屉一个个拉下来，直到露出抽屉下边那块黑暗的空间，他去掏，但只掏出来一张旧照片、一个小笔记本的塑料皮、几个书钉和两页没用的论文草稿。依然没有那封信。最后一个转危为安的可能也失去了。他带着空茫、绝望和乱糟糟的心情，依照上次与那姑娘的约会来到这里。

几天前，他有一个甜蜜的计划。他要和这姑娘结婚，成立家庭。前两年他还抱着一点独身主义的想法，自从去年年底认识了这个姑娘，他的想法就完全改变了。这个姑娘懂事、内向、规矩而不精明，生活能力并不强，比不得嫂嫂，但老实又诚实，稳稳当当，他却偏巧喜欢这种姑娘。可能是怕在一个爽利能干的姑娘身旁会成为受气包儿。他盼望未来的生活能出现这样的画面：在炉火融融的小屋里，点一盏台灯，自己伏案研究一项未完成的课题；身边满是书。那姑娘带着妻子的贤淑的微笑，把一杯刚沏好的热茶放在他的面前——他想得就是这样简单。他希望有一个理解他的人，心甘情愿地挑起生活的担子，使他能把全部精力倾注在自己热爱的事业上。他也盼望感受一下家庭的温暖、夫妻的恩爱，盼望有个逗人的孩子，使他这过于清静和寂寞的房间生气盎然起来。这样，远在天边的兄嫂也会放心和高兴。

但是如果那封信找不到，这一切便要搁浅在幻想中，永远不会成为现实。

这姑娘名叫李玉敏。现在站到了他的面前，抬起一双大而长、并不年轻的眼睛，却闪着年轻人初恋时那种颤动的目光。这种目光在任何一双眼睛里也会相当动人。跟着李玉敏垂下眼皮。她的心怦怦地跳。另一颗心却是麻木的。

两人都在沉默，但不是一种沉默。

李玉敏不敢再抬起眼看他。幸亏没有看他，否则吴仲义脸上痴呆呆、毫无感触的表情，准会使姑娘生疑。

他俩走了几步，靠在栏杆上。两人心中是两种全然不同的境界。

李玉敏从口袋掏出一件东西悄悄给他，没说话。

"什么？"吴仲义问。

"信。"李玉敏轻声说。

"信？"他给"信"这个字搞得一惊。一瞬间，他脑袋里非常混乱，竟然想自己丢掉的那封信怎么到了她这里，"谁的？我的吗？快给我！"

上次他们见面，吴仲义提出要同她做正式朋友，她答应回去考虑。这封信正是要告诉吴仲义——她接受了他的要求。而且这也是老姑娘第一次向一个男人表露真情。此刻见吴仲义向她要信的神气如此冲动，误以为是对方迸发出来的热烈的激情。她又欢喜又羞涩。羞答答把信塞在他的手中，扭过头眼望着河面上炫目的月光。悄言道：

"你要我回答的话，都写在这里边。"

"什么？不是，不是……噢，是你的信！"

吴仲义好像从梦中清醒过来。原来不是他迫切要找到的那封信！小小的一阵空欢喜，连声音都透出失望。

"怎么？"

"噢，没什么，没什么，那好，那好。"他说。把这信揣进口袋，好像揣一条手绢。

李玉敏给他的表现弄得又诧异又气愤。恋爱时的姑娘是敏感的，自尊心像玻璃器皿那样碰不得。此时受了莫名其妙的挫伤，脸上幸福的光彩顿时消失，松弛的皮肤垂下来，在夜的暗影里显出老姑娘本来的容貌。

李玉敏离开栏杆向前走。吴仲义也离开栏杆，下意识地跟着她。

吴仲义一点也没感觉到对方的变化。他的心情坏得很，脑袋里充满了那件惴惴不安的事，一句话没有，走在身边的李玉敏好似一个陌生的路人。他伴随她不知不觉走到一个路口，忽听李玉敏说：

"你把那东西给我！"

"什么？"

"信！刚刚给你的那封信！"

吴仲义从口袋里掏出信来。未等明白李玉敏的意图，就被对方一把拿过去。

"我回去了！"李玉敏说。

"我送你！"

"不用！"她的口气坚决，又非常冷淡，并意味着对方再来要求也会遭到拒绝。

这时，吴仲义才意识到自己刚才的举动使李玉敏发生了误解。他见李玉敏气哼哼的，担心把李玉敏惹翻，忙说：

"我，我今儿不太舒服，你千万别介意。这信留给我行吗？"

站在路灯下的李玉敏，脸上现出一丝很难看的冷笑，她冷冰冰地说："不用了，我看得出你改变了想法，并不真想看这封信！"说完，

189

把那信往衣兜里一揣，转身就走了。

他呆立着，眼瞅着她走出十多步而不知所措，最后才勉强地叫道："我明后天去看你！"

她没理他，走去的步子很急，很快地消失了。

吴仲义往回走，心情烦乱而沮丧。他想：信、信、信！介绍信、情书，都是信。世界上每天来来往往有成千上万的信，无穷无尽的信，就是没有他要的那封信！他恍惚觉得那封丢失的信将带来的祸事已经露出头儿来，只有乖乖地等候它到来。

十一

运动开展的头一天里，全所只收上来十多份检举信。其中一份材料，揭发了办公室的一个姓陈的老办事员在早晨上班前"请示"的仪式中，两次拿倒了语录本——只有这份材料还有些文章可做。其余大多是鸡毛蒜皮。于是工作组下一道命令，自今日每人每天必须交一份以上的检举揭发信，否则下班不准走。

今天屋里显得松快一些。近代史组一个叫朱兰的女同志又被调到工作组去搞外调。秦泉不见了。据说所里成立一个监改组，已经把秦泉这样几个老牌的有问题的人收进去，做检查交代，晚上不准回家。秦泉那张叠成三折的《欢迎对我狠揭狠批》的大字报还在桌上，压着墨盒，好像遗物。

吴仲义坐在那里，仿佛在等候工作组派人来召唤他，告诉他那封信已被拾到的人送来。于是他就乖乖地全盘承认，挨一顿狠斗，被揪到监改组去和秦泉做伴。

他瞧着摆在面前的检举揭发信，不好写，又没什么可写，真正体会到"如坐针毡"是什么滋味。尖尖的屁股坐累了,在椅面上挪来挪去。不单是他,别人也是这样。

时间,就这样从每个人身上匆匆又空空地艰难地虚度过去。

崔景春走进来。屋里的人都眼盯着自己手里的揭发信,装作思考的样子。这时张鼎臣站起来,手拿着两张纸凑上前,交给了崔景春。样子卑恭,并小声嗫嚅着说:

"这是我一份申请材料。要求领导每月在我的工资里扣去十块钱,补还我十年中所支取的定息。这是剥削的钱,不该拿,我主动交回……还有这份,揭发我叔叔。解放前我叔叔开米铺时,曾往米里边掺过不少白沙子,欺骗劳动人民。详细情况都写在这上边了。"

崔景春听了,脸上毫无表情,问道:

"你叔叔现在哪儿?"

"死了。五九年死的。"

"死了你也要揭发?"崔景春说着,严肃而平板板的脸上露出一点鄙夷的神气,随后拿着这两张纸走了。

张鼎臣回到座位上,两眼直怔怔,嚼味着崔景春这两句话的意思。

吴仲义想在自己手中的检举信上写点什么好交差,但他脑袋里依然没有一块可以用来回忆和思考的地方了。混混沌沌地盈满了有关那封丢失了的信的种种想法。笔下无意识地在检举信上写了一个"信"字,跟着他心一惊,觉得这个不祥的字会泄露他全部秘密似的。他赶忙在"信"字上涂了一个严严实实的大黑疙瘩。这当儿,赵昌走进来。

他赶紧把这张检举信折起来,用一只手紧紧按着,好似按着一个活蚂蚱。赵昌一屁股坐在他旁边的椅子上,笑呵呵地问:

"写的什么,能给我看看吗?"

191

吴仲义连忙说没写什么,攥在手里,不肯给赵昌看。他神色有点紧张和慌乱,使处于戒备状态的赵昌误以为吴仲义所写的什么与自己有关,由于险些被自己撞见而发慌。但赵昌表面上装得很自然,拍了拍吴仲义的肩膀,脸上还带着笑说:"你可得实事求是,瞎写会给自己找麻烦。你写吧,我走了!"说完一抬屁股就走出去。

赵昌走出门,在走廊上站了一会儿。掏出一支烟点上,连吸了几口。嘴里吐出的烟团,如同他此时脑袋里旋转着的疑团,绕来绕去。他把刚刚吴仲义反常的神态猜了又猜,各种可能一个个排除,最后仍做不出确切的判断。他非常疑心吴仲义在打自己的算盘——多半就是自己所担心的,即揭发自己那次酒后之言,以此来把自己从"组长"的职位上推下去……想到这儿,他将一团烟留在走廊中间慢慢消散,急忙返回自己的房间去思谋对策。

十二

两天里,吴仲义和赵昌在互相猜测、疑心和害怕。

赵昌无论在什么地方,只要碰到吴仲义就故意板着面孔,冷淡对方;眼睛也不瞧着对方,只微微一点头就走过去。他想以此给吴仲义造成心理压力,使吴仲义清楚地感到自己已然察觉到他的动机。同时,赵昌每天下班前的一个小时,都坐在工作组的房间里不动,等候崔景春交上来近代史组的检举信,查看一下有无吴仲义揭发他的材料。

赵昌的态度使吴仲义忧虑不安。他误以为拾到信的人已经把信交到工作组,赵昌也已经获知自己的问题。因为他俩平日接近,赵昌怕牵连自己才故意冷淡和疏远他。正像运动初期赵昌给他贴大字报时的动机和想法一样。

他把赵昌对他的态度，当作自己的事是否败露的晴雨表。这就糟了！因为赵昌也正把他的态度当成某种反应器。

他很紧张，遇见赵昌就更不自然。一双惊慌和不安的灰色的小眼珠在眼镜片后边滴溜乱转，如同一对滚动着的小玻璃球儿，躲躲闪闪，竟没有勇气正视赵昌，更使赵昌认为：

"好小子，你怕我，看来你已经朝我赵昌下手了！"

赵昌还想到，之所以没见到吴仲义揭发自己的材料，多半由于崔景春见那材料关系到自己，收在一旁，没给自己看。或许背着他悄悄交给工作组组长贾大真了。于是他开始对贾大真和崔景春察言观色，留神有什么异样而微妙的变化。虽然他比吴仲义老练，沉得住气，掩饰内心情绪的本领略胜一筹，但心中也非常苦恼，烦乱，担惊受怕；此刻的心理活动与吴仲义无甚两样。因而他把吴仲义恨得咬牙切齿，恨不得吴仲义得急病，在上下班路上遇到车祸，或突然出现什么问题叫自己抓住，将他狠狠置于死地，好回不过嘴来咬自己。

十三

贾大真是所里一位铁腕人物。虽然仅仅是一名政工组长，二十一级的人事干部，天天骑一辆锈得发红的杂牌自行车上班，每顿饭只能买一碟中下等的小菜，得了病也不例外地东跑西跑求人买好药，但在那个人事驾驭一切事情之上的非常时期，却拥有极大权力。许多人在命运的十字道口上，全听从他的信号灯。可是别人在他手中，有如钱在高布赛克的手中，一个也不轻易放过。

一连串整垮、整倒、整服别人，构成他生活的主要内容、工作

193

的主要成绩。他是那个时期生活的主角和强者——当然是另一种主角和强者。把握着人与人关系绝对的主动权。同他打交道，便意味着自己招灾惹祸，沾上了不好的兆头；他带着一种威胁性，没有人愿意同他接近。他却自鸣得意，说自己是"浓缩的杀虫剂"。由于到处喷洒，连益虫也怕它。

他敏感、锐利、精明、机警，能从别人的眼神、脸色、口气以及某一个微小的动作，隔着皮肉窥见人心，还能想方设法迫使人把藏在心里的东西掏出来。每逢此时，他就显得老练而自信。好像一个捉蟋蟀的能手，能将躲在砖缝里的蟋蟀逗弄出来那样心灵手巧，手段多得出奇。非正常的生活造就了这样一批人，这批人又反转过来把生活搞得更加反常。在那个不尚实干的年月里，干这种行当的人渐渐多了，几乎形成一种职业，一个整人的阶层。人家天天用卡尺去挑检残品，他们却拿着一把苛刻得近似于荒谬的绳尺去检查人们的言行；人家用知识、经验、感情、血汗，以及心中的金银绯紫写成文章，他们却在写文章的人身上做文章。把活泼快乐的生活气氛，搞得窒息、僵滞和可怕。这些人还有共同的职业病：在平静的生活中就显得分外寂寞，闲散无聊，无所作为；当生活翻起浪头，他们立刻像抽一口大烟那样振作起来，兴致勃勃，聪明十足。又好似夜幕一降，夜虫夜鸟就都欢动起来。此时此刻的贾大真正是这样，如同一个刚上场的运动员那样神采奕奕，浑身都憋足了劲儿。

特殊职业还给了他一副颇有特色的容貌：四十多岁，用脑过度，过早秃了顶。在瘦高的身子上头，这脑袋显得小了些。他也像一般脑力劳动者那样，长期辛苦，耗尽身上的血肉，各处骨骼的形状都凸现在外；面皮褪尽血色，黄黄的，像旧报纸的颜色。只留下一双精气外露、四处打量的眼睛，镶在干瘪瘪的眼眶里。目光挑剔、冷冰冰、不祥、咄咄逼人。而且总是不客气地盯着别人的脸；连心地最坦白的人，也不愿意碰到这种目光。

早上，张鼎臣写了一份矛头针对自己的大字报，名曰《狠批我的剥削罪行之一》。吴仲义主动帮他到院子里去张贴。

吴仲义这样做，一来由于在屋里心惊肉跳坐不住，二来他想到院中看看有什么关于自己的迹象。他还有种天真的想法——幻想到院子里，可以碰到拾信的人把信送来，他好上去截住。

院墙上贴满大字报。有表态式的决心书、保证书、批判文章，也有揭发运动中两派斗争内幕的。充满纷繁复杂、纠缠绞结、说不清道不明的派性内容。有攻击，有反击，也有反戈一击；或明或暗，或隐或露，或曲折隐晦，或直截了当；在这里，人和人的矛盾公开了，激化了，加深了。由于公开而激化和加深了。

吴仲义和张鼎臣在这些大字报中间找到一块空当，刷上糨糊，把张鼎臣那张骂自己的大字报贴上去。贴好后，张鼎臣嫌自己的大字报贴得不够端正，他举着两只细白的手进行校正。吴仲义站在一旁，手提糨糊桶，给张鼎臣看斜正。这当儿，吴仲义觉得身边好像有个人。他扭头，正与两道冷峻而逼人的目光相碰。原来是贾大真！他倒背着手，两眼不动地直盯着自己看，仿佛把自己心里的一切都看得透彻和雪亮。他不禁一慌，啪地一响，手里的糨糊桶掉下来，糨糊洒了一地。

贾大真见了，微微一笑，笑得不可捉摸，好似带点嘲讽的意味。

吴仲义直怔怔呆了几秒钟，才忙蹲下来，一双控制不住的颤抖的手在地上收拾着又黏又滑的糨糊，一边抬起头强装笑容地说："桶把儿太滑，我……"他努力掩饰自己的失常。

贾大真什么话也没说，转身走了。他不需多问，已经意外地得到一个极大的收获。他回到工作组，只赵昌一个人在房中整理各个组交上来的揭发材料。他坐下来，掏出烟点上火，抽了一阵子，头也不扭，出声说：

"老赵，你认为吴仲义这人怎么样？"

赵昌一惊，他立即敏感到吴仲义和贾大真可能接触过了。是不是贾大真已经掌握了自己的问题，现在来试探自己？他感到手脚发麻，心中充满恐怖感，脸上也明显地表露出来。如果这时贾大真与他面对面，肯定又给贾大真意外发现一个有问题的人。而使贾大真有机会大显身手，建树功绩。但是贾大真没有这么多好运气。运气像个没头没脑的飞行物，一头栽到赵昌的怀里。他瞬间的流露没给贾大真瞧见，便赶快垂下眼皮，翻着手中的材料，边看边说：

"这个人……很难说。"

"怎么，你不是同他很好吗？"贾大真扭过脸来问道。

"好？"赵昌淡淡哼了一声，"他和谁都那个样子。"

"你不是挺照顾他吗？"

"我俩在一个组里，又搞同一项工作，总比较近些……"

"每年入冬时，他家的炉子不是你给安上的？前两个月，他哥哥病了，你还借过他二十块钱。是不是？"贾大真目不转睛地瞧着赵昌说。

赵昌见他对自己同吴仲义的关系了解得如此详细而略感惊异。贾大真一向对人与人的关系感兴趣，全所人之间错综复杂的关系他都了如指掌。而且还把握着大多数人的业余活动。赵昌与贾大真在运动初期虽属于一派，贾大真对他还挺重用（譬如调他来工作组），但赵昌很清楚，只不过自己没有什么短处抓在贾大真手里。如果有问题叫贾大真抓住，就是贾大真的至爱亲朋也不会被轻易放过。此时，赵昌不明白贾大真同他谈这些话为了什么，只觉得没有好事，便推说：

"是啊，他找我借钱，我怎好不借。那只是一般往来。"

"吴仲义这人的思想深处你了解吗？"贾大真又问。

赵昌从这句问话听出来，贾大真所要了解的事与自己没有什么直接关系。心里便稍稍轻松一些，问题回答得也比较自如了："您要问这个，我可以告诉您，我虽与他表面上不错，实际对他并不很了解。我俩在一起时，只谈些工作或生活上的事，他的想法和私事从不对我讲。有时他长吁短叹，我问他，他不肯说。弄长了，他再这样唉声叹气，我连问也不问了。"赵昌一方面想把贾大真的兴趣吸引到吴仲义身上，一方面有意说明自己与吴仲义从来不说知心话，好为否定一旦吴仲义揭发他那些酒后之言做铺垫。他防守得十分严密，如同一道无形的马其诺防线。

"他家的收音机有短波吗？"贾大真转了话题，问道。

"没有吧！恐怕连收音机也没有。"赵昌说。他虽然不明白贾大真问话的用意。但已明确地觉得这些问话的矛头不是针对自己。

"他写日记吗？"贾大真又问。

"那就不知道了。要是有也不会给我看呀！怎么，他怎么了？"赵昌开始反问。他懂得光回答别人的话，会使自己处于被动地位，对人发问才会变得主动起来。

贾大真忽然站起来，以一种非常有把握的肯定的语气对赵昌说：

"他有问题！"

当赵昌听到了贾大真说这句话，他兴奋得眼睛都亮了。这看上来是对准自己的枪口，原来是对准别人的。如果他现在一个人在屋里，会喊出一声："谢天谢地！"可是他还是不清楚贾大真怎么会从吴仲义这样一个胆小怕事、循规蹈矩的人身上发现问题。他不禁问："他能有什么问题？"

贾大真瞟了他一眼，并没把刚才自己偶然间的发现告诉赵昌。他在屋子中间来来回回踱着步，考虑着，一边抽烟。最后他走到桌边，把烟头按死在一个玻璃烟缸里，扭过脸面对赵昌说：

"你先别管他有什么问题，但我肯定他有。我……打算叫人去进一步观察他一下，看看他有什么反常的表现。如有，随时告诉我。我叫你去，是因为你平时同他关系较近。你接近他，不会惹他起疑。不过，无论你发现了什么也不能惊动他。你能不能做到？"

赵昌听了很快活。从贾大真给他这件任务来看，大概吴仲义尚未把自己的问题揭发出来。他心想，不管吴仲义有无问题，或有什么样的问题，他都可以借此将吴仲义控制在自己手中。如果能把一张于自己的安危祸福有直接关系的嘴巴，捏在自己的食指和拇指中间，他就有利和主动了。他便说：

"我可以做到。不过请您和崔景春打个招呼。否则我总去接近吴仲义，崔景春会感到莫名其妙。再说崔景春这个人脾气古怪。"

"什么古怪？！右倾保守！他一贯如此。对搞阶级斗争总有些抵触情绪。这些你都别管了，自明天起，你以工作组的名义下到近代史组去参加运动。好不好？"

"那好！好极了！"赵昌产生一种整人的欲望。

十四

赵昌坐在近代史组的七八个人中间，表面上不动声色，暗中留神察看，果然发现吴仲义有些异常。吴仲义的脸像墙皮一样灰白，镜片后边的目光躲躲闪闪，只要别人一瞧他，他立刻垂下眼皮，躲开别人的视线。赵昌特意地试了几次，结果都是一样。他显得没有兴致，带一种愁容和病容。有时眼盯着窗外或墙角什么地方，能一连怔上半个小时。这时他脸上会一阵阵泛出一种惧怕与愁惨的神情。当人招呼他一声，或有什么突然的响动，他就像麻雀听到什么声音那样浑身微微地惊栗般地一颤。动作失常，时时出错，那是一个人心不在焉时的表现。吴仲义平时衣衫不整，不修边幅，大家对他这样子习以为常。可是赵昌有心仔细察看，就从中看出毛病：他面皮发污，眼角带着干结了的眼屎，脖子黑黑的，大约有四五天没好好洗脸了。也有几天梳子不曾光临到他的头上，乱蓬蓬好似一窝秋草。而且居然瘦了许多。颧骨在塌陷的脸颊上像退潮后的礁石那样突出来，眼圈隐隐发黑……

"他失眠了？"赵昌想，"究竟怎么回事，难道真有什么问题吗？"

他瞧着吴仲义可怜巴巴的样子，心里生出怜悯的感情；他与吴仲义相处十来年，在这个老实、厚道、谦让的人身上，无论如何也找不到憎恨的根由。他甚至有个想法——想和吴仲义个别交谈一次，弄明究竟，帮他一把。可是转念一想，这样做是不可以的。如果吴仲义真有严重问题，自己就要陷进去受牵累；再说，他还不能排除吴仲义揭发他的可能。愈是吴仲义自己有问题，愈有可能为了减轻一点自己的问题而来揭发他。从事研究工作的人都把握着一种思维方法：当各种迹象都存在时，需要做的是进一步研究这些现象再做结论；当把无可辩驳的论据全部拿在手中时，由此而做出的判断才是可靠的。

中午饭前，崔景春忽把吴仲义叫出去谈话。等他俩走出去三分钟后，赵昌也走出屋子，在走廊上转了两圈，发现崔景春和吴仲义在地方史组那间空屋子里谈话。他在门外略停了停，里面的谈话声很小，听不清楚。

午饭时候，赵昌在食堂乱哄哄的人群中，透过雾一般飘动的饭菜的热气看见崔景春独自一人坐在一张桌前吃饭。他端着自己的饭盒走过去，坐在崔景春身旁，吃了几口，便悄声问：

"你刚才找吴仲义干什么？"

崔景春抬起脸，看了赵昌一眼，平淡地说：

"没什么，随便扯扯。"

"他说些什么？"

崔景春又瞥了赵昌一眼，依旧平淡地说："没说什么。"看样子，他根本不想把他们谈话的内容告诉给赵昌。

赵昌想，这不肯告诉自己的话是否与自己有关？那种怀疑吴仲义有害自己的想法重新又加强了。他心里再没有对吴仲义任何怜悯，只想把吴仲义快快搞垮，才能确保自己的安全。他草草吃过饭，回到工作组就把自己上午在近代史组那些宝贵的发现，加些渲染，告诉给贾大真。贾大真点着尖尖的下巴，高兴又得意地笑了笑，似乎满意赵昌的收获，又满意自己昨天在吴仲义身上敏锐的觉察和神算。他说：

"我回头叫崔景春给他点压力。"

"我看崔景春未必能做到。"赵昌说，跟着把午饭前崔景春与吴仲义在地方史组空屋内秘不示人的谈话情况告诉了贾大真，然后说："您昨天说得很对，崔景春对于搞运动是不大积极，我看近代史组的气氛很不紧张。崔景春对我到他们组也好像不怎么乐意。"

贾大真由于生气，脸板得挺难看。他冷笑两声说：

"那我亲自给他点压力！明天我设计了一个别致的大会，领导已经同意了。你等着瞧吧！水底下的鱼保准一个个自动地往外蹿！"

十五

今天，历史研究所当院的气氛有如刑场。

全所人员一排排坐在地上。后楼正门前水泥砌的高台便是临时会场的主席台。这种主席台不做任何装饰和美化。在这里，美是多余的东西。有如炮台，只考虑火力和杀伤力。

主席台上摆着一个黄木桌，没有铺桌布，只矗着一个单筒的麦克风。麦克风的话筒包着红布，远看像一个倒立的鼓槌。靠门一排四五张木头椅子，坐着所里的几位领导，一律板着面孔，拒温情、笑容、亲切与善意于千里之外，仿佛这些眼前要做的事都是有害的，必须立目横眉、冷酷无情才合乎这种场合正面人物的特定表情。

有时，生活逼着人有意识或无意识地去演戏。一本正经地出丑，或是引人发笑地正经。你认为你是导演，摆弄别人，而你实际也不过是一个扮演导演的演员。那不怨别人，因为你有凌驾众人头上和飞黄腾达的痴想。

贾大真头戴一顶绿军帽，神气活现地走上台。他在黄木桌后直条条地站了三分钟。全场肃寂无声，等他说话。他忽然啪地一拍桌面。所有人都一惊，听他用严厉的声音一叫：

"把顽固坚持反动立场的右派分子、历史反革命分子秦泉等四人带上来！"

应声从后楼的拐角处，一双双左臂上套着印有"值勤"二字红袖章、穿军裤的本所民兵，反扭着秦泉等人的胳膊出现了。这是事先安排好的。同时，站在台前一角的一男一女两个口号员带领全场呼口号。一片白花花、圆形的小拳头，随着口号声整齐地起落，会场顿时紧张起来。

吴仲义坐在人群中间,想到自己再有几天很有可能这样被架上台来,浑身不禁冒出冷汗;赵昌就坐在他左旁,眼珠时时移到右眼角察看他的神情。

秦泉等人被押到台前,低头站定。大会开始批判。几个运动骨干在头天下班前接到批判发言任务,连夜赶出批判稿,现在依次上台,声色俱厉地把秦泉等人轮番骂一通。随后在一片口号声中,那一双双民兵又把秦泉等人架下去。贾大真再次出现在台上。他的确有点导演才能,很会利用会场气氛。他把刚刚这一场作为序幕,将会场搞得极其紧张,现在该来表演他别出心裁的一出正戏了。他双手撑着桌边,开始说:

"刚刚批斗了秦泉等四个坏蛋。但我们这次运动的重点还不是他们,而是深挖暗藏的、特别是隐藏得很深的敌人。运动搞了将近一周。我们一开始就发了两种表格。一是检举揭发信,一是坦白自首书。我们可以向大家公开真实情况——因为我们的工作是正大光明的,没什么可以保密的。现在的情况是:检举揭发很多,坦白自首很少。我们以收到的大批检举信(包括外单位转来的检举信)为线索,初步进行一些内查外调,收获不小,成效很大。充分证实我们单位确实隐藏一批新老反革命,现在就坐在大家中间!"

贾大真说这些话不用事先准备,张嘴就来,又有气氛,又有效果。此刻,会场鸦雀无声。吴仲义觉得他句句话都是针对自己说的。他感到耳朵嗡嗡响,响声中又透进贾大真的话:

"这些天我们三令五申要这些人主动坦白,走'从宽'的道路。但事与愿违。这些人中,有的抱着侥幸心理,总以为我们诈唬他们,因此想蒙混过关;也有的拒不坦白交代,负隅顽抗,企图硬顶过去。迫使我们采取行动。时间紧迫,我们不能一等再等,一让再让。今天我们要在这里揪出几个示众！"

吴仲义听了，顿时如一个静止的木雕人。只剩下一双眨动着眼皮的眼睛，但眼球也是凝滞不动的，直勾勾地盯着台上的贾大真。他身旁的赵昌心里也很不安稳。虽然事先贾大真把他安排在吴仲义身旁，进行监视，从贾大真对他的信任，看不出对自己有何异样，但听了贾大真的话，他心中却也敲起小鼓来。这种时候，人人自危，吉凶变幻莫测，他焉知贾大真给他的不是一种假象？贾大真这种人是不可理解的……在春日融融的太阳地里，他鼓鼓的额角沁出一些细小的汗珠，却不知是热汗，还是冷汗，耳听贾大真大声说道："为了给这些人最后一次'坦白自首'的机会，我等五分钟。五分钟内不站起来主动坦白，我们就揪！这里边的政策界限可分得很清。主动坦白的，将来处理从宽；揪出来的，将来处理从严。好——"贾大真抬起手腕看看表，像运动场上的裁判员那样叫一声，"开始！"

好比临刑前的五分钟，无声的会场充满一种恐怖，贾大真叫着：

"还有四分钟……三分钟……两分钟……一分半钟……半分钟……五秒钟——"

吴仲义不觉闭上眼睛，似乎等待对准他胸膛的枪响。

啪！贾大真一拍桌子，大声叫道："把历史反革命分子王乾隆揪上来！"

这时，两个站在会场外戴红袖章的民兵，带着凶猛的气势奔进会场左边的人群中，把一个头发花白的瘦小的人抓起来，架到台前去。口号员拿着事先开列好的口号单，带领全场呼起口号来。吴仲义一瞧，原来是明史组的老研究员王乾隆。不由得暗吃一惊，想不到这个老成持重、体弱多病、学究气味很浓的老研究员是历史反革命。

待王乾隆在台前低头站好，贾大真那一双在绿帽檐下炯炯发光

203

的眼睛，从整个会场上扫过，最后停在吴仲义这边。他伸手一指，正指向吴仲义这儿；另一只手啪地一拍桌子。吴仲义连心跳仿佛都停住了。却听贾大真这样叫道：

"把反动组织的坏头头、现行反革命分子王继红揪上来！"

原来中弹的是王继红，他正坐在吴仲义身后。

立即有两个民兵跑过来，从吴仲义身后把王继红像抓小鸡那样揪起来，架到台前，挨着王乾隆并排站立。随后，贾大真的目光如同一道探照灯的灯光，慢慢地由台下一张脸移到另一张脸上。紧接着啪地一响，又是一声吆喝，又揪上去一个，并伴随一阵口号呼喊。他此刻真是神气，威不可当，好像端着一架机关枪，面对着一群手无寸铁的人，想怎么打就怎么打。

当他再要一拍桌面时，会场中间突然站起一个圆头圆脑、戴眼镜的人，原来是张鼎臣。他说："我有问题。六六年抄我家时，我只把存款交出来，还有一对金镯子和一枚翠扳指，被我藏在煤堆里了。另外我还偷偷对我老婆骂过抄我家的革命群众是土匪。"他的声音抖颤得厉害，说话声连底气都没了，显然吓得够呛。

贾大真略略停顿一下，随即说："好，你主动坦白，我们欢迎！你自己走出来吧！站到这一边来。喂，大家看见了吗？政策分得多么清楚，表现不同，对待不同。但我肯定台下大家中间还有人有问题，还有反革命。再不站起来坦白，我们还要揪！"他说着，目光又在人群中间慢慢移动。

吴仲义已经吓得受不住了，但他还是下不了决心站起来自首。他没有勇气，担心后果，并存有侥幸。他身旁的赵昌也是头次经历这样凶烈的场面。眼看着一个个坐得好好的人，突然被点名，揪上去，成了台前那副完蛋的样子，实在可怕。他心里有件不放心和没摸清楚的事，当然也怕贾大真突如其来地喝唤他的名字。这时，他脑袋里竟闪过一个奇特的念头，想悄悄问问吴仲义是否揭发过自己。如果揭发了，他就干脆站起来认罪。但他究竟沉得住气，理智和经验渐渐压住了一时的慌乱。他努力使自己服从一种决心：情愿叫人揪出来，从严发落，也不轻易地葬送在自己的胆怯和贾大真有虚有实的诈术上。

他额角上的汗珠多了，汇聚成大滴，流淌下来。他没带手绢，便把手伸到吴仲义胸前，想借手绢用用。未等他对吴仲义说出借手绢用，忽听贾大真又是用力一拍桌面。他一惊。

吴仲义也一惊！紧张中，吴仲义下意识地一手抓住伸到他胸前的赵昌的手腕。他的手冰凉，抖得厉害，满是黏黏的冷汗。赵昌全感到了，并再也不犹豫地确认吴仲义心中有件可怕的非同寻常的秘密。

贾大真又揪上去一个，是个管资料的青年。因为说过一句错话被人揭发了。赵昌知道这个情况，他从交上来的检举信里看见过这份材料。

吴仲义见不是自己，心中稍安。但他没想到，自己惊慌失措的举动，已经把自己排在刚揪出来的这个青年的身后了。散会之后，赵昌立即把吴仲义会上的反应汇报给贾大真。贾大真马上做出决定，要利用今天大会给吴仲义的强大的心理压力，非把吴仲义内中的秘密彻底挖出来不可！

十六

一刻钟后，贾大真与赵昌来到近代史组。他俩进门来的神气，好像拿着一个逮捕证抓人来似的。吴仲义感觉是朝自己来的。他只看了贾大真一眼就再不敢看了。

崔景春问：

"有事吗？"

贾大真给他一个不满意和厌恶的眼神，说："来说几句话！"随后打个手势说："大家坐，坐。"

大家坐下。人人的心都怦怦地跳。吴仲义坐到近代史组老穆的身后。老穆肩宽胸阔，躲在他身后，似乎有点安全感。

贾大真问：

"刚才的会大家都去了吗？"

没人敢言语。贾大真扭头看看崔景春，表示这句话是问崔景春的。崔景春平淡地说：

"谁能不去？"

贾大真听得出崔景春话中有种明显而强烈的抵触情绪。此时的贾大真心傲气盛，是惹不得的，立即就要发火。但他知道崔景春此人并不吃硬，而且他对于没有把柄在自己手中的人就不得不客气一些。他控制住自己，让没说出的发火的话变成一种低沉而可怕的声音，在喉咙里转动了两下，沉了会儿，面向大家开口说话——由于心里边憋着怒气，说出来的话更加强硬、厉害与凶狠：

"我们来，目的明确。你们组还隐藏着坏人。这个人问题的轻重程度，这里暂且不谈。我要说的主要是这个人很不老实，还在活动，察言观色，猜测我们是否掌握他的情况。我不客气说，罪证就在我手中。"

吴仲义心想：完了！只等贾大真呼叫他的名字。他的两只手不住地摸着膝头，汗水把膝头都蹭湿了。这个细节也没逃出贾大真的有捕捉力的眼睛。贾大真嘿嘿冷笑几声说："刚才，我本想在会上把他揪出来。但我想了想，再给他一点机会，让他自己坦白。可是我得对这个人把话说明白——政策已经放到了最宽的程度。再宽就是右倾了！（这句话是针对崔景春说的）无产阶级专政是不可欺的。我再给你两个小时的时间。你要再不来坦白交代，下午就再开个大会专门揪你一个！好了，不再说了。"说到这儿，贾大真用眼角扫了扫低头坐在老穆身后的吴仲义，又补充两句话，"为了打消你的侥幸心理，促使你主动坦白，我再点一点你——你就是平时装得挺老实的家伙！"说完，就招呼赵昌一同离去。

吴仲义觉得屋中的人都眼瞅着他。他头也不敢抬，感到天旋地转，眼前发黑。他一只手扶住身旁的桌边，像酒醉的人，利用残留的一点点清醒的意志，尽力防止自己栽倒。

这时贾大真走在走廊上，边对赵昌说：

"回去等着吧，他不会儿自己就会来。"

后边门一响，崔景春跑出近代史组，追了上来。

"老贾！"

"什么事？"贾大真停住，回过头来问。

崔景春很冲动。他说：

"我不同意你这样搞法。你这是制造白色恐怖，不符合党的政策！"

贾大真两条细长的眉毛向上一挑，反问他："你替谁说话？你不知道这是搞阶级斗争？你有反感吗？"口气很凶。

"搞阶级斗争也不能用欺诈和恐吓手段搞得人人自危！"

"我看你的感情有点问题。老崔同志！你想想，你说的是些什么话？对谁有利？什么人人自危？谁有问题谁害怕！搞运动不搞问题搞什么？奇怪！这么多年了，搞了这么多次运动，你竟然连这点阶级斗争的常识都没有。"

崔景春素来是个沉稳的人，头一次表现得和自己的形象如此不调

207

合：他听了贾大真的话，气得下巴直抖动，两只手颤抖不止。眼镜片在走廊尽头一扇小门射进来的光线中闪动着。他站了足足十秒钟，突然转身大步走去，一边说：

"我去找领导。你这是'左'倾！极左！"

赵昌说："老崔，你等等，等等呀！"他要上前拦住崔景春。

贾大真抓住赵昌的胳膊说：

"叫他去，别理他！领导不会支持他。搞运动时，哪个领导敢拦着不叫搞？他去也白去。等我把吴仲义揪出来，再和他计较！"

十七

中午十一时，吴仲义带着一颗绝望和破碎的心，踩着后楼高高的、用锯末扫得干干净净的水泥楼梯，一步步往上走，直走上三楼。

三楼静得很。一条宽宽的走廊上，一排同样的小门，六七间房屋都在朝南一边。这里平时没人办公，房门都上着锁，里面堆放着珍贵的绝版与善本书、旧报刊杂志、破损的书架和桌椅、节日用的灯笼、彩旗与画像、收集上来的大件古物以及乱七八糟、积满尘土的旧杂物。其中有两个房间曾是家在外地的单身职工宿舍，后来这几个职工或是结婚，或是设法调回家乡，早在"文化革命"前房间就空下了。里边只有几张空床、脸盆架和单身汉们扔下的破鞋袜；屋子中间还扯着磨得发亮了的晾手巾用的弯弯曲曲的铁丝……所里的人很少到这儿来，除非逢到酷热难熬的伏日，一些离家路远的人才爬上楼来，在走廊的地上铺张报纸躺下睡午觉。这儿又清静又阴凉。把走廊两头的窗子一开，还有点穿堂风呢！真是个歇晌的好地方。故此所里的一些人称这儿为"北戴河"……

几天前，紧靠走廊西端的一间小屋腾空了。搬进来一个上了两道锁的大档案柜和四张书桌，几把椅子，作为工作组的办公室。这三楼就变成另一种气氛。

两个小时之间，吴仲义经过最激烈的思想斗争之后，彻底地垮了，不再怀疑那封丢失的信已然落到贾大真的手中，任何自寻慰藉的假设都被自己推翻，也不再存有侥幸逃脱的念头。刚刚贾大真那些凶厉的话把他最后一点妄盼平安的幻想也吞没了。他自首来了。

当他站在办公室紧闭的门前，不知为什么又变得犹豫不决，两次举起冰凉的手都没有叩门。

屋里坐着两个人——贾大真和赵昌，在等候他。好像把炸药扔进水里，爆炸声过后，只等着他这条鱼儿挺着淡黄色肚皮浮上来。

贾大真听见了门外轻微的响动，镶在干瘪瘪的眼眶里的眼睛顿时亮起来。他等了半分钟，不见动静，猜到门外的人在送死之前下不了最后的决心。他便故意对赵昌大声说：

"他再不来坦白，下午就开会。"

赵昌不明白贾大真为何这样大声说话。这当儿，门板上响了几声叩门声。

"进来！"贾大真马上叫了一声。好似见了鱼漂儿跳动，立即提竿。

门把儿转动，门开了。吴仲义走进来，面色惨白地站在贾大真桌前。赵昌这才领略到贾大真刚刚大声说那句话的用意，不禁对这位工作组组长的机警和精明略略吃惊。贾大真板着脸问吴仲义：

"你来干什么？"

"我，我……"吴仲义自己也不知为什么，要坦白的话到了嘴边忽然消失了，"我来汇报思想。"

"噢？"贾大真瞧了他一眼，"你说吧！"

"我，我思想里有问题。"他说，一边搓着手。

"什么问题？"

"现在没问题。以前，以前我上大学时，我当时年轻幼稚。比如，我对国家的体制……我认为咱们的体制不够健全……我还……"吴仲义吭吭哧哧地说。由于他没准备这样说，愈说就愈说不下去。

经验丰富的贾大真单凭直觉就看出吴仲义身上有种不甘于毁灭的本能在挣扎着。他忽然打了一个不耐烦的手势制止住吴仲义的话，把脸拉下来，装得很生气那样严厉地说："你，你想干什么？你来试探我们吗？告诉你，你的问题我们早就掌握了。我刚才在你们组里说的那些话，就是指你说的。你直到现在还耍花招，居然敢到工作组摸底儿来！我看你非走从严的绝路不可了！你平时装得软弱无能，老老实实，其实反动的脑袋比花岗岩还要硬！你这些话我不听，你要说就对赵昌说吧！"说着气呼呼地站起身向门外走。临出门前，他在吴仲义背后，从吴仲义瘦削的肩上递给赵昌一个眼色，意思叫赵昌从旁给吴仲义再加些压力。

十八

屋里只剩下吴仲义和赵昌这两个多年的好友了。

赵昌和气地摆了摆胖胖的手叫他坐下，就像他俩平时在一起时那样。吴仲义如同冻僵的人，一股暖气扑在他身上会使他受不住。他一坐下来就哭了，抽抽噎噎地说：

"老赵，我不想活了！"

赵昌隐隐感到一阵内疚。

现在，从各种现象上可以证实，吴仲义并没有揭发他。原先以为吴仲义由于揭发他而表现出来的那些反常现象，现在看来，其实都是吴仲义本人有问题内心恐惧的反映。他误解了这些现象，错下狠心，暗中动用手段，才把吴仲义逼到这般可怜的地步。可以预料，吴仲义一旦招认出什么来，哪怕一句什么犯忌的话，也立即会横遭一场打击，弄得身败名裂，什么都完了。他看着吴仲义瘦瘦的手指把泪迹斑斑、不甚干净的面颊抓得花花的。想到多年来，吴仲义对他的善意、无私、帮助和宽容，他甚至觉得自己缺德。但事已如此，不可能再挽回了。他方要安慰吴仲义几句，忽然警觉到贾大真可能站在门外窃听，他便把这才刚露出头儿来的同情心收敛起来，对吴仲义说：

"你别胡说，什么死了活了的，你想到哪儿去了。有问题坦白了，我保准你没事。"

吴仲义孤单无靠，把平日要好的朋友赵昌，当作惟一可以依赖的人，他哀求着说：

"老赵，你能不能告诉我，老贾是不是已经知道我什么了？"

赵昌略犹豫一下。他看了看关着的门板，眼珠警惕地一动，说："告诉你实话吧！你的事老贾全掌握了。你主动坦白，将来不是可以落得一个从宽处理吗？"他说这些话时，故意提高了音量，为了给可能站在门外的贾大真听见。

好朋友的一句话，等于把流连在井边的吴仲义彻底推下去。吴仲义却把这些话当作溺水时伸来的救命的一只手。他眼里涌出感激的热泪，速度很快地流过面颊，滴在地上。他对赵昌说：

"我听你的。我都坦白了吧！"

吴仲义刚说完这句话，门就开了。贾大真手指夹着烟卷走进来，还带着聚在门口外的一团浓烟。显然他刚才走出去后一直站在门外窃听。赵昌暗自庆幸自己刚才留个心眼儿，没对吴仲义动真感情。同时又有点后怕。他便像是替吴仲义说情那样对贾大真说：

"吴仲义想通了。他主动交代。"

吴仲义站起身，贾大真摆摆手叫他坐下。他自己坐到书桌前，把烟叼在嘴角上，烟头冒出来的烟熏得他皱着眉眼。他双手拉开抽屉，取出一份厚厚的卷宗翻着看，也不瞅着吴仲义，只说一声：

"说吧！赵昌，你记录！"

吴仲义掉着眼泪说：

"老贾，我在所里一直努力工作呵！"

贾大真摆摆手，冷冰冰地说：

"现在别提这个。有问题谈问题。"

于是吴仲义一下狠心，好像跳崖那样不顾一切地把心里的事倾泻出来。赵昌在一旁拿一支圆珠笔飞快地记录着，笔尖磨着纸面吱吱地响，一边听得不时露出吃惊的表情。贾大真一只手夹着烟卷不住地吸，另一只手来来回回翻着卷宗看，并不把吴仲义的话当作什么新鲜事，似乎这一切他早就了如指掌。每当吴仲义在交代中间略有迟疑之处，他脸上就现出一种讥笑，迫使吴仲义为了争取贾大真的信任而把心中的事竭力往外掏。他交代了十多年前在陈乃智家里的那次谈话，只在涉及哥哥的方面做些保留。最后他谈到那封丢失的信。

"那封信怎么也找不着了，真的！"吴仲义说。

贾大真翻动卷宗的手突然停住，瞟了吴仲义一眼。赵昌要说话，却被贾大真拦住：

"叫他说！"

"我当时带出来，放在上衣口袋里。但到了邮筒前就不见了，我肯定是掉在路上了。"

贾大真吸了几口烟，似在思考，然后直瞅着吴仲义问：

"你是不是认为有人拾到那封信后,送到我这儿来了?"

"嗯,因为我用的是公用信封。人家拾到了,肯定会送到单位来。"吴仲义说。

贾大真忽把手里的卷宗一合,表情变得挺神气说:"你算猜对了!就在我这儿。但不只是一封信,还有外单位——也就是那个姓陈的单位转来的揭发你的材料!都在这卷宗里。"他拍了拍厚厚一卷材料说,"怎么样,想看看你丢失的那封信吗?"这句话等于问吴仲义是否怀疑他。

吴仲义怯懦地摇了摇头。

坐在一旁做记录的赵昌听到这儿,便认为吴仲义的前程已经断送,未来变成一片荒沙。自己应当考虑一下,怎样和这个要好的、出了事的人之间挖一条宽宽的沟堑。

时间过得真快,下班的铃声响了。吴仲义说得口焦舌干,要了一杯水喝。贾大真把手里的卷宗锁进抽屉。脸上带着一种得到什么宝贝那样满意又得意的神情,站起来说:

"你初步有了一些较好的表现。虽然你是在我们的压力下坦白的,但我们还是承认你是主动坦白。不过,你今天上午只坦白了全部问题的一小部分,距离我们掌握的材料还很远。现在,你先把刚刚交代的一些问题写成材料。不要写思想认识,只写事实;把你和你哥哥、陈乃智等人的问题分开写;一条,两条,三条,时间,地点,谁在场,谁说了什么有问题的话,都要写得清清楚楚。还有,你把丢了的那封信重写一遍,我要以此考验你是否真老实。好了!你去到地方史组那间空屋子里去写,午饭有人给你送去!"

一沓白纸摆在吴仲义面前。

他感到,这是一沓要吃掉他的白纸。

十九

贾大真用一种很平淡的态度看着吴仲义按照记忆复制的那封丢掉了的信件。贾大真的态度好像说明他早看过了数十遍，因为原稿在他手中。但他的眼睛偶尔却闪出别人察觉不到的一道光亮，那完全是内心流露出来的新鲜的感受。随后他把这封复制的信摞在桌上，问吴仲义：

"你认为你老实吗？"

"老实。我不敢隐瞒信上的任何一句话。因为您那里有底儿，可以核对。"

贾大真满意地点点头。拿起信，连同吴仲义交代的十多页材料一起收入抽屉内，好像猎人把新猎取的兔子放在他背囊里那样喜悦。

二十

下午，工作组开会。吴仲义仍被指定在地方史组的空屋子里继续写交代材料。

他独自一人在屋里，坐在自己平日办公的座位上。屋内安静极了，仿佛又回到他以往工作时那种宁静的气氛中。午间熹微的阳光暖融融照着他的脸，书桌前放着一堆堆书，书页中间夹着注了字的纸条；这里边还有他一个很有价值而尚未完成的研究课题。但这一切都属于别人的了。等待他的只有怒吼、审讯、没完没了的检查和一种失去尊严和自由的非人的生活。

这时他想起了李玉敏。前几天，他与李玉敏发生那次误会之后，两人一直没见过面，他却已经预感到事情的结局。有两次，他想去找李玉敏，把自己的情况用曲折隐晦的方式告诉她，或者编造一个什么理由，回绝了她。可是他没有勇气去说。仿佛他还不甘于一下子打碎生活中这件难得而美好的东西。现在该说了！因为，过去的生活像一株树，上边的花朵、绿叶、结成的果实和刚绽出的嫩芽都已经毁掉了。

四点钟左右，他隔窗看见前院里有五六个人在张贴标语和大字报。突然他睁大眼，标语上一串大字"坚决揪出漏网右派、现行反革命分子吴仲义"跳入眼帘，他脑袋嗡地一响，顿觉得腿脚瘫软站立不住；胳膊、脑袋、手脚仿佛不是自己的了。这本是意料中的事，但一发生，他反而像意外受到一击那样。

过了半个小时，院里的大字报几乎全都换成针对他的了。人也愈来愈多。

他又想到李玉敏，应当马上结束这件已经没有生命的事情了。他想了想，跑到门口看了看，走廊上没有人。他飞快地跑回来，做了十多年来最大胆的一件事。他抓起电话，拨了图书馆的电话号码，很快就有人接，恰巧是李玉敏。他真不明白，怎么倒霉的事进行得如此顺利。

"我是吴仲义。"

"干什么？"耳机里传来的李玉敏的声音，很冷淡，显然还在生上次误会的气。

吴仲义没必要做什么解释了，他说：

"你下班后到我单位门口来一趟，我等你，你一定来，有件非常重要的事告诉你！非常重要！你必须来！"

他从来没对人用过这样命令式的口气说话，并不等对方说什么就放下电话耳机。他怕有人来。当他把耳机从耳旁放回到电话机上去的

215

过程中,还听到耳机里响着那老姑娘的声音:

"怎么回事?哎——"

半小时后下班了。他站在窗前,多半张脸藏在窗帘后边,只露一只眼睛窥视窗外。下班的人们往外走。有的推着自行车。一些人停在院里观看刚刚贴出的写着他名字的大字报。他感到这些人都很吃惊。

这时,他忽见当院的大门口站着一个姑娘,头上包一条淡紫色的尼龙纱巾,手提着小小的漆黑发亮的皮包。正是李玉敏。她迎着下班往外走的人,左右摇着脑袋躲闪阻碍她视线的人往里张望。

吴仲义又有种后悔的感觉袭上心头。似乎他不该叫她知道这一切,这会在她的心中消灭自己。跟着他清楚看到她的嘴和一双眼都吃惊地张得圆圆的,直条条像根棍子一样立着不动——显然她发现了满院讨伐吴仲义的大字报。这时,走过她身边的人都好奇地打量她。随后,她转过身低着头急急走去。黑色的小皮包在她手中急促地一甩一甩。

吴仲义直看着她的身影消失。

他熄灭了自己生活中最后一盏灯。

几天前他有个天真而离奇的幻想,盼望生活中出现的这一切只是一场噩梦。一旦梦醒,可怕的梦境就立即烟消雾散。但现实踏破了他的幻想。如果说他还残留一点点什么幻想的话,那只是盼望紧接着就要来到的一场猛烈的摧残和打击来得慢一些。

不会儿,一个留平头、小眼睛、剽悍健壮的中年人闯进来。他是所里的仓库保管员兼后勤人员,名叫陈刚全,光棍一个。缺点心眼儿,脾气特大,性情粗野,爱打架,不过平时对过于懦弱的吴仲义还算客气。两派武斗时,他是贾大真和赵昌一派的敢死队队长,绰号叫"拼命陈郎"。现在代管监改组。非同寻常的职位使他不自觉地摆出一副相应的凶狠无情的面孔。此刻相当厉害地对吴仲义说：

"老贾说，从今儿起不准你回家了，把你交给我了。快跟我走吧！"

吴仲义现在是无条件地听任人家摆布的了。五分钟后他坐在了秦泉的身旁。

二十一

这下子他安心了。

前一段时间，好像一只在疾风的漩涡中的鸟儿，跌跌撞撞，奋力挣扎；现在落到平地上。再不会更坏了，到底儿了，不必再担惊受怕了。

他真的不如一条狗。每天在监改组里，随人叫出去，轰回来。顺从人家摆弄、支配和辱骂。不准反问、反驳和辩解，更不准动肝火。如果一时使点性子，只能招致更严厉的教训，自讨苦吃。尤其是看管他们的陈刚全，身上过剩的精力无处发泄，把折磨人当作消遣。一次吴仲义无意间触犯了他，他一拳打在吴仲义手上。左手无名指被打得骨节错位，消肿后歪向一边。这教训足叫吴仲义一辈子牢记不忘。像吴仲义这种被揪出来的人，个性是应当打磨下去的棱角，而且必须把面子扔在一边，视尊严如粪土；对各种粗暴的、强加头上的言辞，一味点头，装出心悦诚服地接受——这便是过好这种生活的法则。张鼎臣在监改期间就一点苦头也没吃过。

照吴仲义的性格来说，本来也不该吃什么苦头，但他吃的苦还不小呢！大都为了他曾一度顽强地保护哥哥，尽量不使自己的问题牵累到哥哥身上。但这样做又谈何容易。一来，事情之间本来有着内在的联系，互相牵连，分不开。比如人家从他那封丢失的信的内容，必然要追问到哥哥来信的内容，他不说不成。二来，他愈不说，贾大真使的办法就愈多、愈狠、愈出奇。贾大真的攻心术无坚不克，又有棍棒辅助，便把他从一个个据守的阵地逼得狼狈不堪地退让出来。直把哥哥与陈乃智他们当年的"读书会"，以及那天晚上在陈乃智家里哥哥所说的话统统揭发出来……

此后两个来月他比较清闲了。除去所里开大会，把他和秦泉等人弄去批斗，平时很少再被提审。大概工作组派人到他哥哥和陈乃智那里调查核实去了。这期间，看不见赵昌了。大约又过了一些时候，他在院子里扫地时瞧见了赵昌。赵昌的脸瘦了些，晒得挺黑，像一个圆圆的陶罐。赵昌回来没几天，又受到一阵暴风雨般猛烈的袭击。连日被提去质询审问，有时拖到后半夜。为了给他增加压力还配合了大会批斗，弄得他精疲力竭。贾大真拿出大批材料，都是当年"读书会"的人对他的揭发——他揭发了人家，引来人家的反揭发。每一份揭发材料都在五六页以上。陈乃智揭发他那天晚上有关国家体制的议论的材料，竟达十四页之多。显然这里边包括了一些由于他的出卖而激起对方在报复心理上发挥的内容。还有些话因隔得岁月太久，记不得了，最后只能在一份份材料上签了名，按了手印，承认了事。

原先，他被迫揭发了哥哥之后，心里边曾涌满深深的内疚和悔恨。他想到，他的出卖会使兄嫂重新蒙受苦难时，甚至想到了自杀。他活在世上，感到耻辱。兄嫂与他关系肯定从此断绝，他认为自己已经成了一个自私又卑怯的小丑，只不过还没有勇气和决心结束自己的生命就是了……而现在，贾大真说，哥哥也写了大量揭发他的材料。他反而引以为安慰。虽然他从贾大真讯问他的话里，听不出有多少哥哥揭发他的内容，他却极力想哥哥这样做了。仿佛这样一来，就可以抵消他出卖手足、不可饶恕的罪过。哥哥嫂嫂现在究竟怎样了呢？

二十二

入秋时，所里的运动出现一个新高潮。一连又揪出许多人。同时院子内的大字报又闹着"反右倾"，要"踢开绊脚石"，不知要搞谁。秦泉悄悄附在吴仲义耳边说："反右倾"的矛头对准的是近代史组的崔景春，原因之一是崔景春曾在吴仲义的问题上手软，抵触运动，保护坏人。秦泉是在锅炉房听两个去打热水的人说的。那两人话里边含着对这种搞法深深的不满，但也只是私下交换一下而已。没有几天，有一张新贴出来的大字报就点了崔景春的姓名。刚要大闹一阵，突然又卷起另一个惊人的浪头——一位名叫顾远的革委会副主任被揪出来了，据说这位副主任是贾大真对立一派的"黑后台"。顾远被揪出来后，立即给关进监改组，与秦泉、吴仲义他们为伍。这样一来，有关崔景春的风波就被压了过去。

监改组的人日渐增多，扩充一个房间很快又显拥挤。这里与外边俨然是两个天地，但这里的天地似乎要把外边的天地吞并进来。

新揪出的人代替了吴仲义这种再搞也没多大滋味的"老明星"了。他就像商店货架上的陈货，不轻易被人去动，活动比较自由些，每次上厕所也不必都要向陈刚全请示一下，但还不准回家。一次，他着了凉，肚子泻得厉害，工作组居然给他一个小时的时间，允许他去保健站就医。

他去看了病，拿些药，独自往回走。其时已是晚秋天气。被秋风吹干的老槐树叶子，打了卷儿，从枝条上轻轻脱落下来，撒满了地，踩上去沙沙地响。瓦蓝色、分外深远的天空，飘着雪白、耀眼、像鼓风的白帆似的云团。这和黄紫斑驳的秋树，配成绚烂辉煌的秋天的图画。秋天的大自然有种放松、苏解和自由自在的意味，与夏天里竞争、膨胀、紧绷绷的状况不同了,连太阳也失去了伏天时那种灼灼逼人的光芒,变得温和了,懒洋洋晒在脸上,分外舒服。

吴仲义被囚禁半年多了,没出来过。此刻在大街上一走,强烈地感到生活的甜蜜和自由的宝贵。不知为什么,他忽然想到自己的家,那间离去甚久、乱七八糟、布满尘土的房间。像南飞的小燕想念它旧日的泥巢,他真想回家看看,但他不敢。虽然从这里离家只有三四个路口,却仿佛隔着烟波浩渺的太平洋,隔着一个无法翻越的大山。他想,如果自己的家是一座四五层的高楼多好,他至少可以在这儿看到自己家的楼尖。

他走着走着,突然觉得面前站着一个人。他停住了。先看到一双脚——瘦小的脚套着一双黑色的旧布鞋,边儿磨毛,尖头打了一对圆圆的黑皮补丁。他从这双脚一点点往上看。当他看到一张干瘦、黑黄、憔悴的女人的脸时,禁不住吃惊地叫出声来:

"嫂嫂!"

正是嫂嫂。穿一件发白的蓝布旧夹袄,头发凌乱地绾在颈后。多熟悉的一双眼睛!却没有一点点往日常见的那种温柔和怜爱的目光。正瞪得圆圆的,挺可怕,怒冲冲地直视自己。他自然知道嫂嫂为什么这样看着他。

"嫂嫂,你回来探亲吗?哥哥怎样了?"他显得不知所措。

嫂嫂没有回答他,还是那样一动不动地直盯着他。他发现嫂嫂紧闭的嘴巴、瘦弱的肩膀和整个身体都在剧烈地抖颤。她在克制着内心的激愤和冲动。忽然她两眼射出仇恨的光芒,挥起手用力地啪啪打了吴仲义左右两个非常响亮的耳光。

他脸上顿时有种火辣辣的感觉,耳朵嗡嗡响,眼前一阵发黑。他站了好一会儿。等他清醒过来,却不见嫂嫂了。他扭头再一看,嫂嫂已经走远，在寂静无人、阳光明亮的街心渐渐消失。

他直怔怔站着。偶然瞅见离他两三米远的地上有件蓝颜色的东西，多半是嫂嫂遗落的。他过去拾起一看，认出来是嫂嫂的手绢。他永远不会遗忘——十多年前，他送嫂嫂去找哥哥时，在车站的月台上，穿过扒在车窗口的两个侄儿泪水斑斑的小脸儿，看到的就是这块手绢。蓝色的，带白点儿，如今褪了色，变成极淡的蓝色，磨得很薄，中间还有两个挺大的破洞。他拿着这块手绢，想起了嫂嫂多年茹苦含辛的生活，还想起了嫂嫂曾经如何疼爱与关切他……但他从刚刚嫂嫂的愤怒中，完全能猜到由于自己的出卖使兄嫂一家陷入了怎样悲惨的灾难深渊里。哥哥毁掉半张脸才从深渊中爬上来，但又给自己埋葬下去……

这时，他看见身旁两座砖房中间，有一条一人多宽的小夹道。是条死道，哪儿也不通，长满野草，还有些乱砖头。他跑进去，脸朝里，抡起两只手朝自己的脸左右开弓地打起来。啪！啪！啪！啪！一边打，一边流着泪，一边骂自己：

"禽兽、禽兽，你为什么不死！"

直到过路的一个小女孩，听到响声，好奇地探进头来张望，他才住手，低头走出来。

当夜，他睡不着觉，脸颊肿得高高的。他想去找嫂嫂解释，并问问哥哥现在的情况到底如何。他想对嫂嫂说明这一切不能完全怨他，只因为丢失了一封信。为了这封信，他已经失去了一切。

二十三

贾大真又站在台上了。但今天他那张在绿帽檐下的瘦长的脸，变得和气些、舒展些，一反常态。会场的气氛也变得平和与轻松了，带点严冬过去松解的气息。吴仲义站在台前，没有人架弄着他。胸前也不挂牌子，只略略低着头。

整整半年的电闪雷鸣、风横雨狂的日子过去了。该落实政策了。

截至上个月底，历史研究所上报的揪出人的名单总共三十七名。这是这个单位一百人，用了将近两千个工作时所取得的成果，也是贾大真一类人的显著功勋。

现在不同了，口号也变了，变成"可杀可不杀的，不杀；可关可不关的，不关；可管可不管的，不管"了。把这些人落实和还原成了该做的事，做得愈快、愈宽大，反成了愈明显、愈出色的工作成绩。当初从贾大真的手指头缝里那不准许漏掉的，现在却抬起胳膊宽宏大量地放行。像贾大真这些人，在把所有凶狠的话都说尽了之后，该在字典上搜寻带点人情的字眼儿了。

今天要解脱吴仲义了。他是宽大处理的第一个典型。

依照例行的程序，先由三两个人上台对吴仲义进行最后一次批判。随后贾大真就站在台上，拿一张纸照本宣读：

"吴仲义，男，现年三十七岁，城市贫民出身。从小受旧社会影响，资产阶级思想严重。五七年反右期间，参加过其兄吴仲仁等人的反动组织'读书会'的一次活动，散布过右派言论。性质严重。而后一直未向组织交代。这次运动开展以来，吴仲义与其兄吴仲仁秘密串连，企图继续隐瞒其问题，抗拒运动。但在我强大的无产阶级专政的威力下，在政策的感召下，吴仲义能主动坦白自首，经过反复调查核实，交代问题基本属实，并在监改劳动中，有积极表现。为了严肃地不折不扣地执行党的政策，本着治病救人的精神，根据吴仲义的表现，革委会决定，经上级领导审查同意，定为——吴仲义犯有严重错误，不做任何刑事处分。属于人民内部矛盾。从即日起，恢复原工作、原工资。希望吴仲义同志回到原工作岗位上努力学习马列主义、毛泽东思想，发奋工作，在实践中改造自己，重新做人。"

吴仲义听到这里，顿时惊呆了。他不觉抬起头来，呆怔怔看着全场人的脸。许多脸上现出为他高兴的笑容。他扭头看贾大真。贾大真脸上也挂着比"月全蚀"还少见的笑颜。他从这些笑脸上确信：不是梦，而是逼真的现实。生活一下子又把夺去的一切重新归还给他了！这时，所革委会郝主任走上前，给他胸前别上一枚镀铜的像章，赠给他一套《毛泽东选集》，居然还同他握握手。他心里猛地热浪一翻，突然伸起胳膊，放声呼喊口号："无产阶级文化大革命万岁！"他整个身子跟着口号声向上一蹿，两只脚好像离开了地面似的，满脸都是激动的泪水。

贾大真对他说：

"老吴，你的错误还是有的，必须要记住教训。还要正确地理解运动。当初揪你是正确的，现在解放你也是正确的。你要感谢组织对你的挽救！"

他掉着泪，频频点头，诚心诚意地相信贾大真对他说的话是真理。

他走下台。意外的幸福来得太猛烈了，使他的步履蹒跚，心中溢满忘乎所以的喜悦。赵昌一直站在台边，代表地方史组接他回组。此时笑眯眯地迎上来，伸出他那胖胖的温软的手把吴仲义一双颤抖不止的手紧紧握住。

散会了，他和赵昌一同走出会场，一路上人们给了他许多无声的、好意的、表示祝贺的微笑。监改组的陈刚全走上来。刚刚陈刚全还准备开完会，用严厉的态度把他带回监改组，现在却换了一张笑

脸,说:

"老吴,你可别记仇啊!咱都是为了革命呀!"

他惶惑地笑着,摇着头。他向来不嫉恨别人,只求人家宽恕他。

在前楼的走廊里,他还碰见了崔景春。这个瘦高的组长依旧那么严肃、矜持,不冷不热。吴仲义站住了,想到自己被揪出之前在地方史组的空屋子里,他俩交谈时,崔景春曾给过自己那么多由衷的宽慰和劝导,而自己由于各种顾虑,并没向崔景春坦白地说出自己过去的那些事。而后,在自己挨整时,崔景春仍然没对自己说过一句过激的话,没对自己施过任何压力。这便成了所里一度闹着要反他"右倾"的根由之一。现在,他面对崔景春,心里隐隐怀着一些歉意似的,真不知该说些什么才好。崔景春透过那窄边黑色方框的眼镜,瞅了瞅他身旁的赵昌,只对他简简单单而又深沉地说了一句:"记住教训吧!"就匆匆走去。

吴仲义永远也不会知道,在对待自己的问题上,以及给自己的问题下结论和定性时,崔景春和贾大真怎样激动地辩论过。

赵昌把吴仲义领进地方史组。两人站在吴仲义旧日的办公桌前,赵昌一只手抓起吴仲义的右手,另一只手把一件冰凉和坚硬的小东西放在吴仲义手里。吴仲义一看,亮闪闪的,原来是自己书桌的钥匙。这把钥匙在他被揪出的当天就奉命交出来了。他现在归还给他,意味着把他心爱的工作也交还给他了。赵昌掬着往日那种温和的笑容,对他说:

"我没叫你吃亏吧!"

吴仲义想起他坦白自首那天,在工作组的办公室里赵昌对他说过这句话。他相信,赵昌在至关紧要的当口,帮助了他,把贾大真掌握他问题(包括那封信)的内情透露给他,使他不等人家来揪就抢先一步，主动做了坦白交代。多亏好友的指点，才使他今天能够获得从宽发落的好结果！于是他那哭红了的眼眶里，重新又闪出泪花，说不出话，心里塞满一团滚动着的感激的情感。

二十四

他回家了，终于获释回家了。好像一只放出笼来的鸟儿，没有一点牵缠和负赘，浑身轻飘飘。如果两条胳膊一举，简直就要腾空飞起来了……

他在路上，把身上不多的钱花尽，买了一瓶啤酒，一点菜，几块糖。打算回到家中，为自己好好庆贺一番。他还没有喝酒，却像醉八仙一样，身子的重心把握不住，走起来摇摇晃晃。天气已入三九，正是严寒酷烈的时节，他没戴帽子，但脸颊却是火烫烫的。

到了阔别半年多的家，走进黑糊糊的楼里，看见邻居杨大妈正在过道铲煤球。杨大妈的小孙子在一旁，用一把挖土的小铲子，帮忙又帮乱。杨大妈看见了吴仲义，惊讶地叫起来：

"呀！吴同志，怎么回来了？"

"是啊！"他喜滋滋地回答。

"您，不是……"杨大妈欲言又止。显然她知道吴仲义出过事，却不知吴仲义现在是什么情况，话不好说。她拿着铲子站在那里，表情挺尴尬。

吴仲义一时也不知怎么说才好。

杨大妈不大自然地笑了笑说："您先上去生上炉子暖和暖和吧！"应付了一句，就赶紧拉着小孙子，摆动着胖胖而不大灵便的身子，慌慌失失地走进屋去。好像他是个刚从传染病院跑出的病人似的。

吴仲义并不介意。心想一会儿下楼来，向她说清楚就是了。

他打开门，进了屋。小房间有股浓重的又潮又闷的气味，房中一切如旧，只是看上去有些陌生。屋中乱杂杂的东西，什么床啦、书桌啦、椅子啦、杯子啦，好像在他闯进来时惊呆了。当明白是主人返回来时，仿佛带着一股冲动的劲儿朝他亲切地扑来。他也朝这些无生命的生活伙伴扑去。但这些伙伴太脏了，给尘土涂成一种颜色。他在屋里转了转，不知先打扫哪里为好；他努力使自己平静下来，最后确定先生炉子。幸好他是在炉子没拆之前的春天里被囚禁起来的，现在正好使用，马上就可以使房间暖和起来。

他的手一触到炉膛里的纸灰，心情就发生了变化。这是他那天清晨烧掉那些废信纸的余烬。

他由此想到兄嫂，心里边不是滋味。他决定晚间到嫂嫂的娘家去一趟，打听兄嫂目前的境况。但他怎么向兄嫂解释清楚这一切呢？反正他再不敢写信了。

他生着炉火，手挺脏。他要洗手时，发现脸盆里的剩水冻成一块结结实实的冰块。自从他丢了那封信而魂飞魄散的几天里，他很少洗脸，最多只是用毛巾下意识地蘸蘸脸盆里的水，抹一抹脸。几天没换水，因此这块脸盆形状的冰块是深灰色和不透明的。

他端起脸盆，翻过来，想在炉台上磕掉里边的冰块。突然，一件东西跳入眼帘。脸盆底儿沾着一封信！他非常奇怪，撂下盆，从盆底儿上揭下这封信一看，不由得惊异得扬起眉骨，险些使眼镜从脸上脱落下来！这竟然就是他曾经丢掉了的、几乎要了他的命的那封信！上边的邮票贴得好好的，信口粘得牢牢的，原来他当初写好这封信后，胡乱地在信封背面抹上糨糊，贴上邮票，封了信口。洗脸时，他曾把脸盆放在桌上过，脸盆底儿有水，加上信封上没抹干净的糨糊，就粘在盆底儿上了。谁能想到丢失的信竟然粘在这地方?

"啊!"他一声惊叫。

他整个身形就像"啊"字后边的惊叹号,呆住了。在他把这一切明白过来之前,足足立了半个小时。

二十五

现在又回到春天里了。

春天来了!不单是大自然的春天,也是生活的春天!你看,到处冰消雪融,万物苏生。绚烂的春天的色彩,已经耀眼地出现在人们的生活中。

当你的鼻孔对着一朵鲜艳的小花,手里拈着一片嫩绿闪光、汁液欲滴的新叶;当你站在山谷间,放眼遥望返青的群山,那漾开冰层后的雪水,满山遍野地淙淙流淌;当你漫步街头,仰望一幢幢还没有拆掉脚手架的新楼群在春日的霞光中矗立起来;当你夜间凭窗,耳听着天上大雁的鸣声与人间大地演奏的美的旋律合成一曲……谁总想回味那寒彻肌骨的严冬?谁总想去盯着那结了痂的疤痕?

然而,没弄清根由的灾难,仍是埋伏在道路前边的陷阱。虽然它过去了,却有可能再来。为了前程更平坦、更笔直,为了不重蹈痛苦的旧辙,需要努力去做,更需要认真深思……

为了将来,永远牢记过去。

1979 年 9 月于天津

三寸金莲

书前闲话

人说,小脚里头,藏着一部中国历史,这话玄了!三寸大小脚丫子,比烟卷长点有限,成年论辈子,给裹脚布裹得不透气,除去那股子味儿,里头还能有嘛?

历史一段一段。一朝兴,一朝亡。亡中兴,兴中亡。兴兴亡亡,扰得小百姓不得安生,碍吃碍喝,碍穿碍戴,可就碍不着小脚的事儿。打李后主到宣统爷,女人裹脚兴了一千年,中间换了多少朝代,改了多少年号,小脚不一直裹?历史干它嘛了?上起太后妃子,下至渔女村姑,文的李清照,武的梁红玉,谁不裹?猴不裹,我信。

大清入关时,下一道令,旗人不准裹脚,还要汉人放足。那阵子大清正凶,可凶也凶不过小脚。再说凶不凶,不看一时。到头来,汉人照裹不误,旗人女子反倒瞒爹瞒妈,拿布悄悄打起"瓜条儿"来。这一说,小脚里别有魔法吧!

魔不魔,且不说。要论这东西的规矩、能耐、讲究、修行、花招、手段、绝招、隐秘，少说也得三两天。这也是整整一套学问。我可不想蒙哪位，这些东西，后边书里全有。您要是没研究过它，可千万别乱插嘴；您说小脚它裹得苦，它裹得也挺美呢！您骂小脚它丑，嘿，它还骂您丑哪！要不大清一亡，何止有哭有笑要死要活，缠了放放了缠，再缠再放再放再缠。那时候人，真拿脚丫子比脑袋当事儿。您还别以为，如今小脚绝了，万事大吉。不裹脚，还能裹手、裹眼、裹耳朵、裹脑袋、裹舌头，照样有哭有笑要死要活，缠缠放放放放缠缠，放放缠缠缠缠放放。这话要再说下去，可就扯远了。

这儿，只说一个小脚的故事。故事原带着四句话：

说假全是假，说真全是真；
看到上劲时，真假两不论。

您自管釅釅沏一壶茉莉花茶，就着紫心萝卜芝麻糖，边吃边喝，翻一篇看一篇，当玩意儿。要是忽一拍脑门子，自以为悟到嘛，别胡乱说，说不定您脑袋走火，想岔了。

今儿，天津卫犯邪。

赶上这日子，谁也拦不住，所有平时见不到也听不到的邪乎事，都挤着往外冒。天一大早，还没亮，无风无雨，好好东南城角呼啦就塌下去一大块，赛给火炮轰的。

邪乎事可就一件接一件来了。

先是河东地藏庵备济社的李大善人，脑袋一热，熬一百锅小米粥，非要周济天下残人不可。话出去音儿没消，几乎全城穷家穷户的瞎子、聋子、哑巴、瘸子、瘫子、傻子，连癞痢头、豁嘴、独眼龙、

229

罗锅、疤眼、磕巴、歪脖、罗圈腿、六指儿、黑白麻子，全都来了。闹红眼发痄腮的，也挤在当中，花花杂杂将李家粥厂围得密密实实。好像水陆画的小鬼们全下来了。吓得那一带没人敢上街，孩子不哭，狗不叫，鸡不上墙，猫不上房。天津卫自来没这么邪乎过。

　　同天，北门里长芦盐运司袁老爷家，也出一档子邪乎事。大奶奶吃马牙枣，叫枣核卡住嗓眼儿，吞饽饽、咽水、干咳、喝醋、扯着一只耳朵单腿蹦，全没用，却给一个卖野药的，拿一条半尺长的细长虫，把枣核顶进肚子里。袁老爷赏银五十两，可不多时那长虫就在大奶奶肚子里耍巴开了。疼得床上地下打滚翻个捶肚脑袋直撞墙，再找卖野药的，影儿也不见。一个老妈子懂事多，忙张罗人拿轿子把大奶奶抬到西头五仙堂。五仙堂供五大仙，狐黄白柳灰。狐是狐狸，黄是黄鼠狼，白是刺猬，灰是老鼠，柳就是长虫。大奶奶撅屁股刚磕三个头，忽觉屁眼儿痒痒，哧哧响滑溜溜，那长虫爬出来了。这事邪不邪？据说因为大奶奶头天早上，在井边踩死一条小长虫，这卖野药的就是大仙，长虫精。

　　邪乎事绝不止这两件。有人在当天开张的宫北聚合成饭庄吃紫蟹，掀开热腾腾螃蟹盖，里边居然卧着一粒珍珠，锃光照眼滴溜圆。打古到今，珍珠都是长在蚌壳里，谁听说长在螃蟹盖里边的？这珍珠不知便宜哪家小子，饭庄却落个开市大吉。吃螃蟹的，比螃蟹还多。这事算邪却不算最邪。更邪乎的事还在后边——有人说，一条一丈二尺长（另一说三丈六尺长）"金眼银鱼王"，沿南运河南下，今儿晌午游过三岔河口，奔入白河归东海。中晌就有几千号人，站在河堤上等候鱼王。人多，分量重，河堤扛不住，轰隆一声塌了方，一百多人赛下饺子掉进河里。一个小孩给浪卷走，没等人下去救，脑袋顶就不见了，该当淹死。可在娘娘宫前，一个老船夫撒网逮鱼，一网上来，有红有白，以为大鲤鱼，谁知就是那孩子，居然有气，三弄两弄，眨眨眼站起来活了。在场的人全看傻了，这事算邪到家了吧？

谁料时过中晌，这股邪劲非但不减，反倒愈来愈猛，一头撞进官府里。

东北城角和河北大街两伙混星子打群架，带手把锅店街四十八家买卖铺全砸了。惊动了兵备道裕观察长，派了捕快中的强手，把两边头目冯春华和丁乐然拿了，关进站笼，摆在衙门口，左右两边一边一个。立时来了四五百小混星子，人人手攥本《混星子悔过歌》。这正是头年十月二十五日，裕观察长来津上任时，发给城中每个混星子一本，叫他们人人背熟，弃恶从善。今儿，他们就冲衙门黑压压一片跪着，捧本齐声念道：

混星子，到官府，多蒙教训，
混星子，从今后，改过自新；
细思量，先前事，许多顽梗，
打伤人，生和死，全然不论。
纵然间，逃法网，一时侥幸，
终有日，被拿访，捉到公庭；
披枷锁，上镣铐，王刑受尽，
千般苦，万般罪，难熬难撑。
……

念到这儿，几百个小混星子，脸色全变，脑门上的青筋直蹦，眼里射凶光，后槽牙磨得咯咯响，好像五百个老鼠一起嗑东西。裕观察长坐在后堂听这声音，心里发瘆，浑身起鸡皮疙瘩。他本是气盛胆壮

231

的人，可也顶不住这阴森森的声音，竟然抖抖打起冷战来，赛要发热病。三杯烈酒下去也压不住，只好叫人出去，开笼放人。混星子们一散，身上鸡皮疙瘩立时消下去。

再说，县衙门那边，邪得更邪。十七位本地有头有脸有名有姓的人物，平时也都是好事之徒，联名上呈子说，西市上拉洋片的胡作非为，洋片上画的净是光膀子，露脖子，还露半截大腿的洋娘儿们。勾引一些浪荡小子，伸头瞪眼，恨不得一头扎进洋片匣子里去。呈子的措辞有股逼人之气。说这是洋人有意糟蹋咱中国百姓。"污吾目，即污吾心；丧吾心，即丧吾国也。"还说："洋片之毒，甚于鸦片，非厉禁净除不可！"向例，武人闹事在外，文人闹事在内。故此，文人闹起事更凶。可这次是朝洋人去的。邪乎劲一直冲向洋人。天津卫有句俗话：谁和洋人顶上牛，自有好戏在后头。看吧，大祸临头了！

果然，当天有人打租界那儿来说，大事不妙不好，租界各街口都贴出《租界禁例》，八大条：

一、禁娼妓；二、禁乞丐；三、禁聚赌酗酒打架斗殴；四、禁路上倾积废物垃圾灰土污水；五、禁道旁便溺；六、禁捉拿树鸟；七、禁驴马车轿随处停放；八、禁纵骑在途飞跑狂奔疾驰横行追逐争赛。

都说，这八大条，就是那呈子招惹的。你禁一，他禁八，看谁横？半天里，府县大人们碰头三次，想辙，躲避洋人的来势。估摸洋人要派使者找上门来耍横。大热天，县太爷穿上袍子补褂，备好点心茶水，还预备好一套好话软话脓话，直等到日头落下西城墙，也没见洋人来。县太爷心里的小鼓反而敲得更响。洋人不来，十成有更厉害的招儿。

这儿一大堆邪乎事，扰得人心赛河心的船，晃晃悠悠，靠不着边。有些人好琢磨，琢磨来琢磨去，就琢磨到自己身上。呀！原来今儿自己大小多少也有些不对劲的事儿。比方，砸了碟子和碗儿，丢东西丢钱，犯了小人，跑冤枉腿吃闭门羹，跑肚子，鼻子流血，等等。心里暗怕，生怕自己也犯上邪。有人一翻皇历，才找到根儿。原来今儿立秋，在数的"四绝日"。皇历上那"忌"字下边明明白白写着"一切"两字。不兴做一切事。包括动土，出行，探病，安葬，婚娶，盖屋，移徙，入室，作灶，行船，栽种，修坟，安床，剃头，交易，纳畜，祈福，开市，立券，装门，拔牙，买药，买茶，买醋，买笔，买柴，买蜡，买鞋，买鼻烟，买樟脑，买马掌，买枸杞子，买手纸等，全都不该做，只要这天做了事的，都后悔，都活该。

可又有人说，今儿的邪劲过大，非比一般，皇历上不会写着。这事原本有先兆——住在中营后身一位老寿星说，今儿清晨，鼓楼的钟多敲一下，一百零九下。本该一百零八下，所谓"紧十八，慢十八，不紧不慢还十八"。老寿星活了九十九，头遭碰上钟多敲一下。人们天天听钟响，天天一百零八下，谁会去数？老寿星的话就没人不信。这多出的一下正是邪劲来到，先报的信儿。愚民愚，没用心罢了。这一来，今儿所有邪乎事都有了来头。来头的来头，没人再去追。世上的事，本来明白了七八成，就算到头了。太明白，更糊涂。这些邪乎事、邪乎话，满城传来传去。人嘴歪的比正的多，愈说愈邪乎。可传到河北金家窑水洼一户姓戈的人家立时给挡住了。这家有位通晓世事的老婆子，听罢咧开满嘴黄牙，笑着说："嘛叫犯邪？今儿才是正经八百大吉祥日！您说说，这一档档事，哪一档称得上邪？穷鬼们吃上小米粥还不福气？袁大奶奶惹了大仙，没招灾，打嗓子眼儿进去，可

233

又打屁眼儿出来了,这叫逢凶化吉!兵备道向例最凶,今儿居然开笼了事;饭庄子螃蟹盖里吃出大珍珠,您说是吉是邪?那该死在鱼肚子里的孩子,愣叫渔网打上来,河那么大,哪那么巧,娘娘显灵呵,不懂?要不为嘛偏偏在娘娘宫前边打上来的?这都是一千年也难碰上的吉祥事!吉利难得,逢凶化吉更难得。文人们上呈子闹事,碍您哪位吃饭了,可他们不闹闹,没事干,指嘛吃?洋人的告示哪是冲咱中国人来的?打立租界,咱中国人谁敢骑马在租界里乱跑?这是人家洋人给自己立规矩,咱何苦往身上揽,拿洋人当猫,自己当耗子,吓唬自己玩儿。我这话不在理?再说鼓楼敲钟,多一下总比少一下强,省得懒人睡不醒。东南城角塌那一块,给嘛冲的?邪气?不对,那是喜气!嘛叫'紫气东来'?你们说说呀!"

大伙儿一听,顿时心抻平了。嘛邪?不邪!大吉大利大喜大福!满城人立时把老婆子这些话传开了,前边都加上一句:"那戈老婆子说——"可谁也没见过这老婆子。

老婆子一天都在忙自己的事。她有个小孙女刚好到了裹脚的年岁。头天她就蒸好两个红豆馅的黏面团子,一个祭灶,一个给小孙女吃了。据说,吃下黏面团,脚骨头变软,赛泥巴似的,要嘛样能裹成嘛样。

她要趁着这千载难逢的大吉利日子,成全小孙女一双小脚,也了却自己一桩大心事。却没料到,后边一大串真正千奇百怪邪乎事,正是她今天招惹出来的。

第一回　小闺女戈香莲

眼瞅着奶奶里里外外忙乎起来，小闺女戈香莲心就发毛了。一大块蓝布，给奶奶剪成条儿，在盆里浆过，用棒槌捶得又平又光，一排晾在当院绳子上，拿风一吹，翻来翻去扑扑响，有时还拧成麻花，拧紧再往回转，一道道松开。这边刚松那边又拧上了。

随后奶奶打外边买来大包小包。撇开大包，把小包打开摊在炕上，这么多好吃的。苹果片、酸梨膏、麦芽糖、酥蹦豆，还有最爱吃的棉花糖，真跟入冬时奶奶絮棉袄的新棉花一样又白又软，一进嘴就烟赛的没了，只留下点甜味——大年三十好吃的虽多也没这么齐全！

"奶奶干吗这么疼我？"

奶奶不说，只笑。

她一瞧奶奶心就定了。有奶奶嘛也不怕，奶奶有的是绝法儿。房前屋后谁不管奶奶叫"大能人"。头年冬天扎耳朵眼儿时，她怕，扎过耳朵眼儿的姑娘说赛受刑，好好的肉穿个窟窿能透亮，能不受罪？可奶奶根本不当事儿。早早拿根针，穿了丝线，泡在香油碗里。等天下雪，抓把雪在香莲耳朵垂儿上使劲搓，搓得通红发木，一针过去毫不觉疼，退掉针，把丝线两头一结，一天拉几次，血凝不住。线上有油，滑溜溜只有点痒，过半个月，奶奶就把一对坠着蓝琉璃球的耳环子给她戴上了。脑袋一晃，又滑又凉的琉璃球直蹭脖梗。她问奶奶，裹脚也这么美？奶奶怔了怔，告她："奶奶有法儿。"她信奶奶有法保她过这关。

头天后晌，香莲在院里玩耍，忽见窗台上摆着些稀奇玩意儿，红的蓝的黑的，原来是四五双小鞋。她没见过这么小的鞋，窄得赛瓜条，尖得赛五月节吃的粽子尖，奶奶的鞋可比这大。她对着底儿和自

235

个儿的脚一比,只觉浑身一激灵,脚底下筋一抽缩成团儿。她拿鞋跑进屋问奶奶:

"这是谁的,奶奶?"

奶奶笑着说:

"是你的呀,傻孩子。瞧它俊不?"

香莲把小鞋一扔,扑在奶奶怀里哭着叫着:

"我不裹脚,不裹,不裹哪!"

奶奶拿笑堆起的满脸肉,一下卸了,眼角嘴角一耷拉,大泪珠子砸下来。可奶奶嘛话没说,直到天黑,香莲抽抽噎噎似睡非睡一整夜,影影绰绰觉得奶奶坐在身边一整夜。硬皮老手,不住揉擦自己的脚;还拿起脚,按在她那又软又皱又干的起了皮的老嘴上亲了又亲。

转天就是裹脚的日子!

裹脚这天,奶奶换一张脸。脸皮绷得直哆嗦,一眼不瞧香莲。香莲叫也不敢叫她,截门往当院一瞧,这阵势好吓人呀——大门关严,拿大门杠顶住。大黑狗也拴起来。不知哪来一对红冠子大白公鸡,指头粗的腿给麻经子捆着,歪在地上直扑腾。裹脚拿鸡干吗?院子当中,摆了一大堆东西,炕桌、凳子、菜刀、剪子、矾罐、糖罐、水壶、棉花、烂布,浆好的裹脚条子卷成卷儿放在桌上。奶奶前襟别着几根做被的大针,针眼穿着的白棉线坠在胸前。香莲虽小,也明白眼前一份儿罪等她受了。

奶奶按她在小凳上坐了,给她脱去鞋袜,香莲红肿着眼说:

"求求奶奶,明儿再裹吧,明儿准裹!"

奶奶好赛没听见,把那对大公鸡提过来,坐在香莲对面,把俩鸡脖子一并,拿脚踩住,另只脚踩住鸡腿,手抓着鸡胸脯的毛几大把揪净,操起菜刀,噗噗给两只大鸡都开了膛。不等血冒出来,两手各抓

香莲一只脚,塞进鸡肚子里。又热又烫又黏,没死的鸡在脚上乱动,吓得香莲腿一抽,奶奶疯一样叫:

"别动劲!"

她从没听过奶奶这种声音,呆了。只见奶奶两手使劲按住她脚,两脚死命踩住鸡。她哆嗦鸡哆嗦奶奶胳膊腿也哆嗦,全哆嗦一个儿。为了较上劲,奶奶屁股离开凳子翘起来。她又怕奶奶吃不住,一头撞在自己身上。

不会儿,奶奶松开劲,把她脚提出来,血糊淋拉满是黏糊糊的鲜红鸡血。两只大鸡奶奶给扔一边,一只蹬两下腿完了,一只还扑腾。奶奶拉过木盆,把她脚涮净擦干,放在自己膝盖上。这就要裹了。香莲已经不知该嚷该叫该求该闹,瞅着奶奶抓住她的脚,先右后左,让开大脚趾,拢着余下四个脚趾,斜向脚掌下边用劲一掰,骨头嘎儿一响,惊得香莲嗷一叫,奶奶已抖开裹脚条子,把这四个脚趾勒住。香莲见自己的脚改了样子,还不觉疼就又哭起来。

奶奶手好快。怕香莲太闹,快缠快完。那脚布裹住四趾,一绕脚心,就上脚背,挂住后脚跟,马上在四趾上再裹一道。接着返上脚面,借劲往后加劲一扯,硬把四趾煞得往脚心下头卷。香莲只觉这疼那紧这蹾那折,奶奶不叫她把每种滋味都咂摸过来,干净麻利快,照样缠过两圈。随后将脚布往前一拉,把露在外边的大脚趾包严,跟手打前往后一层层,将卷在脚心下的四个脚趾死死缠紧,好比叫铁钳子死咬着,一分一毫半分半毫也动弹不了。

香莲连怕带疼,喊声大得赛猪嚎。邻居一帮野小子,挤在门外叫:"瞧呀,香莲裹小脚啦!"门推得哐哐响,还打外边往里扔小土块。大黑狗连蹿带跳,朝大门吼也朝奶奶吼,拴狗的桩子硬给扯歪。地上鸡毛裹着尘土乱飞。香莲的指甲把奶奶胳膊掐出血来。可天塌下来,奶奶也不管,两手不停,裹脚条子绕来绕去愈绕愈短,一绕到头,就取下前襟上的针线,密密缝上百十针,拿一双小红鞋套上。手一撩粘在脑门上的头发,脸上肉才松开,对香莲说:

"完事了,好不?"

香莲见自己一双脚,变成这丑八怪,哭得更伤心,却只有抽气吐气,声音早使尽。奶奶叫她起身试试步子。可两脚一沾地皮,疼得一屁股蹲儿坐下起不来。当晚两脚火烧火燎,恳求奶奶松松脚布,奶奶一听脸又板成板儿。夜里受不住时,就拿脚架在窗台上,让夜风吹吹还好。

转天脚更疼。但不下地走,脚趾踩不断,小脚不能成形。奶奶干脆变成城隍庙里的恶鬼,满脸杀气,操起炕笤帚,打她抽她轰她下地,求饶耍赖撒泼,全不顶用。只好赛瘸鸡,在院里一蹦一跳硬走,摔倒也不容她趴着歇会儿。只觉脚趾嘎嘎断开,骨头碴子咯吱咯吱来回磨,先是扎心疼,后来不觉疼也不觉是自己的了,可还得走。

香莲打小死爹死妈,天底下疼她的只有奶奶。奶奶一下变成这副凶相,自己真成没着没靠孤孤零零一只小鸟。一天夜里,她翻窗逃出来,一口气硬跑到碱河边,过不去也走不动,抱着小脚,使牙撕开裹脚布,打开看。月亮下,样子真吓人。她把脚插在烂泥里不敢再看。天蒙蒙亮,奶奶找到她,不骂不打,背她回去,脚布重又裹上。谁知这次挨了更凶狠的裹法,把连着小脚趾的脚巴骨也折下去,四个卷在脚心下边的小脚趾更向里压,这下裹得更窄更尖也更疼。她只道奶奶恨她逃跑,狠心罚她,哪知这正是裹脚顶要紧的一节。脚趾折下去只算成一半,脚巴骨折下去才算裹成。可奶奶还不称心,天天拿擀面杖敲,疼得她叫声带着尖钻墙出去。东边一家姓温的老婆子受不住,就来骂奶奶:

"你早干吗去了!岁数小骨头软不裹,哪有七岁的闺女才裹脚的,叫孩子受这么大罪!你嘛不懂,偏这么干!"

"要不是我这孙女的脚天生小,天生软,天生有个好模样,要不是不能再等,到今儿我也下不去这手……"

"等,这就你等来的。等得肉硬骨头硬,拿擀面杖敲出样儿来?还不如拿刀削呢!别遭罪了,没法子了,该嘛样就嘛样吧!"

奶奶心里有谱,没言声。去拾些碎碗片,敲碎,裹脚时给香莲垫在脚下边。一走碎碗碴就把脚硌破了。奶奶的笤帚疙瘩怎么轰,香莲也不动劲儿了。挨打也不如扎脚疼。可破脚闷在裹脚条子里头,沤出脓来。每次换脚布,总得带着脓血腐肉生拉硬扯下来。其实这是北方乡间裹脚的老法子。只有肉烂骨损,才能随心所欲改模变样。

这时候,奶奶不再硬逼她下地。还招呼前后院大姑小姑们,陪她说话做伴。一日,街北的黄家三姑娘来了。这姑娘人高马大,脚板子差不多六寸长,都叫她"大脚姑"。她进门一瞅香莲的小脚就叫起来:

"哎——呀!打小也没见过这脚,又小,又尖,又瘦,透着灵气秀气,多爱人呀!要是七仙姑见了,保管也得服。你奶奶真能,要不叫'大能人'呢!"

香莲嘴一撇,眼泪早流干,只露个哭相:

"还是你娘好,不给你往紧处裹,我宁愿大脚!"

"呀呀,死丫头!还不赶紧吐唾沫,把这些混话吐净了。你要喜欢大脚,咱俩换。叫你天天拖着我这双大脚丫子,人人看,人人笑,人人骂,嫁也嫁不出去,即便赶明儿嫁出去,也绝不是好人家。"大脚姑说,"你没听过支歌,我唱给你听——裹小脚,嫁秀才,白面馒头就肉菜;裹大脚,嫁瞎子,糟糠饽饽就辣子。听明白了吗?"

"你没受过这罪,话好说。"

239

"受不就受一时，一咬牙就过去了。'受苦一时，好看一世'嘛！等小脚裹成，谁看谁夸，长大靠这双宝贝脚，求亲保媒少得了？保你荣华富贵，好吃好穿的一辈子享用不尽！"

"三姑说的嘛呀！问你，打今儿，我还能跑不？"

"傻丫头！咱闺女家裹脚，为的就是不叫你跑。你瞧谁家大闺女整天在大街上撒丫子乱跑？没裹脚的孩子不分男女，裹上脚才算女的。打今儿，你跟先前不一样，开始出息啦！"大脚姑小眼弯成月亮，眼里却满是羡慕。

香莲给大脚姑说得云遮雾罩。虽说迷迷糊糊，倒觉得自己与先前变得两样。嘛样，不清楚，好赛高了一截子。大了，大人了，女人了。于是打这天，再不哭不闹，悄悄下床来，两手摸着扶着撑着炕沿、桌角、椅背、门框、缸边、墙壁、窗台、树干、扫帚把，练走。把天大地大的疼忍在心里，嘴里绝不出半点没出息没志气的声儿。再换裹脚条子，撕扯一块块带血挂脓的皮肉时，就仰头瞧天，拿右手掐左手，拿牙咬嘴唇，任奶奶摆布，眉头都不皱。奶奶瞧她这样怔了，惊讶不解，但还是不给她好脸儿，直到脓血消了，结了痂又掉了痂。

这一日，奶奶打开院门，和她一人一个板凳坐在大门口。街上行人格外多，穿得花花绿绿，姑娘们都涂胭脂抹粉，呼啦呼啦往城那边走。原来今儿是重阳节，九九登高日子，赶到河对面，去登玉皇阁。香莲打裹脚后，头次到大门外边来。先前没留心过别人的脚。如今自己脚上有事，也就看别人脚了。忽然看出，人脸不一样，小脚也不一样。人脸有丑有俊有粗有细有黑有白有精明有憨厚有呆滞有聪慧，小脚有大有小有肥有瘦有正有歪有平有尖有傻笨有灵巧有死沉有轻飘。只见一个闺女，年纪跟自己不相上下，一双红缎鞋赛过一对小菱角，活灵活现，鞋帮绣着金花，鞋尖顶着一对碧绿绒球，还拴一对小银铃铛，一走一颠，绒球甩来甩去，铃铛叮叮当当，拿自己的脚去比，哪能比哪！她忽起身回屋里拿出一卷裹脚条子，递给奶奶说："裹吧，再使劲也成，我就要那样的！"她指着走远的小闺女说。

不看她神气，谁信这小闺女会对自己这么发狠。

奶奶的老眼哗哗冒出泪。俩仨月来一脸凶劲立时没了，原先慈爱的样儿又回来了。满面皱纹扭来扭去，一下搂住香莲呜呜哭出声说：

"奶奶要是心软，长大你会恨奶奶呀！"

第二回　怪事才开头

世上有些相对的事儿，比方好和坏、成和败、真和假、荣和辱、恩和怨、曲和直、顺和逆、爱和仇等，看上去是死对头，所谓非好即坏非真即假非得即失非成即败，岂不知就在这好坏、曲直、恩怨、真假之间，还藏着许许多多曲折许许多多花样许许多多学问，要不何止那么多事缠成死硬死硬疙瘩，难解难分？何止那么多人受骗、中计、上套，完事又那么多人再受骗、中计、上套？

单说这"真假"二字，其中奥妙，请来圣人，嚼烂舌头，也未必能说破。有真必有假，有假必有真；假愈多，真愈少；真愈多，假却反而愈多！就在这真真假假之中，打古到今，玩出过多少花儿？演过大大小小多少戏？戏接着戏，戏套着戏，没歇过场。以假充真，是人家的高招；以假乱真，是人家的能耐；以假当真，是您心里糊涂眼睛拙。您还别急别气，多少人一辈子拿假当真，到死没把真的认出来，假的不就是真的吗？在"真假"这俩字上，老实人盯着两头，精明人在中间折腾，还有人指它吃饭。这宫北大街上"养古斋"古玩铺佟掌柜就是一位。这人能耐如何，暂且不论，他还是位怪人。嘛叫怪，作

241

小说的不能说白了，只能把事儿摆出来。叫您听其言观其行度其心，慢慢琢磨去。

一大早，佟忍安打家出来，进了铺子就把大小伙计全都打发出去，关上门，只留下少掌柜佟绍华和看库的小子活受。不等坐下歇歇就急着说：

"把那几幅画快挂出来！"

每逢铺子收进好货，请老掌柜过眼，都这么办。古董的真假，是绝顶秘密，不能走半点风出去。佟绍华是自己儿子，自然不背着。对看库的活受，绝非信得过，而是这小子半痴半残。人近二十，模样只有十三四，身子没长成个儿，还歪胸脯斜肩膀，好比压瘪的纸盒子。说话赛嘴里含着热豆腐，不知是大舌头还是舌头短半截。两只眼打小没睁开过，小眼珠含在眼缝里，好赛没眼珠。还有喘病，一年三百六十五天，一口气总憋在嗓子眼里吱吱叫；静坐着也下气不接上气，生下来就这德行。小名活受，大名也叫活受，爹娘没打算他活多久，起名字都嫌费事多余。佟忍安却看上他这副没眼没嘴没气没神的样子，雇他看库。拿死的当活的用，也拿活的当死的用。

活受开库把昨儿收进的一捆画抱来，拿竿子挑着一幅幅挂上墙。佟忍安撩起眼皮在画上略略一扫，便说："绍华，你先说说这几幅的成色，我听着。"这才坐下来，喝茶。

佟绍华早憋劲要在他爹面前逞能，佟忍安嘴没闭上，他嘴就张开：

"依我瞧，大涤子这山水轴旧倒够旧，细一瞧，不对，款软了，我疑惑是唬弄人的玩意儿，对不？这《云罩挂月图》当然不假，可在金芥舟的画里顶头够上中流。这边焦秉贞的四幅仕女通景和郎世宁的《白猿摘桃》，倒是稀罕货。您瞧，一码皇绫裱。卖主说，这是当年打京城大宅门里弄出来的。这话不假,寻常人家绝没这号东西……"

"卖主是不是问津园张霖家的后人?"

"爹怎么看出来的?上边又没落款!"佟绍华一惊。佟忍安两眼通神,每逢过画时,都叫他这样一惊又一惊。

佟忍安没接着往下说。手一指东墙上一幅绢本的大中堂画说:

"再说说那幅……"

以往过画,他一张口,爹就摇头。今儿爹没点头也没摇头,八成自己都蒙对了,得意起来,笑道:

"爹还要考我?谁瞧不出那是地道苏州片子,大行活。笔法倒是宋人的,可惜熏老点儿,反透出假。这造假,比起牛凤章牛五爷还差着些火候。您瞧它成心不落款,怕露马脚,或许想布个迷魂阵——怎么?爹,您看见嘛了?"

佟绍华见他爹已经站起来,眼珠子盯着这中堂直冒光。佟绍华知道他一认出宝贝,眼珠就这么冒光,难道这是真货?

佟忍安叫道:"你过去看,下角枯树干上写着嘛?"他指画的手指直抖。

佟绍华上去一瞧,像踩着的鸭子,呀的一嗓子,跟着叫:"上边写着'臣范宽制',原来是张宋画。爹,您真神啦!这幅画买进来后,我整整瞧了三天,也没看出这上边有字呀!您、您……"他不明白,佟忍安为嘛离画一丈远,反而看见画上的字。

佟忍安远视眼,谁也不知,只他自己明白。他躲开这话说:

"闹嘛?叫唤嘛!我早告过你,宋人不兴在画上题字,落款不是写在石头上,就夹在树中间,这叫'藏款'。这些话我都说过,你不用心,反大惊小怪问我……"

"可咱得了张宝画呀,您知道咱统共才花几个钱——"

243

"嘛宝画，我还没细看，谁断定准是宋画了？"佟忍安接过话，脸一沉，扭头看一眼站在身后的活受说，"去把这中堂，大涤子那山水轴，还有金芥舟的《云罩挂月图》，卷起来入库！"

"剩……夏……织鸡古……鹅？"活受觍着脸问。

"叽咕叽咕嘛，去！"佟忍安不耐烦说。

活受绷起舌头，把这几个字儿的边边角角咬住又说一遍："剩、下、这、几、幅、呢？"他指焦秉贞和郎世宁画的几幅。

"留在柜上标价卖！"佟忍安对佟绍华说，"洋人买，高高要价！"

"爹，这几幅难道不是……"

佟忍安满脸瞧不起的神气。忽然长长吐一口气，好一股寒气！禁不住自言自语地念了天津卫流传的四句话："海水向东流，天津不住楼，富贵无三辈，清官不到头。"接着还是自言自语说道，"成家的成家，败家的败家。花开自谢，水满自干，谁也跳不出这圈儿去。唉——唉——唉——"他沉了沉，想把心里的火气压住却压不住，刚要说话，眼角瞅见活受斜肩歪脑袋，好赛等着自己下边的话，便轰活受快把画抱回库里，待活受前脚出去，后脚就冲到儿子面前发火：

"嘛，这个那个的！你把真假正看倒了个儿，还叫我当着下人寒碜你。再说，真假能当着外人说吗？我问你，咱指嘛吃饭？你说——"

"真假。"

"这话倒对。可真假在哪儿？"

"画上呀！"

"放屁！嘛画上？在你眼里！你看不出来，画上的真假管嘛用！好东西在你眼里废纸一张，废纸在你眼里成了宝贝！这郎世宁、焦秉贞，明摆着'后门道儿'，偏当好货。反把宋人真迹当作'苏州片子'！这宋画一张就够你吃半辈子，你睁眼瞎！拿金元宝当狗屎往外扔！再说大涤子那轴，嘛，也假？你不知康熙二十九年到三十一年他客居天津，住在问津园张家？那画上明明写着康熙辛未，正是康熙三十年在张家时画的！凭着皮毛能耐，也稳能拿下来的东西，你都拿不住，还想在古玩行里混。我把铺子交给你还不如放火烧了呢！再有三年，还不把我这身老骨头贴进去！听着，打明儿，你卷被褥卷儿搬过来住，没我的话不准回家去，叫活受把库里的东西折腾出来，逐件看、看、看、看……"说到这儿，佟忍安上下嘴唇只在这"看"字上打转悠，好赛叫这字儿绊住了。

佟绍华见他爹眼对窗外直冒光，以为他爹又看出嘛稀世的宝贝来，就顺着佟忍安目光瞧去，透过花格窗棂，后院里几个人正干活。

这后院，外人不知，是养古斋造假古董的秘密作坊。

原来佟忍安这老小子与别人不同，他干古玩行，不卖真，只卖假。所有古玩行都是卖假也卖真。凡是逛古玩铺都是奔真的去的，还有能人专来买"漏儿"。佟忍安看到这层，铺子里绝不放真货，一码假的，好比诸葛亮摆空城计，愣一兵一卒不放。古玩行干的就是以假乱真，这一招真把古玩商的诀窍玩玄了玩绝了。只要掏钱准上当，半点便宜拿不到。他更有出奇能耐，便是造假。手底下有专人为他造假字假画，还在铺子后院，关上门造假古董。玉器、铜器、古钱、古扇、宣炉、牙器、砚台、瓷器、珐琅、毯子、碑帖、徽墨……他没不知不懂不能不会的。仿古不难，乱真死难。古董的形制、材料、花纹，一个朝代一个样，甚至一个朝代几百样，鱼龙变化无穷尽，差点道行，甭说摸门，围墙也摸不着。更难是那股子劲儿气味儿神儿。比方古玩行说的"传世古"和"出土古"。"传世古"是说一直打世上流传下来的东西，人手摸来摸去，长了就有股子光润含混的古味

245

儿。"出土古"是说一直埋在土底下的东西,挖出来满带着土星子和锈花,有一股子斑驳苍劲味儿。再往细说,比方出土的玉器,发簪、笛头、扳指儿、镯子、佩环、烟嘴这些,在地下边一埋几百上千年,挨着随葬的铜器,日久天长铜锈沁进去生出绿斑,叫"铜沁";死人的血透进去生出红斑,叫"血沁"。造假怎么造出铜沁血沁来?再说东西放久,不碰也生裂纹,过些时候再生一层裂纹罩在上边,一层一层,自然而然,硬造就假。懂眼的就能挑出来。偏偏佟忍安全有办法。这办法,一靠阅历,二靠眼力,三靠能耐。这叫高手高眼高招,缺一不行。假货里也有下品中品上品绝品,绝顶假货,非得叫这里头的虫子,盯上一百零八天,心里还不嘀咕,那才行。佟忍安干的就是这个。

他雇的伙计,跟一般古玩行不同,不教本事,只叫干活干事。那些雇来造假古董的,对古玩更是一窍不通的穷人,跟腌鸭蛋、烧木炭差不多,叫怎么干就怎么干。满院堆着泥坯瓦罐柴火老根颜色药粉匣子箩筐黑煤黄泥红铁绿铜,外人打表面绝看不出名堂。

当下,吸住佟忍安眼神的地方,两个小女子在拉一张毯子。这正是按他的法儿造旧毯子。毯子是打张家口定制的,全是蓝花黑边,明式的。上边抹黄酱,搭在大麻绳上,两人来回来去拉,毛儿磨烂,拿铁刷子捣去散毛,再使布帚蘸水刷光,就旧了。拉毯子不能快,必得慢慢磨,才有历时久远的味儿。佟忍安有意雇女人来拉,女人劲小,拉得自然慢。这俩女子每人扯着毯子两个角,来回来去,拉得你上我下。

站在毯子这边的背着身儿,站在那边的遮着脸儿,只能看见两只小脚,穿着平素无花、简简单单的红布鞋。每往上一送毯子,脚尖一踮立起来,每往下一拉,脚跟一蹲缩回去,好赛一对小活鱼。

"绍华！"佟忍安叫道。

"在这儿，嘛事？"

"那闺女哪来的？"

"哪个？背影儿那个？"

"不，穿红鞋那个。"

"不知道。韩小孩帮着雇的，我去问问。"

"不，不用，你把她领来，我有话问她。"

佟绍华跑去把这闺女领来。这闺女头次来到柜上又头次见老爷，怕羞胆小，眼睛不知瞧哪儿，一慌，反而一眼瞧了老爷。却见老爷并没瞧她脸，而是死盯着自己一双小脚。眼神发黏，好赛粘在自己脚上，她愈发慌得不知把脚往哪儿摆。佟忍安抬起眼时，眼珠赛鎏了金，直冒贼光，跟见鬼差不多，吓得这小闺女心直扑腾。佟绍华在一边，心里已经大明大白，便对这闺女说：

"你往前走一步。"

这闺女不知嘛意思，一怕，反倒退后半步。两脚前后往回一缩，赛过一对受惊的小红雀儿，哆哆嗦嗦往巢里缩去，只剩两个脚尖尖露在裤脚外边，好比两个小小鸟脑袋。佟忍安满面生光问这闺女：

"你多大年纪？"

"十七。"

"姓嘛叫嘛？"

"姓戈，贱名香莲。"

佟忍安先一怔，跟手叫起来：

"这好的名字！谁给你起的？"

戈香莲羞得开不了口。心里头好奇怪，这"香莲"名字有嘛好？可听老爷声音，看老爷神气，真叫她掉进雾里了。

247

佟忍安立时叫佟绍华把工钱照三个月尽数给她，不叫她干活，打发她先回家。香莲慌了，好好干活，话也不说半句，怎么反给辞了？可看样子又不赛被辞，倒像要重用她。不知老爷打算干吗？到底好事坏事，当时只当是桩怪事。

要说怪事，在这儿不过才开头罢了。

第三回　这才叫：怪事才开头

小半月后，择一天宜娶也宜嫁的大吉日，戈香莲要嫁到佟家当大儿媳妇，水沣那片人家，无人不知无人不晓无人肯信又无人不信：大花轿子已经摆在戈家门口了。

凭佟家在天津卫的名气，娶媳妇比买鱼还容易。虽说香莲皮白脸俊眉清目秀，腰身也俏，离天仙还差着一截。为嘛佟家非要这穷家小户闺女，还非要明媒正娶，花钱请了城里出名的媒婆子霍三奶奶登门游说，这种家的闺女还用得着游说，给个信儿还不上赶着把闺女送去？据说两家换帖子一看，生辰八字相克，佟家大少爷属鸡，戈香莲属猴，"白马犯青牛，鸡猴不到头"，这是顶顶犯忌的事。佟家居然也认可了。放"定"（订婚）那日，佟家照规矩派人送来八大金——耳环戒指镯子簪子脖链鸡心头针裤钩，外带五百斤大福喜的白皮点心。要说门当户对讲礼摆阔有头有脸人家也不过如此。这为嘛？吃错药了？

人说，多半因为佟家大少爷是傻子，好人家闺女谁也不肯跟这半痴半呆男人过一辈子。这等于花钱买媳妇。可再一想，也不对。

佟家没闺女，四个大儿子，俗话叫"四虎把门"，排绍字辈，名字末尾的字，一叫荣，一叫华，一叫富，一叫贵，正好"荣华富贵"。

248

都说佟忍安老婆会生,刚把这"荣华富贵"凑齐,就入了阴间。可这四个儿子,一半是残。大儿子佟绍荣是傻子,小儿子佟绍贵自小有心病,娶过媳妇三年,就叫阎王派小鬼抓走了。可这四媳妇董秋蓉,正经是振华海盐店大掌柜董亭白的掌上明珠,明知佟家四少爷早早在阎王那里挂上号,不也把闺女送来了?冲嘛,冲佟家的家底儿。佟忍安买媳妇绝不买假,他买香莲买的嘛?

戈家老婆子笑不拢嘴,露着牙花子说,买就买她孙女一双小脚!

这话不能算错。香莲小脚人人夸人人爱。那年头娶媳妇先看脚后看脸,脸是天生的,脚是后裹的,能耐功夫全在脚上。可全城闺女哪个不裹脚,爹娘用心,自个儿经心,好看的小脚一个赛一个,为嘛一眼盯上香莲?

对这些瞎叨咕戈婆子理也不理。虽说她自个儿对这门鸡上天的婚事也多半糊涂着。糊涂就糊涂吧!反正香莲嫁了,拾个大便宜,佟家根本不管陪嫁多少。只两包袄衣服、两床缎被、一双鸳鸯绣花枕头、一对金漆马桶,佟家来两个用人一抱全走了。

香莲临上轿,少不得和奶奶一通抱头海哭。奶奶老泪纵横对她说:

"奶奶身贱,不能随你过去,你就好好去吧!总算你进了天堂一般的人家,奶奶心里的石头放平了。你跟奶奶这么多年,知道你疼爱奶奶。只一件事——那次裹脚,你恨奶奶!你甭拦我说,这事在奶奶心里憋了十年,今儿非说不可——这是你娘死时嘱咐我的,裹不好脚,她的魂儿要来找我……"

香莲把手按在奶奶嘴上,眼泪簌簌掉:

"我懂,那时奶奶愈狠才愈疼我!没昨儿个,也没今儿个!"

奶奶这才笑了,抹着泪儿,打枕头底下掏出个红包包。打开,三双小鞋,双双做得精细,一双紫面白底绸鞋,一双五彩丝绣软底鞋,

249

还一双好怪,没使针线,赛拿块杏黄布折出来的。不知奶奶打哪儿弄来干吗用。奶奶皱嘴唇蹭着她的耳朵说:

"这三双喜鞋,是找前街黑子他妈给你赶出来的,房前屋后就她一个全和人。听奶奶告明白你这三双喜鞋的穿法——待会儿你先把这双紫面白底的鞋换上。紫和白,叫'百子',赶明儿抱一群胖小子。这双黄鞋要等临上轿子,套在紫鞋外边。这叫'黄道鞋',记着,套上它就'双脚不沾娘家地'了。得我把你抱上轿子。还有,到了婆家必定要在红毡子上走,不准沾泥沾土,就穿它拜堂,拜过堂,叫它'踩堂鞋'。等进洞房,把这鞋脱下来藏个秘密地界儿,别叫别人瞧见。俗话说,收一代,发一代,黑道日子黄道鞋。有它压在身边,嘛歪的邪的,都找不到你头上……"

香莲听这大套大套的话怪好玩儿。挂着泪儿的眼笑眯眯瞧着奶奶,顺手不经意拿起另一双软鞋,一掰鞋帮,想看鞋底。奶奶一手抢过来,神气变得古怪,说:"先别乱瞧!这是睡鞋……入洞房,脱下踩堂鞋,就换这双睡鞋。记着,临到上床时,这鞋可得新郎给你脱,羞嘛!谁结婚都得这样!拿耳朵听清楚,还有要紧的话呢——这鞋帮里边,有画,要你和新郎官一起看……"说到这儿,奶奶细了眼笑起来。

香莲没见过奶奶这样笑过,有点狡猾,有点发坏,好奇怪!她说:"嘛画不兴先瞧瞧!"伸手去拿鞋。

奶奶啪地打她手说:"没过门子哪兴看!先揣怀里。进洞房看去!"上手把鞋掖她腰间。

外边呜里哇呜里哇吹奏敲打起来。奶奶赶紧叫香莲换上紫鞋,外套黄鞋,嘴巴涂点胭脂,脑门再扑点粉,戴上凤冠,再把一块大红遮羞布搂头罩上。还拿了两朵绒花插在自己白花花的双鬓上,一猫腰,兜腰抱起香莲走出院子大门。这事情本该新娘子的父亲、兄长做的，香莲无父无兄，只好老奶奶承当。

香莲脸上盖着厚布，黑糊糊不透气，耳边一片吵耳朵的人声乐声放炮声。心里忽然难过起来，抓着奶奶瘦骨棱棱的肩膀，轻轻喊：

"香莲舍不得奶奶！"

奶奶年老，抱着大活人，劲儿强顶着，一听香莲的叫声，心里一酸，两腿软腰也挺不住劲儿，扑通一下趴下了，两人摔成一团。两边人忙上去把她俩扶起来。奶奶脑门撞上轿杆立时鼓起大包，膝盖沾两块黄土，不管自己，却发急地喊：

"我没事！千万别叫香莲的脚沾地！抱进轿子快抱进轿子！"

香莲摔得稀里糊涂，没等把遮羞布掀开瞧，人已在轿子里。乱哄哄颤颤悠悠走起来，她忽觉自个儿好赛给拔了根儿，没挨没倚没依没靠，就哭起来，哭着哭着忽怕脸上脂粉给眼泪冲花了，忙向怀里摸帕子，竟摸出那双软底绣花睡鞋，想到奶奶刚才的话，起了好奇，打开瞧，鞋帮黄绸里子上，竟用红线黑线绣着许多小人儿，赛是嬉戏打闹的小孩儿，再看竟是赤身光屁股抱在一堆儿的男男女女。男的黑线，女的红线，干的嘛虽然不甚明白，总见过鸡儿猫儿狗儿做的事。这就咯噔一下脸一烧心也起劲扑腾起来。猛地大叫：

"我回家呀！送我回家找奶奶！"

由不得她了。轿子给鼓乐声裹着照直往前走，停下来就觉两双手托她胳膊肘，两脚下了轿子便软软踩在毡子上。走起来，遮羞布摆来摆去，只见脚下忽闪忽闪一片红。一路上过一道门又一道门再一道门。每一抬脚迈门槛，都听见人喊：

"快瞧小脚呀！"

"我瞧见小脚啦！"

251

"多大？多小？"

"瞧不好呀！"

香莲记着奶奶的话，在阔人家走路，最多只露个脚尖。虽然她这阵子心慌意乱，却留心迈门槛时，缩脚，用脚尖顶着裙边，不露出来，急得周围人弯腰歪脖斜眼谁也瞧不清楚。

最后好似来到一大间房子里。香烛味、脂粉味、花味，混成一团。忽然刷的眼前红绿黄紫闪光照眼一亮，面前站着个胖大男人，团花袍褂，帽翅歪着，手攥着她那块盖脸的红布，肥嘴巴一扭说：

"我要瞧你小脚！"

四边一片大笑。这多半就是她的新郎官。香莲定住神四下一瞧，满房男男女女个个披红挂绿戴金坠银，那份阔气甭提啦。几十根木桩子赛的大红蜡烛全点着，照得屋里赛大太阳地。香莲打小哪见过这场面，整个蒙了。多亏身边搀扶她的姑娘推一下那胖大男人说：

"大少爷，拜过天地才能看小脚。"

香莲见这姑娘苗条俊秀赛画里的女子。新鲜的是，她脖子上挂个绣花荷包，插许多小针，打针眼耷拉下各色丝线。

大少爷说："好呀桃儿，叫你侍候我俩的，你帮她不帮我，我就先看你的小脚！"上去就抓这桃儿裤腿，吓得桃儿连蹦带叫，胸前丝线也直飘舞。

几个人上来又哄又拦大少爷。香莲才看见佟家老爷一身闪亮崭新袍褂，就坐在迎面大太师椅上。那几人按着大少爷跪下腿同香莲拜过天地，不等起身，只听一个女人脆声说：

"傻啦，大少爷，还不掀裙子瞧呀！"

香莲一怔的当儿，大少爷一把撩起她裙子，一双小脚毫不遮掩露在外边。满堂人大眼对小眼，一齐瞅她小脚，有怔有傻有惊有呆，一点声儿没有。身边的桃儿也低头看直了眼。忽然打人群挤进个黄脸老婆子，一瞧她小脚，头往前探出半尺，眼珠子鼓得赛要蹿出来，跟手扭脸挤出人群。四周到处都响起咦呀唏嘘呜哇喊喳咕嘎哟啊之声。香莲好赛叫人看见裸光光的身子，满身发凉，跪那里动不了劲。

佟忍安说：

"绍荣，别胡闹！桃儿你怔着干吗，还不扶大少奶奶入洞房？"

桃儿慌忙扶起香莲去洞房，大少爷跟在后边又扯又撩，闹着要看小脚。一帮人也围起来胡折腾瞎闹欢，直到入夜人散，大少爷把桃儿轰走。香莲还没照奶奶嘱咐换睡鞋，大少爷早把她一个滚儿推在床上，硬扒去鞋，扯掉脚布，抓着她小脚大呼大叫大笑个不停。这男人有股蛮劲，香莲本是弱女子，哪敌得过。撑着打着躲着推着撕扯着，忽然心想自己给了人家，小脚也归了人家。爷们儿是傻子也是爷们儿，一时说不出是气是恼是恨是羞是委屈，闭上眼，伸着两只光脚任这傻男人赛摆弄小猫小鸡一样摆弄。

一桩怪事出在过门子之后不几天。香莲天天早上对镜梳妆，都见到面前窗纸上有三两小洞。看高矮，不是孩子们调皮捣蛋捅的，也不像是拿手指头抠的。洞边一圈毛茸茸，赛拿舌头舔的。今儿拿碎纸头糊上，赶明儿在旁边添上两个洞。谁呢？这日晌午大少爷去逛鸟市，香莲自个儿午觉睡得正香，模模糊糊觉得有人捏她脚。先以为是傻男人胡闹，忽觉不对。傻男人手底下没这么斯文。先是两手各使一指头，竖按着她小脚趾，还有一指头钩住后脚跟儿。其余手指就在脚掌心上轻轻揉擦，可不痒痒，反倒说不出的舒服。跟着换了手法，大拇指横搭脚面，另几个手指绕下去，紧压住折在脚心上的四个小脚趾。一松一紧捏弄起来。松起来似有柔情蜜意，紧起来好赛心都在使劲。一下下，似乎有章有法。香莲知道不在梦里，却不知哪个贼胆子敢大白天闯进屋拿这怪诞手法玩弄她脚,又羞又怕又好奇又快活,还有种欲望自身体燃起,脸发烧,心儿乱跳。她轻轻睁眼吓了一大跳!竟是公公佟忍安!只见这老小子半闭眼,一脸醉态,发酒疯吗?还要做嘛坏事情?她不敢喊,心下一紧,两只小脚不禁哧溜缩到被里。佟忍安一惊,可马上恢复常态,并没醉意。她赶紧闭眼装睡,再睁开眼时,屋里空空,佟忍安已不在屋里。

门没关,却见远远廊子上站个人,全身黑,不是佟忍安,是过门子那天钻进人群看她小脚的黄脸老婆子。正拿一双眼狠狠瞪她,好赛一直瞪进她心窝。为嘛瞪自己?

再瞧,老婆子一晃就不见。

她全糊涂了。

第四回　爷儿几个亮学问

八月十五这天,戈香莲才算头次见世面。世上不止一个面。要是没嫁到佟家,万万不知还有这一面。

都说晚晌佟忍安请人来赏月,早早男女用人就在当院洒了清水,拿竹帚扫净。通向二道院中厅的花玻璃隔扇全都打开。镶罗钿的大屏桌椅条案花架,给绸子勒得贼亮,花花草草也摆上来。香莲到佟家一个多月,天下怪事几乎全碰上,就差没遇见鬼,单是佟家养的花鸟虫鱼,先前甭说见,听都没听说过。单说吊兰,垂下一棵,打这棵里又蹿出一棵,跟手再从蹿出的这棵当中再蹿出一棵来。据说一棵是一辈,非得一棵接一棵一气儿垂下五棵,父辈子辈孙辈重孙辈重重孙子辈,五世同堂,才算养到家,这就一波三折重重叠叠累累赘赘打一丈多高一直垂到地。菊花养得更绝,有种"黄金印",金光照眼,花头居然正方形,真赛一方黄金印章,奇不奇怪?当院摆的金鱼缸足有一人多高,看鱼非登到珊瑚石堆的假山上不可。里边鱼全是"泡眼",尺把长,泡儿赛鸡蛋,逛逛悠悠,可是泡儿太大,浮力抻得脑袋顶着水面,身子直立,赛活又赛死,看着难受。这样奇大的鱼,说出去没人肯信……

晌午饭后,忽然丫头来传话说,老爷叫全家女人,无论主婢,都要收拾好头脚,守在屋里等候,不准出屋,不准相互串门,不准探头探脑。香莲心猜嘛样客人,要惊动全家梳洗打扮,在屋恭候。还立出这么多莫名其妙的规矩。

这样,家里就换一个阵势。

这家人全住三道院。佟忍安占着正房三间,门虽开着,不见人影。东西厢房各三间。香莲住东房里外两间,另外一间空着,三少爷佟绍富带着媳妇尔雅娟在扬州做生意,这间房留给他们回来时临时住,平时空着关着。对面西厢房,一样的里外两间归二少爷佟绍华和媳妇白金宝闺女月兰月桂住,余剩的单间,住着守寡的四媳董秋蓉,身边只有个两岁小闺女,叫美子。虽是这样住,为了方便,都把里边的门堵上,房门开在外边。

香莲把窗子悄悄推开条缝儿,只见白金宝和董秋蓉房间都紧紧关闭。平时在廊子上走来走去的丫头们一个也不见了,连院当中飞来飞去的蜻蜓蝴蝶虫子也不见了,看来今晚之举非比寻常。她忽想到,平时只跟她客客气气笑着脸儿却很少搭话的二媳妇白金宝,早上两次问她,今儿梳嘛头穿嘛鞋,好赛摸她的底。摸她嘛底呢?细细寻思,一团糨糊的脑袋就透进一丝光来。

打过门子来,别的全都不清楚,单明白了自己真的靠一双小脚走进佟家。这家子人,有个怪毛病,每人两眼都离不开别人的脚。瞧来

255

瞧去，眼神只在别人脚上才摆得住。她不傻，打白金宝、董秋蓉眼里看出一股子凶猛的妒恨。这妒恨要放在后槽牙上，准磨出刃来！香莲自小好胜心强，心里暗暗使了劲，今晚偏要当众拿小脚镇镇她们！趁这阵子傻爷们儿去鸟市玩儿，赶紧梳洗打扮收拾头脚。把头发篦过盘个连环髻，前边拿齐刷刷的刘海半盖着鼓脑门，直把镜子里的脸调理俊了。随后放开脚布，照奶奶的法儿重新裹得周正熨帖。再打开从家带来的包袱，拣出一双顶艳的软底小鞋。鲜鲜大红绸面，翠绿亮缎沿口，鞋面贴着印花布片儿，上边印着蝴蝶牡丹——鞋帮上是五彩牡丹，前脸趴着一只十色蝴蝶，翅膀铺开，两条大须子打尖儿向两边弯。她穿好试走几步，一步一走，蝴蝶翅膀就一扇一扇，好赛活的。惹得她好喜欢，自己也疼爱起自己的小脚来。她还把裤腰往上提提，好叫蝴蝶露给人看。

正美着，门一开，桃儿探进半个身子说："大奶奶好好收拾收拾脚，今晚赛脚！"香莲没听懂，才要问，桃儿忙摇摇手不叫她出声，胸前耷拉的五彩丝线一飘就溜走了。

赛脚是嘛？香莲没见过更没听说过。

门里门外，羊角灯一挂起来，客人们陆陆续续前前后后高高矮矮胖胖瘦瘦各带各的神气到了。两位苏州来的古玩商刚落座，佟绍华陪着造假画的牛五爷牛凤章来到。说是牛五爷弄来几件好东西，带手拿给佟忍安，问问铺子收不收。牛凤章常去四处搜罗些小古玩器，自己分不出真假，反正都是便宜弄来的，转手卖给佟忍安。佟忍安差不多每次都收下。牛五爷卖出的价比买进的多，以为赚了。但佟忍安也是得到的比花出的多，这里的多多少少却一个明白一个糊涂了。这次又掏出俩小锦盒。一盒装着几枚蚁鼻币，一盒装着个小欢喜佛。佟忍安看也没看，顺手推一边，两眼直瞅着白金宝的房门，脸上皱纹渐渐抻平。佟绍华住在柜上，只要逮机会回来一趟，急急渴渴回房插门和媳妇热热乎乎闹一闹。牛凤章天性不灵，看不出佟忍安不高兴，还一个劲儿把小锦盒往佟忍安眼睛底下摆。佟忍安好恼，一时恨不得把锦盒扒落地上去。

门口一阵说说笑笑，又进来三位。一个眉清目朗，洒脱得很，走起路袖口、袍襟、带子随身也随风飘。另一个赛得了瘟病，脸没血色，尖下巴撅撅着，眼珠子谁也不瞧，也不知瞧哪儿。这两位都是本地出名的大才子。一个弄诗，一个弄画。前头这弄诗的是乔六桥，人称乔六爷，作诗像啐唾沫一样容易；这弄画的便是大名压倒天津城的华琳，家族中大排行老七，人就称他华七爷。六爷和七爷中间夹着一个瘦高老头。多半因为这二位名气太大，瘦老头高出一星半点不会被人瞧得见，就一下子高出半头来。这人麻酱色绣金线团花袍子，青缎马褂，红玛瑙带铜托的扣子一溜竖在当胸。眼睛黑是黑白是白，好比后生，人上岁数眼珠又都带浊气，他没有，眼光前头反有个挑三拣四的利钩儿。乔六桥后面的脚还没跨进屋，就对迎上来的佟忍安说：

"佟大爷，这位就是山西名士吕显卿，自号'爱莲居士'。听说今儿您这里赛脚，非来不可。昨儿他跟我谈了一夜小脚，把我都说晕了，兴致也大增，今儿也要尽尽兴呢！"

佟忍安听了，目光打二媳妇白金宝的房门立即移到这瘦高老头脸上。行礼客套刚落座，吕显卿便说：

"我们大同，每逢四月初八，必办赛脚大会，倾城出动，极是壮美。没想到京畿之间，也有赛脚雅事。不能不来饱饱眼福呢，佟大爷不见怪吧！"

"哪的话，人生遇知己，难得的幸会。早就听说居士一肚子莲学。

我家赛脚,都是家中女眷,自个儿对自个儿比比高低,兼带着相互切磋莲事莲技。请来的人都是正经八百的'莲癖',这就指望居士和诸位多多指点。方才听您提到贵乡赛脚会,我仰慕已久不得一见,可就是大同晾脚会?"

"正是。赛脚会,也叫晾脚会。"

佟忍安眉梢快活一抖,问道:

"嘛场面,说说看。"

他急渴渴,以致忘记叫人送茶。吕显卿也不在意,好赛一上手,就对上茬儿,兴冲冲说:

"鄙乡大同,古称云中。有句老话说'浑河毓秀,代产娇娃'。我们那儿女子,不但皮白肤嫩,尤重纤足。每逢四月八日那天,满城女子都跷着小脚,坐在自家门前,供游人赏玩。往往穷家女子小脚被众人看中,身价就一下提上去百倍……"

"满城女人?好气派好大场面呀!"佟忍安说。

"确是,确是。少说也有十万八万双小脚,各式各样自不必说。顶奇、顶妙、顶美、顶丑、顶怪的,都能见到。那才叫'天下之大,无奇不有'呢……"

"世上有此盛事!可惜我这几个儿子都不成气候。我这把年纪,天天还给铺子拴着。晾脚会这样事不能亲眼看一看,这辈子算白活了!"佟忍安感慨一阵子,又蛮有兴趣问道,"听说,大同晾脚时,看客可以上去随意捏弄把玩儿?"

乔六桥接过话说:

"佟大爷向来博知广闻,这下栽了。这话昨夜我也问过居士,人家居士说,晾脚会规矩可大——只许看,不许摸。摸了就拿布袋子罩住脑袋大伙儿打。打死白打!"

众人哈哈笑起来。乔六桥是风流人，信口就说，全没顾到佟忍安的面子。吕显卿露出得意来。佟忍安嘛眼？只装不知，却马上换了口气，不赛求教，倒赛考问：

"居士，您刚刚说那顶美的嘛样，倒说说看。"

"七字法呀，尖、瘦、弯、小、软、正、香。"吕显卿张嘴就说。好赛说，你连这个也不知道。

"只这些？"

这瘦老头挺灵，听出佟忍安变了态度，便说："还不够？够上一字就不易！尖非锥，瘦不贫，弯似月，小且灵，软如烟，正则稳，香即醉，哪个容易？"他面带笑对着佟忍安，吐字赛炒蹦豆，叫满屋听了都一怔。

佟忍安当然明白对方在抖搂学问，跟自己较劲，便面不挂色，说了句要紧的话：

"得形易，得神难。"

吕显卿巴巴眨两下眼皮，没听懂佟忍安的话，以为他学问有限，招架不住，弄点玄的。他真恨不得再掏出点玩意儿，压死这天津爷们儿，便轮起舌头说：

"听说您家大少奶奶一双小脚，盖世绝伦，是不是名唤香莲？大名还是乳名？妙极！妙极！是呵，古来称小脚为金莲。以'香'字换'金'字，听起来更入耳入心，还不妙！'金莲'一说由来，不知您考过没有？都说南唐后主有宫嫔窅娘，人俊，善舞，后主命制金台，取莲花状，四周挂满珠宝，命窅娘使帛裹足，在金莲台上跳舞。自始，宫内外妇女都拿帛裹足，为美为贵为娇为雅，渐渐成风，也就把裹足小脚称做'金莲'。可还有一说，齐东昏侯，命宫人使金箔剪成莲花贴在地上，令潘妃在上边走，一步一姿，千娇百媚，所谓'步步生莲花'。妇女也就称小脚为'金莲'了。您信哪种说法？我信前种，都说窅娘用帛缠足，可没人说潘妃缠足。不缠足算不得小脚！"

吕显卿这一大套，把屋里说得没声儿，好赛没人了。这些人只好喜小脚，没料到给小脚的学问踩在下边。佟忍安一边听，一边提着自个儿专用的逗彩小茶壶，嘴对嘴吮茶，咂咂直响。人都以为他也赞赏吕显卿，谁料他等这位爱莲居士一住嘴，就说：

"说到历史，都是过去的事，谁也没见过，谁找着根据谁有理。通常说小脚打窅娘才有，谁敢断言唐代女子绝对不裹脚缠足？伊世珍《嫏嬛记》上说，杨贵妃在马嵬坡被唐明皇赐死时，有个叫玉飞的女子，拾得她一双雀头鞋，薄檀木底，长短只有三寸五。这可不是孤证。徐用理的《杨妃妙舞图咏》也有几句：'曲按霓裳醉舞盘，满身香汗怯衣单。凌波步小弓三寸，倾国貌娇花一团。'三寸之足，不会是大脚。可见窅娘之前，贵妃先裹了脚。要说唐人先裹脚，杜牧还有两句诗：'钿尺裁量减四分，纤纤玉笋裹轻云。'一尺减去四分，还剩多少？"

"佟大爷，别忘了，那是唐尺，跟今儿用的尺子不一般大小！"吕显卿边听边等漏儿，抓住漏儿就大叫。

"别忙，这我考过。唐人哪能不用唐尺？唐尺一尺，折合今儿苏尺八寸，苏尺又比营造尺大一寸。诗上说一尺减四，便是唐尺六寸，折合苏尺是四寸八，折合今儿营造尺是四寸三。不裹脚能四寸三吗？您说说。"

吕显卿一时接不上话茬，眼睛嘴全张着。

乔六桥拍手叫起来：

"好呀，看来能人在咱天津卫，别总把眼珠子往外瞧了！"

众人都将吃惊的眼神，打山西人身上挪到佟忍安这边来。可人家吕显卿也是修行不浅的能人。能人全好胜，哪能三下两下就尿，稍稍一缓，话到嘴边，下巴一仰就说：

"佟大爷的话，听来有理。可使两句诗作根据，还嫌单薄。《唐语林》上说，唐时一般士人妻，服丈夫衫，穿丈夫靴，可见并不缠足。"

"说的是。可我并没说唐朝女子都缠足，而是说有缠足。有没有是一码事，都不都是另一码事。居士所考，是缠足发端哪朝哪代，不是哪朝哪代蔚成风气的，对不？咱议的嘛，先要定准，免得你说东我说西，走了题，不明不白。再说，从唐诗中求根据，绝非这三两句，白乐天有句，'小头鞋履窄衣裳'，焦仲卿也有句，'足蹑红丝履，纤纤作细头'，说的都是唐朝女子穿鞋好小头。按唐时礼节，走路不直疾促，行步快，即失礼。用布缠裹约束，自然迟缓。这是情理之中的事。至于缠成嘛样？嘛法？多大？另当别论。"

"今儿倒长了见识，天津卫佟大爷把缠足史的上限定到了唐。"吕显卿话里带讥讽，仍遮不住一时困窘。明摆着没话相争，学问不顶饫了。

佟忍安笑笑，好赛话才开头，接着说：

"要说上限，我看唐也嫌晚。《周礼》有屦人，掌管皇上和王妃鞋子，所谓赤舄、黑舄、赤繶、黄繶、青勾、素履、葛履，都是各式各样鞋子。看重鞋，必看重脚。汉朝女子鞋头喜尖，打武梁祠壁画上看，老莱之母、曾子之妻，鞋头都尖。《史记·货殖传》上说，'今夫赵女郑姬设形容，揳鸣琴，揄长袂，蹑利屣'。所谓利屣，也是尖头鞋子。《汉书·地理志》上有句话挺要紧，'赵女弹弦跕𪨗'，师古注，𪨗字与屣同，是种无跟小鞋，跕是轻轻站着。由此看，汉朝女子以尖鞋、细步、轻站为美。自然要在脚上下功夫，那就非小不可。史游《急就篇》有句'靸鞮邛角褐袜巾'，下边的注不知您留意没有。注中

261

说，鞻谓韦履，头深而尖，平底，俗名著革先子；鞮薄革小履也，巾者，裹足也。这话说得还要多明？您要听，我还有好多例子，就怕占大伙儿儿不少时候，犯不上。单把这些书上零零碎碎记载，细心推敲推敲，缠足始于唐，恐怕也不能说死吧！都说历史是死的，我看是活的，谁把它说死，谁都等着别人来翻个儿！"

吕显卿好赛给对方扔到水里，又按到水下边。不傻也呆，轮到了由人摆布的份儿。乔六桥比刚才叫得更欢：

"完了完了！今儿我才明白，没学问，玩小脚，纯粹傻玩儿！"

牛凤章脖子一缩说：

"说得我也想裹小脚了！"

这话惹得众人笑声要掀去屋顶。牛凤章人不怪心眼怪。他总是自觉身贱，时不时糟蹋自己一句，免得别人再来糟蹋。

今儿不比寻常。佟忍安正来劲，满肚子学问要往外倒，逮住牛凤章这句话，笑道：

"牛五爷可别这么说。明朝还真有男人裹足，伪装女子，混在女人堆儿里找便宜。事败后坐几年大狱，放出来人人骂他，藏不成，躲不了，人人能认出他来。"

"为嘛哪？"牛凤章瞪着小眼问。

"脚裹小了，还能大回来？"佟忍安说。

众人又是大笑。牛凤章双脚紧跺，叫着："我可不裹！我可不裹！"卖傻样儿逗大伙儿乐。

华琳摇着白手细指说："不不，牛五爷裹脚准叫人认不出来。"他说完这上半句，等别人追问为嘛才说下半句，"牛五爷造假画，赛真的；裹小脚，更赛真的！"说话时，眼珠子不看牛凤章，也不看佟忍安，好赛看屋顶。

262

这话够挖苦，可别人说还行，牛凤章和华琳同行，都画画，同行犯顶，不吃这话。他小眼一翻，立时把话撞回去：

"我的假画，骗得了您华七爷，可逃不过佟大爷的眼。对不，对不？嗯？嘻！"

牛凤章这句话既买好佟忍安，又恶心了华琳，说得自己都得意起来。华琳清高，但清高的人拉不下脸儿来，反倒吃亏没辙，脸气白了。

乔六桥说：

"牛五爷，你还是闭嘴拿耳朵听吧！没见佟大爷和这位居士正亮着学问。今儿吴道子、李公麟来了，也叫他滚。爷几个都是冲小脚来的！"

牛凤章立时捂嘴，发出牛叫般粗声儿：

"请佟大爷给诸位长学问！"

佟忍安压倒吕显卿，占了上风，心里快活。可他不带出半点得意，也就不显浅薄，反倒更显得高深。他心想，自己还要退一步，有道是，主不欺客，得意饶人，才算是大度。便看也没看牛凤章，撂下茶壶和颜悦色说道：

"这些话算嘛学问，都是闲聊闲扯罢了。世上事，大多都是说不清道不明，公说公有理，婆说婆有理，其实都有理。人说，凡事只有一个理，我说，事事都有两个理。每人抱着自己的理，天下太平；大伙儿去争一个理，天下不宁。古人爱较真，追究鸡生蛋，还是蛋生鸡，管他谁生谁！有鸡吃，有蛋吃，你吃鸡我吃蛋，你吃蛋我吃鸡，或是你吃鸡也吃蛋，我吃蛋也吃鸡，不都吃饱又吃好了？何苦去争先鸡后蛋先蛋后鸡？居士！眼下咱把这些废话全撂下，别耽误正事。马上赛脚给您看，听听您眼瞅着小脚，发一番实论，那才真长见识呢，

263

好不好……"

"好好好!"吕显卿刚刚心里还拧着,这一下就平了。他给佟忍安挤到井边,进不是退也不是。谁料这老小子一番话又给他铺好台阶,叫他舒舒坦坦下来。心想,天津卫地起是码头,码头上的人是厉害;骑驴看景走着瞧,抓着机会再斗一盘!

第五回　赛脚会上败下来

众人听说赛脚开始,都欢呼起来。有的往前挪椅子,有的揉眼皮,有的按捺不住站起身,精神全一振。方才谁也没留意,这会儿忽见大门外廊子上站一个黄脸婆子。人虽老,神气绝不凡,脑袋梳着苏头鬏子,油光光翘起来的小鬏上,罩黑丝网套,插两朵白茉莉,一朵半开的粉红月季。身上虽是短打扮,一码黑,大褂子上的宽花边可够艳,胸前披一块一尘不染的雪白帕子,两只小脚包得赛一对紧绷绷乌黑小粽子。鞋上任嘛装饰也没有,反倒入眼。

吕显卿低声问乔六桥:

"这是谁?"

乔六桥说:

"原来是佟大爷老婆的随身丫头。佟大奶奶死后,一直住在佟家。原叫潘嫂,现叫潘妈。您看那双小黑脚够嘛成色?"

"少见的好!凭我眼力,恐怕脚上的功夫更好。你们这位佟大爷花哨吗?"

乔六桥斜眼瞅一下佟忍安,离得太近,便压低声儿说:"跟您差不离儿。"又说,"潘妈这脸儿可够瘆人的,谁也不会找她闹。"

"六爷这话差了!脚好不看脸,顾脚不顾头。谁还能上下全照应着。"

两人说得都笑出声来。

佟忍安这儿对潘妈发了话：

"预备好就来吧！"

大伙儿只等着佟家女眷们一个个上来亮小脚。谁知佟忍安别有一番布置，只听大门两边隔扇哗啦哗啦打开了。现出佟家人深居的三道院。院中花木假山石头栏杆秋千井台瓷凳都给中秋明月照得一清二楚，地面亮得赛水银镜子。可这伙人没一个抬头望月，都满处寻小脚看。只见连着东西南北房长长一条回廊中，挂一串角子灯。每盏灯下一个房门，全闭着。潘妈背过身子，哑嗓门叫一声："开赛了！"又是哗啦哗啦，各个厢房门一下全都打开，门首挂着各色绣花门帘，门帘上贴着大红方块纸，墨笔写着：壹号、贰号、叁号、肆号、伍号、陆号。总共六个门儿。大伙儿几乎同时瞧见，每个门帘下边都留了一截子一尺长短的空儿，伸出来一双双小脚，这些脚各有各的捯饬，红紫黄蓝、描金镶银、挖花绣叶、挂珠顶翠，都赛稀世奇宝，即使天仙下凡，看这场面，照样犯傻。刚刚站在廊子上的潘妈忽然不见，好赛土行孙打地下钻走。

人之中，只有吕显卿看出潘妈人老身子重，行路却赛水上漂，脚上能耐世上绝少。他把这看法放在心里没说。

佟忍安对吕显卿说：

"居士，我家几次赛脚，都是亡妻生前主办。这法儿是她琢磨出的。为的是，请来评脚的客人有生有熟，熟人碍情面，不好持平而论。生人更难开口说这高那低，再有我的儿媳妇都怕羞，只好拿门帘挡脸，可别见怪。"

"这好这好！鄙乡大同是民间赛脚，看客全是远处各地特意赶去

265

的，谁也不认得谁。您这儿全是内眷，这样做再好不过。否则我们真难评头论足了。"

佟忍安点点头，又对大伙儿说：

"前日，乔六爷出个主意说，每个门帘上都写个号码，各位看过脚，品出高低，记住号码，回到厅里。厅里放张纸，写好各位姓名，后边再写上甲乙丙。各位就按心里高低，在甲乙丙后边填上号码。以得甲字最多为首，依次排出三名来。各位听得明白？这样赛成不成？"

"再明白不过！再妙不过！又简单又新鲜又好玩，乔六爷真是才子。出主意也带着才气！来吧，快！"吕显卿已经上劲，精神百倍，急得直叫。

众人也都叫好，闹着快开始。这一行人就给佟忍安带领绕廊子由东向西，在一个个门前停住观摩品味琢磨议论，少不得大惊小怪喧哗惊叫一通。

戈香莲坐在门口。只见一些高矮胖瘦人影，给灯照在门帘上。她有认得也有不认得，乱七八糟分不出哪是哪位，却见他们围在她脚前呼好叫绝议论开：

"这双脚，如有'七十字法'，字字也够得上。我猜这就是佟家大儿媳妇，对不？"

"居士，您刚才说，'七字法'中有个'香'字，现在又说'七十字法'，肯定也跑不掉'香'字，我问您这'香'字打哪儿得来的？"

"乔六爷，咱文人好莲，不能伤雅，大户人家，哪有不香道理。惟'香'一字，只能神会。"

"佟大爷，方才说赛脚会上许看不许摸，闻一闻总可以吧！呵？哈哈哈哈！"

香莲见门帘上一个人影矮下来。心一紧，才要抽进脚来，又见旁边一个矬胖影子伸手拉住这人，嘻嘻哈哈说：

"乔六爷，提到'香'字，我们苏州太守也是莲癖，他背得一首山歌给我，我背给您听，'佳人房中缠金莲，才郎移步喜连连。娘子呵，你的金莲怎的小，宛如冬天断笋尖，又好像五月端阳三角粽，又是香来又是甜。又好比六月之中香佛手，还带玲珑还带尖。佳人听罢红了脸，贪花爱色恁个贱，今夜与你两头睡，小金莲就在你嘴边，问你怎么香来怎么甜，还要请你尝尝断笋尖！'"

这人苏州音，念起来似唱非唱。完事，有人笑有人拍手，有人说不雅，有人拿它跟乔六桥开心。却给香莲解了围。

忽然一个声音好熟，叫道：

"各位再往下看，好的还在后边呢！"

一群人应声散去，在西边一个个门前看脚谈脚，却没有刚刚在自己门前热闹。后来却在一处赛油锅泼水赛地喧闹开了。有人说：

"简直闹不清，哪个是您大媳妇了！"

又是那好熟的声音：

"哪脚好，就哪个，这脚好，就这个！"

香莲忽觉得这是二少爷佟绍华的嗓门。模糊有点不妙，蛮有把握的手竟捏起汗来。耳听这伙人，说说笑笑回到前厅，打打闹闹去填号码。好一会儿，佟绍华在厅上唱起票来：

"乔六爷——甲一乙二丙六，吕老爷——甲一乙二丙四，华七爷——甲二乙一丙四，牛五爷——甲一乙二丙三，苏州白掌柜甲二乙一丙四，苏州邱掌柜甲一乙二丙五……把票归起来，壹号得甲最多，为首；贰号次之，第二；肆号第三。"

戈香莲好欢喜，一时门帘都显亮了。又听佟绍华叫道："潘妈，拉下门帘，请各位少奶奶、姑娘，见见诸位客人！"跟着香莲眼前更一亮,几十盏灯照进眼睛。却见前厅辉煌灯火里满是客人,周围各房门口都坐一个花样儿的女人。

佟绍华赛刚给抽了三鞭子,十分精神。那张大油脸鼓眼珠,今儿分外冒光,双手举着一张写满人名号码的洒金朱砂纸,站在前厅外高声儿叫:

"壹号,白金宝,我媳妇!你来谢谢诸位老爷!贰号,戈香莲,我嫂子;肆号,董秋蓉,是我弟妹。余下三个都是我家丫鬟,桃儿、杏儿、珠儿。各位也请出来吧!"

戈香莲傻了!她是大少奶奶,该壹号,怎么贰号?是弄错还是佟绍华成心捣鬼?回头一瞧,门帘上贴的居然就是贰号。可是凭自己的脚,写上嘛号码也该选第一呀!她不信会败给白金宝,但拿眼一瞧就奇了,白金宝好赛换一双小脚,玲珑娇小,隐隐一双淡绿小鞋,分明两片苹果叶子,鞋头顶着珠子,刷刷闪光,又赛叶子上颤悠悠的露水珠儿。这会儿她正打屋里出来,迈步也完全不同往常,绣花罗裙,就赛打地面上飘过,脚尖在裙子下边,忽然露出忽然不见,逗人眼馋。香莲起身走出屋时,本打算拿鞋上的那对蝴蝶压压白金宝,一提裙腰,蝴蝶出来了,可两只脚乍乍虎虎支支棱棱,有露没藏赛叉鱼的叉子,劈着两个大尖。那白金宝走到众人前,道万福行礼,右脚没露,只把左脚成心往外一闪。这一闪叫人看个满眼,再多看一眼又不成。香莲也给这一下闪呆了。原本白金宝的脚比自己大,怎么显得比自己还小?一刀切去一块不成!鞋子更是出奇讲究,连鞋底墙子、底牙、裤腿套上全是精致到家的绣花。香莲打小也没见过这么贵重花哨的鞋子。自己这印花蝴蝶不过奶奶打香粉店花二十个铜子儿买的,一比,太穷气了。

这种场面上,一透穷气,就泄了气!她打脚底到腰叉子全发凉。

恨不得拨头跑回屋，关门躲起来。潘妈招呼珠儿、杏儿、桃儿端三个青花瓷礅子，放在当院，请三位少奶奶坐下。香莲想拿裙子把小脚罩住，偏偏刚才为了露蝴蝶，裙腰往上提，腰带扎得又紧，拉不下来，小脚好赛净心晾在外边给她出丑。她不敢瞅自己脚，也不敢瞅白金宝的脚，更不敢瞅白金宝的脸。白金宝脸儿不定多光彩呢！

佟忍安对吕显卿说：

"居士，打这评选结果上看，您果然不凡。您看其他各位有的一错两对，有的两错一对，有的名次顺序填倒，惟有您号码也对，顺序也对。不知您品评金莲按嘛规格？"

吕显卿听了好得意，才要开口，乔六桥抢过话打趣道：

"还是那七字法呗！"

吕显卿刚刚比学问栽了，这次不能再栽，嘴皮子也鼓起劲儿说：

"七字法是通用之法。品莲要分等级的。"

"怎么分法，请指教。"佟忍安一追问，两人又较量上了。

"这要先说六个字。"

"不是七字又六字了？愈说愈糊涂了！"乔六桥嘻嘻哈哈说，一边跟旁人挤眉弄眼，想拿这山西佬找乐子。

吕显卿是老江湖，当然明白。他决意给这些家伙点真格的瞧瞧，正色说：

"听明白就不糊涂。小脚美丑，在于形态。所谓形态，形和态呗！先说形，后说态。形要六字具备，即短、窄、薄、平、直、锐。短指前后长度，宜短不宜长。窄指左右宽度，宜窄不宜宽。还须前后相称，一般小脚，往往前瘦后肥，像猪蹄子，不美。薄指上下厚度，宜薄不宜厚。直指足跟而言，宜正不宜歪，这要打后边看。平指足背而言，宜平不宜突，如能向下微凹更好。锐指脚尖而言，宜锐不宜秃，单是锐还不成,要稍稍向上翘,便有媚劲儿。向上撅得赛蝎子尾巴,或向下耷拉得赛老鼠尾巴,都不足取。这是说小脚的形。"

这几句就叫香莲听得云山雾罩,从不知小脚上还这么多道理讲究。拿这些道理一卡,自己的脚哪还算脚,只赛坠在脚脖下两块小芋头。前厅里诸位把吕显卿这套听过,不觉拿眼全瞄向佟忍安。盼望这位天津卫能人,再掏出点真玩意儿,把这外边来的能耐梗子压住。佟忍安单手端小茶壶,歪脖眯眼慢条斯理吮着,不知有根还是没词,不搭腔,只是又追了一句:

"这说了形,还有态呢?"

吕显卿瞥他一眼,心想不管你有根没根,先痛快压你一阵再说。

"态字上要分三等,上等金莲,中等金莲,下等金莲。"

香莲心里一惊,想到自己得第二名,生怕这老头把自己归入中等。

"先说上等!"苏州那商人听得来劲,急着说。

"好,我说。上等金莲中间又分三种。两脚缠得细长,好比笋尖,我们大同叫'黄瓜条子',雅号叫钗头金莲。两脚缠得底窄背平,好比弯弓,雅号叫单叶金莲。两脚缠得头尖且巧,好比菱角,雅号叫红菱金莲。这三种小脚中间垫高底,又叫穿心金莲,后边蹬高底,又叫碧台金莲。都是上等。"

"居士敢情有后劲,快说说中等嘛样!"乔六桥说。

"脚长四五寸,还端正,走起来不觉笨,鞋帮没有棱角鼓起来,叫锦边金莲。脚丰而不肥,好赛鹅头,招人喜爱,叫鹅头金莲。两脚端正,只是走路内八字,叫并头金莲;外八字的叫并蒂金莲。这都是中等。"

"这名字真比全聚德炒菜的名儿还好听!"乔六桥笑道。

"六爷你是眼馋还是嘴馋？"

"别打岔！居士，你别叫他们一闹把话截了，接着说下等的金莲。"

吕显卿说：

"今儿佟家府上没下等金莲。三位少奶奶都是上等的。要在我们大同赛脚会上，我敢说也能夺魁！"

他这几句话，不知真话假话客气话应酬话，却说得三位少奶奶起身向他道谢。一站一坐当儿，白金宝无意打裙缝露出小脚，叫戈香莲逮住着意一看，吓一跳，竟然真比平时小了至少一寸？是自己看错还是人家用了嘛魔道法术？

吕显卿对佟忍安说：

"我虽嗜好金莲，比您，至少还差着三磴台阶。方才班门弄斧，可别笑话我无知，多多指点才对呢！"

佟忍安眼瞅一处，不知想嘛，一听吕显卿这话好比跑到自己大门口叫阵，略一沉便说：

"秦祖永《桐阴论画》，把画分作四品。最高为神品，逸品次之，妙品又次之，最末才是能品。能品最易得，也最易品。神品最难得，也最难品。拿我们古玩行说，辨画的真伪，看纸、看墨、看裱、看款、看图章、看轴头，都容易，只要用心记住，走不了眼。可有时候高手造假画，用纸、用墨、用绫、用锦，都用当时的，甚至图章也用真的，怎么办？再有，假宋画不准都是后来人造的，宋朝当时就有人造假！看纸色墨色论年份都不错，就没办法了？其实，盯准更紧要的一层，照样分辨出来，就是看'神'！真画有神，假画无神。这神打哪儿来的呢？比方，山林有山林气，画在纸上就没了。可画画的高手，受山林气所感，淋漓水墨中生出山林一股精神。这是心中之气，胸中之气，是神气。造假绝造不出来。小脚人人有，人人下功夫，可都只求

271

形求态。神品……人世间……不能说没有……它，它……它……"

佟忍安说到这儿忽然卡住，眼珠子变得浑浑噩噩蒙蒙眬眬虚虚幻幻离离叽叽，发直。香莲远远看，担心他中了风。

吕显卿笑道："未免神乎其神了吧！"他真以为佟忍安肚子里没货，玩玄的。

"这神字，无可解，只靠悟。一辈子我只见过一双神品，今生今世再……唉！何必提它！"佟忍安真赛入了魔，弄得众人不明不白不知该说嘛好。

忽然，门外闯进一个胖大男人。原来大少爷佟绍荣，进门听说今儿赛脚，白金宝夺魁，他老婆败了阵。吼一声："我宰了臭娘儿们！"把手里鸟笼子扯了，刚买的几只红脖儿走了运，都飞了。他操起门杠，上来抡起来就打香莲，众人上去拉，傻人劲大，乔六桥、牛凤章等都是文人，没帮上忙，都挨几下，牛凤章门牙也打活了。一杠子抡在香莲坐的瓷磴子上，粉粉碎。佟忍安拍桌子大叫："拿下这畜生！"男用人跑来，大伙儿合力，把大少爷按住，好歹拉进屋，里边还一通摔桌子砸板凳，喊着：

"我不要这臭脚丫子呀！"

客人们不敢吱声，安慰佟忍安几句，一个个悄悄溜了。

当晚，傻爷们儿闹一夜，把香莲鞋子脚布扒下来，隔窗户扔到院里。三更时还把香莲叽哇喊叫死揍一顿轰出屋来。

香莲披头散发，光着脚站在当院哭。

第六回　仙人后边是神人

戈香莲赛脚一败，一跟斗栽到底儿。

无论嘛事，往往落到底儿才明白。悬在上边发昏，吊在半截也迷糊。在佟家，脚不行，满完。这家就赛棋盘，小脚是一个个棋子儿，一步错，全盘立时变了样儿。

白金宝气粗了。香莲刚过门子时，待她那股子客客气气劲儿全没了。好赛憋了八十年的气，一下子都撒出来。时不时，指鸡骂狗，把连钩带刺的话扔过来，香莲哪敢拾。原先不知白金宝为嘛跟她客气，现在也不知白金宝干吗跟她犯这么大性。白金宝见这边不拾茬，性子愈顺愈狂。不知打哪弄一双八寸大鞋，俗名叫大莲船，摆在香莲门口，糟蹋香莲。香莲看得气得掉泪却不敢动。别人也不敢动。

守寡的四媳妇董秋蓉在家的地位有点变化。过去白金宝总跟她斗气，板死脸给她看。赛脚会后换了笑脸，再逢亲朋好友来串门，就把秋蓉拉出来陪客人说话，甩开香莲理也不理，弄得秋蓉受宠若惊，原是怕白金宝，这会儿想变热乎些又转不过来，反而更怕见白金宝了。

佟绍华沾了光。只要在铺子里待腻了想回家，打着二少奶奶旗号，说二少奶奶找他，挺着肚子就回来了，佟忍安也没辙。可后来，二少奶奶自己出来轰他，一回来就赶回去。本来佟绍华骑白金宝脖子上拉屎当玩儿，这阵子白金宝拿佟绍华当小狗儿。谁也不知二少奶奶怎么一下子对二少爷这么凶。戈香莲明白。她早早晚晚三番五次瞧见佟忍安往白金宝屋里溜。但她现在躲事都难还去招惹是非？再说家里人都围着白金宝转，知道也掖肚子里，谁说？丫头们中只桃儿待香莲好，她原是派给香莲用的，可当下只要她一脚迈进香莲屋，白金宝就叫喊桃儿去做事，两只脚很难都进来。一日中晌，趁着白金宝睡午觉的当儿，桃儿溜进香莲屋来悄悄说，自打白金宝不叫二少爷着家，二少爷索性到外边胡来，过去逛一回估衣街的窑子，到家话都少说，怕走了嘴。现在嘛也不怕，整天花街柳巷乱窜。憋得难受时竟到落马湖

273

去尝腥,那儿的窑姐都是野黑粗壮的土娘们儿,论钟头要钱,洋表转半圈,四十个铜子儿。到时候老鸨子就摇铃铛,没完事掏钱往外一扔。桃儿说,这一来柜上的钱就由二少爷尽情去使。乔六桥一伙摽上了他,整天缠他请吃请喝请看请玩儿再请吃请喝请看请玩儿。

"老爷可知道?"

"老爷的心思向来没全摆铺子里,你哪知道!"

香莲也知道,但不知自己知道一多半还是一少半。

这家里,看上去不变的惟有潘妈。她住在后院东北角紧挨佟忍安内室的一间耳房。平时总待房里,偶然见她在太阳地晒鞋样子、晾布夹子,开门叫猫。她养这猫倒赛她自己,全黑、短毛、贼亮、奇凶,赛只瘦虎。白天在屋睡觉,整夜上房与外边流窜来的野猫厮打,鬼哭狼嚎吼叫,有时把屋顶的砖头瓦块啪哒撞下来。桃儿说,全家人谁也离不开潘妈,所有鞋样子都归她出。赛脚那天白金宝的小脚就靠她捯饬的。她的鞋样敢说天下没第二个。

"十天半个月,她也往各屋瞧瞧,鞋不对,她拿去弄。可她就不往您屋里来。您没瞧见赛脚前她天天都往二少奶奶屋跑。就是她把您打赛会上弄下来的。不知她为嘛偏向二少奶奶,恨您!"

香莲没搭腔,心里却有数。香莲心细,看出潘妈打赛脚后不再去白金宝屋子了。

变得最凶,要数香莲的傻爷们儿。香莲真不懂傻人也把小脚看得这么重。原先是傻,这一下疯了。疯人更没准,犯起病就跟香莲瞎闹。有时拿拴床帐的带子,把香莲两脚捆一块儿,就要拿出去卖。买鸟儿,这是高兴时候。凶狠起来就拿针锥扎小脚,鲜血打裹脚布里往外冒。香莲已有了身孕,桃儿等几个丫头来哄大少爷说,大少奶奶肚里有他孩子，孩子有双天下没比的小脚，叫他必得好好待大少奶奶，等着好小脚生出来。这话管用，大少爷一听立时变样，天天捧着香莲小脚亲了又亲。一天打外边回来，居然给香莲买一包蜜枣，叫香莲心里一热直掉泪。可过几天，街上两个坏小子拦着大少爷说："听说你爹给你娶个大脚媳妇，还要再生个大脚闺女。"他眼就直了，进门操起菜刀踹门进屋，非要切开香莲肚子看小脚不可。扯脖子叫喊着：

"我爹诓了我，谁也不信，打开看！"

香莲这两天正是心如死灰时候。不知谁把赛脚会的事传给香莲的奶奶。奶奶听了，气闭过去。香莲得信赶到家，奶奶拿最后一口气对她说："奶奶也不知怎么会毁的你！"糊里糊涂，抱着悔恨作古了。香莲绝了后路，见傻爷们儿也不叫她活，心一横，把衣服两边一扯刷地撕开，露出鼓鼓白肚皮，瞪着眼对大少爷说：

"开吧！我活腻了，要嘛给你嘛！"

谁知当啷一声，菜刀扔在地上，傻爷们儿居然给香莲磕起头来。脑门撞得青砖地嗵嗵嗵直响，十来下就撞昏了，脑门鼻子都流血。再醒来，不打不闹，也不说话，只是傻笑，饭菜全不吃，到后来滴水不进，药汤没法灌，人就完了。挺大一个活人，完了，真容易。

应上"白马犯青牛，鸡猴不到头"这句话。香莲结婚没一年，守了寡。人强心不死，她只盼着生个小子。白金宝和董秋蓉两房头都是闺女，董秋蓉一个，白金宝两个，据说在南边的三少奶奶尔雅娟生的也是闺女。香莲要生个小子，给佟家留根，日子还能喘过口气。偏偏心强命不强，生的是丫头！想改也改不了，想添再也添不了！生下来不久还满身疹子。她心凉得赛冰块，天天头不拢脚不裹，孩子死就死，死完自己死。可自己身上掉下的这块肉，满是红点，痒得整天整夜哭，哭声叫她待不住，每天一趟去到娘娘宫，给斑疹娘娘烧香。娘

275

娘像前还有三个泥塑长胡的男人,人称"挠司大人",专给出疹子的孩子挠痒,还有一条泥做的黑狗,专给孩子舔痒痒痘。她一连去七天,别说娘娘不灵,孩子的疹子竟然退了。

一天潘妈忽进来,抓起孩子的小脚看了看,惊讶地说:"又是天生一块稀罕料。"随后拿着吓人的鼓眼盯住香莲说:"老爷叫我给她起个名儿,就叫莲心吧!"

香莲听了,两眼立时发直,潘妈走出去时,看也不看。桃儿端饭进来了。自打大少爷死后,香莲落得同丫头们地位差不多,吃饭也不敢和老爷少爷少奶奶们同桌。桃儿问她:

"不是二少奶奶又骂闲街了?甭搭理她,她骂,您就把耳朵给她,也不掉块肉。"

香莲直呆呆不动。

桃儿又说:

"我看四少奶奶心眼倒不错。这汤面上的肉丝,还是她夹给您的呢!原先她那双脚,不比二少奶奶差。倒霉倒在一次挑鸡眼,生了脓,烂掉肉,长好了就嫌太瘦。那天赛脚,我劝她垫点棉花,她不肯。她怕二少奶奶看出来骂她。可我……您可别往外说呀——二少奶奶脚尖就垫了棉花。本来她脚尖往下耷拉!不单我瞧出来,珠儿杏儿全瞧出来了,谁也不敢说就是了!"

桃儿引香莲说话。本来这话十分勾人谈兴的。但香莲还是不吭声也不动劲,神色不对,好赛魂儿不在身上。桃儿以为她一时心思解不开,不便扰她,就去了。香莲在床边直坐到半夜,拿着闺女雪白喷香的小脚,口里不停念叨着潘妈的话:

"又是天生一块稀罕料……天生一块稀罕料……天生一块稀罕料……"

三更时，香莲起来插上门，打开一小包砒霜，放在碗中，拿水沏了，放在床头。上床放了脚，使裹脚条子把自己和闺女的脚捆在一块儿，这才掉着泪说：

"闺女！不是娘害你！娘就是给这双脚丫子毁成这样，不愿再叫你也毁了！不是娘走了非拉着你不可，是娘陪你一块儿走呀！记着，闺女！你到了阎王殿也别冤枉你娘呀！"

闺女正睡。眼泪掉在闺女脸上，好赛闺女哭的。

香莲猛回身，端起毒药碗就要先往闺女嘴里灌。

忽听哗啦一响，窗子大敞四开，黑糊糊窗前站着一个人。屋里灯光把一张老婆子的脸照得清清楚楚。满脸横七竖八皱纹，大眼死盯着自己，真吓人！

"鬼！"香莲一叫，毒药碗掉在地上。

恍惚间，以为是奶奶的鬼魂儿找来了，又以为是自己从没见过、早早死去的婆婆。耳朵却听这老婆子发出声音，哑嗓门，口气很严厉：

"要死还怕鬼！再瞅瞅，我是谁？"

香莲定住神，一看是潘妈。

"开开门，叫我进去！"潘妈说。

香莲见是她，心一定，不解脚条子，把头扭一边。

潘妈打窗子进去，站在炕前，冷笑道：

"活不会活，死倒会死！"

香莲心还横着，在死那边。根本不理她。

潘妈上去，拿起香莲的脚，摆来摆去又捏又按上下左右前前后后地瞧了又看看了又瞧，真赛端详一个精细物件。香莲动也不动，好似这脚不跟她身子连着。心都死了，脚还活着？潘妈手拿她的脚，眼瞅

277

一边,深深叹一口长气说:"他眼力真高!我要有这双脚,佟家还不是我的?"她沉一下忽扭头对香莲说:"您要肯,把您这双脚交给我,我保您在佟家横着走路!"这两句话说得好坐实,一个字儿在板上钉一个钉子。

她等着香莲回答,停一刻,没听香莲吭声,便冷冷说:"戴金镯子穷死,活该去当窝囊鬼吧!"转身就走,小脚还没迈出门槛,香莲的声音就撞在她后背上:

"你说的算,我就依你!"

潘妈回过身。香莲打进佟家,头次见潘妈笑脸。脸板惯了,一笑更吓人。可跟着笑容就消失,不笑反比笑更舒服。潘妈问:

"这脚谁给您缠的?"

"我奶奶。"

"算她对得起您!您听好了——您这双脚,要论天生,肉嫩骨软,天下没第二双;要论缠裹,尖窄平直,也没挑儿。您奶奶算能人,没给您缠坏,就算成全了您。可是怨就怨您自己没能耐收拾它。好比一块好肉,只会水煮放盐,不会煎炒烹炸,白叫您给淹浸了!再好比一块玉,没做工,还不跟石头一样!单说赛脚那天,那双蝴蝶鞋还算鞋?破点心盒子!酱菜篓子!要嘛没嘛,嘛好脚套上它还有样?再说您为嘛不穿弓底?人家二少奶奶四寸脚,穿上弓底,脚一弯,四寸看上去赛三寸。您这脚本来三寸,反叫这破鞋连累得显得比二少奶奶脚还大,这不屈了!不等着败等嘛?"

香莲眼珠子闪一道蓝光:

"告我,还有救吗?"

"要没有,跟您说它干吗?"

香莲解开脚上带子,下炕扑通趴下来给潘妈磕三个头:

"潘妈,求您给我指个明道儿,叫我翻过身来吧!"

她眼里直冒火。

潘妈冷言道:

"您起来,您是主家,不兴给用人跪着。再说,我又不是为您。您为您自己,我也为我自己。可都得用您这双脚。谁也别谢谁了!"

香莲听懂一半,另一半不懂。

潘妈不管她懂不懂,叭地打开桌上一个漆盒子。不知这盒子嘛时候摆在桌上的。黑漆面,朱漆里,铜蝙蝠包角,盒里一块绣花黄绸子。掀开花绸,拿出一双花团锦簇般的小鞋,绣工可谓盖世无双,花边一层套一层,细得快看不出来,拿眼一盯,藤萝鱼鸟博古走兽行云海浪万字回纹,都是有姿有态精整不乱。拿出来就喷香浓香异香,赛两朵花儿。放在手中,刚和手掌一般大小。又软又轻又俏又柔,弯弯的,好比一对如意紫金钩。再看底儿竟是紫檀木旋的。

"您穿上试试。"

"这鞋怕不到三寸吧,我哪能穿?"

"不能我叫您穿?"

香莲提着鞋跟,把脚尖伸进去一蹬,只觉光溜溜鞋底蹭着脚掌一滑,哧溜穿上,不大不小,正正好好。咦,看上去比脚小的鞋,怎么正好?她瞧着潘妈发怔。潘妈说:

"我说了,三寸脚一弯,就比三寸小。这是古式鞋底,样好,弯得赛桥,正经八百叫弓底,不比现时市面上的柳木底子,随便有个弯儿就得。照规矩,三寸鞋,木底长二寸六,弯七分。您再量您那双,顶多弯三分,哪成?好了,您把这双裤腿套儿套在外边,看看嘛样儿吧!"

潘妈打盒里又拿双裤腿套,香莲接过一看,恐怕这样好的绣活别

279

处甭想见到。潘妈说：

"都是桃儿绣的，往后你就找她。"

香莲惊得说不出话来。低头套上这裤腿套，鞋是绿的，套是粉红的，绣线全是淡色，浅紫浅蓝浅黄浅棕浅灰浅酱，加上白和银，又素又艳，愈显得脚儿玲珑娇小可爱。想不到这小脚就连在自己腿下边。她瞅瞅潘妈，心想潘妈也要夸赞几句。潘妈却说：

"您站起来走几步看。记着，小脚有四忌，坐着忌讳晃裙子，躺着忌讳抖脚尖，站着忌讳踮脚跟，走路忌讳跷脚趾。"

香莲想起身试试，身子一立，只觉自己好赛给挂在杆子上，摇摇晃晃，脚发空又发紧。赶紧收拢脚尖，人就往前栽，差点来个马趴；脚跟一使劲，人又往后仰，险些来个老头钻被窝。潘妈按她坐下，叫她脱下鞋子，自己坐对面，把香莲的裹脚条子揪下来一扔，边说："大少奶奶，再受次罪吧，我给您重缠。您穿惯小弯底儿，脚弓不够，全靠缠了！"说着手里已拿了一卷又窄又齐整的青布条子，不管香莲乐不乐意，这脚丫子好比她的东西。大拇指一挑，嗒地脚布头就按在脚上，这下真比逮小飞虫还快。她说："您看好了，下次就照这样裹！"

香莲用心看，也用心记。只见潘妈——先把脚布直头按在脚内侧靠里怀踝骨略前，打脚内直扯大脚趾尖兜住斜过来绕到脚背搂紧，再打脚背外斜着往下绕裹严压向脚心，四个脚趾拉住抻紧再转到脚外边翻上脚背，搭过脚外边挂脚跟前扯勾脚尖回到脚内侧又直扯大脚趾斜绕脚背，下绕四脚趾打脚心脚外边上脚背外挂脚跟勾住脚尖二次回到脚内侧，跟手还是脚内脚尖脚背脚心脚外脚背脚跟脚尖三次回到原处再来。香莲看出，和奶奶裹法差得并不大，不过手底下更利索，脚布绕来绕去绝不折边，一道道紧紧包着密不透气，使力均匀，没有半点松劲地方。可缠到第八道，手法忽变，又加进一条宽裹脚条子，嘴里

说一句:

"这叫拦裹布。用的是'拦脚背法',专治你脚弓不够弯的毛病!"

随这话,脚布上手一勾脚尖,返过足背,竟打外边向下绕,反着拉脚跟,转上去刚好缠脚巴骨,跟着就打内边绕过脚背,来回几圈,算把裹脚布扣住。跟手转过脚跟上脚脖,把脚背前半截拦上,不松劲地打脚跟后直拉大脚趾,连着脚巴骨一包上足背,这算拦一扣,再裹再拦,再拦再裹,直到把一卷一丈多的裹脚条子全用完。香莲便觉脚背发胀,脚心发空,脚跟和脚心好比叫人两手攥着往下使劲掰,就赛脚抽筋一样。看是好看,有模有样,上弓前翘,俏丽俊巴,可穿上潘妈拿给她另一双扳脚用的青布鞋,难受多了,迈步赛踩高跷。

"能受?"潘妈问。鼓眼珠子瞧着她,分明考问她。

香莲毫不含糊:

"打算活,都能受。还怎么着,你就说吧!"

潘妈冷冷盯她一眼,点点头。打盒里又拿出一把小尺,尺三寸,象牙做的,用得久,发旧发黄发亮,上边的星子都是嵌银的。她把尺子给她时说:"这是专量脚使的。二少奶奶使不了,她脚比这尺大。"潘妈嘿嘿一笑。这笑,赛股寒气,往人骨头里钻。"你天天晚上拿热水洗脚,洗完照我刚才那样缠上。记住!一双好脚睡觉时候也不能松开。只要缠好就拿它量。我这儿还有张表,脚上每个关节上边都有尺寸,不能错过半分半毫,哪儿涨出来就勒哪儿。给你——"又递给香莲一张破旧的元书纸,木版印的表格,满是字是尺寸。

香莲拿过一看,这才算打小脚的门缝往里边瞅一眼。一眼就看花了——

足部尺度一览表（营造尺）

各　部	径	赤足尺度	紧缠尺度	注
足尖至后跟	直	三寸二分	二寸九分	即足之大小
大　趾	直	八分	八分	
大　趾	中部横	五分	三分五	
二　趾	直	六分	六分	
二　趾	中部横	三分	二分七	
中　趾	直	七分	七分	
中　趾	中部横	四分	三分七	
四　趾	直	六分	六分	
四　趾	中部横	四分	三分六	
小　趾	直	四分	四分	
小　趾	中部横	二分		缠后小趾会被挤没，不占宽度
足心足跟间缝口	中部垂直深	一寸	一寸一分	
里缝口	垂直	一寸三分	一寸四分	
外前缝口	垂直	七分	八分	趾跟肉折成之深缝
外后缝口	垂直	一寸	一寸一分	足跟前大深横缝
缝　底	横	一寸	九分	
下缝口	横	一寸二分	一寸	
下缝口	原宽 分开宽	二分 四分		开时如刀削，缠时合一线
缝至足尖	直	二寸一分	一寸八分	
足跟下	横	一寸	九分	
足跟下	直	一寸一分	一寸一分	

(续表)

各 部	径	赤足尺度	紧缠尺度	注
后 跟	高	一寸五分	一寸七分	缠后自然高起
足跟下至膝盖	直	一尺三寸	一尺三寸二分	
起足尖至胫腕	斜高	四寸	四寸	
足 尖	圆	一寸三分	一寸一分	大趾中部
胫 腕	圆	三寸八分	三寸八分	
足 腰	圆	二寸五分	二寸	
足面至后跟	直	二寸三分	二寸	
足面至足心	厚	一寸三分	八分	三四趾处
足心下至平地	空	三分	五分	
足面上至膝盖	直	一尺一寸四分		
赤足站立时	直	三寸四分		

自打这夜，天天三更，潘妈准时推门进来，帮她调理小脚，教给她种种规矩、法度、约束、讲究、忌讳、能耐和诀窍，怎么洗脚怎么治脚怎么修脚怎么爱脚怎么调药和怎么挑鸡眼。渐渐还教会她自制弓鞋，做各种各样各门各类鞋壳子，削竹篦、钉曳拔、缘鞋口、缝裤腿套，这一切，不论制法、配色、选料、尺度，都有苛刻的规法。错了不成，否则叫行家笑话。不懂就糊涂着，懂了就非照它办不可。规矩又是一层套一层，细一层，紧一层，严一层。愈钻反而愈来劲愈有趣愈有学问。在它下边受制，在它上边制它。她真不知潘妈肚子里还有多少东西，也许一辈子也学不尽，可香莲是个会用心的女子，非但用心还尽心。一样样牢牢学到手。

虽然她的脚天生质嫩，骨头没硬死，但毕竟成人，小脚成形，要赛泥人张手中胶泥可不成。强弓起来的脚，沾地就疼，赛要断开，真

283

好比重受当年初裹的罪。她不怕！有罪挨着，疼就强忍，硬裹硬来硬踩硬走，硬拿自己干。白金宝眼尖，看出来，就骂她："臭蹄子，裹烂了，还不是只死耗子！"她只装没听见。这话赛刀子，她死往肚里咽。只想一天，拿出一双盖世绝伦的小脚，把这佟家全踩在脚底下。就不知她命里，叫不叫她吐出这口恶气。她叫自己的命差点制死呵！

这日，她抱着莲心在廊子上晒太阳，佟忍安站在门口揪鼻子毛，一使劲，一扭脸，远远一眼就盯上香莲的脚。佟忍安何等眼力，立时看出她的脚大变模样，神气全出来了。佟忍安走过来只说一句："后晌，你来我屋一趟。"转身便走了。

她打进了佟家门，头次进公公屋，也很少见别人进去过。这屋子一明两暗，满屋书画古董，一股子潮味儿、书味儿、樟木味儿、陈茶味儿、霉味儿，浓得噎人。她进来就想出去换口气。忽见佟忍安的眼正落在她脚上。这目光赛只手，一把紧紧抓住她脚，动不得。佟忍安忽问：

"谁帮你捯饬这脚？"

"我自己。"

"不对，是潘妈。"佟忍安说。

"没有。我自己。"香莲不知佟忍安的意思，怕牵扯潘妈，咬住这句话说。

"你要有这能耐，上次赛脚也败不下来……"佟忍安眼瞧别处，不知琢磨嘛，自个儿对自个儿说，"唉！这老婆子！再收拾好这双脚，更没你的份啦……"他起身走进东边内室，招手叫香莲跟进去。

香莲心怕起来，不知公公是不是要玩她脚。反过来又想，反正这双脚，谁玩儿不是玩儿，祸福难猜，祸福一样，进去再说。

屋里更是堆满书柜古玩，打地上到屋顶。纸窗帘也不卷，好暗。

香莲的心嘣嘣跳，只见佟忍安手指着柜子叫她看。柜子上端端正正放一个宋瓷白釉小碟，碟上反扣着一个小白碗。佟忍安叫香莲翻开碗看。香莲不知公公耍嘛戏法，心里揪得紧紧，上手一翻拿开碗！咦呀！小白碟上放着一对小小红缎鞋，通素无花，深暗又鲜，陈旧的紫檀木头底子，弯得赛小红浪头，又分明静静停在白碟上。鞋头吐出一个古铜小钩，向上卷半个小圆，说不出的清秀古雅精整沉静大方庄重超逸幽闲。活活的，又赛件古董。无论嘛花哨的鞋都会给这股沉静古雅之气压下去。

"哪朝哪代的古董？"香莲问。

"哪儿来的古董，是你婆婆活着时候穿的。"

"这样好看的小鞋，怕天下没第二双！"香莲惊讶地瞪圆一双秀眼说。

"我原也以为这样，谁知天不绝此物，又生出你这双脚来，会比你婆婆还强！"佟忍安脸上刷刷冒光。

"我的？"香莲低头看自己的小脚，疑惑地说。

"现在还不成。你这脚光有模样！"

"还少嘛？"

"没神不成。"

"学得来吗？"

"只怕你不肯。"

"公公，成全我！"香莲扑通跪下来。

谁料佟忍安扑通竟朝她跪下来，声儿打颤地说："倒是你成全我！"他比她还兴奋。

她不知佟忍安怎么和潘妈一样，到底为嘛都指望她这双脚。只当公公想玩儿。香莲有自己一盘算盘珠儿，通身一热，站起来把脚伸给他。佟忍安抱着香莲小脚说:"我不急,先成就你这双脚再说。"他问她,"你认得几个字儿?"

"蹦蹦跳跳,念得了《红楼梦》。"

"那好!"佟忍安立时起来拿几套书给她,"反反复复看了,等你心领神会,我再给你开个赛脚会,保你拿第一!"

香莲这会儿才觉得,一脚把佟家大门踢开。她把书抱回屋,急急渴渴打开,是三种。一是《缠足图说》,带画的;一是李渔写的《香艳丛谈》,也带画带小人;还有薄薄一小本,是《方氏五种》,全是字。打粗往细看上几遍才懂得,小脚里头比这世界还大。潘妈那些玩意儿,还是皮毛,这才摸到神骨。打比方,奶奶给她是囫囵一个大肉桃,潘妈给她剥出核儿来,佟忍安敲开核儿,原来里边还藏着核仁。核仁还有一百零八种吃法。这叫作:

能人背后有仙人。仙人背后有神人。

第七回　天津卫四绝

今儿,爷几个凑一堆儿,要论论天津卫的怪事奇人,找出四件顶绝的,凑成"津门四绝"。这几位事先说定,四件里头,件件都得有事,还得有人,还非得大伙儿全点头才能算数。更要紧的是这事这人拿出去必能一震。叫外地人听了张口瞪眼,苍蝇飞进嘴里也不觉得才行。这样说来论去,只凑出三件。

头件叫作恶人恶事。

这是说,城内白衣庵一带,有个卖铁器的,大号王五,人恶,打人当玩儿,周围的小混星子们都敬他,送他个外号叫小尊,连起来就叫小尊王五。前几年,天津卫的混星子们总闹事,京城就派一位厉害的人来当知县,压压混星子,这人姓李,都说是李中堂的侄子。上任前,有人对他说天津卫的混星子都是拿脑袋别在裤带上的,惹不得,趁早甭去。姓李的笑笑,摇摇头,并不在意。他后戳硬,怕谁?上任这天贴出告示,要全城混星子登记,凡打过架即使不是混星子也登记,该登记不登记的抓来就押。还嘱咐县里滕大班头多预备些绳子锁头。这滕大班头,人黑个大,满脸凶相,出名的恶人,混星子们向来跟他井水不犯河水,今儿他公务在身,话就该另说。小尊王五听到了,把一群小混星子召到他家,一抬下巴问道:"天津卫除我,还谁恶?"小混星子当下都惴李知县和滕大班头,就说出这二人。小尊王五听罢没言语,打眉心到额顶一条青筋鼓起来,腾腾直跳。转天一早操起把菜刀来到滕大班头家,举拳头哐哐砸门。滕大班头正吃早饭,嚼着半根果子出来,开门见是小尊王五,认得,便问:"你干吗?"小尊王五扬起菜刀,刀刃却朝自己,咔嚓一下把自己脑袋砍一道大口子,鲜血冒出来。小尊王五说:"你拿刀砍了我,咱俩去见官。"滕大班头一怔,跟着就明白,这是找他"比恶"来的。照天津卫规矩,假若这时候滕大班头说:"谁砍你了?"那就是怕,认栽,那哪行!滕大班头脸上肉一横说:"对,我高兴砍你小子,见官就见官!"小尊王五瞅他一眼,心想这班头够恶!两人进了县衙门,李知县升堂问案,小尊王五跪下来就说:"小人姓王名五,城里卖香干的,您这班头吃我一年香干不给钱,今早找他要,他二话没说,打屋里拿出菜刀给我一下。您瞧,凶器在这儿,我抢过来的,伤在这儿,正滴答血呢!青天大老爷得为我们小百姓做主!"李知县心想,县里正抓打架闹事的,你堂堂县衙门的班头倒去惹事。他转脸问滕大班头这事当真?假若滕大班头说:"我没砍他,是他自己砍的自己。"那也是怕吃官司,一样

287

算栽。滕大班头当然懂得混星子们这套,又是脸上肉一横说:"这小子的话没错,我白吃他一年香干不给钱,今早居然敢找上门要账,我就给他一刀,这刀是我家剁鸡切疙瘩头的!"小尊王五又瞅他一眼,心想:"别说,还真有点恶劲!"李知县又惊又怒,对滕大班头说:"你怎么知法犯法?"一拍惊堂木叫道:"来人!掌手!五十!"衙役们把架子抬上来,拉着滕大班头的手,将大拇指插进架子一个窟窿眼儿里,一掰,手掌挺起来,拿枣木板子就打,啪啪啪啪十下过去,手心肿起两寸厚,啪啪啪啪啪又十五下,总共二十五下才一半,滕大班头就挺不住,硬邦邦肩膀子好赛抽去筋,奄拉下来。小尊王五在旁边见了,嘴角一挑,嘿地一笑,抬手说:"青天大老爷!先别打了!刚才我说那些不是真的,是我跟咱滕大班头闹着玩儿呢!我不是卖香干是卖铁器的。他没吃我香干更没欠我债,这一刀不是他砍是我自个儿砍的,菜刀也不是他家是我铺子里的。您看刀上还刻着'王记'两字呢!"李知县怔了,叫衙役验过刀,果然有"王记"两字,便问滕大班头怎么档事,滕大班头要是说不对,还得再挨二十五下,要是点头说对,就算服栽。可滕大班头手也是肉长的,打飞了花,多一下也没法受,只好连脑袋也奄拉下来,等于承认王五的话不假。这下李知县倒难了:王五自己砍自己,给谁定罪?如果这样作罢,县里上上下下不是都叫这小子耍了?可是,如果说这小子戏弄官府给他治罪,不就等于说自己蠢蛋一个受捉弄?正是骑虎难下,气急冒火的当儿,没料到小尊王五挺痛快,说道:"青天大老爷!王五不知深浅,只顾取乐,胡闹乱闹竟闹到衙门里,您不该就这么便宜王五,也得掌五十。这样吧,您把刚刚滕大班头剩下那二十五下加在我这儿,一块儿算,七十五下!"李知县火正没处撒,也没处下台阶,听了立时叫道:"他这叫自作自受。来人!掌手!七十五!"小尊王五不等衙役来拉他,自个儿过去把右手大拇指插进架子，肩膀一抬手心一翘，这就开打。啪啪啪啪一连二十五下，手掌眼瞅着一下下高起来，五十下就血肉横飞了。小尊王五看着自己手掌，没事，还乐，就赛看一碟"爆三样"，完事谢过知县，拨头就走。没过三天，李知县回京卸任，跟皇上说另请能人，滕大班头也辞职回乡。这人这事，恶不恶？

众人点头，都说这事叫外地人听了，后脖子也得发凉，够上一绝。

第二件叫作阔人阔事。

天津卫，阔人多，最阔要数"八大家"。就是天成号养船的韩家、益德裕店高家、长源店杨家、振德店黄家、益照临店张家、正兴德店穆家、土城刘家、杨柳青石家。阔人得有阔事，常说哪家办红白事摆排场，哪家开粥厂随便人来敞开吃，一开三个月等，都不能算。必得有件事，叫人听罢，这辈子也忘不了才行。当年卖海盐发财的海张五，掏钱修炮台，算一段事，但细一分析，他花钱为的是买名，算不上摆阔，就还差着点儿。今儿，一位提出一段事，称得上空前绝后。

说的是头年夏天，益德裕店的高家给老太太过八十大寿。儿子们孝顺，费尽心思摆个大场面，想哄老太太高兴。不料老太太忽说："我这辈子嘛都见过，可就没看过火场，连水机子嘛样也没瞧过，二十年前锅店街的油铺着火，把西半边天烧红了，亮得坐在屋里人都有影儿。城里人全跑去看，你们爹——他过世，我不该说他——就是不叫我去看。这辈子白来不白来？"说完老太太把脸耷拉挺长，怎么哄也不成。三天后，高老太太几个儿子商量好，花钱在西门外买下百十间房子，连带房里的家具衣物也买下，点火放着。又在半里地外搭个高棚子，把老太太拿轿抬去，坐在棚里看救火。大火一起，津门各水会敲起大锣，传锣告警。天津卫买卖人家多，房子挤着房子，最易起火，民间便集合"水会"，专司救火，大小百八十个，这锣一起，那

289

锣就跟上，城里城外，河东河西，顷刻连成一片，气势逼人。紧跟着，各会会员穿各色号坎，打着号旗，抬着水柜和水机子，一条条龙似的，由西城门奔出来，进入火场。比起三月二十三开皇会威风多了。火场中央，专有人摇小旗指挥，你东我西你南我北你前我后你进我退，绝不混乱，十分好看。水机子上有横杆，是压把儿，两头有人，赛小孩儿打压板，一上一下，柜里的水就从水枪喷出来，一道道青烟窜入烟团火海里，激得大火星子噌噌往天上飞，比大年三十的万花筒不知气派几千几万倍。高老太太看直了眼。大火扑灭，各会轻敲"倒锣"，一队队人撤出去。高家人在西门口，拿二十辆大马车装满茶叶盒点心包，犒劳各会出力表演。这下高老太太心里舒坦了，连说今儿总算亲眼看过火场，天下事全看齐了。这事够不够阔？

众人说，阔人向例爱办穷事。这一手，不单叫穷人看傻了，也叫阔人看傻了，甚至叫办事的人自己也看傻了，这不绝嘛绝。当然算一绝！这可就凑上两绝啦！

第三件叫作奇人奇事。

这人就是眼睛不瞅人的华琳。此人名梦石，号后山人。家住北城里府署街。祖上有钱，父亲好闲，喜欢收罗天下怪石头。这华琳在天津卫画人中间，称得上一位大奇人。他好画山水，名头远在赵芷仙上边，每天闭门作画，从不待客，更不收弟子。他说："画从心，而不从师。"别人求画，立时回绝，说："神不来，画不成。"问他："神何时来？"答："不知，来无先兆，多在梦中。"又问："梦里如何画得？"答："梦即好画。"再问："嘛叫好画？"答："画山不见山，画水不见水。"接着问："如何才能见？"答："心照不宣。"再接着问："古人中谁的画称得上好？"答："惟李成也。李成后，天下无人。"可是，打古到今，谁也没见过李成真迹。古书上早有"无李论"一说。他只承认李成好，等于古今天下不承认一人。这是他的奇谈，还有件事，便是无论谁也没见过他的画。据说，他每画完，挂起来，最多看三天就扯掉烧了。有天邻居一个婆子打鸡，鸡上墙飞到他院中。这婆子去抱鸡，见他家门没锁，推门进去，抓着鸡，又见他窗子没关，屋内无人，桌上有画，顺手牵羊隔窗偷走他的画，拿到画铺去卖。他知道后，马上使四倍的钱打画铺把画买回，撕了烧掉。好事者去打听那婆子、那画铺，那画画得怎样，经手人糊里糊涂全都说不清道不明，只好作罢。但谁也弄不明白，既然没画，哪来这么大的名气？这算不算奇人奇事？绝不绝？众人都说绝，惟有牛凤章摇头，说他是骗子。其余人都不画画。隔行如隔山，隔行不认真，隔行气也和。乔六桥笑道："嘛都没见着，靠骗能骗出这么大名气，也算绝了。"牛凤章这才点头。于是又多一绝，加起来已经三绝了。

今儿是大年十四，乔六桥、牛凤章、陆达夫等几位都闲着没事，在归贾胡同的义升成饭庄摆一桌聚聚。陆达夫也是跟大伙儿常混在一堆儿的名士，也是莲癖也是一肚子杂学，阅历文章都比乔六桥老梆得多。他个儿小，苹果脸，大褂只有四尺半，人却精气头大，走起路两条胳膊甩得高高。乔六桥三盅酒进了肚子，就说单吃喝没劲，蹦出个主意，要大伙儿聊聊天津卫的奇人怪事，凑出"津门四绝"来。这主意不错，东扯西扯，话勾着酒，酒勾着话，嘻嘻哈哈就都喝得五体流畅红了脸。可第四绝难凑出来。牛凤章说：

"这第四绝，依我看，该给养古斋的佟大爷。咱不说他看古董的能耐，小脚的学问谁能比，顶了天。"

乔六桥笑着说："真是吃人嘴短，他买你假画，你替他说话……提到小脚，我看他家够上小脚窝，哪个都值捏一捏。"他的酒有点过量，说得脑袋肩膀脖子小辫一齐摇晃。

牛凤章说：

"这话您只说对一半。他家小脚双双能叫绝。可这些小脚哪来的，还不都是他看中的？拿看古董的眼珠子选小脚，还有挑？不是我巴结他——他又没在场，我怎么巴结他——他那双眼称得上神眼。头年，一幅宋画谁也没认出来，当假画破画买进铺子，可叫他站在十步开外一眼居然把款看出来，在树缝里，是藏款。"

"好家伙！他家有宋画！你也看见了？"乔六桥说。

"不不不！"牛凤章失了口，摇着双手说，"没瞧见，影儿没瞧见，都是听人说的，谁知确不确。你甭去问他，再说问他也不会告你。还是说说他家小脚来劲。"

"没想到牛五爷小脚的瘾比我还大。好，你跟他家近，我问你，佟大爷到底喜欢谁的小脚？"

"我不说，你也猜不着。"牛凤章笑眯眯说。看样子他不轻易说。

乔六桥叫道："好呀！你不说，把你灌醉就说了，陆四爷，来，灌他！"一手扯牛凤章耳朵，一手拿酒壶。其实灌酒该掰嘴，揪耳朵干吗？没灌别人自个儿先醉了！这手扯得牛凤章直叫，那手的酒壶也歪了，酒打壶嘴流出来，滴滴答答溅满菜盘子。

陆达夫仰着脑袋大笑：

"说不说没嘛，灌一灌倒好！"

牛凤章呀呀叫着说：

"我耳朵不值钱可连着脑袋呢，扯下来拿嘛听，呀呀……我说我说，先撒手就说！"

乔六桥叫着笑着闹着扯着：

"你说完，我再撒手！"

"你可得说了算，我说——先前，他最喜欢他老婆的，听说是双仙足。那时我还不认识佟家，没见过那脚。他老婆死后……他……他……"

"怎么，又是吃人嘴短？快说，是大少奶奶还是二少奶奶的？"

"六爷真是狗拿耗子管闲事。人家两个媳妇守寡在家，另一个媳妇又不准她爷们儿回去，还不随他今天这个明天那个。嘻！"

"去！佟大爷是嘛修行，当你呢！弄不透小脚就弄不透佟大爷，弄不透佟大爷就弄不透小脚。牛五爷你再不说，我使劲扯啦！"

"别别，我说。他一直喜欢他……他那老妈子！"

"嘛！""嘛！""嘛嘛！"一片惊叫。

"潘妈？那肥婆子？不信，要说那几个小丫头我倒信。"

"骗你，我是你小辈。"

"呀，这可没料到。"乔六桥手一松，放了牛凤章耳朵，"那猪蹄子好在哪儿？别是佟大爷爱小脚爱得走火入邪了。"

"乔六爷，你可差着火候了。小脚好坏，更看脚上的玩意儿。你又没玩过，打哪知道？"陆达夫又说又笑好开心，单手刷刷把马褂一排蜈蚣扣全都解开。

乔六桥还是盯住牛凤章问：

"这话要是佟家二少爷告你的，就靠不住了。那次赛脚后，二少奶奶不叫他着家，他总在外边拿话糟蹋他爹。"

牛凤章说：

"告你吧，可不准往外传。砸了我饭碗我就跑你家吃去。这话确是佟二少爷告我的，可远在两年前。信了吧！"

乔六桥先一怔，随后说：

"我向例不信佟家的话。老的拿假当真的，小的满嘴全是假的。"

这话音没落，就听背后一人高声说：

"什么真的假的,我反正不折腾假货!"

大伙儿吓一跳,以为佟大爷忽然出现。牛凤章一慌差点出溜到桌子下边去,定住神一瞧,却是一个瘦长老头,湖蓝色亮缎袍子,外套羔皮短褂子,玄黑暗花锦面,襟口露出出针的白羊毛,红珊瑚扣子,给铜托托着,赛一颗颗鲜樱桃,头戴顶大暖帽,精气神派头都挺足。原来是山西的吕显卿,身后跟着个穿戴也考究的小胖子。

"恭喜发财,居士,前天就听说您来了。必是专门赶着来看明儿佟家的赛脚会吧!真是好大的瘾呀!"乔六桥打着趣儿说。

"哪里是。我是来取……"吕显卿一眼瞅见牛凤章垂在下边的手,使劲朝他摇,转口变做笑话说,"向佟大爷取小足经来呀,什么事你们谈得好快活。"

大伙儿相互一客气,坐下了。吕显卿并不跟这些人介绍随来的小胖子。这些人都是风流才子,多半都醉,谁也没在意。乔六桥急着把刚刚议论"津门四绝"的话说了,便问:

"居士,依您看,我们的佟大爷够不够一绝?"

吕显卿琢磨一下说:

"平心而论,这人够怪,够不够怪绝还难说。才跟他见一面,不摸他的底。这样吧,明儿他家赛脚,咱都去。我料他既然这样三请四邀下帖子,必有令人意想不到的阵势。上次跟他斗法,一对一,没胜没败,这次他要叫我吕某人服了——我就在大同给他挂一号,天津这里当然就得算一绝了!"

"好好好,绝不绝,外人说。"乔六桥叫道。跟着鸡鸭鱼肉又要一桌,把荤把素把酒把油把汤把劲,填满一肚子,预备明儿大尽兴。

第八回　如诗如画如歌如梦如烟如酒

大早一睁眼，小雪花就没完没了。午后，足足积了两寸厚，地上、墙沿、缸边、石凳面、栏杆，都松松软软。粗细树杈全赛拿粉勾一遍，粗的粗勾，细的细勾。鲜鲜腊梅花儿，每朵都赛含一口白绵糖。

今儿是灯节，佟家两扇大门关得如同一扇。串门来的拍门环，守在门洞里一个小用人，截门就喊一嗓子：

"全瞧灯去啦，家没人！"

其实人都在家，媳妇们在房里收拾脑袋捯饬脚，小丫头们在廊子上走来走去，往各房送热水送东西送吃的送信儿。个个穿鲜戴艳，脸上庄重小心，又赛大年三十夜拜全神那阵子那劲头。

这当儿，佟忍安正在前厅，陪着乔六桥、华琳、牛凤章、陆达夫和山西来的爱莲居士吕显卿喝茶说话。几位一码全是新衣新帽，牛五爷没戴帽子却刚刚剃过头，瓢赛的光溜溜。乔六爷也不比平时那样漫不经心，大襟上没褶，扣也扣得端正，看上去赛唱戏一样。

这次不比上次，大冬天门窗全闭着，人中间放着大铜盆，盆里的火炭打昨后晌烧个通宵，压也没压过，此刻烧得正热。隔寒气的玻璃都热得冒汗，滴答水儿。迎面红木大条案上摆着此地逢年必摆的插花，名叫"玉堂富贵"。是拿朱砂海棠白碧桃各一枝，牡丹四朵，水仙四头，杂着样儿色儿，栽在木槽子里。红是红白是白黄是黄绿是绿高是高矮是矮嫩是嫩俏是俏，没风吹，却一种一种香味替换着飘过来。打这人鼻眼儿钻出来，再钻进那人鼻眼儿去。好不快活好不快活！

乔六桥一口茶下去，美滋滋哑哑嘴说：

"佟大爷，今儿这茶好香，可是打正兴德买的？"

佟忍安说：

"正兴德哪来这样好茶？这是我点名打安徽弄来的。一般茶喝到两碗才有味，这茶热水一冲味儿色儿全出来了。不信，你们就相互瞧瞧，赛不赛蹲在荷花塘里照得那色，湛绿湛绿。它不单喝着香，三碗过后，再把茶叶倒进嘴嚼，嫩得赛菠菜心子。"

乔六桥瞧众人脸，忽叫道：

"可不是，大伙儿快瞅牛五爷的脸，活赛阴曹地府的牛头，碧绿！"

众人一齐哈哈哈哈大笑。陆达夫笑得脑袋使劲往后仰，喉结在脖子上直跳。

牛凤章晃着大脑袋说：

"牛肉是五大荤。驴、马、狗、骡、牛，各位不嫌腻，只管来吃我！"

陆达夫说：

"要吃快吃，立春过后再杀牛，就得'杖一百，充乌鲁木齐'了！"

众人又是笑。

佟忍安偏脸朝吕显卿说：

"您喝这茶名叫'太平猴魁'，居士可知它的来历？"

吕显卿摇头没言语。他和佟忍安一直暗较劲，谁摇头谁就窘。

乔六桥说：

"这茶名好怪，八成有些趣事。"

佟忍安正等这话引子。马上说：

"叫六爷说着了——这是安徽太平产的茶。据说太平县有石峰，高百丈，山尖生茶，采茶人上不去，就驯养一群猴子，戴小竹帽，背小竹篓,爬上去采。所以叫'太平猴魁'。这茶来得稀罕吧!再说它长在山尖上,整天叫云雾煨着,味儿自然空灵清远。"

"'空灵清远'这四个字用得好。"华琳忽说,他手指着茶,眼珠子却没瞧茶,说,"难得人间有这好茶,可惜没这样好画!"

佟忍安说:

"今儿我可不是把茶和画配一块儿,而是拿它和小脚配一块儿的。"

吕显卿抓住话茬就说:"佟大爷,您上次总开口闭口说什么神品。眼见为实耳听虚,要说这茶倒有股子神劲,小脚的神品还没见着。可就等今儿赛脚会上看了,要是总看不着,别怪我认为您佟家'眼高'——'脚低'了。"说完嘿嘿笑,赛打趣儿,又赛找茬儿。

佟忍安听罢面不更色,提起小茶壶,拿指头在壶肚上轻轻敲三下。应声忽然哗啦哗啦一阵响,通向三道院的玻璃隔扇全打开,一阵寒气扑进来。热的凉的一激,差不多全响响地打喷嚏。这几下喷嚏,反倒清爽了。只见外边一片银白雪景,又静又雅。吕显卿抬起屁股急着出去瞧。佟忍安说:"居士少安毋躁,这次变了法儿,不必出屋,坐着看就行。各位只要穿戴暖和,别受凉冻了头。"众人全都起来,有的拿外边的大氅斗篷披上,有的打帽筒取下帽子戴上。

嘛声儿没有,又见潘妈已经站在廊子上。还是上下一身皂,只在发箍、襟边、鞋口,加了三道黄边。这三道就十分扎眼。黑缎裹腿打脚脖子人字样紧绷绷直缠到膝盖下边,愈显出小脚,钉头一般戳在地上。乔六桥忽想到昨儿在义升成牛五爷的话,着意想打这脚上看出点邪味来。愈想看愈看不出来。回头正要请教陆达夫,只见佟忍安朝门口潘妈那边点点头,再扭过头来潘妈早不见了,好赛一阵风吹走。跟着一个个女子,打西边廊子走来,走到门前,或停住俏然一立,或左右错着步转来转去绕两圈,或半步不停行云流水般走过,却都把小脚看得清也看不清闪露一下。那些女子牛五爷全都认得,是桃儿杏儿珠儿,还有个新来的小丫头草儿。四少奶奶压场在顶后边。个个小脚都赛五月节五彩丝线缠的小粽子,花花绿绿五光十色一串走过。已经叫诸位莲癖看花了眼。陆达夫笑着说:

"这场面赛过今年宫北大街的花灯了!"

"我看是走马灯,眼珠子跟不上,都快蹦出来了!"乔六桥叫着。

座中只有吕显卿和华琳不吭声。不知口味高还是这样才显得口味高。

忽然潘妈上来说:

"大少奶奶头晕,怕赛不了。"

众人一怔,佟忍安更一怔,瞅瞅潘妈,似是不信。潘妈那张石头脸上除去横竖褶子,嘛也看不出来。佟忍安口气发急地说:

"客人都等着,这不叫人家扫兴!"

潘妈说:

"大少奶奶说,请二少奶奶先来。"

佟忍安手提小茶壶嘴对嘴慢慢饮,眼珠子溜溜直转,忽冒出光,好赛悟出嘛来,忙点头对潘妈说:

"好,去请二少奶奶先来亮脚。"

潘妈一闪没了。

只等片刻,打西厢房那边站出四个女子,身穿天蓝水绿桃红月黄四样色的衣裙,正是桃儿杏儿珠儿草儿,一人一把长杆竹扫帚,两人一边,舞动竹帚,齐刷刷,随着雪雾轻扬,渐渐开出一条道儿,黑黑露出雪下边的方砖地,直到这边门前台阶下。丫鬟们退去,门帘一撩,帘上拴的小银铃叮叮一响,白金宝大火苗子赛的站在房门口。只见她一身朱红裙褂,云字样金花绣满身,外披猩红缎面大斗篷,雪白的羊皮里子,把又柔又韧又俏又贼的身段全托出来。这一下好比戏台上将帅出场,看势头就是夺魁来的!头发高高梳个玉葱朝天髻,抓髻尖上插一支金簪子,簪子头挂着玉丰泰精制的红绒大凤,凤嘴叼着串珠。每颗珠子都是奇大宝珠,摇摇摆摆垂下来,闪闪烁烁的珠子后头是张红是红、白是白、艳丽照人的小脸儿。可她站在高门槛里,独独不见小脚。乔六桥、牛凤章、陆达夫,连同吕显卿,都翘起屁股,伸脖子觍脸往里瞧。

瞧着,瞧着,终于瞧见一只金灿灿小脚打门槛里迈出来,好赛一只小金鸡蹦出来。立即听到乔六爷一声尖叫,嗓子变了调儿。打古到今,没人见过小金鞋,是金线绣的,金箔贴的,纯金打的,谁也猜不透。跟手另一只也迈到门槛外边,左挨右,右挨左,并头并跟立着,赛一对小金元宝摆在那里。等众人刚刚看好,便扭扭摆摆走过来,每一步竟在青砖地上留下个白脚印。这是嘛,脚底没雪,哪来的白印子?白金宝一直走上这边台阶。众人眼珠子跟在她脚跟后边细一看,地上居然是粉印的白莲花图案,还有股异香扑鼻子。一时众人都看傻了。吕显卿站起来恭恭敬敬躬身道:

"二少奶奶,我爱莲居士自以为看尽天下小脚小鞋,没料到在您跟前才真开了眼。您务必告我,这银莲怎么印在地上的。您要是不叫我在外边说,我担保不说,什么时候说了,什么时候我就把我的姓倒着写。"

乔六桥叫道:

"别听他的,'吕'字倒过来还是'吕'字!"

吕显卿连忙摇手说:

"别听六爷的!他是念书的,心眼儿多,我们买卖人哪这么多心计。您要是不信,告了我,我马上把舌头割去!"

陆达夫取笑道：

"割了舌头，你还会拿笔写给别人看。"

"说完干脆就把他活埋了。"乔六桥说。

众人笑。吕显卿好窘，还是要知道。

白金宝见戈香莲不露面，不管她真有病还是临阵怯逃，自己上手就一震到底，夺魁已经十拿九稳，心里高兴，便说：

"还能叫居士割舌头，您自管张扬出去我也不在乎。我白金宝有九十九个绝招，这才拿出一招。您瞧——"

白金宝坐在凳上，把脚腕子搁在另一条腿上，轻轻一掀裙边，将金煌煌月弯弯小脚露出来，众人全站起身，不错眼盯着看。白金宝一掰鞋帮，底儿朝上，原来木底子雕刻一朵莲花，凹处都镂空，通着里边。她再打底墙子上一拉，竟拉出一个精致小抽屉，木帮，纱网做底，盛满香粉。待众人看好，她就把抽屉往回一推，放下脚一踩一抬，粉漏下来，就把鞋底镂刻的莲花清清楚楚印在地上了。

众人无不叫绝。

吕显卿也禁不住叫起来：

"这才叫'步步生莲花'，妙用古意！妙用古意！出神入化！出神入化！佟大爷，我今儿总算懂得您说的'神品'二字是……"

吕显卿说到这儿，不知不觉绊住口。只见佟忍安直勾勾望向院中，眼珠子刷刷冒光。看来好赛根本没听到吕显卿的话，回过头却摇脑袋说："你这见的，最多不过是妙品！"这话叫满屋人，连同白金宝都怔住。

吕显卿才要问明究竟，乔六桥忽指着院里假山石那边，直叫："看，看，那儿是嘛？"他眼尖。牛凤章把眼闭了又睁，几次也看不见。

没会儿，众人先后都瞧见，那堆山石脚下有两个绿点儿，好赛两片嫩叶。大冬天哪来的叶子？但在白雪地里，点点红梅间，这绿又鲜又嫩又亮又柔又照眼又扎眼又入眼。嘛东西呢？不等说也不等问，两绿点儿一波一动，摇颤起来，好赛水上漂的叶片儿，上边正托着个女子，绕出山石拐角处，修竹般定住不动。一件银灰斗篷裹着身子，好赛石影，低头侧视，看不见脸。来回来去轻轻挪几步，绿色就在裙底忽闪忽闪，才知道是双绿鞋，叫人有意无意把眼神都落在这鞋上。天寒地冻，红梅疏落，这绿色立时使得满院景物都活起来。

吕显卿入了迷，却没看出门道。乔六桥究竟是才子，灵得好，忽有醒悟，惊叫道：

"这是'万翠丛中一点红'的反用，'万红丛中一点翠'！"

这句话把众人眼光引上一个台阶。

可是一晃绿色没了，人影也没了。院子立时冷清得很，梅也无色，雪也无光。众人还没醒过味儿来，更没弄清这人是谁，连白金宝也没看明白，东厢房的房门哗啦啦一开，那披斗篷的女人走出来，正是戈香莲。她两手反过腕儿向后一甩，甩掉斗篷，现出一身世上没有画上也没有的打扮。再看那模样韵致气度风姿神态，这个香莲与上次赛脚的香莲哪里还是一个人儿？白金宝也吓一跳，竟以为香莲要花活找个替身！

先说打扮，上边松松一件月白丝绸裤子，打前襟右下角绣出一枝桃花，花色极淡，下密上疏，星星点点直上肩头，再沿两袖变成一片落瓣，飘飘洒向袖口。单这桃花在身上变了两个季节，绝不绝？袖口领口镶一道藤萝紫缎边，上边补绣各色蝴蝶，一码银的。下身是牙黄百褶罗裙，平素没花，条条褶子折得赛折扇一样齐棱棱。却有一条天青丝带子，围腰绕一圈，软软垂下来，就赛风吹一条柳条儿挂在她腰上。再说她脸儿，粉儿似擦没擦，胭脂似涂没涂，眉毛似描没描，这眉毛淡得好比在眼睛上边做梦。头发更是随便一卷，在脑袋上好歹盘个香瓜髻，罩上黑线网，没花没玉没金没银更没珍珠。打上到下，颜色非浅即淡，五颜六色，全给她身子消融了。这股子疏淡劲儿自在劲儿洒脱劲儿，正好给白金宝刚刚那股子浓艳劲儿精神劲儿玩命劲儿紧绷劲儿，托出来，比出来。这股子与世无争的劲儿反叫人看高了。世上使劲常常给别人使，真是累死自己便宜别人。还说戈香莲这会儿——她脸蛋斜着，眼光向下，七分大方，三分羞怯。直把众人看得心里好赛小虫子爬，痒痒痒痒却抓不着。更尤其，人人都想瞧她小脚，偏偏给百褶裙盖着。一路轻飘飘走来，一条胳膊斜搭腰前，一条胳膊背在身后，腰儿一走一摆，又弱又娇，百褶裙跟着齐齐摇来摆去，可无论怎么摆怎么摇，小脚尖绝不露出半点。直走到阶前停住，把背在后边的手伸向胸前，胳膊一举，手一张，掌心赛开出一朵黑黑大花，细看却是个黑毛大毽子。陆达夫好似心领神会，大叫一声：

"好呀，这招叫人美死呀！"

香莲把毽子向空中一抛，跟手罗裙一扬，好赛打裙底飞出一只小红雀儿，去逮那毽子，毽子也赛活的，一逮就蹦，这只小红雀刚回裙底，罗裙扬处，又一只小红雀飞出去逮。那毽子每一腾空飞起，香莲仰头，露出粉颈，眼睛光闪闪盯住那毽子，与刚才侧目斜视的神气全不同了；毽子一落下，立即就有只小红雀打裙底疾飞而出，也与刚才步履轻盈完全两样。只见百褶罗裙来回翻飞，黑毛大毽子上下起落。两只小雀一左一右你出我回出窠入窠，十分好看。众人才知这对小雀是香莲一双小脚。原先那双绿鞋神不知鬼不觉换了红鞋，才叫人看错弄错。亏她想得出，一身素衣，两只红鞋，外加黑毛大毽子，还要多爽眼！

舞来舞去的小红鞋,看不准看不清却看得出小、尖、巧、灵,每只脚里好赛有个魂儿。忽地,香莲过劲,把毽子踢过头顶,落向身后,众人惊呼,以为要落地。白金宝尖嗓子高兴叫一声:"坏了!"香莲却不慌不忙不紧不慢来个鹞子翻身,腰一拧,罗裙一转,一脚回钩底儿朝上,这式叫作"金钩倒挂",拿鞋底把毽子弹起来,黑糊糊返过头顶,重新飘落身前,另只脚随即一伸,拿脚尖稳稳接住。这招为的是把脚亮出来,叫众人看个满眼。好细好薄好窄好俏的小脚,好赛一牙香瓜。可好东西只能给人瞧一眼。香莲把脚轻巧一踮,毽子跳起来落回手中,小脚重新叫罗裙盖住。

香莲又是婷婷立着,眼神不瞧众人羞答答斜向下瞧。刚刚那阵子蹦跳过后,胸口一起一伏微微喘,更显得娇柔可爱。

厅内外绝无声息死了半天,这时忽然爆起一阵喝彩。众莲癖如醉如狂,乔六桥高兴得手舞足蹈,叫人以为他假装疯魔瞎胡闹;陆达夫脸上没笑,只有傻样;牛凤章眼神不对,好赛对了眼一时回不了位;华琳的傲气也矮下一截。乔六桥闹一阵,静下来,叹口气说:

"真是如诗如画如歌如梦如烟如酒,叫人迷了醉了呆了死了也值了。小脚玩到这份儿,人间嘛也可以不要了!"

众莲癖听罢一同感慨万端。

吕显卿对佟忍安说:

"昨儿乔爷他们议论'津门一绝',把您归在里边,老实说,我还不服。今儿我敢说,您不单津门一绝,天下也一绝!这金莲出海到洋人那边保管也一绝!洋女人的脚,一比,都是洋船呵!"

"居士,你们内地人见识有限。那不叫洋船,叫洋火轮!"陆达夫叫着。

佟忍安满脸冒光,叫人备酒备菜,又叫戈香莲和白金宝、董秋蓉

303

陪客人说话。可再一瞧，白金宝不在了，桃儿要去请她，佟忍安拦住桃儿只说句："多半绍华回来了，不用管她！"就和客人们说笑去了。很快酒肉菜饭点心瓜果就呼噜呼噜端上来。此时是隆冬时节，正好吃"天津八珍"。银鱼、紫蟹、铁雀、晃虾、豆芽菜、韭黄、青萝卜、鸭梨。都是精挑细拣买来加上精工细制的，黄紫银白朱红翠绿，碟架碟碗摞碗摆满一桌。

酒斟上刚喝，陆达夫出个主意，叫香莲脱下一只小鞋，放在三步开外地方，大伙儿拿筷子往里扔，仿照古人投壶游戏，投中胜，投不中输罚一大杯。众莲癖马上响应，都说单这主意，就值三百两银子。只怕香莲不肯。香莲却大方得很，肯了。脱鞋之时，众莲癖全都盯着看脚，不想香莲抿嘴微微一笑没撩裙子，双手往下一操，海底捞月般，打裙底捧上来一只鲜红小鞋，通体红缎，无绣无花，底子是檀木旋的，鞋尖弯个铜钩儿，式样很是奇特。吕显卿说：

"底弯跟高，前脸斜直，尖头弯钩，古朴灵秀，这是燕赵之地旧式坤鞋，如今很少见到，也算是古董了。是不是大少奶奶家传？"

香莲不语，佟忍安嘿嘿两声，也没答。

潘妈在旁边一见，立时脸色就变，一脸褶子，扑啦全掉下来，转身便走，一闪不见。大伙儿乱嘈嘈，谁也没顾上看。

小红鞋摆在地上，一个个拿筷子扔去。大伙儿还没挨罚就先醉了。除去乔六桥瞎猫撞死耗子投中一支。牛凤章两投不中，罚两杯。佟忍安一支筷子扔在跟前，另一支扔到远处铜痰筒里，罚两杯。吕显卿远看那小小红鞋，魂赛丢了，手也抖，筷子拿不住，没扔就情愿罚两杯。几轮过后，筷子扔一地，小鞋孤零零在中间。佟忍安说：

"这样玩太难，大伙儿手都不听使唤，很快就给罚醉了，扫了兴致，陆四爷，咱再换个玩法可好？"

陆达夫马上又一个主意。他说既然大伙儿都是莲癖，每人说出一条金莲的讲究来，说不出才罚。众莲癖说这玩法更好，既风雅又长学问，于是起哄叫牛凤章先说。

"干吗？以为我学问跟不上你们？"牛凤章站起来，竟然张口就说，"肥，软，秀。"

乔六桥问：

"完啦？"

"可不完啦！该你说啦！"

"三个字就想过关，没门儿，罚酒！"

"哎，我这三个字可是在本的！"牛凤章说，"肥、软、秀，这叫'金莲三贵'。你问佟大爷是不。学问大小不在字多少，不然你来个字多的！"

"好，你拿耳朵听拿嘴数着——我这叫金莲二十四格。"乔六桥说，"这二十四格分作形、质、姿、神四类，每类六字，四六正好二十四。形为纤、锐、短、薄、翘、称，质为轻、匀、洁、润、腴、香，姿为娇、巧、艳、捷、稳、俏，神为闲、文、超、幽、韵、淡。"

吕显卿说：

"这'神'类六个字，若不是今儿见到大少奶奶的脚，怕把吃奶的劲使出来也未必能懂。可这中间惟'淡'一字……还觉得那么飘飘忽忽的。"

乔六桥说：

"哪里飘忽，刚才大少奶奶在石头后边一场，您还品不出'淡'味儿来？淡雅淡远淡泊淡漠，疏淡清淡旷淡淡淡，不是把'淡'字用绝了吗？"

这山西人听得有点发傻，拱拱手说："乔六爷不愧是天津卫大才

305

子,张嘴全是整套的。好,我这儿也说一个。叫作'金莲四景',不知佟大爷听过没有?"他避开满肚子墨汁的乔六桥,扭脸问佟忍安,还没忘了老对手。

"说说看。"佟忍安说,"我听着。"

"缠足,濯足,制履,试履。怎么样?哈哈!"吕显卿嘴咧得露黄牙。

在座的见他出手不高,没人接茬。只有造假画的牛凤章连连点头说:"不错不错!"佟忍安连应付一下的笑脸也没给。他瞧一眼香莲,香莲对这山西人也满是瞧不上的神气。华琳的眼珠子狠命往上抬,都没黑色了,更瞧不上。牛凤章见了,逗他说:

"华七爷,别费劲琢磨了,您也说个绝的,震震咱耳朵!"

华琳淡淡笑笑,斜着眼神说:

"绝顶金莲,只有一字诀,曰:空!"

众莲癖听了大眼对小眼,不知怎么评论这话的是非。

牛凤章把嘴里正嚼着的铁雀骨头往地上一啐,摆手说:

"不懂不懂!你专拿别人不懂的唬弄人。空无所有叫嘛金莲?没脚丫子啦?该罚,罚他!"

没料到香莲忽然说话:

"我喜欢这'空'字!"

话说罢,众莲癖更是发傻,糊涂,难解费解不解无法可解。佟忍安那里也发怔,真赛这里边藏着什么极深的学问,没人再敢插嘴。

陆达夫哈哈笑道:

"我可不空,说得都是实在的。我这叫'金莲三上三中三下三底'。你们听好了,三上为掌上、肩上、秋千上,三中为醉中、睡中、雪中,三下为帘下、屏下、篱下,三底为裙底、被底、身底……"

乔六桥一推陆达夫肩膀，笑嘻嘻说：

"陆四爷你这瞒别人瞒不了我。前边三个三——三上三中三下，是人家方绚的话，有书可查。后边那三底一准是你加的。为嘛？陆四爷向例不吃素，全是荤的。"

陆达夫大笑狂笑，笑得脑袋仰到椅子靠背后边去。

轮到佟忍安，本来他开口就说了，莫名其妙闷住口。事后才知，他是给华琳一个"空"字压住了，这是后话。眼下，佟忍安只说："我无话可说，该罚。"一仰脖，把眼前的酒倒进肚里，随后说，"又该换个玩法，也换换兴致！"

众莲癖知道小脚学问难不倒佟忍安，只当他不愿胡扯这些不高不低的话。谁也不勉强他。乔六桥说：

"还是我六爷给你们出个词儿吧——咱玩行酒令，怎么样？规矩是，大伙儿都得围着小脚说，不准扯别的。就按'江南好'牌子，改名叫'金莲好'，每人一阕，高低不论，合辙押韵就成。咱说好，先打我这儿开始，沿桌子往左转，一个挨一个，谁说不出就罚谁！"

这一来，众莲癖兴趣又提到脑袋顶上，都夸乔六桥这主意更好玩更风雅更尽兴。牛凤章忙把几块坛子肉扒进肚子里，垫底儿，怕挨罚顶不住酒劲儿。

"金莲好！"乔六桥真是才子，张口就出句子，"裙底斗春风，钿尺量来三寸小，袅袅依依雪中行，款步试双红。"

"好！"众莲癖齐声叫好，乔六桥嗒地手指一弹牛凤章脑袋就说："别塞了，该你啦！"

"我学佟大爷刚才那样，喝一杯认罚算了！"牛凤章说。

"不行，你能跟佟大爷比？佟大爷人家是天津卫一绝。你这牛头哪儿绝？你要认罚，得喝一壶。"乔六桥说。

307

众人齐声喊"对"。

牛凤章给逼得挤得整得抓耳挠腮，直翻白眼，可不知怎么忽然蹦出这几句：

"金莲好，大少奶奶脚，毽子踢得八丈高，谁要不说这脚好，谁才喝猫尿！"

这话一打住，众莲癖哄起一阵疯笑狂笑，直笑得捂肚子掉眼泪前仰后合翻倒椅子，华琳一口茶噗地喷出来。

"牛五爷这几句，别看文气不够，可叫大少奶奶高兴！"吕显卿说。直说得香莲掩口咯咯笑，笑得咳嗽起来。

牛凤章得意非凡，一把将正在咬螃蟹腿儿的陆达夫拉起来，叫他马上说，不准打岔拖时候，另只手还端起酒壶预备罚。谁料陆达夫好赛没使脑袋，单拿嘴就说了：

"金莲好，入夜最销魂，两瓣娇荷如出水，一双软玉不沾尘，愈小愈欢心。"

香莲听得羞得臊得扭过脸去。乔六桥说："不雅，不雅，该罚该罚！"众莲癖都闹着灌他。

陆达夫连连喊冤叫屈说："这叫雅俗共赏。雅不伤俗，俗不伤雅，这几句诗我敢写到报上去！"他一边推开别人的手，一边笑，一边捂嘴不肯认罚。

乔六桥非要灌他。这会儿，人人连闹带喝，肚子里的酒晃荡上头，都想胡闹。陆达夫忽起身大声说：

"要我喝不难，只一条，依了我喝多少都成！"

"嘛，说！"乔六桥朝他说，赛朝他叫。

"请大少奶奶把方才做投壶用的小鞋借我一用。"陆达夫把手伸向香莲。

香莲脱了给他,不知他干吗用。却见陆达夫竟把酒杯放进鞋跟里,杯大鞋小,使劲才塞进去。"我就拿它喝!"陆达夫大笑大叫。

"这不是胡来?"牛凤章说,扭脸看佟忍安。

佟忍安竟不以为然,反倒开心地说:

"古人也这么做,这叫'采莲船',以鞋杯传酒,才真正尽兴呢!"

这话一说,众莲癖全都不行酒令,情愿挨罚。骂陆达夫老奸巨猾,世上事真是"吓死胆小的,美死胆大的"。愈胡来愈没事,愈小心愈来事。五脏六腑里还是胆子比心有用!于是大伙儿打陆达夫手里夺过鞋杯,一个个传着抢着争着霸着,又霸又争又抢又夺,斟满就饮,有的说香,有的说醉,有的说不醉,还喝。乔六桥夺过鞋杯捧起来喝。两手突然一松,小鞋不知掉到哪里,人都往地上看地上找,忽然陆达夫指着乔六桥大笑,原来小鞋在乔六桥嘴上,给上下牙咬着鞋尖,好赛叼着一只红红大辣椒!

第九回　真人真是不露相

这歪歪扭扭小人儿,头顶瓜皮小夹帽,一副旧兔皮耳套赛死耗子挂在脑袋两边,胳肢窝里夹着个长长布包。冻得缩头缩脖缩手缩脚,拿袖子直抹清鼻涕汤子。小步捯得贼快,好赛条恶狗在后边追。一扭身,咻地扎进南门里大水沟那片房子,左转三弯,右转两弯,再斜穿进条小夹股道。歪人走道,逢正变斜,逢斜变正。走这小斜道身子反变直了一般。

他站在一扇破门板前,敲门的声儿三重一轻,连敲三遍,门儿才开。开门的是牛凤章,见他就说:

"哎!活受!你小子怎么才来,我还当你掉臭沟里呢,人家滕三

309

爷等你好半天！"

活受呼哧呼哧喘，嗓子眼儿还咝咝叫，光张嘴说不出话。牛凤章说："甭站在这呼哧啦，小心叫人瞧见你！"引活受进屋。

屋里火炉上架一顶大铁锅，正在煮画。牛凤章给热气蒸得大脸通红发紫，真赛鼓楼下张官儿烧的酱牛头，那边八仙桌旁坐着个胖人，一看就知保养得不错，眼珠子、嘴巴子、手指肚儿、指甲盖儿，哪儿哪儿都又鼓又亮。穿戴也讲究。腰间绣花烟壶套的丝带子松着，桌上立着个挺大的套蓝壶，金镶玉的顶子，还摆个瓷烟碟，碟子上一小撮鼻烟。活受打眼缝里一眼看出这烟碟是拿宋瓷片磨的，不算好货。

这位滕三爷见活受，满脸不高兴，活受嘴不利索，话却抢在前头："铺织（子）有锅（规）矩，正（真）假不能湿（说）。杏（现）在跟您湿（说）实在的，您扰（几）次买的全是假的……"说到这儿，上了喘，边喘边说，"您蛇（谁）也不能怨，正（真）假全凭自己养（眼），交钱提货一出摸（门），赔脑袋也认头……今儿是冲牛五爷面织（子），您再掏儿（二）百两，这轴大涤子您拿赤（去），保管头流货……"说着打开包儿又打开画儿，正是前年养古斋买进的那张石涛真迹。

滕三爷俩眼珠子在画上转来转去，生怕再买假，便瞧一眼牛凤章，求牛凤章帮忙断真假。牛凤章造惯假画，真的反倒没根，反问活受：

"这画确实经佟大爷定了真的？可别再坑人家滕三爷了。三爷有钱，也不能总当冤大头。自打山西那位吕居士介绍到你们铺子里买古董，拿回去给行家一瞧就摇头。这不是净心叫人家倾家荡产吗？活受，俗话可是说，坑人一回，折寿十岁！"

"瞧您湿（说）的……要是假的，河（还）不早墨（卖）了……

这画撂在沽（库）里，我看湿（守）它整整乐（两）年半……"

"你把这画偷着拿出来，不怕你们佟大爷知道？"滕三爷问。

"这好布（办）……我想好了，请牛五爷织（造）轴假的，替出这轴真的耐（来）……"

牛凤章冷笑道："打得好算盘。钱你俩赚，毁就毁我！谁能逃出佟大爷那双眼，他不单一眼就看出假，还能看出是我造的！"他手一摆说，"我老少三辈一家子人指我吃饭呢，别坑完滕三爷再来坑我！"

"这也好布（办），我有……夫（法）子。"活受脸上浮出笑来。

"嘛法儿？"牛凤章问。他盯着活受的眼，可怎么也瞧不见活受的眼珠子。

活受没吭声。牛凤章指着滕三爷说：

"人家花钱，你得叫人家心明眼亮。死也不能当冤死鬼！"

活受怔了怔，还是说：

"古董行的事，湿（说）了他未必明白。不管佟家铺织（子）坑没坑人，我活受保管不坑滕三爷就是了……"

牛凤章听出活受有话要瞒着滕三爷，就改了话题说：

"这画要造假，至少得在我这儿撂个把月，少掌柜要是找不着它不就坏事了？"

活受再一笑，小眼几乎在脸上没了。他说：

"少掌柜哪河（还）有兴（心）管画。"

"怎么？"滕三爷是外人，不明白。

"您问牛五爷，佟家事，他情（全）知道。自打灯节那条（天）比脚，大少奶奶制（占）杏（先），二少奶奶玩完，佟家当下是大少奶奶天下。不光小丫头们都往大少奶奶屋里跑，佟大爷也往大少奶奶屋里跑，嘻嘻……二少爷没脏（沾）光脏（沾）一脚屎！二少爷二少

311

奶奶两口子天天弄（闹），头夫（发）揪了，药（牙）也打掉了……"

"听吕居士说，你们大少奶奶本是穷家女人，能挑得起来这一大家子？"滕三爷问。

牛凤章说：

"滕三爷话不能这么说。人能，不分穷富。我看她——好家伙，要是男人，能当北洋大臣。再说……还有佟大爷给她坐劲。谁不听不服？"

"这佟家的事奇了，指着脚丫子也能称王！"滕三爷听得来劲，直往鼻眼抹鼻烟。

牛凤章笑道：

"小脚里头的事你哪懂？你要想开开眼，哪天我带你去见见世面，那双小脚，盖世无双，好赛常山赵子龙的枪尖！哎，吕居士头次带你来天津那天，我们在义升成饭庄说的那些话你不都听到了？吕居士也心服口服称佟家脚是天下一绝！"

谁料滕三爷听罢嘴巴肉堆起来，斜觑着眼儿说：

"吕居士心服口服，我不准心服口服。老实给您说，吕居士跟我论小脚，我在门里，他在门外。要不赛脚那天你们请我去，我也不去。我敢说，我能制服你们大少奶奶！"

"嘛？你？凭你的脚，大瓦片，大鸭子，大轮船。别拿自个儿开心啦！"牛凤章咧开嘴大笑。

"谁跟你胡逗，咱们动真格的。你今儿去跟佟家说好，明儿我就把闺女带去！"滕三爷正儿八经地说。

"嘛嘛，你闺女，在哪儿呢？我怎么没听说过。"

"在客店里，我把她带来逛天津了。你上京城里扫听扫听去，二寸二，可着京城我闺女也数头一份儿！"

"二寸二,是脚的尺寸?多大多大?"牛凤章瞪圆牛眼。

滕三爷拿手指头把烟壶捅倒,说:

"就这么大。你们大少奶奶比得了?"

"呀呀呀,天下还有这么大的脚,听也没听过。我不会儿得先瞧瞧去。我好歹也算个莲癖,你要叫我开开眼,我也叫你开开眼。我还藏着些真古董!"

牛凤章说着,站起身打开柜子,拿出一面海兽祥鸟葡萄镜,一尊黑陶熏炉,一块葫芦状的歙砚,半套失群的岫岩玉雕八仙人——只剩下吕洞宾、蓝采和、汉钟离、曹国舅四个,刻工却是一流,个个须眉手指襟带衣袂都有神气。滕三爷看花了眼,高兴得嚓嚓搓手心,活受在一旁不吭声,却看出来,这几件东西,只有那铜镜是块唐镜,炉子砚台全是假货。四个玉人是玩意儿,算不上古董物件。活受说:

"滕三爷,您织(真)拿葱(出)二寸二小脚,把我们大少奶奶压下秋(去),我担保少掌柜送个揪(周)鼎谢您。"

"这不难。你回去说好,明儿就登门拜访。"滕三爷说。

活受高高兴兴起身告辞。牛凤章送他到门外,带上门说:

"你刚才说有嘛法造大涤子的假画,我可够呛,怕不像,顶多像五分……甭说五分,像三分就不错!"

活受凑上来,踮起脚跟立脚尖,嘴对着牛凤章扇风大耳朵吭吭巴巴,直把牛凤章说得嘴岔子咧得赛要裂开,吃惊地说:

"你小子能耐比我还大!"

他呆呆瞅着活受,那模样不知见鬼还是见神了。他不明白这半死不活的小子,打哪知道这些造假画的绝招!

这才叫真人不露相。真人真是不露相。

活受说:

313

"往喝（后）咱俩一秋（齐）干。您单会弄假的不成。我这叫半正（真）半假，有正（真）有假，想风（分）也风（分）不出来！"

"绝是绝，可我的心直扑腾，我怕佟大爷！"

"怕他干吗？佟家人兴（心）思都在脚丫子上，没人锅（顾）得了铺织（子）。您再拨拨算泼（盘）珠子，这一张顶上您过去一本（百）张还不止……"

牛凤章牛眼立时一亮，来了胆子。只说："到时候你别咬我就成！"又嘀咕两句，"你得留神，这大件东西拿进拿出，太招眼儿！"

活受又白又歪又光又凉的小脸上，一笑，满是瞧不起神气，没接对方话茬，却说：

"你盯住滕三爷，明儿务布（必）叫他领闺女去。只要那二寸二腰（压）住大少奶奶，佟家又是一次大翻锅（个）儿，您就是把铺织（子）搬耐（来），也没人锅（顾）得上……"

牛凤章两眼发直，嘀咕着：

"可以假换真这事，我还是有点拿不准。"

活受已经给他瞧后背了。

第十回　白金宝三战戈香莲

几位少奶奶，打头到脚收拾好，等候滕三爷带闺女来访。说来访是句好听话，实在是斗法来的！

白金宝今儿挺兴致，人也轻松。她知道滕家小姐不是冲她来的，倒是帮她来的。她完全不必使劲，只当一场好戏看就是了。她扭脸凑向身边的三少奶奶尔雅娟说："听说这闺女的脚顶多才二寸二，我不信，要是真的，咱们佟家的脚还往哪儿摆？对吗？"这声儿不大不小，刚好能叫坐在另一边的戈香莲听见。

尔雅娟低眼瞅瞅戈香莲，没敢吱声。香莲的脸好静好冷，让人没法子知道她今儿这一战，有根没根，胜败如何。

尔雅娟前天才打南边回来，本该随着三少爷绍富早早回来过年。临到启程，绍富叫架眼儿掉下来一个铜乌龟砸断脚背，一步挪不动。尔雅娟只好同远房一位婶子搭伴，回天津看看婆家人老熟人，也想见见没见过面的嫂子戈香莲。她早就听说嫂子的脚赛过当年的婆婆，耳闻不如目见，她心里还暗存着比试比试的劲儿。回到家白金宝就把她拉进屋翻腾事儿，先说戈香莲在家如何一手遮天，随后就挑唆尔雅娟跟香莲斗脚。

扬州小脚也是闻名天下，尔雅娟又是佟忍安去扬州买帖时看上的，更是万里挑一。在扬州向例也是一震，有能耐的人都傲，再叫白金宝左挑右挑，心里的暗劲变成明劲，当即穿上一双白铜鞋去见嫂子。白金宝跟在后边，她算计好，只要尔雅娟一胜，她就给香莲闹个"破鼓乱人捶"！

香莲见了尔雅娟，谈东谈西，似笑不笑，不冷不热，不咸不淡。两眼只瞧尔雅娟一张月季花赛的小脸儿，就是不看她的脚。自己的脚也给裙子盖着，叫尔雅娟没法子跟她干。可香莲说着笑着忽然手指尔雅娟的脚说：

"你这双白铜鞋，是找人打的？"

尔雅娟可逮住机会，马上说：

"一位湖南的客商送我的。他在湘西碰见个耍马戏的女子。那女子穿这双鞋走钢丝，还拿它踢木板，一寸厚的板子，一脚一个窟窿。客商花了好几百两银子买下这双鞋，非要送我。这鞋可比不得一般鞋，面子底子帮子哪儿哪儿全都是硬的，没半点柔和劲儿。脚肥一点,长一点,歪一点,都进不去。它不将就你,你将就它也不行。谁知我一试,正好。"

尔雅娟说到这儿,脸赛花开似的一笑,还瞅一眼白金宝。白金宝跟着就说:

"那得看谁的脚,驴蹄子鸡爪子当然不成!"

香莲只当没听见,含笑对尔雅娟说:

"妹子给我试试成吗?"

尔雅娟一怔,巴不得给香莲试穿,叫她出丑。这铜鞋是硬的,十双脚九双半不合适。没料到自己拴套,香莲不知轻重傻往里钻,正好!尔雅娟毫不犹豫脱下铜鞋给香莲。谁知香莲的脚往里一伸,好赛东西掉进袋子里,一仰脸朝站在后边的丫头桃儿说:

"去拿些丝绵来,这鞋好大!"

这话等于一斧子砍死尔雅娟!

尔雅娟没见过这样又小又俏又软又美的脚。铜鞋再硬,卡不住比它小的脚。

香莲笑眯眯又对白金宝说:

"二少奶奶,你也试试玩儿?"

这话又赛一斧子砍向白金宝。白金宝自知这鞋穿也穿不进去,摇摇头,脸上好窘。香莲起身,没言语,带着桃儿回了屋子,打这儿尔雅娟就憷她了。白金宝更憷香莲,多少天没敢正眼看香莲的脸,还总觉得香莲蔫坏损瞧着她。其实香莲根本不挂相,好赛没这回事。

今儿白金宝又活起来。二寸二的脚,单是小,就叫香莲没辙。香莲心里的小鼓要不咚咚敲才怪呢!

四位少奶奶等候滕家小姐的当儿,乔六桥、陆达夫几个来请佟大爷到海大道庆来坤戏园子看《拾玉镯》。佟忍安打算在家等着瞧二寸二小脚。乔六桥说："咱那边也有双脚，比这二寸二强十倍，诳你就割我鼻子！"说话时，门口连篷车都预备好了。佟忍安疑惑着："比二寸二再强十倍，就二分二了，跟蚂蚱一般大？"就出门上车一路嘻嘻哈哈去了。其实这戏票是佟绍华买的，由乔六桥出面请，为的是把佟忍安架出来，没人给香莲坐劲。这边只要滕家小姐一赢，白金宝就翻天。真是一边看戏，一边唱戏。演戏瞧戏闹戏捧戏哄戏做戏，除去没戏全是戏。再往深处说，没戏更是戏。

那边，佟忍安进了园子，戏已开唱。孙玉姣坐在台中央一张椅子上，左腿架在右腿上，娇声娇气说："小女孙玉姣，母亲烧香拜佛去了，我在家中闲着没事，不免做些针黹，散闷罢了。"说到这儿，小锣当儿一响，跷着的左脚腕子一挺，把鞋底满亮出来，青白细嫩，真赛笋尖。这下差点叫佟忍安看昏过去。急着问这花旦名姓，绍华忙说叫月中仙。佟忍安口中就不停念叨着："月中仙来月中仙……"下边一出垫戏《白水滩》看赛没看。等到再下一出《活捉三郎》，又是月中仙的戏。演到阎惜姣的鬼魂儿，小脚满台跑，赛一溜溜青烟，佟忍安顾不得旁人，一个劲傻叫："好！好呵——好！好！"惹得一帮子戏迷说他劝他骂他拿苹果核儿砍他也止不住他。

这边，牛凤章一手提着袍襟噔噔噔奔进佟家来。四位少奶奶见他，白金宝劈面就问："人呢？滕家小姐呢？在哪儿？"不等牛凤章转起舌头，只见一个胖男人抱一个娇小女子大步来到。一个大活人再轻也七八十斤，难怪这胖男人呼呼喘粗气。看样子这就是滕三爷和滕家小姐。几位少奶奶都当是滕家小姐半道病了，忙招呼丫头们上来侍候，不想这胖男人撂下小姐，掏出块大帕子抹汗，一边笑呵呵说："没事没事，她挺好！"滕家小姐跟手也笑了。众人不明白是嘛事，好好的干吗抱进来?

可谁也不管为嘛,都一窝蜂围上去看滕家小姐二寸二的脚。一看全蒙住!这脚就赛打脚脖子伸出个小尖。再一弯,也就橘子瓣大小,外套鲜亮银红小鞋,精致绣满五色碎花,鞋口的花牙子,跟梳子齿一般细。不赛人穿的,倒赛特意糊的小鞋样子,可它偏偏有姿有态不残不缺,大脚趾还不时动它一动。人能把脚缠这么小,真算得上世间奇迹,不看谁也不信。

甭比,佟家脚连亮也不敢亮!

香莲脸色刷白,一眼瞅见站在身旁的牛凤章,小声说:

"好呵,五爷,你原来也恨我不死!"

牛凤章听这话打个冷战,忙说:

"不瞒您说,这是少掌柜请来的,不过叫我跑跑腿,我不好推辞罢了。我是佟大爷的人,哪敢跟您捣蛋。心想也是叫您瞧个新鲜。别瞧她脚小,可小过了劲儿,站不住。走路必得人扶着,出门必得人抱着,站都站不住,京城人都称她'抱小姐'。可别人抱不成,非她爹不可,娇着呢!那滕三爷,阔佬一个,任嘛不懂。"

香莲情不自禁"噢"一声,眼睛一亮,心也一亮,好赛意外忽然抓到得胜的招数。

白金宝在人群中间叫着:"不管别人服不服,反正我服了,不服就比,谁比谁完蛋!人家这脚是明摆着的!对吗?雅娟、秋蓉、桃儿、杏儿……"她挨个问,声音愈来愈高,就是不问香莲,句句却是朝香莲去的。

谁也不抬头看香莲,都怕香莲。

香莲不言不语站一边。不等白金宝闹到头,她不出招。

白金宝只当她憷了,索性大喊大叫:"反正有这双脚,别人嘛脚我也瞧不上！待会儿老爷回来，叫他也开开眼。别总拿南瓜当香瓜，拿瞎蛾子当蝴蝶儿。"又扭脸冲滕三爷说，"叫您小姐留在我家住些天好吗？就跟我住一屋，我还叫桃儿给她绣双红雀鞋……"

滕三爷说：

"二少奶奶这么厚爱，敢情好。只是我这闺女……"

香莲看准火候，走到抱小姐身前，笑眯眯说：

"小姐，跟我到当院看看桃花可好？前两天一乍暖，满树都是骨朵，居然开了不少，还招来蜜蜂，好看着呢！"

抱小姐说："我走不好！"她奶声奶气，倒赛七八岁的娃娃卷着舌尖说话。

"这没事，我扶你，几步就到当院。"

香莲说着扶她起来。谁也不知香莲用意，只见她一挽一扶与抱小姐走出前厅，下了台阶。这一走，就看出毛病来。抱小姐好比一双烂脚，沾不得地；香莲每一步都是肩随腰摆，腰随脚扭，无一步不美。到了院中，香莲抬头看花，好赛不知不觉松开挽着抱小姐的手臂，自个儿往前走两步，忽然叫道："抱小姐你看！你看！那片花全开了，赛朵红云彩，多爱人，抬头呀，就在你脑瓜顶上！"她手指头顶上方。

抱小姐一抬头，脚没拿稳，没等叫出声，扑通一下，死死摔个硬屁股蹲儿。抱小姐皮薄肉少，屁股骨头撞在砖地那一声，叫人听得心里一揪。香莲惊慌叫道："好好站着，没石子绊脚，怎么倒了！快快，桃儿珠儿，还不快扶起抱小姐！"滕三爷和众人都跑来搀抱小姐。抱小姐栽了面子，坐在地上捂着脸哭，不起来，谁也弄不动。

"我真该死，叫她摔了。怎么？她站不住吗？"香莲对滕三爷说。

"这不怪大少奶奶。小女没人扶，站不住。"滕三爷说。

"这倒怪了。脚有毛病？"香莲说。看不出她是装傻，还是有意

319

讥讽。

"毛病倒没有,就是太小,立不住。"膝三爷说着低头冲闺女说,"还不起来,赖在地上什么样儿!"

这话更伤了抱小姐,拼命晃肩膀不叫人扶,谁伸手打谁,两脚乱踹乱蹬,直把鞋子踹掉,脚布也散了。香莲看着,恨不得她踹光了脚才好,嘴上却说:

"桃儿,帮着小姐穿上鞋,别着了凉!"

膝三爷见闺女这样胡闹,满脸挂窘,不住向香莲道歉。香莲说:

"这么说就见外了。可是我打心里疼您家小姐。人脚哪能不能站不能走的,这脚不算废了?我看这脚没救了,您真该在鞋上给她想点辙,是吧?"

这两句是拐着弯儿把抱小姐骂死。

膝三爷连说"是、是、是",猫腰抱起抱小姐就走。出去的步子比进来的还大。牛凤章也赶紧向香莲告辞。只见香莲脸上的笑透股寒气,吓得牛凤章没转身三步倒退出屋门。

抱小姐走后,香莲当着众人对桃儿笑道:

"真哏,这牛五爷不长牛眼,长一对狗眼,愣看上这对烂猪蹄了!"

桃儿不笑不答,她知道这话是给白金宝听的。白金宝脸上早就不是色。香莲话说得轻松,神气也自如,直到回屋,咯噔一下,悬着的心才回位。

可是过了三天,香莲的心又提起来。白金宝站在当院嚷嚷开,说佟大爷请来一双飞脚,饭后就到。还说这是宝坻县红得发紫的彩旦,名唤月中仙。不单脚小脚美,还满台赛珠子在盘子里飞转,这同头三天那个不会走道的抱小姐全然两样。一个站不能站走不能走立都立不住,一个如驰如飞如鱼游水如鸟行空。白金宝的嗓门向例脆得赛青萝卜,字儿咬得一个是一个赛蹦豆,香莲还听到这么一句:"听说飞起来,逮也逮不着。"香莲虽胜了抱小姐,不敢说也能胜这个月中仙。天下之大,无奇不有,香莲不敢不信。假若不是真的,白金宝也不会这么咋唬。香莲心里早懂得,人要往上挣,全是硬碰硬,不碰碎别人就碰碎自己。只有把对手都当劲敌才是。她闭上门,想招儿。可是一点不知月中仙的内情,哪知嘛招当用,这真难了!最好的办法是先在屋里秘着,等机会。

午后,一阵人声笑语进了前厅。忽听一句:"佟大爷在上,奴家月中仙有礼了!"声调又娇又脆又清又亮,赛黄莺子叫,用的都是戏里道白的口儿。说完就一阵喧笑哗闹。

就听佟大爷的声音:

"我家众位都是爱莲人,听说月中仙有金莲绝技,巴不得饱眼福,就请到当院表演一番。"

跟手这些声音挪到当院。只听月中仙两个字儿:"献丑。"没有行走奔跑声,却有一片咂嘴赞叹和拍巴掌声音。尔雅娟吃惊的声音:

"哟,快得我只见人影儿。"

佟绍华的声音:

"金宝,你不跟着转两圈?"

白金宝的声音:

"我哪有这脚,吓得只想回屋关门关窗躲起来。"

又是说又是笑又是叫又是闹,还听佟忍安声音:

"是呵,怎么还不见香莲来呢?"

白金宝的声音:

"猫一来,耗子还看得见。"

321

香莲憋在屋，心里的火腾腾往上蹿，胜败反正都得拼过才能说。她哗啦打开门，走出来一瞧，院里站满人，一时眼花，看不清谁是谁。桃儿跑到跟前来挤挤眼说：

"您看那就是月中仙，男的！"

香莲顺着桃儿细巧的手指头望去，人群中果然站着一个瘦弱男人，再瞧，下边竟是一双精灵的女人小脚。看模样是个男旦，可哪来一双女人小脚？这天底下的事真是不知道的比知道的多得多得多。这会儿，那瘦男人正上下打量她，忽叫一声："啊呀，这就是闻名津门的佟家大少奶奶戈香莲吧！"说着风吹似的跑过来，两脚好赛不沾地，眨眼工夫到了香莲面前，双手别在腰间道万福，说话的调儿还是戏腔，"月中仙拜见大少奶奶。"

香莲还没弄明白怎么档子事，有点发傻。那边白金宝和佟绍华大声哈哈笑，好赛在看香莲的笑话。

这月中仙忽扬起一条腿扛在肩上，脚过头顶，来招童子功，说："您看我月中仙的脚，比得上您大少奶奶的脚吗？"

香莲一看这扛过头顶底儿朝上的小脚，才明白原来是木头造的假小脚，上头有布套，套在真脚上，用丝绳扎牢，好比踩高跷，叫衣裙一遮，跟真的一样。原来这就是男扮女装的彩旦使的踩跷呀！过去听说今儿才见。香莲赛打梦里醒来，松口大气。众人当作趣事咯咯地笑。惟有白金宝佟绍华笑得邪乎，白金宝笑岔了气，直弯腰捂肚子。香莲立时明白，这是白金宝搬来尔雅娟和抱小姐斗不过她，才剜心眼儿，弄来月中仙唬她，看她乐子，当众糟践她。可她脑子一转，又想，白金宝拿她没辙，才使这招。这招够笨，毕竟假玩意儿，不过一时解解气罢了，更显出自己一双脚谁也扳不倒。想到这儿，反而精神起来，脸上的笑也有根了。她对月中仙说：

"你这假脚唬住我不算嘛，可唬住我公公？我公公是火眼金睛，绝不会叫你骗过。"

佟忍安听出香莲的话带刺，便说：

"我头一眼也给蒙住了。原以为死物有真假，没料到活物也有真假。不过，假的再绝，也不如平平常常真的。"

香莲这是逼着佟忍安替自己说话。待佟忍安的话说完，就朝白金宝佟绍华挑起嘴角一笑，话却反着佟忍安说：

"老爷的话可得罪人家月中仙了。戏台上不论真假。戏里的人都是假的，管他脚假不假，唬住人就成！"

"这话在理，这话在理！"佟忍安忙应和着，请众人到厅里说话。

月中仙对戈香莲说："有请大少奶奶——"虽然不再用戏腔，声音还是女声女气。神气动作举手投足也都扭捏羞涩婀娜娇柔，活赛女的。

香莲见对方不是对手，来了兴头，一提气，与月中仙一同走上前厅。这几步，月中仙好比腾云驾雾，戈香莲竟如行云流水，步子又疾又稳，肩不动腰不动腿也不动，看不见哪儿动，只有裙子飘带子飞，好赛风里穿行，转眼一同站在前厅里。

月中仙拍着手说："大少奶奶真是名不虚传，这几步强我十倍！"他拍手时，翘着细白手指，只拿掌心拍，小闺女嘛样他嘛样。随后月中仙说他非要瞧瞧香莲的小脚不可。对着这半男半女不男不女的人，香莲也不觉羞了，亮出来给他瞧，他又拍手叫：

"我跑遍江南江北，敢说这脚顶到天了。少掌柜还叫我来镇镇您，倒叫您把我镇趴下了！"

香莲听罢一笑便了，也不去瞧佟绍华，只向月中仙要取那跷一看。月中仙这老大男人，屁股在椅子面儿上一转，腰一拧，头一歪，

323

眼一斜，居然做出忸怩样子。然后两手手指摆出兰花样儿，解开跷上的丝带说：

"您要喜欢，就送您好了。"

香莲接过话顺口就说：

"不，送给我们二少奶奶吧，她看上这玩意儿了！"

这话一说，只听身后哐当一响，随着一片呼叫，尔雅娟叫声最尖。回头瞧，原来白金宝一口气闭过去，仰脸摔在地上。几个丫头又掰胳膊又折腿又弯脖子又推腰，绍华拿大拇指头死命掐白金宝鼻子下边的人中，直掐出血，才回过这口气来。

惟有香莲坐在那边动也不动，消消停停喝茶，看着窗外飞来飞去追来追去几个虫子玩儿。

第十一回　假到真时真即假

天没睁眼，地没睁眼，鬼市上的人都把眼珠子睁得贼亮。打赵家窑到墙子河边，这一片窝棚土铺篱笆灯小房中间，那些绕来绕去又绕回来的羊肠子道儿上，天天天亮前摆鬼市。最初都是喝破烂的，把喝来的旧衣破袄古瓶老钟烂鞋脏帽废书残画，缺这儿少那儿的日用杂物，拿大筐挑来卖。借着黑咕隆咚看不清，打马虎眼，以坏充好，有钱人谁也不来买这些烂货。可是，事情不能总一个样，话不该老这么说。渐渐有人拿来好货新货真货，却都是一手交钱，一手交东西。买卖一成，拨头便走，回头再找，互不认账。人称"把地干"。为嘛？因为干这行当大多是贼，偷到东西来销赃。胆大的敢卖，胆大的就敢买。也有些有钱人家的败家子，脸皮薄，不愿在当铺古玩铺旧货铺露面，就拿东西到这儿找个黑咕儿一站等买主。哪位要是懂眼，真能仨子儿俩子儿，买到上好的字画珠宝玉器瓷器首饰摆饰善本书孤本帖。这一看能耐，二看运气，两样碰一块儿，财能发炸了。

今儿，挤来挤去人群里，有个瘦老头子，缩头藏脸，也不打灯笼，眼珠子却在人缝里乱钻。忽然，赛过猫见耗子，撞开几个人一头扑过去。墙边，挨着个破担子，蜷腿蹲着一个男人，跟前地上铺块布，摆着一个白铜水烟袋，一个大漆描金梳妆匣儿，几卷绣花被腰子，还有三双小鞋，都是红布蓝布，双合脸，极窄极薄，鞋尖又短又尖赛乌鸦嘴，天津卫看不见这样的鞋。瘦老头子一把抓起来，翻过来掉过去一看，就喊：

"呀！鸦头履，苏北坤鞋！"

这男人瘪脑门鼓眼珠子，模样赛蛤蟆。仰脸瞅瞅这瘦老头子说："碰到内行，难得。您想要？"

瘦老头子两个膝盖嘎巴一响也蹲下来，低声说：

"全要！这儿压根也碰不上这鞋！"

这瘦老头子好怪。在鬼市买东西，碰上中意的也得装不懂不在意不中意，哪能见了宝似的！可更怪的是卖东西的蛤蟆脸男人，并不拿出卖东西的架势，也赛见了宝，问道：

"您好喜这玩意儿吧？"

"说的是。告我您这鞋哪弄来的？您是南边人？"

"您甭问，反正不是北边人。老实告您，我也好喜这玩意儿，可如今江南几省都闹着放脚，小鞋扔得到处都是，连庙里也是，河里还漂着……"

"造孽造孽！"瘦老头子连说两句，还不尽意，又加一句，"还不如把脚剁去呢！"沉一下把气压住便说，"您该逮这机会把各样小鞋赶紧收罗些，赶明儿说不定也是宝贝。"

"说得好,您真懂眼。听说,北边还不大时兴放脚?"

"闹也闹了,放脚的还不多,叫唤得却够凶,依我看这风刹不住,有今天没明天。"瘦老头子直叹气。

"是呵,我听说了,这才赶紧弄几麻袋南边的小鞋,到北边转转,料想能碰上像您这样有心人肯花钱存一些。我打算卖一些南边的,买一些北边的,说不定把天下小鞋凑全了呢!"这蛤蟆脸男人说,"我已然存了满满一屋子!"

"一屋子?"瘦老头子眼珠子刷刷冒光,"好呵,宝呵,你这次带来都是嘛样的?"

蛤蟆脸男人抿嘴一笑,打身后麻袋里掏出两双小鞋递给瘦老头子,也不说话,好赛要考考这瘦老头子的修行。

瘦老头子接过鞋一看,是旧鞋,底儿都踩薄了,可式样怪异之极。鞋帮挺高,好赛靴子高矮,前脸竖直,通体一码黑亮缎,贴近底墙圈一道绣花缎边。一双绣牡丹寿桃,花桃之间拿红线缝几个老钱在上头,这叫"富贵双全"。另一双绣松叶梅花竹枝,松托梅、梅映竹、竹衬松,这叫"岁寒三友"。再看木底和软底中间夹一片黄铜,打跟到尖,再打尖吐出来,朝上弯半个圈再伸向前,赛蛇出洞。瘦老头子说:

"这是古式晋鞋。"

蛤蟆脸男人一怔,跟手笑了:

"您真行!能看懂这鞋的人不多!"

"这鞋也卖?"

"货卖识家。别说价了,您给多少,我都拿着。"

这前后五双瘦老头全要,掏出五两给了。要说这些钱买五双银鞋也富裕。蛤蟆脸男人赶紧把银子掖进怀里,满脸带笑说道:

"说句老实话,这鞋现在三文不值二文。我不是图您钱,是打算拿它多买些北方小鞋带回去。您要是藏着各样北方小鞋,咱们换好了,省得动钱!"

"那更好!您还有嘛鞋?"

"老先生,您虽然见多识广,浙东八府的小鞋恐怕没见过吧!"

"打早听说浙东八府以小称奇,我二十年前见过一双宁波小脚,二寸四。可头两年见过京城一女子,小脚二寸二。那真叫小到家小到头啦!"

"那也比不过广州东莞小脚,二寸刚刚挂点零。一双小鞋,一抓全在手心里。还有福建漳州一种文公履,是个念书人琢磨出来的,奇绝!"

"嘛绝法?"

"竟然有股书卷气。有如小小一卷书。"

"好呵!你都有?带来了吗?"

"在旅店里。您要换,咱说好时候。"

急不如快,两人定准转天这时候在前边墙子河边一棵歪脖老柳树下边碰面。转天都按时到,换得十分如意,好赛互相送礼。又约第三天,互换之后,这瘦老头提着十多双小鞋穿过鬼市美滋滋乐呵呵往回走。走到一个拐角,都是些折腾碑帖字画古董玩器的。只见墙角站着一个矮人,头上卷檐小帽儿压着上眼皮,胳肢窝里夹一轴画,上边只露个青花瓷轴。

瘦老头子一看这瓷轴就知这画不一般。上去问价。

对方伸出右手,把食指中指叠在一起,翻两翻,只一个字儿:"青。"

鬼市的规矩,说价递价给价要价还价争价,不说钱数,打手势

327

用暗语,俗称"暗春"。一是肖,二是道,三是桃,四是福,五是乐,六是尊,七是贤,八是世,九是万,十是青。手势一翻加一倍。

对方这"青"字再加上手势一翻,要二十两。

瘦老头子说:"嘛画这个价,我瞧瞧。"撂下半口袋小鞋,拿过画,只把画打开一小截,刚刚露出画上的款儿,忽一惊,问道:"你是谁?"

这矮子一怔,拨头就跑。

瘦老头子本来几步赶去能追上,心怕半袋小鞋丢了,一停的当儿,矮子钻进小胡同没了。

瘦老头子叫道:"哎,哎,抓……"

旁边一个大个子,黑糊糊看不清脸,影子赛口大钟,朝他压着粗嗓门说:

"咋唬嘛,碰上就认便宜,赶紧拿东西走吧,小心惹了别人,把你抢了,还挨揍!"

瘦老头子听见又没听见。

这天早上,佟忍安打外边遛早回来,就要到铺子去,满脸急相,不知道为嘛。门外备了马,他刚出门一哧溜坐在台阶上,只说天转地转人转马转树转烟囱转,其实是他脑袋转。用人们赶忙扶他进屋坐在躺椅上。香莲见他脸色变了,神气也不对,叫他到里屋躺下来睡个觉。他不干,非要人赶紧到柜上去,叫佟绍华和活受马上来。还点了些画,叫活受打库里取出带来。过了很长时候,才见人来,却只是柜上一个姓邬的小伙计,说少掌柜不在柜上,活受闹喘,走不了道儿,叫他把画送来。佟忍安起不来身半躺半坐,叫人打开一幅幅看。先看一幅李复堂的兰草,看得直眨眼,说:

"我眼里是不是有眵目糊?"

香莲瞅瞅他眼珠,说:

"不见有呢,头昏眼花吧,回头再看好了!"

佟忍安摇手非接着看不可。小邬子又打开一幅,正是那幅大涤子山水幅。

平时佟忍安过画,顶多只看一半画,真假就能断出来。下一半不看就叫人卷上,这一是他能耐,二是派头。活受知道他这习惯,打画就打开一半,只要见他点头或摇头,立时卷起来。今儿要是活受来打画给他瞧,下边的事就没有了。偏偏小邬子刷地把画从头打到底儿。佟忍安立时呆了,眼珠子差点掉下来,身子向前一撅,叫着:

"下半幅是假的!"

"半幅假的,怎么会?别是您眼闹毛病吧!"香莲说。

"没毛病!这画,字儿是真,画是假的!"佟忍安指着画叫,声音扎耳朵。

香莲走上前瞧,上半幅给大段题跋诗款盖着,下半幅画的是山水。"这不奇了,难道换去下半幅,可中间没接缝呀!"香莲说。

"你哪懂?这叫'转山头',是造假画的绝招。把画拿水泡了,沿着画山的山头撕开,另外临摹一幅假的,也照样泡了撕开。随后,拿真画上的字配假画上的画,接起来,成一幅;再拿假画上的字配真画上的画,又成一幅。一变二,哪幅画都有真有假,叫你看出假也不能说全假,里头也有真的。懂行拿它也没辙。可是……这手活没人懂得,牛五爷也未必知道。难道是我当初买画时错眼了……"

"您看画总看一半,没看下半幅呗!"

"那倒是……"佟忍安刚点头忽又叫,"不对,这幅画是头几年挂在铺子墙上看的!"说到这儿,也想到这儿,眼珠子射出的光赛箭。

329

他对小邬子说,"你拿画到门口,举起来,透亮,我再瞧瞧!"

小邬子拿画到门口一举,外边的光把画照透,清清楚楚明明白白看出,画中腰沿着山头,有一道接口,果然给人作了假!佟忍安脑袋顶涨得通红,跟着再一叫:"我明白了,刚才李复堂那幅也作了假的!"不等香莲问就说,"这是'揭二层',把画上宣纸一层层揭开,一三层裱成一幅,二四层裱成一幅。也是一变二!虽然都是原画,神气全没了,要不我看它笔无气墨无光,总疑惑眼里有眵目糊呢!"

香莲听呆了!想不到世上造假也有这样绝顶的功夫。再看佟忍安那里不对劲了,一双手簌簌抖起来,长指甲在椅子扶手上,嘚嘚嘚磕得直响,眼神也滞了。

香莲怕他急出病来,忙说:

"干吗上火,一两幅画不值当的!"

佟忍安愈抖愈厉害,手抖脚抖下巴抖声音也抖:"你还糊涂着,铺子里没一幅真的了!我佟忍安卖一辈子假的,到头自己也成假的了。一窝全是贼!"说到这儿,脑门青筋一蹦,眼珠子定住不动了。香莲见不好,心一慌,不知拿嘛话哄他。只见他脸一歪嘴一斜肩膀一偏,瘫椅子上了。

立时家里乱了套,你喊我我喊他,半天才想起去喊大夫。

香莲抹着泪说:

"谁叫您懂呢!我不懂真的假的,反不着这么大急。"

不会儿,大夫来了,说前厅有风,叫人把佟忍安抬到屋里治。

香莲定一定心。马上派小邬子去请少掌柜,并把活受叫来。小邬子去过一会儿就回来说,活受卷包跑了,佟绍华也不见了。香莲听罢好赛晴天打大雷,知道家里真出大事了!白金宝问嘛事。香莲只说:"心里明白还来问我。"就带着桃儿坐轿子急急火火赶到铺子。

只见铺子里乱糟糟赛给抄过。两个小伙计哭着说："大少奶奶骂我们罚我们打我们都成，别怪我们不说，我们嘛都不知道呵！"香莲心想家那边还一团乱呢，就叫他们挑出真玩意儿锁起来，小伙计们哭丧脸说："我们不知哪个真哪个假。老掌柜少掌柜叫我们跟主顾说，全是真的。"香莲只好叫他们不管真假全都拣巴一堆封起来再说。

回到家，白金宝不知打哪儿听到佟绍华偷了家里东西跑了，正在屋里哭了叫叫了哭又哭又叫：

"挨千刀的，你这不是坑了老爷子，也坑我们娘仨吗……你准是跟哪个臭婊子胡做去了，你呀你呀你……"

香莲板着脸，叫桃儿传话给杏儿草儿，看住白金宝的屋子，不准她出来也不准人进去，更不准往里往外拿东西。白金宝见房门给人把守，哭得更凶，可不敢跟香莲闹。她不傻，绍华跑了，没人护她。她要闹，香莲能叫人把她捆上。

这时，佟忍安给大夫治得见缓，忽叫香莲。他虽然不知道家里家外到底出了嘛事，却赛全都明白。两眼闪着惊光，软软的嘴里硬蹦出三个字儿：

"关、大、门！"

香莲点头说："好，马上就办。"赶紧传话吩咐家里人急急忙忙把两扇大门板吱吱呀呀一推，哐啷一声，紧闭上。

第十二回　闭眼了

佟忍安赛块稀泥瘫在床上，头也抬不动，后背严丝合缝压在床板上，醒不醒睡不睡，眼神赛做梦。说话一阵清楚一阵含糊。清楚时，看不见绍华就死追着问，大伙儿胡诌些理由唬弄他；糊涂时，没完没了没重样地数落着各类小脚的名目。城里苏金伞、妙手胡、关六、神医王十二、铁拐李、赛华佗、不望不切黄三爷、没病找病陆九爷……各大名医轮着请到,都说他大腿给阴间小鬼拉住,药力夺不回来。

这天,桃儿领着香莲的闺女莲心看爷爷。莲心进门就爬上床玩儿,忽然尖哭尖叫,桃儿只当莲心给爷爷半死不活样子吓着,谁料是小脚叫爷爷抓住。不知佟忍安哪来的劲,攥住拉不开。死脸居然透出活气,眼珠子冒光,嘴巴的死肉也抖动起来,呼呼喘气,一对鼻眼儿忽大忽小。桃儿不知老爷是要活过来还是要死过去,吓得喊叫。香莲闻声赶来,一见这情景脸色变得纸白,一把将莲心硬拉下来,骂桃儿:

"哪玩儿不好,偏到这来,快领走!"

桃儿赶快抱走莲心,佟忍安眼里一直冒光,人也赛醒了,后晌居然好好说话了,虽不成句,一个个字儿能听清。他对香莲说:

"下、一、辈、该、裹、脚、了!"

香莲沉一下,光点头没表情,静静说:

"我明白。"

佟忍安没病倒之前,已经天天念叨这事。外边有的说放足有的说禁缠,闹得不安生。佟家下一代又都是闺女,莲心四岁,白金宝两个闺女,一个五岁,一个六岁,董秋蓉的闺女也六岁了。都该裹,只因为香莲说莲心还小,拖着压着,佟忍安表面不敢催香莲,放在心里总是事。这会儿再等不及,心事快成后事了。

佟忍安叫着:

"找、潘、妈,找、潘、妈。"

裹脚的事非潘妈不可。

可是自打赛脚那天,潘妈见香莲穿上当年佟家大奶奶的小红鞋,拨头回屋就绝少再出屋。除去几个丫头找她画鞋样,缝个帮儿纳个底儿糊个面儿,再有便是开门关门送猫出屋迎猫进屋,不知她在屋干些嘛事。偶尔在当院碰见香莲,谁不搭理谁。香莲现在佟家称王,惟独对潘妈客气三分,有好吃的好喝的不好买的,都叫丫头们送去。惟独自个儿不进潘妈屋。可以说,她压根就没进过潘妈屋。

这会儿,无论佟忍安怎么一遍遍说叫潘妈,香莲也不动劲,守在旁边坐。直到深更半夜,佟忍安不再叫,睁大眼眨眼皮,好赛听嘛,再一点点把手挪到靠床墙边,使劲抓墙板,不知要干吗,忽然柜子那边咔咔连响,有人?香莲吓得站起身,眼瞅着护墙板活了,竟如同一扇门一点点推开,走进一个黑婆子,香莲差点叫出声来,一时这黑婆子也惊住,显然没料到她也在这屋里。这黑婆子正是潘妈!她怎么进来的?难道穿墙而入?她忽地大悟,原来这墙是个暗门,潘妈住在隔壁呀!这一下,香莲把佟家的事看到底儿,连底儿下边的也一清二楚三大白了!

无论嘛事,只要她一明白,心立时就静下来。她几年没正眼看潘妈,今儿一瞅大变模样,头发见白不见黑,脸上肉都没有,剩下皮包骨。皮一松褶子更多,满脸满了。只一双鼓眼珠子打黑眼窝里往外冒寒光。潘妈同香莲面对面站着怔着傻着瞪着,好半天。到底还是香莲更有内劲,先说话,她指着佟忍安对潘妈说:

"他有话跟你说。"

潘妈到床前站着等着。佟忍安说:

"预、备、好、明、天、裹,全裹!"

最后两个字儿居然并一起说出来的。

潘妈点点头,然后抬起眼皮望了香莲一眼,这一眼赛刀子,扎进香莲心口。香莲明白这一眼就是潘妈闷了几年来要说没说的话。随

333

后潘妈扭身就走,却不走暗门,打房门出去。黑衣一身,立时化在夜里。

转天一早,香莲把全家人都叫到院里说道:"老爷子发话了,今儿下晌,各房小闺女一齐裹脚,先预备预备去吧!"说完回自己屋。

各房,有的没声有的哭声有的说话声,都是低声低气。可快到晌午时候,桃儿忽然在当院大声叫喊莲心。香莲跑出房一问,莲心不见了!几个丫头和男用人房前屋后找,连山石眼里、灶膛里、鱼缸里、茅坑里、屋顶烟囱里都找了,也不见。香莲脸色变了,左右开弓,一连抽了桃儿十八个嘴巴,把桃儿左边一个虎牙打掉,嘴角直流血。桃儿不吭声不求饶掉着泪听着香莲尖吼:

"大门关着,人怎么没了?你吃啦,吃啦,你给我吐出来呀!"

哭得闹得叫得折腾得人都不赛人样。

莲心丢了,当天裹脚裹不成。佟忍安知道后说:"等、等、一、块、裹!"那就一边等一边找。

家里没有就到外边找。左邻右舍,房前屋后,巷头巷尾,城里城外,河东水西,连西城外的人市都去了,也不见影儿。这一跑,才觉得天津城大得没边,人多得没数。把桃儿两只脚都跑肿了,还到处跑。有的说叫大仙唬弄去了,有的说叫拍花的拍走,卖给教堂的神甫挖心掏肝剜眼珠子割舌头掏肠子揭耳朵膜做洋药去了。自打洋人在天津修教堂,老百姓天天揪着心,怕孩子被拐去做洋药。

桃儿当着众人给香莲跪下,两眼哭得赛红果儿。她说:

"莲心怕真丢了,我也没心思活了,您说叫我怎么死我就怎么死!"

香莲说不出话来。脸上的泪,一会儿湿一会儿干。

潘妈那边,早做好一二十副裹脚条子,染了各种颜色,晾在当院梅枝上，赛过节。几个小丫头看了都暗暗流泪说：

"莲心怪可怜的……"

香莲听了就到佟忍安屋里说：

"莲心回不来了，别等了，先裹吧！"

佟忍安半死的脸一抖，发狠说一个字：

"等！"

七天过去了，佟忍安熬不住顶不住，只一口气在嗓子眼里来回串。说话嘴里赛含热豆腐，咕噜咕噜谁也听不清，跟着只见嘴皮动，连声儿也没有。早响大伙儿在前厅吃过饭，董秋蓉留下来对香莲说：

"嫂子，我看老爷子熬过初一熬不过十五了。说句难听的，就这两天的事啦，莲心丢了，我的心也赛撕成两半。可你当下是一家之主，总得打起精神来，该给老爷子筹办后事了。再有，趁老爷子糊涂，裹脚的事快点了了算了。"

香莲这才默默点头，吩咐人把前厅的桌子椅子柜子架子统统挪走，打扫净了，摆上灵床。白事用品样样租来，还派人去天后宫、财神殿和吕祖堂，备齐和尚老道尼姑喇嘛四棚经，跟手还请来棚铺，驴车马车牛车推车，运来木杆竹竿苇席木板黄布白布蓝布粗细麻绳，在二道院扎几座宽大阔绰的经棚……可这时外出去寻莲心的人还没逮着影儿，佟忍安又硬熬三天，人色都灰了，说死就死，抬上了灵床，可就不咽气，反倒两眼睁开，亮得赛玻璃珠子。杏儿说："你们看老爷眼珠子，别是要还阳吧！"香莲赶来瞧，这亮光发贼，贼得怕人。她心里明白，俯下头悄声对佟忍安说："莲心找到了，这就给孩子们裹上！"这话说过，佟忍安眼珠子的贼光立时没了，只是还睁着。

香莲在桃儿耳边说了几句，叫桃儿马上去办。又叫杏儿去请潘妈赶紧预备裹脚家伙，再派珠儿草儿，分头到白金宝和董秋蓉房里去，快把孩子领到院里，这就开裹！

不会儿场面摆开。白金宝的两个闺女月兰和月桂，董秋蓉的闺女美子，都弄到院里，排一横排。杏儿珠儿草儿三个丫头，分管三个孩子，一切全叫潘妈指派。丫头们把盆儿壶儿剪儿布儿药瓶药罐儿各样物品往上一拿，孩子们全吓哭了。全赛死了人一样。

这场面直对前厅，前厅门大敞四开，便正对着厅内直挺挺躺在灵床上不闭眼的佟忍安。

香莲坐在一边瓷磴子上。桃儿守在身后。

潘妈还是一身黑，可这回打头到脚任嘛别的颜色没有。她走到各个孩子前，把鞋往下一揪，扔了，拿起脚儿前后左右上下里外全看过，放进温水盆泡上，赛要宰鸡。一边把裹法一一不同告诉杏儿珠儿草儿，再选出几双尖瘦短窄不同的鞋分发下来，跑到院当中，人一站眼一瞪手一摆哑嗓子叫一声：

"裹！"

几个丫头同时下手，把孩子们小脚丫打盆里捞出来就干。孩子们哇哇大哭，月桂抓着白金宝衣袖叫道：

"娘，我再不弄你的胭脂盒了，饶我这次吧！"

白金宝啪地打她一巴掌说："这是你福气，死丫头！别人想裹还裹不成，留双大脚就绝你的根啦！"满院子人谁都明白这话是说给香莲听的。

香莲稳稳坐着，脸上看不出是气是恼，表情似淡似空，好赛天后宫的娘娘，总那个样儿。只听孩子哭大人叫，几个丫头手里裹脚条子刷刷刷响，还有潘妈哑嗓子死命喊："紧！紧！紧！"董秋蓉哭得比美子还厉害，却不出声，浑身抽成一个儿，前襟叫泪泡得赛泼半盆水。白金宝一滴泪没有，花似的小脸满是狠笑，时不时打杏儿珠儿手里抢过裹脚条子使劲勒一勒,看意思,这辈儿仇,要下辈儿报。

潘妈冲草儿叫:

"干吗弄得她叽哇喊叫?"

草儿说:

"她脚趾硬,掰这个,那个就跷起来。"

潘妈骂道:

"死鬼!你掰第二个和最小一个脚趾,中间那个和第四个不用掰就带着弯下去了!"

草儿改了法儿,美子也不叫了。

香莲心想,潘妈真是地道行家。当初若不是她救自己,自己哪来的今天。不管后来的仇怨,总得记得人家过去的恩德才是。她便叫桃儿搬个瓷磴子过去。

桃儿把瓷磴子撂在潘妈身边说:

"大少奶奶叫您坐下来歇歇。"

谁料潘妈理也不理,只盯着几个孩子每一双脚。裹好后,上去一一查看。有的拿手握正,有的往弯处勒勒,有的往脚心压压,每只脚都得打内侧够得上脚尖才行。最后从头上摘下个篦子,一边是篦头发的齿儿,一边是三寸小尺,挨着个儿横量竖量直量斜量整个量分段量。量罢,冷冷说声:"成啦!"眼也不瞅香莲,扭头回房去了。

香莲对桃儿悄悄说一句,桃儿去打香莲房里领出个小闺女,大伙儿全都一惊,以为莲心找到,脚也裹上穿着小鞋。待到近处看脸儿并不是,只穿戴都是莲心的。原来给莲心找的替身。这也叫白金宝小小虚惊一场。

香莲带着两个男用人走进灵堂,三人一左一右一上,托住佟忍安的头一抬,香莲说:

337

"看罢,中间那就是莲心,左边是月桂、月兰,另一边是美子,全裹上了!"

佟忍安本来好赛没了气儿,可这一下赛活了!眼珠子滴溜溜一扫,把这些孩子下边一横排裹成粽子似菱角似笋尖似小脚看过,立时刷刷冒光分外神采,就赛一对奇大珍珠。香莲知道这叫"回光返照"。没等跟左右用人说声"当心",只见佟忍安大气一吐,直把嘴唇上的胡子吹立起来,眼珠子一翻,胸脯一拱,腿一蹬,完了。甭说香莲,两个男用人也怕了,手托不住,脑袋哐当一声落在床板上,赛个瓜掉在地上。眼睛没用人合,自己就闭上。脸皮再没有那种可怕灰色。润白润白,一片静,好比春天的湖面。

香莲大叫一声:"老爷子,您可不能扔下我们一大家子孤儿寡母走啊!"又跺脚,又捶床边。满院子大人小孩也都连喊带叫大哭大闹,小孩哭得最凶,不知哭爷爷死还是哭自己小脚疼。香莲一声接一声喊着:"您太狠啦,您太狠啦……您叫我怎么办呀!"这声音带尖,往人耳朵里去可就不往死人耳朵里钻。

只有潘妈那里没动静,门闭着。大黑猫趴在墙头,下巴枕在爪子上,朝这边懒懒地看。

依照老祖宗传下的规矩,人死后停在灵堂,摆道场请和尚老道念经,超度亡魂,这叫摞七作斋。作斋多少天自己定,一七是七天,二七十四天,三七二十一天,七七往上摞。有钱人都尽劲往上摞。这据说是道光五年,土城刘家死了老爷子,念经念到第三天,轮到一群尼姑念着细吹细打的姑子经。老爷子忽然翻身坐起,吓得家里守灵的人乱跑,姑子们都打棚子跳下来,扭了脚,以为老爷子诈尸了。只见老爷子伸出两条胳膊打个哈欠,揉揉眼,冲人们嚷:"你们这是干吗?

唱大戏？我饿啦！"有胆大的上去一看，老爷子真的还了阳。那年头，假死的事常有。打那儿天津有钱人家作斋要作到七七四十九天，把人擩味儿了才入殓出殡下葬安坟。

佟家作斋已经入了七七。出大殡使的鸾驾黄亭伞盖魂轿鬼幡铭旌炉亭香亭影亭花亭纸人纸马金瓜玉杵朝天凳开道锣清道旗闹哀鼓红把血柳白把雪柳等，打大门口向两边摆满一条街，好赛一条街都开了铺子。倚在墙外边的拦路神开路鬼，足有三丈高，打墙头探进半个身子，戴高帽，披长发，奓拉八尺长的红舌头，吓得刚裹了脚赖在床上的小闺女们，不敢扒窗往外瞧。戈香莲、白金宝、董秋蓉三位少奶奶披麻穿孝，日夜轮班守在灵前。怪的是佟绍华一直没露面，多半跑远了不知信儿，要不正是打回来独掌佟家的好机会。白金宝盼他回来，戈香莲盼佟忍安还阳。无论谁如了愿，佟家大局就一大变。可是四十多天过去了，绍华影儿也不见，佟忍安脸都塌了，还了阳也是活鬼。派去给佟绍富尔雅娟送信的人，半道回来说，黄河淮河都发水截住过不去，再打白河出海绕过去也迟了。守灵的只是几个媳妇。这就招来许多人，非亲非友，乃至八竿子打不着的，没接到报丧帖子也来了，借着吊唁亡人来看三位少奶奶尤其大名鼎鼎戈香莲的小脚。平时常来的朋友反倒都没露面。这真是俗话说的，马上的朋友马下完，活时候的朋友死了算。香莲的心暗得很。

可嘛话也不能说死。出殡头一天，大门口小钟一敲，和尚鼓乐响起，来一位爷们儿，进门扑到灵前趴下就咚咚咚咚连叩五个头，人三鬼四，给死人向例叩四个，这人干吗多叩一个头？香莲的心一下跳到嗓子眼儿，以为佟绍华抱愧奔丧来了。待这人仰起一张大肉脸，原来是牛凤章，哭丧脸咧大嘴说："佟大爷，您一辈子待我不薄，可我有两件亏心事对不住您。头件事把您坑了……这二件事您要知道也饶不了我,我没辙呀!您这……"说到这儿,只见香莲眼里射出一道光,比箭尖还尖,吓得他跳过下半句话,停一下才说,"您变鬼可别来抓我呀!您看着我二十多年来事事依着您,我还有上下一大家子人指我养活呢!"说完哇哇大哭起来。

本来,香莲应该陪叩孝子头,完事让人家进棚子喝茶吃点心。可香莲说:"别叫牛五爷太伤心了!"就派人把他硬送出门。好赛押走的,谁也不知为嘛。

牛凤章走后,天已晚,里里外外香烛灯笼全亮起来。明儿要出大殡,一大堆事正给香莲张罗着。忽然桃儿跑来大叫:

"不好,不好……"

香莲看桃儿脸上刷刷冒光,手指她身后,张嘴说不出话来,霎时间香莲恍恍惚惚糊糊涂涂真以为佟忍安诈尸或还阳了。回头一瞧,里院腾腾冒红光,这光把周围的东西,人脸,照得忽闪忽闪。是神是佛是仙是鬼是妖是魔是怪?只听一个人连着一个人叫起来:

"起火了——起火了——起火了——"

香莲随人奔到里院,只见西北边一间小屋打窗口往外蹿火。一条条大火苗,赛大长虫拧着身子往外钻,黑烟裹着大火星子打着滚儿冲出来。香莲一惊,是潘妈屋子!

幸好火没烧穿屋顶,没风火就没劲,不等近处水会锣起,家里人连念经来的和尚老道们七手八脚,端盆提桶,把火压灭。香莲给烟呛得眼珠子流泪,一边叫着:

"救人呀——把潘妈弄出来!"

几个男的脑袋上盖块湿布钻进屋,不会儿又钻出来,不见抬出潘妈,问也不吭声,呛得不住咳嗽。那只大黑猫站在墙头,朝屋子死命地叫,叫声穿过耳朵往心里扎。香莲顾不得地上是水是灰是炭是火,踩进去，借灯笼光一照，潘妈抱着一团油布，已经烧死，人都打卷儿了。周围满地到处都是烧煳的绣花小鞋，足有几百双。那味儿勾人要吐，香莲胃一翻，赶紧走出来。

转天，佟忍安给六十四条杠抬着，一路浩浩荡荡震天撼地送到西关外大小园坟地入葬；潘妈给雇来的四个人打后门抬出去不声不响埋在南门外一块义地里。这义地是浙江同乡会买的，专埋无亲无故的孤魂。其实，不管怎么闹怎么埋都是活人干的事。

死人终归全进黄土。

第十三回　乱打一锅粥

当下该是宣统几年了？呀，怎么还宣统呢，宣统在龙椅上只坐三年就翻下来，大清年号也截了。这儿早是民国了。

五月初五这天，两女子死板着脸来到马家口的文明讲习所，站在门口朝里叫，要见陆所长。这两女子模样挺静，气挺冲，可看得出没气就没这么冲，叫得立时围了群人。所长笑呵呵走出来，身穿纺绸袍褂，大圆脑袋小平头，一副茶色小镜子，嘴唇上留八字胡。收拾得整齐油光，好赛拿毛笔一左一右撇上两笔。这可是时下地道的时髦绅士打扮。他一见这两女子先怔一怔，转转眼珠子，才说：

"二位小姐嘛事找我？"

两女子中高个儿的先说：

"听说你闹着放小脚，还演讲说要官府下令，不准小脚女子进城出城逛城？"

"不错。干吗？怕了？我不过劝你们把那臭裹脚条子绕开扔了，有嘛难？"

周围一些坏小子听了就笑,拿这两女子找乐开心。陆所长见有人笑,得意地也笑起来。先微笑后小笑然后大笑,笑得脑袋直往后仰。

另一个矮个女子忽把两根油炸麻花递上去,叫陆所长接着。

"这要干吗?"陆所长问。

矮女子嘿嘿笑两声说:

"叫你把它拧开,抻直。"

"奇了,拧开它干吗。再说麻花拧成这样,哪还能抻直?你吃撑了还是拿我来找乐子?"

"你有嘛乐子?既然抻不直它,放了脚,脚能直?"

陆所长干瞪眼,没话。周围看热闹的都是闲人,哪边风硬帮哪边哄,一见这矮女子挺绝,就朝陆所长哈哈笑。高女子见对方被难住,又压上两句:

"回去问好你娘,再出来卖嘴皮子!小脚好不好,且不说,反正你是小脚女人生的。你敢说你是大脚女人生的?"

这几句算把陆所长钉在这儿。嘴唇上的八字胡赛只大黑蝴蝶呼扇呼扇。那些坏小子们哄得更起劲,嘛难听的话都扔出来。两女子叭地把油炸麻花摔在他面前,拨头便走。打海大道贴着城墙根进城回家,到前厅就把这事告诉戈香莲,以为香莲准会开心,可香莲没露笑容,好赛家里又生出别的事来。摆摆手,叫杏儿珠儿先回屋去。

桃儿进来,香莲问她:

"打听明白了?"

桃儿把门掩了,压低声说:

"全明白了。美子说,昨晚,二少奶奶去她们房里,约四少奶奶到文明讲习所听演讲。但没说哪天,还没去。"

"你说她会去?"香莲秀眉一挑。这使她心里一惊。

"依我瞧……"桃儿把眼珠子挪到眼角寻思一下说,"我瞧会。四少奶奶的脚吃不开,脚不行才琢磨放。美子说,早几个月夜里,四少奶奶就不给她裹了,四少奶奶自己也不裹,松着脚睡。这都是二少奶奶撺掇的!"

"还有嘛?"香莲说,雪白小脸涨得发红。

"今早晌……"

"甭说啦!不就是二少奶奶没裹脚拖拉着睡鞋在廊子上走来走去?我全瞧见了,这就是做给我看的!"

桃儿见香莲嘴巴赛火柿子了,不敢再往下说。香莲偏要再问:

"月兰月桂呢?"

"……"桃儿的话含在嘴里。

"说,甭怕,我不说是你告我的。"

"杏儿说,她姐俩这些天总出去,带些劝说放脚的揭帖回来。杏儿珠儿草儿她们全瞧见过。听说月兰还打算去信教,不知打哪儿弄来一本洋佛经。"

戈香莲脸又刷地变得雪白,狠狠说一句:"这都是朝我来的!"猛站起身,袖子差点把茶几上的杯子扫下来,吓桃儿一跳。跟手指着门外对桃儿说,"你给我传话——全家人这就到当院来!"

桃儿传话下去,不会儿全家人在当院会齐了。这时候,月兰月桂美子都是大姑娘,加上丫头用人,高高站了一片。香莲板着脸说:"近些日子,外边不肃静,咱家也不肃静。"刚说这两句就朝月兰下手,说道:"你把打外边弄来的劝放脚的帖子都拿来,一样不能少,少一样我也知道!"香莲怕话说多,有人心里先防备,索性单刀直入,不给招架的空儿。

白金宝见情形不妙,想替闺女挡一挡。月兰胆小,再给大娘拿话一蒙,立时乖乖回屋拿了来,总共几张揭帖一个小本子。一张揭帖是《劝放足歌》,另一张也是《放足歌》,是头几年严修给家中女塾编的,大街上早有人唱过。再一张是早在大清光绪二十七年四川总督发的《劝戒缠足示谕》,更早就见过。新鲜实用厉害要命的倒是那小本子,叫作《劝放脚图》。每篇上有字有画,写着"缠脚原委""各国脚样""缠脚痛苦""缠脚害处""缠脚造孽""放脚缘故""放脚益处""放脚立法""放脚快活"等几十篇。香莲刷刷翻看,看得月兰心里小鼓嘣嘣响,只等大娘发大火,没想到香莲沉得住气,再逼自己一步:

"还有那本打教堂里弄来的洋佛经呢?"

月兰傻了,真以为大娘一直跟在自己身后边,要不打哪知道的?月桂可比姐姐机灵多了,接过话就说:

"那是街上人给的,不要钱,我们就顺手拿一本夹鞋样子。"

香莲瞧也不瞧月桂,盯住月兰说:

"去拿来!"

月兰拿来。厚厚一本洋书,皮面银口,翻开里边真夹了几片鞋样子。香莲把鞋样抽出来,书交给桃儿,并没发火,说起话心平气和,听起来句句字字都赛打雷:

"市面上放足的风刮得厉害,可咱佟家有咱佟家的规矩。俗话说,国有国规,家有家法,不能错半点。人要没主见,就跟着风儿转!咱佟家的规矩我早说破嘴皮子,不拿心记只拿耳朵也背下来了。今儿咱再说一遍,我可就说这一遍了,记住了——谁要错了规矩我就找谁,可不怪我。总共四条,头一条,谁要放足谁就给我滚出门!第二条,谁要谈放足谁就给我滚出门!第三条,谁要拿、看、藏、传这些淫书淫画谁就给我滚出门!第四条,谁要是偷偷放脚,不管白天夜里,叫我知道立时轰出门！这不是跟我作对，这是成心毁咱佟家！"

最后这三两句话说得董秋蓉和美子脸发热脖子发凉腿发软脚发麻，想把脚缩到裙子里却动不了劲。香莲叫桃儿杏儿几个，把那些帖儿画儿本儿拣巴一堆儿，在砖地上点火烧了，谁也不准走开，都得看着烧。洋佛经有硬皮，赛块砖，不起火。还是桃儿有办法，立起来，好比扇子那样打开，纸中间有空，忽忽一阵火，很快成灰儿，正这时突然来股风噗一下把灰吹起来，然后纷纷扬扬，飞上树头屋顶，眨眼工夫没了，地上一点痕迹也没有。好好的天，哪儿来这股风？一下过去再没风了。杏儿吐着舌头说：

"别是老爷的魂儿来收走的吧！"

大伙儿张嘴干瞪眼浑身鸡皮疙瘩头发根发奓，都赛木头棍子戳在那里。

这一来，家里给镇住，静了，可外边不静。墙里边不热闹墙外边正热闹。几位少奶奶不出门，姑娘丫头少不得出去。可月兰月桂美子杏儿珠儿草儿学精了，出门回来嘴上赛塞了塞子，嘛也不说，一问就拨棱脑袋。嘴愈不说心里愈有事。人前不说人后说，明着不说暗着说，私下各种消息，都打桃儿那儿传到香莲耳朵里。香莲本想发火，脑子一转又想，家里除去桃儿没人跟自己说真话，自己不出门外边的事全不知道，再发火，桃儿那条线断了，不单家里的事儿摸不着底儿，外边的事儿更摸不到门儿。必得换法子，假装全不知道，暗中支起耳朵来听。这可就愈听愈乱愈凶愈热闹愈糊涂愈揪心愈没辙愈有底愈没根。傻了！

据外边传言，官府要废除小脚，立"小足捐"，说打六月一号，凡是女人脚小三寸，每天收捐五十文，每长一寸，减少十文，够上六寸，免收捐。这么办不单禁了小脚，国家还白得一大笔捐钱，一举两

345

得,一箭双雕。听说近儿就挨户查女人小脚立捐册。这消息要是真的就等于把小脚女人赶尽杀绝。立时小脚女人躲在家担惊受怕,有的埋金子埋银子埋首饰埋铜板,打算远逃。可跟着又听说,立小足捐这馊主意是个混蛋官儿出的。他穷极无聊,晚上玩小脚时,忽然冒出这个法儿,好捞钱。其实官府向例反对天足。相反已经对那些不肯缠脚中了邪的女人们立法,交由各局警署究办。总共三条:一、只要天足女人走在街上,马上抓进警署;二、在警署内建立缠足所,备有西洋削足器和裹脚布,自愿裹脚的免费使用裹脚布,硬不肯裹脚的,拿西洋削足器削掉脚趾;三、凡又哭又闹死磨硬泡耍浑耍赖的,除去强迫裹脚外,假若闺女,一年以上三年之下,不得嫁人,假若妇人,两年以上,五年以下,不得与丈夫同床共枕,违抗者关进牢里,按处罚期限专人看管。这说法一传,开了锅似的市面,就赛浇下一大瓢冷水霎时静下来。

香莲听罢才放下心。没等这口气缓过来,事就来了。这天,有两个穿靠纱袍子的男人,哐哐用劲叩门,进门自称是警署派来的检查员,查验小脚女人放没放脚。正好月兰在门洞里,这两个男子把手中折扇往后脖领上一插,掏把小尺蹲下来量月兰小脚,量着量着借机就捏弄起来,吓得月兰尖叫,又不敢跑。月桂瞧见,躲在影壁后头,捂着嘴装男人粗嗓门狂喝一声:

"抓他俩见官去!"

这俩男人放开月兰拔腿就跑。人跑了,月兰还站在那儿哭,家里人赶来一边安慰月兰一边议论这事,说这检查员准是冒牌的,说不定是莲癖,借着查小脚玩小脚。佟家脚太出名太招风,不然不会找上门来。

香莲叫人把大门关严,进出全走后门。于是大门前就一天赛过一天热闹起来。文明讲习所的人跑到大门对面拿板子席子杆子搭起一座演讲台,几个人轮番上台讲演,就数那位陆所长嗓门高卖力气,扯脖子对着大门喊,声音好赛不是打墙头上飞过,是穿墙壁进来的。香莲坐在厅里,一字一句都听得清楚:

"各位父老乡亲同胞姐妹听了!世上的东西,都有种自然生长的天性。如果是棵树长着长着忽然不长了,人人觉得可惜。如果有人拿绳子把树缠住,不叫它长,人人都得骂这人!可为嘛自己的脚缠着,不叫它长,还不当事?哪个父母不爱女儿?女儿害点病,受点伤,父母就慌神,为嘛缠脚一事却要除外?要说缠脚苦,比闹病苦得多。各位婆婆婶子大姑小姑哪个没尝过?我不必形容,也不忍形容。怪不得洋人说咱中国的父母都是熊心虎心豹心铁打的心!有人说脚大不好嫁,这是为了满足老爷们儿的爱好。男人是人,女人也是人。为了男人喜欢好玩儿,咱姐妹打四五岁起,早也缠晚也缠,天天缠一直到死也得缠着走!跑不了走不快,连小鸡小鸭也追不上。夏天沤得发臭!冬天冻得长疮!削脚垫!挑鸡眼!苦到头啦!打今儿起,谁要非小脚不娶,就叫他打一辈子光棍,绝后!"

随着这"绝后"两字,顿起一片叫好声呼喊声笑声骂声冲进墙来,里边还有许多女人声音。那姓陆的显然上了兴,嗓门给上劲,更足:

"各位父老乡亲同胞姐妹们,天天听洋人说咱中国软弱,骂咱中国糊涂荒唐窝囊废物,人多没用,一天天欺侮起咱们来。细一琢磨,跟缠脚还有好大关系!世上除去男的就女的,女人裹脚待在家,出头露面只靠男人。社会上好多细心事,比方农医制造,女人干准能胜过男人。在海外女人跟男人一样出门做事。可咱们女人给拴在家,国家人手就少一半。再说,女人缠脚害了体格,生育的孩子就不健壮。国

347

家赛大厦，老百姓都是根根柱子块块砖。土本不坚，大厦何固？如今都嚷嚷要国家强起来，百姓就要先强起来，小脚就非废除不可！有人说，放脚，天足，是学洋人，反祖宗。岂不知尧舜禹汤、文武周公、孔圣人时候，哪有缠脚的？众位都读过《孝经》，上边有句话谁都知道，那就是'身体发肤，受之父母，不敢毁伤'，可小脚都毁成嘛德行啦？缠脚才是反祖宗！"

这陆所长的话，真是八面攻，八面守，说得香莲两手冰凉，六神无主，脚没根心没底儿。正这时忽有人在旁边说：

"大娘，他说得倒挺哏，是吧！"

一怔，一瞧，却是白金宝的小闺女月桂笑嘻嘻望着自己。再瞧，再怔，自己竟站在墙根下边斜着身儿朝外听。自己嘛时候打前厅走到这儿的，竟然不知不觉得，好赛梦游。一明白过来，就先冲月桂骂道：

"滚回屋！这污言秽语的，不脏了你耳朵！"

月桂吓得赶紧回房。

骂走月桂，却骂不走文明讲习所的人，这伙人没完没了没早没晚没间没断没轻没重天天闹。渐渐演讲不光陆所长几个了，嘛嗓门都有，还有女人上台哭诉缠脚种种苦处。据说来了一队"女子暗杀团"，人人头箍红布，腰扎红带，手握一柄红穗匕首，都是大脚丫子都穿大红布鞋，在佟家门前逛来逛去。还拿匕首在地上画上十字往上啐唾沫，不知是嘛咒语。香莲说别信这妖言，可就有人公然拿手啪啪啪啪拍大门，愈闹愈凶愈邪，隔墙头往里扔砖头土块，稀里哗啦把前院的花盆瓷桌玻璃窗金鱼缸，不是砸裂就是砸碎。一尺多长大鱼打裂口游出来，在地上又翻又跳又蹦，只好撂在面盆米缸里养，可它们在大缸里活惯了，换地方不适应，没两天，这些快长成精的鱼王，都把大鼓

348

肚子朝上浮出水来,翻白,玩完。

香莲气极恨极,乱了步子,来一招顾头不顾尾的。派几个用人,打后门出去,趁夜深人静点火把文明讲习所的棚子烧了。但是,大火一起,水会串锣一响,香莲忽觉事情闹大。自己向例沉得住气,这次为嘛这么冒失?她担心讲习所的人踹门进来砸了她家。就叫人关门上闩,吹灯熄灯上床,别出声音。等到外边火灭人散,也不见有人来闹,方才暗自庆幸,巡夜的小邬子忽然大叫捉贼。桃儿陪着香莲去看,原来后门开着,门闩扔在一边,肯定有贼,也吓得叫喊起来。全家人又都起来,灯影也晃,人影也晃,你撞我我撞你,没找到贼,白金宝突然号啕大哭起来,原来月桂没了。月桂要是真丢,就真要白金宝命了。

当年,养古斋被家贼掏空,佟绍华和活受跑掉,再没半点信息。香莲一直揪着心,怕佟绍华回来翻天,佛爷保佑她,绍华再没露面,说怪也怪,难道他死在外边?乔六桥说,多半到上海胡混去了。他打家里弄走那些东西那些钱,一辈子扔着玩儿也扔不完。这家已经是空架子,回来反叫白金宝拴住。这话听起来有理。一年后,有人说在西沽,一个打大雁的猎户废了不要的草棚子里,发现一具男尸。香莲心一动,派人去看,人脸早成干饼子,却认出衣服当真是佟绍华的。香莲报了官,官府验尸验出脑袋骨上有两道硬砍的裂痕。众人一议,八成十成是活受下手,干掉他,财物独吞跑了。天大的能人也不会料到,佟家几辈子家业,最后落到这个不起眼的小残废人身上。这世上,开头结尾常常不是一出戏。

白金宝也成了寡妇,底气一下子泄了,整天没精打采。人没神,马上见老。两个闺女长大后,渐渐听闺女的了。人小听老的,人老听小的,这是常规。月兰软,月桂强,月桂成了这房头的主心骨,无论

349

是事不是事,都得看月桂点头或摇头。月桂一丢,白金宝站都站不住,趴在地上哭。香莲头次口气软话也软,说道:

"我就一个丢了,你丢一个还有一个,总比我强。再说家里还这么多人,有事靠大伙儿吧!"

说完扭身走了。几个丫头看见大少奶奶眼珠子赛两个水滴儿直颤悠,没错又想起莲心。

大伙儿商量,天一亮,分两拨人,一拨找月桂一拨去报官。可是天刚亮,外边一阵砖头雨飞进来,落到当院和屋顶,有些半头砖好比下大雹子,砸得瓦片劈里啪啦往下掉。原来讲习所的人见台子烧了,猜准是佟家人干的。闹着把佟家也烧了,小脚全废了。隔墙火把拖着一溜溜黑烟落到院里,还咚咚撞大门,声音赛过打大雷。吓得一家子小脚女人打头到脚哆嗦成一个儿。到响午,人没闯进来,外边还聚着大堆人又喊又骂,还有小孩子们没完没了唱道:

"放小脚,放小脚,小脚女人不能跑!"

香莲紧闭小嘴,半句话不说,在前厅静静坐了一上午。中晌过后,面容忽然舒展开,把全家人召集来说:

"人活着,一是为个理,二是为口气。咱佟家占着理,就不能丧气,还得争气。不争气还不如死了肃静。他们不是说小脚不好,咱给他们亮个样儿。我想出个辙来——哎,桃儿,你和杏儿去把各种鞋料各种家伙全搬到这儿来,咱改改样子,叫他们新鲜新鲜。给天下小脚女子坐劲!"

几个丫头备齐鞋料家伙。香莲铺纸拿笔画个样儿,叫大伙儿照样做。这家人造鞋的能耐都跟潘妈学的,全是行家里手。无论嘛新样,一点就透。香莲这鞋要紧是改了鞋口。小鞋向例尖口,她改成圆口,打尖头反合脸到脚面,挖出二三分宽的圆儿,前头安个绣花小鸟头,鸟嘴叼小金豆或坠下一溜串珠。再一个要紧的是两边鞋帮缝上五彩流苏穗子，兜到鞋跟。大伙儿忙了大半日，各自做好穿上，低头瞧，从来没见过自己小脚这么招人爱，翻一翻新，提一提神，都高兴得直叫唤。

桃儿把一对绣花小雀头拿给香莲，叫她安在鞋尖上。

香莲说："大伙儿快来瞧！"拿给大伙儿看。

初看赛活的，再看一根毛是一根丝线，少数几千根毛，就得几千根丝线几千针，颜色更是千变万化，看得眼珠子快掉出来还不够使的。

"你嘛时候绣的？"香莲问。

桃儿笑道：

"这是我压箱底儿的东西，绣了整整一百天。当年老爷就是看到我这对小鸟头才叫我进这门的。"

香莲点头没吭声。心里还是服气佟忍安的眼力。

"桃儿，你这两下子赶明儿也教教我吧！"美子说。

桃儿没吭声，笑眯眯瞅她一眼，拿起一根银白丝线，捏在食指和大拇指中间一捻，立时捻成几十股，每股都细得赛过蜘蛛丝，她只抽出其中一根，其余全扔了。再打坠在胸前的荷包上摘一根小如牛毛的针儿，根本看不见针眼。桃儿翘翘的兰花指捏着小针，手腕微微一抖，丝线就穿上，递给美子说：

"拿好了。"

美子只觉自己两只手又大又粗又硬又不听使唤，叫着："看不见针在哪儿线在哪儿。"一捏没捏着，"哦，掉了？"

桃儿打地上拾起来再给她。她没捏住又掉了。这下不单美子，谁也没见针线在哪儿。桃儿两指在美子的裙子上一捏，没见丝线，却见

351

牛毛小针坠在手指下边半尺的地方闪闪晃着。

"今儿才知道桃儿有这能耐。我这辈子也甭想学会!"美子说。又羡慕又赞美又自愧又懊丧,直摇头、咂嘴。

众人全笑了。

这当儿,香莲已经把绣花雀头安在自己鞋上。鞋尖一动,鸟头一仰,五光十色一闪。

丢了闺女闷闷不乐的白金宝,也忍不住说:

"这下真能叫那些人看傻了眼!"

董秋蓉说:"就是这圆口……看上去有点怪赛的。"刚说到这儿马上打住,她怕香莲不高兴,便装出笑脸来对着香莲。

桃儿说:

"四少奶奶这话差了。如今总是老样子甭想过得去,换新样还没准成。再说,改了样儿还是小脚,也不是大脚呀。"

桃儿虽是丫头,当下地位并不在董秋蓉之下。谁都知道她在当年香莲赛脚夺魁时立了大功,香莲那身绣服就是桃儿精心做的,眼下又是香莲眼线心腹,白金宝也憷她一头。说话口气不觉直了些,可她的话在理,众人都说对,香莲也点头表示正合自己心意。

转天大早,外边正热闹,佟家一家人换好新式小鞋,要出门示威。董秋蓉说:"我心跳到嗓子眼儿了。"她拿美子的手按着自己心口。

美子另只手拿起杏儿的手,按在她自己胸口上。杏儿吐舌头说:

"快要蹦出来啦!"

美子说:

"哟,我娘的心不跳了!"

一下吓得董秋蓉脸刷白,以为自己死了。

香莲把脸一绷说:"当年十二寡妇征西,今儿咱们虽然只三个,门外也没有十万胡兵！小邬子，大门打开！"这话说得赛去拼死。众人给这话狠狠捅一家伙，劲儿反都激起来。想想这些天就赛给黄鼠狼憋在笼里的鸡，不能动弹不能出声，窝囊透了。拼死也是拼命呗。想到这儿，一时反倒没一个怕的了。

外边，一群人正往大门扔泥团子，门板上粘满泥疙瘩，谁也不信佟家人敢出来。可是大门哗啦一声大敞四开，门外人反吓得往后退，胆小的撒丫子就跑。只看香莲带领一群穿花戴艳的女人神气十足走出门来。这下事出意外，竟没人哄闹，却听有人叫："瞧小脚，快瞧佟家的小脚，多俊！多俊呀！"所有人禁不住把眼珠子都撂在她们小脚上。

这脚丫子一看官傻，妇人闺女们看了更傻。香莲早嘱咐好，今儿上街走道，两只鞋不能总藏着，时不时亮它一亮。每一亮脚，都得把鞋口露一下，好叫人们看出新奇之处。迈步时，脚脖子给上劲，一甩一甩，要把钉在鞋帮上的穗子甩起来。佟家女人就全拿出来多年的修行和真能耐真本事真工夫，一步三扭，肩扭腰扭屁股扭，跟手脚脖子一扬，鞋帮上的五彩穗子刷刷飘起，真赛五色金鱼在裙底游来游去。每一亮脚，都引来一片惊叹傻叫。没人再敢起哄甚至想到起哄。一些小闺女们跟在旁边走着瞧，瞧得清也瞧不清，恨不得把眼珠子扔到那些裙子下边去瞧。

香莲见把人们胃口吊起，马上带头折返回家，跨进门槛就把大门哐地关上，声音贼响，赛是给外边人当头一闷棍。一个不剩全蒙了，有的眼不眨劲不动气不喘，活的赛死的了。

这一下佟家人翻过身来，惹起全城人对小脚的重新喜爱。心灵手巧的闺女媳妇们照着那天所见的样子做了鞋，穿出来在大街上显示，跟手有人再学，立时这鞋成时髦。认真的人便到佟家敲门打听鞋样。

香莲早算到这步棋，叫全家人描了许多鞋样预备好，人要就给。有人问：

"这叫嘛鞋？"

鞋本无名。桃儿看到这圆圆的鞋口，顺嘴说：

"月亮门。"

"鞋帮上的穗子叫嘛？"

"月亮胡子呗！"

一时，月亮门和月亮胡子踏遍全城。据一些来要鞋样子的女人们说，混星子头小尊王五的老婆是小脚，前些天在东门外叫文明讲习所的人拦住一通辱骂，惹火王五带人把讲习所端了。不管这话真假，反正陆所长不再来门口讲演，也没人再来捣乱闹事。香莲占上风却并不缓手，在配色使料出样上帮粘底钉带安鼻内里外面前尖后跟挖口缘墙，没一处没用尽心思费尽心血，新样子一样代替一样压过一样，冲底鞋网子鞋鸦头鞋凤头鞋弯弓鞋新月鞋，后来拿出一种更新奇的鞋样又一震，这鞋把圆口改回为尖口，但去掉"裹足面"那块布，合脸以上拿白线织网，交织花样费尽心思，有象眼样纬线样万字样凤尾样橄榄样老钱样连环套圈样祥云无边样，极是美观。更妙的是底子，不用木头，改用袼褙，十几层纳在一块儿，做成通底。再拿洱茶涂底墙，烙铁一熨成棕色，赛皮底却比皮底还轻还薄还软还舒服，勾得大闺女小媳妇们爱得入迷爱得发狂。香莲叫家里人赶着做，天天放在门口给人们看着学着去做，鞋名因那象眼图案便叫作"万象更新鞋"，极合一时潮流，名声又灌满天津卫。连时髦人、文明人也愿意拿嘴说一说这名字——万象更新。爱鞋更爱脚，反小脚的腔调不知不觉就软下来低下来。

这天，乔六桥来佟家串门。十年过去，老了许多，上下牙都缺

着,张嘴几个小黑洞。脸皮干得发光没色,辫子细得赛小猪尾巴了。佟忍安过世后他不大来,这阵子一闹更不见了。今儿坐下来就说:

"原来你还不知道,讲习所那陆所长就是陆达夫陆四爷!"

香莲呀一声,惊得半天才说出话来:

"我哪里认出来,还是公公活着时随你们来过几趟,如今辫子剪了,留胡儿,戴镜子,更看不出,经您这么一说,倒真像,声音也像……可是我跟他无冤无仇,干吗他朝我来?"

"树大招风。天津卫谁不知佟家脚,谁不知佟大少奶奶的脚。人家是文明派,反小脚不反你反谁去?反个不出名的婆子有嘛劲!"乔六桥咧嘴笑了,一笑还是那轻狂样儿。

"这奇了,他不是好喜小脚吗?怎么又反?别人不知他的底吧,下次叫我撞上,就揭他老底给众人看。"香莲气哼哼说。

"那倒不必,他已然叫文明讲习所的人轰出来了!"

"为嘛?"香莲问,"您别总叫我糊涂着好不好?"

"你听着呵,我今儿要告你自然全告你。据说陆四爷每天晚上到所里写讲稿,所里有人见他每次手里都提个小皮箱,写稿前,关上门,打开小皮箱拿鼻子赛狗似的一通闻。这是别人打门缝里瞧见的,不知是嘛东西。有天趁他不在,撬门进去打开皮箱,以为是上好的鼻烟香粉或嘛新奇的洋玩意儿,一瞧——你猜是嘛?"

"嘛?"

乔六桥哈哈大笑,满脸褶子全出来了:

"是一箱子绣花小鞋!原来他提笔前必得闻闻莲瓣味儿,提起精神,文思才来。您说陆四爷怪不怪?闻小鞋,反小脚,也算天下奇闻。所里人火了,正巧您的月亮门再一闹,讲习所吃不住劲,起了内讧,把他连那箱子小鞋全扔出来。这话不知掺多少水分,反正我一直

355

没见到他。"

香莲听罢,脸上的惊奇反不见了。她说:

"这事,我信。"

"您为嘛信呢?"

"您要是我,您也会信。"

乔六桥给香莲说得半懂不懂似懂非懂。他本是好事人,好事人凡事都好奇。但如今他年岁不同,常常心里想问,嘴懒了。

香莲对他说:

"您常在外边跑,我拜托您一件事,替我打听打听月桂有没有下落。"

四天后,乔六桥来送信说:"甭再找了!"

"死了?"香莲吓一跳。

"怎么死,活得可好。不过您绝不会再认这个侄女!"

"偷嫁了洋人?"

"不不,加入了天足会。"

"嘛,天足会,哪儿又来个天足会?"

她心一紧,怕今后不会再有肃静的一天了。

第十四回　缠放缠放缠放缠

半年里,香莲赛老了十岁!

天天梳头,都篦下小半把头发,脑门渐渐见宽,嘴巴肉往下耷拉脸也显长了,眼皮多几圈褶子,总带着乏劲。这都是给天足会干的。

虽说头年冬天,革命党谋反不成,各党各会纷纷散了,惟独天足会没散,可谁也不知它会址安在哪儿。有的说在紫竹林意国租界,有的说就在中街戈登堂里,尽管租界离城池不过四五里地,香莲从没去过,便把天足会想象得跟教堂那样一座尖顶大楼。一群撒野的娘儿们光大脚丫子在里头打闹演讲聊大天骂小脚立大顶翻跟斗,跟洋人睡觉,叫洋人玩大脚,还凑一堆儿,琢磨出各种歹毒法子对付她。她家门口,不时给糊上红纸黄纸白纸写的标语。上边写道:

"叫女子缠足的家长,狠如毒蛇猛兽!"

"不肯放足的女子,是甘当男子玩物!"

"娶小脚女子为妻的男子,是时代叛徒!"

"扔去裹脚布,挺身站起来!"

署名大多是"天足会",也有写着"放足会"。不知天足会和放足会是一码事还是两码事。月桂究竟在哪个会里头?白金宝想闺女想得厉害,就偷偷跑到门口,眼瞅着标语上"天足会"三个字发呆发怔,一站半天。这事儿也没跑出香莲眼睛耳朵,香莲放在心里装不知道就是了。

这时,东西南北四个城门,鼓楼,海大道,宫南宫北官银号,各个寺庙,大小教堂,男女学堂,比方师范学堂、工艺学堂、高等女学堂、女子小学堂、如意庵官立中学堂,这些门前道边街头巷尾旗杆灯柱下边,都摆个大箩筐,上贴黄纸,写"放脚好得自由"六个字。真有人把小鞋裹脚布扔在筐里。可没放几天,就叫人偷偷劈了烧了抛进河里或扣起来。教堂和学堂前的筐没人敢动,居然半下子小鞋。布的绸的麻的纱的绫的缎的花的素的尖的肥的新的旧的破的嘛样的都有。这一来,就能见到放脚的女人当街走。有人骂有人笑有人瞧新鲜也有人羡慕,悄悄松开自己脚布试试。放脚的女人,乍一松开,脚底赛断了根,走起来前跌后仰东倒西歪左扶右摸,坏小子们就叫:"看呀,高跷会来了!"

357

一天有个老婆子居然放了脚,打北门晃晃悠悠走进城。有人骂她:"老不死的!小闺女不懂事,你都快活成精了也不懂人事!"还有些孩子跟在后边叫,说她屁股上趴个蝎子,吓得这老婆子撒腿就跑,可没出去两步就趴在地上。

要是依照过去,大脚闺女上街就挨骂,走路总把脚往裙边裤脚里藏。现在不怕了,索性把裤腰提起来裤腿扎起来,亮出大脚,显出生气,走起路,噔噔噔,健步如飞。小脚女人只能干瞪眼瞧。反挤得一些小脚女人想法缝双大鞋,套在小鞋外边,前后左右塞上棉花烂布,假充大脚。有些洋学堂的女学生,找鞋铺特制一种西洋高跟皮鞋,大小四五寸,前头尖,后跟高。皮子硬,套在脚上有紧绷劲儿,跟裹脚差不多,走路毫不摇晃,虽然还是小脚,却不算裹脚,倒赢得摩登女子美名。这法儿在当时算是最绝最妙最省力最见效最落好的。

正经小脚女人在外边,只要和她们相遇,必定赛仇人一样,互相开骂。小脚骂大脚"大瓦片""仙人掌""大驴脸""黄瓜种子""大抹子",大脚骂小脚"馊粽子""臭蹄子""狗不理包子",骂到上火时,对着啐唾沫。引得路人闲人看乐找乐。

这些事天天往香莲耳朵里灌,她没别的辙,只能尽心出新样,把人们兴趣往小鞋上引。渐渐就觉出肚子空了没新词了拿不住人了。可眼下,自己就赛自己的脚,只要一松,几十年的劲白使,家里家外全玩完。只有一条道儿:打起精神顶着干。

一天,忽然一个短发时髦女子跌跌撞撞走进佟家大门。桃儿几个上去看,都尖声叫起来:"二小姐回来了!"可再看,月桂的神色不对,赶忙扶回屋。全家人闻声都扭出房来看月桂,月桂正扎在她娘怀里哭成一个儿,白金宝抹泪,月兰也在旁边抹泪。吓得大伙儿猜她多半给洋人拐去,玩了脚失了贞。静下来,经香莲一问,嘛事没有,也没加入天足会放足会。她是随后街一个姓谢的闺女，偷偷去上女子学堂。女学生都兴放足，她倒是放了脚。香莲瞅了眼她脚下平底大布鞋，冷冷说：

"放脚不可以跑吗？干吗回来？哭嘛？"

月桂抽抽嗒嗒委委屈屈说："您瞧，大娘……"就脱下平底大鞋，又脱下白洋线袜，光着一双脚没缠布，可并没放开，反倒赛白水煮鸭子，松松垮垮浮浮囊囊，脚趾全都紧紧蜷着根本打不开，上下左右磨得满是血泡，跗面肿得老高。看去怪可怜。

香莲说："这苦是你自己找的，受着吧！"说了转身回去。

旁人也不敢多待，悄悄劝了月桂金宝几句，纷纷散了。

多年来香莲好独坐着。白天在前厅，后响在房里，人在旁边不耐烦，打发走开。可自打月桂回来，香莲好赛单身坐不住了，常常叫桃儿在一边做伴。有时夜里也叫桃儿来。两人坐着，很少三两句话。桃儿凑在油灯光里绣花儿，香莲坐在床边呆呆瞧着黑黑空空的屋角。一在明处，一在暗处，桃儿引她说话她不说，又不叫桃儿走开。桃儿悄悄撩起眼皮瞅她，又白又净又素的脸上任嘛看不出。这就叫桃儿费心思来——这两天吃饭时，香莲又拿话饻白金宝。自打月桂丢了半年多她对白金宝随和多了，可月桂一回家又变回来，对白金宝好大气。如果为了月桂，为嘛对月桂反倒没气？

过两天早上，她给香莲收拾房子，忽见床帐子上挂一串丝线缠的五彩小粽子。还是十多年前过端午节时，桃儿给莲心缠了挂在脖子上避邪的。桃儿是细心人，打莲心丢了，桃儿暗暗把房里莲心玩的用的穿的戴的杂七杂八东西全都收拾走，叫她看不见莲心的影儿。香莲明知却不问，两个人心照不宣。可她又打哪儿找到这串小粽子，难道一直存在身边？看上去好好的一点没损害，显然又是新近挂在帐子上的。桃儿心里赛小镜子,突然把香莲心里一切都照出来。她偷偷蹬着床边,扬手把小粽子摘下拿走。

下晌香莲就在屋里大喊大叫。桃儿正在井边搓脚布,待跑来时,杏儿不知嘛事也赶到。只见香莲通红着脸,床帐子扯掉一大块。枕头枕巾炕扫帚床单子全扔在地上。地上还横一根竹竿子。床底下睡鞋尿桶纸盒衣扣老钱,带着尘土全扒出来,上面还有一些蜘蛛潮虫子在爬。桃儿心里立时明白。香莲挑起眉毛才要质问桃儿,忽见杏儿在一旁便静了,转口问杏儿:

"这几天,月桂那死丫头跟你散嘛毒了?"

杏儿说:"没呀,二少奶奶不叫她跟我们说话。"

香莲沉一下说:"我要是听见你传说那些邪魔歪道的话,撕破你们嘴!"说完就去到前厅。

整整一个后晌坐在前厅动都不动,赛死人。直到天黑,桃儿去屋里铺好床,点上蜡烛,放好脚盆脚布热水壶,唤香莲去睡。香莲进屋一眼看见那小粽子仍旧挂在原处,立时赛活了过来似的。叫桃儿来,脸上不挂笑也不吭声,送给桃儿一对羊脂玉琢成的心样的小耳环。

杏儿糊里糊涂挨了骂,挨了骂更糊涂。自打月桂回家后,香莲暗中嘱咐杏儿看住月桂,听她跟家里人说些嘛话。白金宝何等精明,根本不叫月桂出屋,吃喝端进屎尿端出,谁来都拿好话拦在门槛外边。只有夜静三更,娘仨聚在一堆儿,黑着灯儿说话。月桂噘起小嘴,把半年来外边种种奇罕事喊喊喳喳叨叨出来。

"妹子,你们那里还学个嘛?"月兰说。

"除去国文、算术,还有生理跟化学……"

"嘛嘛?嘛叫生——理?"

"就是叫你知道人身上都有嘛玩意儿。不单学看得见的,眼睛鼻子嘴牙舌头,还学看不见的里边的,比方心、肺、胃、肠子、脑子,都在哪儿,嘛样儿,有嘛用。"月桂说。

"脑子不就是心吗?"月兰说。

"脑子不是心,脑子是想事记事的。"

"哪有说拿脑子想事,不都说拿心想事记事吗?"

"心不能想事。"月桂在月光里小脸甜甜笑了,手指捅捅月兰脑袋说,"脑子在这里边。"又捅捅月兰胸口说,"心在这儿。你琢磨琢磨,你拿哪个想事?"

月兰寻思一下说:

"还真你对。那心是干吗用的呢?"

"心是存血的。身上的血都打这里边流出来,转个圈再流回去。"

"呀!血还流呀!多吓人呀!这别是唬弄人吧!"月兰说。

"你哪懂,这叫科学。"月桂说,"你不信,我可不说啦!"

"谁不信,你说呀,你刚刚说嘛?嘛?你那个词儿是嘛?再说一遍……"月兰说。

白金宝说:

"月兰你别总打岔,好好听你妹子说……月桂,听说洋学堂里男男女女混在一堆儿,还在地上乱打滚儿。这可是有人亲眼瞧见的。"

"也是胡说。那是上体育课,可恨啦,可惜说了你们也不明白……要不是脚磨出血泡,我才不回来呢!"月桂说。

"别说这绝话!叫你大娘听见缝上你嘴……"白金宝吓唬她,脸上带着疼爱甚至崇拜,真拿闺女当圣人了,"我问你,学堂里是不是养一群大狼狗,专咬小脚?你的脚别是叫狗咬了吧!"

"没那事儿!根本没人逼你放脚。只是人人放脚,你不放,自个

361

儿就别扭得慌。可放脚也不好受。发散,没边没沿,没抓挠劲儿,还疼,疼得实在受不住才回来,我真恨我这双脚……"

第二天一早,白金宝就给月桂的脚上药,拿布紧紧裹上。松了一阵子的脚,乍穿小鞋还进不去,就叫月兰找婶子董秋蓉借双稍大些的穿上。月桂走几步,觉得生,再走几步,就熟了。在院里遛遛真比放脚舒服听话随意自如。月兰说:

"还是裹脚好,是不?"

月桂想摇头,但脚得劲,就没摇头,也没点头。

香莲隔窗看见月桂在当院走来走去,小脸笑着,露一口小白牙,她忽然灵机一动有了主意,打发小邹子去把乔六桥请来。商量整整半天,乔六桥回去一通忙,没过半月,就在《白话报》上见了篇不得了的文章。题目叫作《致有志复缠之姐妹》,一下子抓住人,上边说:

古人爱金莲,今人爱天足,并无落伍与进化之区别。古女皆缠足,今女多天足,也非野蛮与文明之不同。不过"俗随地异,美因时变"而已。

假若说,缠足妇女是玩物,那么,家家坟地所埋的女祖宗,有几个不是玩物?现今文明人有几个不是打那些玩物肚子里爬出来的?以古人眼光议论今人是非,固然顽梗不化;以今人见解批评古人短长,更是混蛋至极。正如寒带人骂热带人不该赤臂,热带人骂寒带人不该穿皮袄戴皮帽。

假若说缠足女子,失去自然美,矫揉造作,那么时髦女子烫发束胸穿高跟皮鞋呢?何尝不逆反自然?不过那些时髦玩意儿是打外洋传来的,外国盛强,所以中国以学外洋恶俗为时髦,假若中国是世界第一强国,安见得洋人女子不缠足？

假若说小脚奇臭,不无道理,要知"世无不臭之足"。两手摩擦,尚发臭气,两脚裹在鞋里整天走,臭气不能消散,脚比手臭,理所当然。难道天足的脚能比手香？哪个文明人拿鼻子闻过？

假若说,缠足女子弱,则国不强。为何非澳土著妇女体强身健,甚于欧美日本,反不能自强,亡国为奴？

众姐妹如听放脚胡说,一旦松开脚布,定然不能行走。折骨缩肉,焉能恢复？反而叫天足的看不上,裹脚的看不起,姥姥不疼舅舅不爱。别人随口一夸是假的,自己受罪是真的。不如及早回头,重行复缠,否则一再放纵,后悔晚矣！复缠偶有微疼,也比放缠之苦差百倍,更比放脚之苦强百倍。须知肉体一分不适,精神永久快乐。古今女子,天赋爱美。最美女子都在种种不适之中。没规矩不能成方圆,无约束难以得至美。若要步入大雅之林,成就脚中之宝,缠脚女子切勿放脚,放脚女子有志复缠,有志复缠女子们当排除邪议,勇气当胸,以夺人间至美锦标,吾当祝尔成功,并祝莲界万岁！

文章署名不是乔六桥,而是有意用出一个"保莲女士"。这些话,算把十多年来对小脚种种贬斥诋毁挖苦辱骂全都有条有理有据有力驳了,也把放脚种种理由一样样挖苦尽了辱骂个够。文章出来,惊动天下。当天卖报的京报房铁门,都给挤得变形,跟手便有不少女人写信送到京报房,叙述自打大脚猖獗以来自己小脚受冷淡之苦,放脚不能走道之苦,复缠不得要领及手法之苦。真不知天底下还有这么多人对放脚如此不快不适不满。抓住这不满就大有文章可做。

这保莲女士是谁呢，哪儿去找这救人救世的救星？到处有人打听，很快就传出来"保莲女士"就是佟家大少奶奶戈香莲。这倒不是乔六桥散播的，而是桃儿有意悄悄告诉一个担挑卖脂粉的贩子。这贩子是出名的快嘴和快腿，一下比刮风还快吹遍全城。立时有成百上千放脚的女人到佟家请保莲女士帮忙复缠。天天大早，佟家开大门时，好比庚子年前早上开北城门一样热闹。一瘸一拐跌跌撞撞晃晃悠悠拥进来，有的还搀着扶着架着背着扛着抬着拖着，伸出的脚有的肿有的破有的烂有的变样有的变色有的变味嘛样都有。在这阵势下，戈香莲就立起"复缠会"，自称会长。这"保莲女士"的绰号，城里城外凡有耳朵不聋的，一天至少能听到三遍。

保莲女士自有一套复缠的器具用品药品手法方法和种种诀窍。比方：晨起热浸，松紧合度，移神忌疼，卧垫高枕，求稳莫急，调整脚步。这二十四字的《复缠诀》必得先读熟背熟。如生鸡眼，用棉胶圈垫在脚底，自然不疼；如放脚日子过长，脚肉变硬不利复缠，使一种"金莲柔肌散"或"软玉温香粉"；如脚破生疮淤血化脓烂生恶肉就使"蜈蚣去腐膏"或吞服"生肌回春丸"。这些全是参照潘妈的裹足经，按照复缠不同情形琢磨出的法儿，都奏了奇效。连一个女子放了两年脚，脚跟胀成鸭梨赛的，也都重新缠得有模有样有姿有态。津门女人真拿她当作现身娘娘，烧香送匾送钱送东西给她。她要名不要利，财物一概不收，自制的用品药物也只收工本钱，免得叫脏心烂肺人毁她名声。惟有送来的大匾里里外外挂起来，烧香也不拒绝。佟家整天给香烟围着绕着罩着熏着，赛大庙，一时闹翻天。

忽一天，大门上贴一张画：

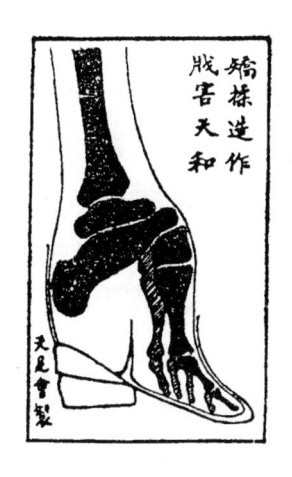

下边署着"天足会制",把来复缠的女人吓跑一半,以为这儿又要打架闹事。香莲忙找来乔六桥商量。乔六桥说:

"顶好找人也画张画儿,画天足女子穿高跟鞋的丑样,登在《白话报》上,恶心恶心她们。可惜牛五爷走了,一去无音,不然他准干,他是莲癖,保管憎恨天足。"

香莲没言语,乔六桥走后,香莲派桃儿杏儿俩去找华琳,请他帮忙。桃儿杏儿马上就走,找到华家敲门没人,一推门开了,进院子敲屋门没人,一推屋门又开了。华琳竟然就在屋里,面对墙上一张白纸呆呆站着。扭脸看见桃儿杏儿,也不惊奇,好赛不认得,手指白纸连连说:"好画!好画!"随后就一声接一声唉唉叹长气。

桃儿见他多半疯了,吓得一抓杏儿的手赶紧跑出来。迎面给一群小子堵上,看模样赛混星子,叫着要看小脚。她俩见事不妙,拨头就跑,可惜小脚跑不了,杏儿给按住,桃儿反趁机窜进岔道溜掉。那些小子强把杏儿鞋脱了,裹脚布解了,一人摸一把光光小脚丫,还把两只小鞋扔上房。

桃儿逃到家,香莲知道出事,正要叫人去救杏儿,人还没去杏儿光脚回来了,后边跟一群拍手起哄小孩子。她披头散发,脸给自己拿土抹了,怕人认出来。可见了香莲就不住声叫着:"好脚呵好脚,好脚呵好脚!"叫完仰脸哈哈大笑,还非要桃儿拿梯子上房给她找小鞋不可,眼神一只往这边斜,另一只往那边斜,好吓人,手脚忽东忽西没准。香莲见她这是惊疯,上去抡起胳膊使足劲啪的一巴掌,骂道:

"没囊没肺,你不会跟他们拼!"

这大巴掌打得杏儿趴在地上哭起来,一地眼泪。香莲这才叫桃儿珠儿草儿,把她弄回屋,灌药,叫她睡。

桃儿说:

"这一准是天足会干的。"

香莲皱眉头呆半天,忽叫月桂来问:

"你可知道天足会?"

"知道。不过没往他们那儿去过。只见过他们会长。"

"会长?谁?"

"是个闺女,时髦打扮,模样可俊呢!"月桂说得露出笑容和羡慕。

"没问你嘛样,问你嘛人!"

吓得月桂赶紧收起笑容,说:

"那可不知道。只见她一双天足,穿高跟鞋,她到我们——不,到洋学堂里演讲,学生们待她……"

"没问学生待她怎样。她住在哪儿?"

"哟,这也不知道。听说天足会在英国地十七号路球场对过,门口挂着牌子……"

"你去过租界?"

月桂吞吞吐吐:

"去过……可就去过一次……先生领我们去看洋人赛马，那些洋人……"

"没问你洋人怎么逗妖。那闺女叫嘛？"

"叫俊英，姓……牛，对，人都叫她牛俊英女士。她这人可真是精神，她……"

"好！打住！"香莲赛拿刀切断她的话，摆摆手冷冷说，"你回屋去吧！"

完事香莲一人坐在前厅，不动劲，不叫任何人在身边陪伴，打天亮坐到天黑坐到点灯坐到打更整整一夜。桃儿夜里几次醒来，透过窗缝看见前厅孤孤一盏油灯前，香莲孤零零孤单单影儿。迷迷糊糊还见香莲提着灯笼到佟忍安门前站了许久，又到潘妈屋前站了许久。自打佟忍安潘妈死后，那俩屋子一直上锁，只有老鼠响动，或是天暗时一只两只三只蝙蝠打破窗洞飞出来。这一夜间，还不时响起杏儿的哭声笑声说胡话声……转天醒来，脑袋发沉，不知昨夜那情景是真眼瞧见还是做梦。她起身要去叫香莲起床，却见香莲已好好坐在前厅。又不知早早起了还是一夜没回屋。神气好比吃了秤砣铁了心，沉静非常，正在把一封书信交给小邬子，嘱咐他往租界里的天足会跑一趟，把信面交那个姓牛的小洋娘们儿！

中晌，小邬子回来，带信说，天足会遵照保莲女士倡议，三天后在马家口的文明大讲堂，与复缠会一决高低。

第十五回　天足会会长牛俊英

马家口一座灰砖大房子门前，人聚得赛蚂蚁打架。虽说瞧热闹来的人不少，更多还是天足缠足两派的信徒，要看自己首领与人家首领,谁强谁弱谁胜谁败谁更能耐谁废物。信徒碰上信徒,必定豁命。世上的事就这样,认真起来,拿死当玩儿;两边头儿没来,人群中难免互相摩擦斗嘴做怪脸说脏话厮厮打打扔瓜皮梨核柿子土片小石子,还把脚亮出来气对方。小脚女子以为小脚美,亮出来就惹得天足女子一阵哄笑;天足女子以为天足美,大脚一扬更惹得小脚女子捂眼捂鼻子捂脸,各拿自己尺子量人家,就乱了套。相互揪住衣襟袖口脖领腰带,有几个扯一起,劲一大,打台阶咕咚咚骨碌下来。首领还没干,底下人先干起来,下边比上边闹得热闹,这也是常事。

　　一阵开道锣响,真叫人以为回到大清时候,府县大人来了那样。打远处当真过来一队轿子,后边跟随一大群男男女女,女的一码小脚,男的一码辫子。当下大街上,剪辫子、留辫子、光头、平头、中分头,缠脚、"缠足放"、复缠脚、天足、假天足、假小脚、半缠半放脚,全杂在一起,要嘛样有嘛样。可是单把留辫子男人和小脚女人聚在一堆儿,也不易。这些人都是保莲女士的铁杆门徒,不少女子复缠得了戈香莲的恩泽。今儿见她出战天足会,沿途站立拈香等候,轿子一来就随在后边给首领壮威,一路上加入的人愈来愈多,香烟滚滚黄土腾腾到达马家口,竟足有二三百人,立时使大讲堂门前天足派的人显得势单力薄。可人少劲不小,有人喊一嗓子:"棺材瓢子都出来啦!"天足派齐声哈哈笑。

　　不等缠足派报复,一排轿子全停住,轿帘一撩,戈香莲先走出来,许多人还是头次见到这声名显赫的人物。她脸好冷好淡好静好美,一下竟把这千百人大场面压得死静死静。跟手下轿子的是白金宝、董秋蓉、月兰、月桂、美子、桃儿、珠儿、草儿,还有约来的津门缠足一边顶梁人物严美荔、刘小小、何飞燕、孔慕雅、孙姣凤、丁翠姑和汪老奶奶。四围一些缠足迷和莲癖,能够指着人道出姓名来。

听人们一说，这派将帅大都出齐，尤其汪老奶奶与佟忍安同辈，算是先辈，轻易不上街，天天却在《白话报》上狠骂天足"不算脚"，只露其名不现其身，今儿居然拄着拐杖到来。眼睛虚乎面皮晃白，在大太阳地一站好赛一条灰影。这表明今儿事情非同小可。比拼死还高一层，叫决死。

众人再看这一行人打扮，大眼瞪小眼，更是连惊叹声也发不出。多年不见的前清装束全搬出来。老东西那份讲究，今人绝做不到。单是脑袋上各式发髻，都叫在场的小闺女看傻了。比方堕马髻双盘髻一字髻元宝髻盘辫髻香瓜髻蝙蝠髻云头髻佛手髻鱼头髻笔架髻双鹊髻双凤髻双龙髻四龙髻八龙髻百龙髻百鸟髻百鸟朝凤髻百凤朝阳髻一日当空髻。汪老奶奶梳的苏州鬏子也是嘉道年间的旧式，后脑勺一缕不用线扎单靠绾法就赛喜鹊尾巴硬挺挺撅起来。一些老婆婆，看到这先朝旧景，勾起心思，劈里啪啦掉下泪来。

佟家脚，天下绝。过去只听说，今儿才眼见。都说看景不如听景，可这见到的比听到的绝得何止百倍。这些五光十色小脚在裙子下边哧哧溜溜忽出忽进忽藏忽露忽有忽无，看得眼珠子发花，再想稳住劲瞧，小脚全没了。原来，一行人已经进了大讲堂。众人好赛梦醒，急匆匆跟进去，马上把讲堂里边拥个大满罐。

香莲进来上下左右一瞧，这是个大筒房，倒赛哪家货栈的库房，到顶足有五丈高，高处一横排玻璃天窗，夅拉一根根挺长的拉窗户用的麻绳子。迎面一座木头搭的高台，有桌有椅，墙壁挂着两面交叉的五色旗，上悬一幅标语："要做文明人，先立文明脚。"四边墙上贴满天足会的口号，字儿写得倒不错，天足会里真有能人。

两个男子臂缠"天足会"袖箍飞似的走来一停，态度却很是恭敬，请戈香莲一行台上去坐。香莲率领人马上台一看，桌椅八字样分

列两边,单看摆法就拉开比脚的阵势。香莲她们在右边一排坐下来。桃儿站在香莲身后说:

"到现在还不见乔六爷来。小邬子给他送信时他说准来。六爷向例跟咱们那么铁,难道怕了不肯来?"

香莲听赛没听,脸色依然很冷很淡,沉一下才说:

"一切一切不过那么回事儿!"

桃儿觉得香莲心儿是块冰。她料也没料到。原以为香莲斗志很盛,心该赛火才是。

这时人群中一个戴帽翅、后脑勺垂一根辫子的小个子男人蹦起来说:"天足会首领呢?脓啦?吓尿裤出不来啦!"跟着一阵哄笑,笑声才起,讲台一边小门忽开,走出几个天足会男子,进门就回头,好赛后边有嘛大人物出场。立时一群时髦女子登上台,乍看以为一片灯,再看原是一群人。为首一个标致漂亮精神透亮,脸儿白里透红,嘴唇红里透光,黑眼珠赛一对黑珍珠,看谁照谁。长发披肩,头顶宽檐银色软帽,帽檐插三根红鸟毛。一件连身金黄西洋短裙,裙子上缝两圈黄布做的玫瑰花。没领子露脖子,没袖子露胳膊,溜光脖子上一条金链,溜光腕子上一个金镯,镶满西洋钻石。短裙才到膝盖,下边光大腿,丝光袜子套赛没套,想它是光的就是光的,脚上一双大红高跟皮鞋,就好比蹬着两朵大火苗子,照得人人睁不开眼闭不上眼。许多人也是头次见到这位声势逼人的天足会会长。虽然这身洋打扮太离奇太邪乎太张狂太放肆太欺人,可她一股子冲劲兴劲鲜亮劲,把台下想起哄闹事的缠足派男男女女压住,没人出声,都傻子赛的拿眼珠子死死盯在牛俊英露在外边的脖子胳膊大腿。天足派人见了禁不住咯咯呵呵笑起来。这边反过来又压住那边。

戈香莲一行全起身,行礼。惟有汪老奶奶觉得自己辈分高不该起来，坐着没动劲，可别人都站起来，挡住她，反看不见她。桃儿上前，把戈香莲等一一介绍给牛俊英。

戈香莲淡淡说：

"幸会，幸会。"

牛俊英小下巴向斜处一扬，倒赛个孩子，她眼瞧戈香莲，含着笑轻快地说：

"原来你就是保莲女士。文章常拜读。认识你很快乐。你真美！"

这话说得缠足派这边人好奇怪，不知这小娘们怀嘛鬼胎。天足派都听懂，觉得他们头头够气派又可爱，全露出笑脸。

戈香莲说：

"坐下来说可好？"

牛俊英手一摆，说句洋话："OK！"一扭屁股坐下来。

缠足派人见这女人如此放荡，都起火冒火发火撒火喷火，有的说气话有的开骂。月桂对坐在身边的月兰悄声儿说：

"我们学堂里也没这么俊的。瞅她多俊，你说呢？"

月兰使劲瞧着，一会儿觉得美，一会儿觉得怪，不好说，没说。

戈香莲对牛俊英发话：

"今儿赛脚，怎么赛都成，你说吧，我们奉陪！"

牛俊英听了一笑，嘴巴上小酒涡一闪，把右腿往左腿上一架，一只大红天足好赛伸到缠足派这边人的鼻尖前，惹得这派人台上台下一片惊呼，如同看见条大狗。

戈香莲并不惊慌，也把右腿架在左腿上，同时右手暗暗一拉裙子，裙边下一只三寸金莲没藏没掖整个亮出来。这小脚要圆有圆要方有方该窄就窄该尖就尖有边有角有直有弯又柔又韧又紧又润。缠足派不少人头次见戈香莲小脚，又是没遮没掩看个满眼，大饱了眼福。中间有人总疑惑她名实不符，拿出带钩带尖带刺最挑剔的眼，居然也挑不出半点毛病。再说这双银缎小鞋，层层绣花打底墙到鞋口一圈压一圈，葫芦万代、缠枝牡丹、富贵无边、锦浪祥云、万字不到头，没法再讲究了……为这双鞋，没把桃儿累吐血就认便宜。再配上湖蓝面绣花漆裤，打古到今，真把莲饰一门施展到尽头。这一亮相，鼓足缠足派士气，欢呼叫好声直撞屋顶，天窗都呼扇呼扇动。只有桃儿心里一抖，她猛然看出这鞋料绣线，除去蓝的就是白的灰的银的，这是丧鞋？虽然这一切都是戈香莲点名要的，自己绣活时怎么就没品出来，这可不吉利！

牛俊英那边却眯着眼咧嘴笑，露出一口齐齐小白牙、一对打着旋儿的小酒涡，这一笑倒真是讨人喜欢。她对戈香莲说：

"你错了！"

"怎么？"

"你这叫赛鞋，不叫赛脚，赛脚得这样，你看——"

说着她居然一下把鞋脱下来，大红皮鞋啪啪扔在地上，又把丝光袜子赛揭层皮似的，也脱下来扔一边，露出光腿光脚肉腿肉脚，缠足派大惊，这女子竟然肯光脚丫子给人瞧！有骂有叫有哄也有不错眼地看。居然得机会看一个陌生女子的光脚，良机千万不能错过。天足派的人却都啪啪起劲鼓掌助兴助阵，美得他们首领牛俊英摇脚腕子晃大脚，拿脚跟台下自己人打招呼。汪老奶奶猛地站起，脸刷白嘴唇也刷白，叫道："我头晕！我头晕！"晃晃悠悠站不住，桃儿马上叫人搀住汪老奶奶，一阵忙乎架出去，上轿回家。

香莲脸上没表情，心里咚咚响。这天足女子也叫她看怔看惊看呆看傻了。光溜溜腿，光溜溜脚丫子，皮肤赛绸缎，脚趾赛小鸟头，又光又润又嫩又灵，打脚面到脚心，打脚跟到脚尖，柔韧弯曲，一切天然,就赛花儿叶儿鱼儿鸟儿,该嘛样就嘛样,原本嘛样就嘛样,拿就拿出来看就看,可自己的脚怎么能亮?再说真亮出来一比,还不赛块烤山芋?

偏偏天足派有人叫起阵来:

"敢脱鞋光脚叫我们瞧瞧吗?包在里头,比嘛?"

"保莲女士,看你的啦!"

"你有脚没脚?"

"再不脱鞋就认输啦!"

愈闹愈凶。

多亏缠足派有个机灵鬼,拿话顶住对方:

"母鸡母鸭子才不穿鞋呢!伤风败俗,不以为耻,反以为荣,还不快把那皮篓子穿上!"

这一来,两边对骂起来。挨骂的却是两派的首领。戈香莲脸皮直抖,手尖冰凉脚尖麻。天足会那闺女牛俊英倒赛没事,哈哈乐,觉得好玩儿。索性打裙兜里掏出洋烟卷点着,叼在嘴上吸两口,忽然吐出一个个烟圈,颤颤悠悠往上滚,一圈大,一圈小,一圈急,一圈缓。这又小又急的烟圈,就打那又大又缓的烟圈中间稳稳当当穿过去。众人——不管缠足还是天足,都齐出一声"咦",没人再闹再骂再出声,要看这闺女耍嘛花样,只见这小烟圈徐徐降落,居然正好套在她跷起的大脚趾上,静静停了不动。这手真叫人看对眼了。跟手见她大脚趾一抖,把烟圈搅了,散成白烟没了。烟圈奇,脚更灵。缠足派以为这是牛俊英亮功夫,明知自己一边没人有这功夫,全都闭嘴拿眼看。只见又一个烟圈落下来又套在脚趾上,再搅散再来,一个又一个,最后那大烟圈就稳稳降下不偏不斜刚好套在脚正中,她脚脖子一转,雪白天足带着烟圈绕个弯儿,脚心向上一扬,白烟散开,脚心正对着戈香

373

莲。戈香莲一看这掌心正中地方,眼睛一亮,亮得吓人,跟着人往前头一栽哐当趴在地上。

一个女子嘴极快,跟手一嗓子:

"保莲女士吓昏了!"

一下子,缠足派兵败如山倒。天足派并没动手,小脚女人吓得杀鸡宰羊般往外跑,有的叫声比笛儿还尖,可跑也跑不动,你撞我我撞你,砸成一堆堆。等看出天足派人没上手,只站在一边看乐,才依着顺序打上边到下边一个个爬起来撒丫子逃走。

佟家人一团乱回到家,赶紧关大门,免不了有好事的闹事的爱惹事的跟到门前,拿砖头土块一通轰击。里外窗户全部砸得粉粉碎,复缠会也就垮了。转天小脚女人没人再敢上街。可谁也不明白,为嘛天足会那闺女脚丫子一扬,复缠会这样有身份有修行的首领,立时就完蛋呢?

第十六回　高士打道三十七号

隔着复缠会惨败后近一个月,一个瘦溜溜中国女子,打城里来到租界。胳膊挎个小包袱,脚上一双大布鞋,走起来却赛裹脚的,肩膀晃屁股扭身子朝前探。迎面来两个高大洋人,一个红胡子,一个黑胡子。见她怔住看,拿半生不熟的中国话问她:"小脚吗?"四只蓝眼珠子直冒光。

这女子慌忙伸出大鞋给他俩看,表示自己不是小脚。俩洋人连说"闹、闹、闹",不知要闹嘛,还使劲摇头还耸肩还张嘴大笑。打这黑的红的胡子中间直能看到嗓子眼儿。吓得这女子连连往后退,以为俩洋人要欺侮她。不料俩洋人对她说两声"拜拜"之类混话便笑呵呵走了。

这女子就分外小心,只要远远见洋人走来立时远远避开。见到中国人就上去打听道儿,幸好没费太大周折找到了高士打道三十七号门牌。隔着大铁栅栏门,又隔着大花园,是座阔气十足白色大洋楼。她叫开门,就给一位大脚女用人领进楼,走进一座亮堂堂大厅。看见满屋洋摆饰有点见傻,她却没心瞧这些洋玩意儿,一眼找到见到天足会会长牛俊英,懒懒躺在大软椅上,光溜溜脚丫子架在扶手上边,头上箍一道红亮缎带。一股子随随便便自由自在劲儿,倒也挺舒服挺松快挺美,不使劲不费劲不累。她见这女子进来,没起身,打头到脚看两遍,白嘴巴现出一对酒涡,笑道:

"你把小脚外边的大鞋脱去,到我这儿来,用不着非得大脚。"

这女子怔了怔,脱下鞋,一双小脚踏在地板上。牛俊英又说:

"我认得你,复缠会的,那天在马家口比脚,你就站在保莲女士身后,对吧?你找我做什么?替那个想死在裹脚布里的女人说和,还是来下帖子,再比?"

她眼里闪着挑逗的光。

"小姐这么说要折寿的。"没料到这女子的话软中带硬,"我找你有要紧的事。"

"好——说吧!"牛俊英懒懒翻个身,两手托腮,两只光脚叠在一起直搓,调皮地说,"这倒有趣。难道复缠会还要给我裹脚?你看我这双大脚还能裹成你们保莲女士那样的吗?"

"请小姐叫旁人出去!"这女子口气如下令。

牛俊英秀眉惊奇一扬,见复缠会的死党真有硬劲犟劲傲劲,心想要和这女子斗一斗,气气她。便笑了笑,叫用人出去,关上门,说:

"不怕我听,你就说。"

375

可是牛俊英料也没料到这女子神情沉着异常，声调不高不低，竟然不紧不慢说出下边几句话：

"小姐，我是我们大少奶奶贴身丫头，叫桃儿。我来找你，事不关我，也不关我们大少奶奶了，却关着你！有话在先，我先问你十句话，你必答我。你不答，我扭身就走，将来小姐你再来找我，甭想我搭理你。你要有能耐逼死我，也就再没人告你了！"

这话好离奇好强硬，牛俊英不觉知已然坐起身。她虽然对这女子来意一无所知，却感到分明不是一般，但打脸上任嘛看不出。她眨眨眼说：

"好。咱们真的对真的，实的对实的。"

这牛俊英倒是痛快脾气。桃儿点点头，便问：

"这好。我问你，牛凤章是你嘛人？"

"他……你问他做什么？你怎么认得他的？"

"咱们说好的，有问必答。"

"噢……他是我爹。"

这女子冷淡一笑——这才头次露出表情，偏偏更叫人猜不透。不等牛俊英开口，这女子又问：

"他当下在哪儿？小姐，你必得答我。"

"他……头年死在上海了。抓革命党时，大街上叫军警的枪子儿错打在肚子里。"

"他死时，你可在场？"

"我守在旁边。"

"他给了你一件东西，是吧！"

牛俊英一惊，屁股踮得离开椅面：

"你怎么会知道？"

桃儿面不挂色，打布包里掏出个小锦盒。牛俊英一见这锦盒，眼珠子瞪成球儿，瞅着桃儿拿手指抠开盒上的象牙别子，打开盒盖，里边卧着半个虎符。牛俊英大叫：

"就是它，你——"

桃儿听到牛俊英这叫声，自己嘴唇止不住哆嗦起来，声音打着颤儿说：

"小姐，把你那半个虎符拿来，合起来瞧瞧。合不上，我往下嘛也不能说了。"

牛俊英急得来不及穿鞋，光脚跑进屋拿来一个一模一样的小锦盒，取出虎符，交给桃儿两下一合正好合上，就赛一个虎打当中劈开两半。铜虎虎背嵌着纯银古篆，一半上是"与雁门太守"，一半上是"为虎符第一"。桃儿大泪珠子立时一个个掉下来，砸在玻璃茶几上，四处迸溅。

牛俊英说：

"我爹临死才交我这东西。他告我说，将来有人拿另一半虎符，能合上，就叫我听这人的。无论说什么我都得信。这人原来就是你！你说吧，骗我也信！"

"我干吗骗你。莲心！"

"怎么——"牛俊英又是一惊，"你连我小名都知道？"

"干吗不知道。我把屎把尿看你整整四年。"

"你到底是谁？"

"我是带你的小老妈。你小时候叫我'桃儿妈妈'。"

"你？那我爹认得你，为什么他从没提过你……"

"牛五爷哪是你爹。你爹姓佟，早死了，你是佟家人，你娘就是那天跟你比脚的戈香莲！"

377

"什么？"牛俊英大叫一声，声音好大，人打椅子直蹿起来。一时她觉得这事可怕到可怕至极，直怕得全身汗毛都奓起来。"真的？这不可能！我爹生前为嘛一个字儿没说过？"

"那牛五爷为嘛临死时告你，跟你合上虎符的人说嘛都让你信？你还说，骗你都信。可我为嘛骗你？我倒真想瞒着你，不说真的，怕你受不住呢！"

"你说，你说吧……"牛俊英的声音也哆嗦起来。

桃儿便把莲心怎么生，怎么长大，怎么丢，把香莲怎么进佟家门，怎么受气受欺受罪，怎么掌家，一一说了。可一说起这些往事就沉不住气，冲动起来不免东岔西岔。事是真的，情是真的，用不着能说会道，牛俊英已是满面热泪，赛洗脸似的往下流……她说：

"可我怎么到牛家来的？"

"牛五爷上了二少爷和活受的贼船，就是他造假画坑死了你爷爷。你娘要报官，牛五爷来求你娘。你娘知道牛五爷人并不坏，就是贪心，给人使唤了。也就抓这把柄，给他一大笔钱，把你交给他，同时还交给他这半个虎符，预备着将来有查有对……"

"交他干吗？你不说我是丢的吗？"

"哪是真丢。是你娘故意散的风，好叫你躲过裹脚那天！"

"什么？"这话惊得牛俊英第二次打椅子上蹿起来，"为什么？她不是讲究裹脚的吗？干什么反不叫我裹？我不懂。"

"对这事，我一直也糊涂着……可是把你送到牛家，还是我抱去的。"

牛俊英不觉叫道：

"我娘为什么不早来找我？"

"还是你爷爷出大殡那天，你娘叫牛五爷带你走了，怕待在城里早晚叫人知道。当时跟牛五爷说好无论到哪儿都来个信,可一走就再没音信,谁知牛五爷安什么心。这些年,你娘没断叫我打听你的下落。只知道你们在南边,南边那么大,谁都没去过,怎么找?你娘偷偷哭了何止几百抱儿。常常早晨起来枕头都赛水洗过那么湿。哪知你在这儿,就这么近!"

"不,我爹死后,我才来的。我一直住在上海呀……可你们怎么认出我来的?"

"你右脚心有块记。那天你一扬脚,你娘就认出你来了!"

"她在哪儿?"牛俊英刷地站起来,带着股热乎乎火辣辣劲儿说,"我去见她!"

可是桃儿摇头。

"不成?"牛俊英问。

"不……"桃儿还是摇头。

"她恨我?"

"不不,她……她不会再恨谁了。别人也别恨她就是了。"桃儿说到这儿,忽然平静下来。

"怎么?难道她……"牛俊英说,"我有点怕,怕她死了。"

"莲心,我要告诉你晚了,你也别怪我。你娘不叫我来找你。那天她认出你回去后,就把这半个虎符交给我,只说了一句:'事后再告她'。随后就昏在床上,给她吃不吃,给她喝不喝,给她灌药,她死闭着嘴,直到断气后我才知道,她这是想死……"

牛俊英整个呆住。她年轻,原以为自己单个一个,无牵无扯无勾无挂自由自在随心所欲,哪知道世上这么多事跟她相连,更不懂得这些事的缘由根由。可才有的一切,转眼又没了,抓也抓不住。她只觉又空茫又痛苦又难过又委屈,一头扑在桃儿身上,叫声"桃儿妈妈",

抱头大哭,不住嘴叫着:

"是我害死我娘的!是我害死我娘的!要不赛脚她不会死。"

桃儿自己已经稳住了劲儿,说的话也就能稳住对方:

"你一直蒙在鼓里,哪能怪你。再说,她早就不打算活了,我知道。"

牛俊英这才静一静,仰起俊俏小脸儿,迷迷糊糊地问:

"你说,我娘她这是为嘛呢?她到底为嘛呀!"

桃儿说嘛?她拿手抹着莲心脸上的泪,没吭声。

人间事,有时有理,有时没理,有时有理又没理没理又有理。没理过一阵子没准变得有理,有理过一阵子又变得没理。有理没理说理争理在理讲理不讲理道理事理公理天理。有理走遍天下,没理寸步难行。事无定理,上天有理。公说公有理,婆说婆有理。别再绕了,愈绕愈糊涂。

佟家大门贴上"恕报不周",又办起丧事来。保莲女士的报丧帖子一撒,来吊唁的人一时挤不进门。一些不沾亲不带故的小脚女人都是不请自来,不顾自己爹妈高兴不高兴,披麻戴孝守在灵前,还哭天抹泪,小脚跺得地面噔噔噔噔响。天足会没人来,也没起哄看乐的,不论生前是好是歹,看死人乐,便是缺德。只是四七时候,小尊王五带一伙人,内里有张葫芦、孙斜眼、董七把和万能老李,都是混星子中死签一类人物,闹着非要看大少奶奶的仙足。说这回看不上,这辈子甭想再看这样好脚了。佟家忙给一人一包银子,请到厢房酒足饭饱方才了事。至此相安无事,只等入殓出殡下葬安坟。可入殓前一天,忽来一时髦女子,穿白衣披白纱足蹬雪白高跟皮鞋,脸色也刷白,活活一个白人,手捧一束鲜花,打大门口,踩着地毯一步步缓缓走入灵堂，月桂眼尖，马上说：

"这是天足会的牛俊英！瞧她脚，她怎么会来呢？"

月兰说：

"黄鼠狼给鸡吊孝，准不安好心！"

桃儿拉拉她俩衣袖，叫她俩别出声。只见牛俊英把鲜花往灵床上一放，打日头在院子当中，直直站到日头落到西厢房后边，纹丝没动，眼神发空，不知想嘛。最后深深鞠四个躬，每个躬都鞠到膝盖一般深，才走。佟家人全副戒备候着她，以为她要闹灵堂，没料到这么轻而易举走掉，谁也不明白怎么档子事。活人中间，惟有桃儿心里明白，又未必全明白。但这一切就算在她心里封上了，永远不会再露出来。

此时，经棚里鼓乐奏得正欢。这次丧事，是月桂一手经办。照这时的规矩，不仅请了和尚、尼姑、道士、喇嘛四棚经，还请来马家口洋乐队和教堂救世军乐队，一边袈裟僧袍，一边制服大檐帽，领口缝着"救世军"黄铜牌；一边笙管笛箫，一边铜鼓铜号，谁也不管谁，各吹各的，声音却混在一块儿。起初，白金宝反对这么办，可当时阔人办丧事没有洋乐队不显阔。这么干为嘛？无人知也无人问，兴嘛来嘛，就这么摆上了。

牛俊英打佟家出来时，脑袋发木腿发酸，听了整整一下午经乐洋乐，耳朵不赛自己的了，甚至不知自己是谁，姓牛还是姓佟。这当儿大门口，一群孩子穿开裆裤，正唱歌：

救世军，瞎胡闹，

乱敲鼓，胡吹号。

边唱边跳，脑袋上摇晃着扎红线的朝天杵，裤裆里摇晃着太阳晒黑的小鸡儿。

1985 年 7 月 30 日初稿于天津

1985 年 10 月 14 日定稿于美国爱荷华

多瑙河峡谷

一

我喜欢这年轻人的气质。

当表妹肖莹把他领来时,我感觉我的眼睛一亮——他像芭蕾舞中的王子。修长而挺拔的身子,长长的腿,更准确地说是长长的小腿,我喜欢这种小腿长的人。我说他像王子,是他高耸的额头和直鼻梁的线条清晰优美,下巴微微翘着,使他的脸上平添了一点王子特有的"高贵",还有一种雕塑感。他明澈与柔和的目光在深陷的眼窝的阴影里闪着光亮。青春的气息向来是年轻人特有的优势。青春使这个年轻人富于生命的魅力。我感觉他身上有一股冲劲。

肖莹对我说:"这就是我跟您说的江晓初。"

江晓初冲我一笑。这一笑也讨人喜欢。

我对他说:"你看上去更像一个搞艺术的。"

笑容出现在肖莹白净又清秀的脸上。她很高兴我这么说。

我这么说,是因为我知道江晓初是学医的,是一位年轻的牙医。

牙医需要这么漂亮吗？

我这表妹是舞蹈演员。我想，她可真会找男朋友。她从来没有交过男朋友，愈没有朋友就会愈猜不透她择友的标准。现在明白了，原来她一直等待这样一个男子的出现。这男子更像她的舞伴，她选择男朋友是舞台选演员的标准吗？这江晓初愈看愈和舞剧中的王子一模一样。她可真有本事！究竟用什么办法才从芸芸众生中把这个"王子一般"的年轻人找出来的？我怎么从来没碰见过这种形象的人？

而这个年轻人和肖莹又是如此般配，无论身高、体形、形象还是气质，他们都是天生一对。

我说话喜欢开门见山。尤其今天肖莹和江晓初不是来串门的，而是有事请我帮忙。我接下来的话便直入主题，我对江晓初说："说说你的想法。"

他的回答出乎我意料，甚至叫我有点吃惊。他说："我没有太多想法，只想出国。"

出国是上世纪九十年代年轻人中一种极时髦的潮流，一个充满欲望的痴人的梦。没想到他表达得如此直接，如此急切。我有点吃惊。社会发展真快，相隔五六岁居然就有"代沟"了。

我告诉他，我没办法帮助他到国外去当医生，在国外当一个职业医生很难，需要很多硬性的条件，我只能介绍他去国外上学，而且只能是去欧洲的几个国家留学，美洲那边我没熟人，日本也没有。在随后的交谈中，我得知他的身世——他是孤儿！从年龄上看，他应该是唐山大地震的孤儿。初次见面，我没有深问，孤儿身上总有看不见的伤痕，怕被触及。我问他到国外是否还学医。他说自己在医学院毕业后就一直在医院工作，已经极其厌烦医院了。他笑道："我真受不了每天一上班,就有许多嘴朝我张开。"他接着说,"我还受不了医院天天都是一样、没完没了重复的事。还有咱中国人之间的琐琐碎碎,弄不好就裹进是非里。"

肖莹说:"他想出去重新上大本。上大本时再选择专业。他爱好很多,文学、艺术、摄影,他还喜欢当摄影记者。"

肖莹把他说成文艺青年了。她知道我喜欢热爱文化和艺术的年轻人。

我笑着对江晓初说:"我不明白你当初为什么学医。"

"我听信了一种说法:学艺术不如学技术。技术学到手,就有饭吃,艺术虚无缥缈,很多人干了半辈子艺术,还是不上不下,没有着落。"他说。

"你说得有道理,但还是因人而异,肖莹不是很成功吗?"我说,大家全笑了。我接着对江晓初说:"看来你现在的目标是先出国,一切走着瞧?"

江晓初点头说:"是这样。出去闯,相信我能行。"

我对肖莹笑道:"你是不是放行?"

肖莹说:"关键是这事是不是很难办?"

我打趣地说:"你要开红灯,这事就没法办;你要开绿灯,这事就不难办。"随后我扭脸对晓初说:"我来帮你吧。"

听到我这话,他俩都笑了,笑得释然,这一笑我发现他俩很像。是因为这笑里有同样的心情、同样的谢意,还是他们确实很般配,连笑都一样?

肖莹说:"表哥更是帮我。"

我对她开玩笑地说:"我在帮他,怎么是帮你?"

这句话叫肖莹一边笑眯眯,一边羞得不知何以作答。

385

我这表妹很可爱。她很美,她不仅在舞台上美,所有姿态全美;款款地走在街上美,静静地坐在那里也美。这种美不是外表的,而是骨子里的、生命气质里的,也有渐渐从艺术里滋养出来的。我这么说,可别以为我对这个表妹有什么暗恋。她是我姑姑的独生女,姑姑家和我家同住在一条街上。我们两家隔着十来个门。她小我六岁,比我妹妹家慧大一岁,自小我们三人就在这条树影婆娑的老街上跑来跑去。从与同一条街上的孩子们在各家的门洞之间玩捉迷藏,直到后来背着书包上学,再往后便是长大有了各自的生活。我们没有疏远和陌生,始终来来往往。童年那根悠远绵长、看不见的绳子始终牵扯着我们彼此。她与我有联系,是因为她与我有共同的热爱——音乐与文学。她与家慧则像闺蜜一样一直无话不谈。特别是肖莹的母亲闹病去世,姑父另娶,肖莹的继母是一个话多和嘴碎的女人,爱挑刺儿,难以接近。肖莹每每碰到了费琢磨的事,都会来我家找家慧说说。家慧虽然岁数小一点,却比肖莹更有主意,有决断力,脑袋灵光,性情爽快,像个男孩。肖莹的性格似乎刚好相反。她文气、内在、安静,不喜欢与人交往,也就不大会看人,待人处事全凭感觉,就像她跳舞。她跳舞绝非表演,不是跳给人看,而是在释放自己身心的能量和对美的感觉。然而,太凭感觉的人就容易太自我。尽管她的舞蹈感觉极好,由于平日不去观察别人,也就不能深入和演好角色;她很难成为一个舞剧的主角,只能跳独舞。她的独舞跳得十分出色,在国内的舞坛已经相当惹人注目了。她跳的《观音》有一种至高至纯至美的神圣感。每逢碰到舞蹈大赛或者国际交流,她都是团里最硬的一张牌。但舞蹈团中向来有个不成文的规矩:如果不能出演舞剧中的"女一号",就不能成为团里的头牌。

可是她不在乎这些，跳舞在她身上，好像自小就是一种自娱和自享。她活得自我。她有一点封闭。她一直没有男朋友，是不是在等她的"白马王子"？今天我第一眼看到江晓初，便知道伴侣中的"神品"绝不是从人世间找来的，而是上天恩赐的。于是，我总觉得今天自己答应给他们帮忙，不是帮助他们走到一起，而是促使他们分开，天各一方。想到这里，有点不安。过后我找来肖莹问道：

"你想和他一起出去吗？"

"他说，他先把自己安稳好，再接我去。"

"那你就要离开你热爱的舞蹈了？"

她迟疑了一下，说："没想那么多，还不知他将来会做什么呢！他除去做医生，没有其他专长，但他说他会在国外找到满意的工作。"

看来，他们对自己的未来并没有计划，种种想法都是一种愿望，一种一厢情愿，这可不大妙。我问她：

"我看晓初一门心思要出国，并没有充分准备。你凭什么相信他行？"

"他从小一个人，一切全是自己闯出来的。他确实有能力。他才到口腔医院两年多，已经是门诊部绝对的骨干了。"

"现在他干的是他的专业，出去可要重新从零开始。他没有目标，国外的环境并不一定像他想象的。如果要等到他在外边一切安稳下来，可能会很久，你想到了吗？"我说。看到她眉心微蹙，便笑着问她："他是不是有点任性？你是不是有点宠着他？"

肖莹露出笑容，未答。这叫我生出一点担心了。我不好直说，换了一个很感性却又是最根本的话题问她："他很爱你吗？"

对于我这个大表哥，肖莹一直肯说心里话。她说："就像我爱他一样。"她说得郑重其事。

我是"过来人",我知道初恋者都以为他们心中的爱情像一张纸的两面。虽然肖莹是大姑娘了,这次仍是初恋。

这反而使我更加不踏实了。

我一直想找个时间与她好好聊聊,总也找不着合适的时间。一方面这阵子我负责长三角地区一个园林设计的项目,开工在即,需要不断地赶飞机赶火车跑过去;一方面是肖莹正在编一个新的独舞,她一进入创作,就如同走火入魔,别想把她从中拉出来;另一方面是给江晓初联系的事进行得十分顺利,愈顺利,办各种出国手续的时间要求就愈紧。

为晓初联系出国这件事情之所以如此顺利,是因为我想到一位老朋友乔一鸣,这人岁数比我大七八岁,我叫他老乔。人长得又黑又壮,年轻时好踢足球。上海出生,在东北长大,说话已经没有上海口音了;性格也更像北方人,热情义气,喜欢社交,爱帮人忙。当年他在北京一家报纸做新闻记者,我和他彼此有缘,见两面就像老友,只要去北京办事开会,就约他聚聚。有时有事,彼此帮忙。他是一个把别人的事当作自己的事的人,没有任何功利念头,这种人做朋友靠得住,甚至很难得。可是后来他辞职跑到奥地利,帮一位朋友办了一家木材公司,他人厚道、能干,却不适合做买卖,公司没有办下去,人却留在那里了。现在与寓居在法国、德国的几个熟人合办一张华文小报,取名叫《欧华周报》。老乔有记者经验,做报纸是行家里手,报纸的"总部"就设在奥地利,实际上就在他家里。据说他这份小报在欧洲华人圈中还小有名气。他常年住在维也纳,我没去过那里,只听说维也纳是欧洲音乐之都,古老又漂亮,历史上活跃在维也纳的音乐大师多得数不过来。但我对于乔一鸣个人的"风景",却知之不多。

我给乔一鸣发了邮件,说了江晓初的事,求他协助。原本只是投石问路,没抱希望。谁想到他立即答应了,并立即行动起来。就像蹲在起跑线上的运动员,听到我一开枪就飞奔起来,而且不到一个月就办好了三件大事。一是联系好一所兼学习德文的补习学校,这是考取奥地利大学必须经过的跳板。二是有了住处,老乔说晓初初到维也纳可以暂住他家。他新近在市内三区买了一幢小楼,上下两层,楼上住人,楼下办公办报,而且有空房,晓初可以"落脚"。三是晓初还可以帮他的报纸做点事,他管他吃饭。

这三件事,可就把那时代一个年轻人出国在外"人吃马喂"最挠头的事一揽子全解决了。我打电话把肖莹叫来一说,我可从来没见肖莹这么高兴、这么喜形于色过。她没听我把话说完,就要去给晓初报信,她转身过猛,咣当一声撞在门框上。我这屋原先是库房,门框包着铁。我吓坏了,怕撞伤她的脸。她扭过头,幸好脸没破,没流血,但额头很快就鼓起一个包来。她依然笑着。这笑是为了告诉我她没有伤着,还是撞了这一下也丝毫没有惊走她心中的喜悦?跟着她摆摆手跑了。

江晓初出国之前的两天,与肖莹,请我和家慧在起士林二楼吃西餐,表达对我的谢意,这也是大家为晓初送行的晚宴。当然,对于肖莹就有告别的意义了。

她在餐桌上点起蜡烛。我发现,烛光亮起时,在她眼眶中有一点晶莹的闪光。

这天,肖莹对晓初明显表现得有点"黏"。肖莹是个羞于表露内心情感的女孩儿,有人说她这个性格限制了她的舞台魅力。舞蹈团的齐长松导演说肖莹如果早恋就好了,唯有恋爱可能改变她;谁料她的天性反而致使她晚恋。可是，今天不同了。她的恋人马上就要相去万里。两块磁铁在拉开之时磁力最大。家慧说：

"肖莹姐，你能不能坐得挨我近一点儿？我和你二十多年没分开过。他与你可才一年。"

肖莹只笑不答，反而挪动一下身子，更靠近晓初。这使我有点吃惊。她从来不这样大方和外露。她担心将来这样的机会不多了吗？我对江晓初说："你可要保证，将来一定把肖莹接到维也纳去。除非你在那边待不住——回来！"

江晓初带着即将奔赴理想而远行的兴奋，也带着被葡萄酒激发起来的冲动，大声说："我无论在哪儿，肖莹都在我身边，在我心里——有她我才有目标。我一定要让她坐到维也纳的金色大厅里，我发誓！"

他的话，他的誓言，他的真挚，在灯光、烛光和美酒佳肴的五彩缤纷中闪耀着光芒，更在他自己眼睛里闪烁着光芒。这光芒是美丽的、真纯的、毋庸置疑的。可是如果把它放在漫长的时间里，放在曲折复杂、充满尘污、难以预知的生活现实里，还能永葆这样的明洁与清纯吗？我比他们年长一些，经历得多一些，我已经不敢轻易地发出人生的誓言了。我们谁也不知道明天什么样子，对明天毫无准备。我们多半时间是在盲目地前行，看不见水下的险滩与潮流的暗转。爱情就更不可靠。因为，爱是个人的事，爱情是两人的事。爱情是把自己的一半交给对方。如果对方把这一半带走了怎么办？

看着笑盈盈的肖莹额头上前两天撞起的那个疙瘩，在跳动的烛光中一闪一闪异常地发亮，我心里隐隐有一点不安。

跟着，我又笑话自己——无缘无故担虑什么？江晓初不是和肖莹正在挚爱彼此，追求着他们美好的未来吗？他们的真诚应该被怀疑和猜疑吗？应该举起酒杯祝福他们才是。

二

既然是为自己喜欢的人办事，那就一定要办好。

江晓初刚到维也纳的一段时间，我好像在天天监控着他，我知道他的全部信息。从他闹时差，吃维也纳炸鸡，到坐错地铁，以及他所有的衣食住行。这些信息一半来自老乔，一半来自肖莹。更私密的信息是肖莹告诉家慧，家慧又透露给我的。

晓初说，一天空闲，他拿出多半天时间，徒步游览了维也纳市中心那条闻名世界的环形大道——戒指路。当他穿行于那些千姿万态、华美得近于奢侈的巴洛克建筑之间，仰望蓝天白云下伫立在楼顶与墙颠的无以计数的古典雕像时，他心里只有一个渴望——肖莹快快来到身边。他要和她共赏。

这个心灵的信息自然来自肖莹。

这一阵子，老乔不断地给我发来邮件。从老乔的字里行间看得出他和我一样——很喜欢晓初。他夸赞他聪明勤快，做事积极主动，不憷与人打交道，而且文笔也不错，写东西不费劲，叫老乔高兴。他这些优点，正适合办报。很快，他就成为老乔一个助手了。办报事杂，既有内勤也有外勤。晓初无论学什么一学就会。不仅能用电脑处理一些文字的收发，编务上的事全能上手，晓初喜欢摄影，也在报纸派上了用场。老乔说，这种人才在奥地利花钱也雇不到。老乔说不能白使唤人，每月支给他一些零花钱。人在异地，总得用钱。晓初口袋里有钱，便不时去逛街，维也纳是旅游名城，诱人的小店小铺多的是，他经常买些好玩好看又有欧洲风情的小东西寄给远在天边的肖莹。如此

391

顺顺当当开始的海外生活叫江晓初天天兴致勃勃。

在晓初心里，老乔是恩人。老乔的夫人待他也十分好。乔夫人的中文名字很美，叫知春，是一位匈牙利血统的奥地利人。金头发，黑眼睛，瘦而轻快，人在好看和不太好看之间，微笑几乎就是她的面容；而且知春是个善解人意和体贴的女人。她和老乔没孩子，全部精力用于操持家务，也肩负报纸中与德文相关的工作。她的中文很好，平时在家与老乔用华语说话。

现在，知春多了一份差事，就是照顾初来乍到的江晓初的生活起居。她在用华语与他交谈时，有意加进一些德语词汇。他不懂时，她就教给他。她成了他的德语教师。用这样的方式学习外语成效极好。现在，晓初在他的补习学校语言课的德语成绩是最优秀的了。

身在异国的晓初，真的没有把肖莹撇在万里之外的国内，而是时时刻刻放在身边——心里。他通过网络几乎天天与她交谈。把他的一切新奇的所见所闻、感受和感动，尤其是对她的思念告诉她。他告诉她"现在才知道，真正的折磨是思念"。这叫她流下泪来。肖莹很少流泪。家慧只见过几次，一是她失去母亲，一是由于继母过分地欺负她。这一次，当家慧把她抹泪的事告诉我，我吓了一跳：

"怎么，他们出了问题吗？"

"你想到哪儿去了。"家慧说，"她想他，想得受不了。"

有一次，老乔与我通电话时告诉我，他和知春在晓初外出办事、没有关机的电脑屏幕上看见一个女孩子的照片，他问是不是我表妹肖莹。他们说从没有看见这么美的女孩子的照片，不是漂亮，而是美。既有东方的美，也有现代的美。知春说绝对比你们那些炒得火热、搔首弄姿的女明星美。她的美没有任何包装，是一种本色的美。

我说，她气质和品质更好。

老乔问我：

"晓初与她很要好吗？恋人吗？"

"当然。"

"晓初为什么撇下她跑出来？"老乔说，"你表妹为什么同意他出来？他连专业也没有，一切要从零起步。"

"他对国外有很大的幻想，他要去闯一闯。"

"你表妹为什么不跟他一起出来？"

"放不下她的舞蹈吧。她太爱舞蹈了。"

老乔沉下声来，没再说话。

三

女人因爱情而美丽。

爱情使她容光焕发，使她变活泼了，使她的声音提高了两个音阶；肖莹过去笑时是不发声的，现在居然发出笑声了。她还倾心于外表。

或者用一个音符造型的发卡把脑袋后边的头发推上去，露出发际线下长长的粉颈，或者把阿尔卑斯山的山民草编的两三枝花朵的小别针，别具风味地别在淡朱砂色毛衣胸前的地方。先前，她穿什么戴什么，只是一种自享，与他人无关；现在是希望别人看到——这不只是炫耀于美，更是想把带着晓初影子的奥地利风情的小东西戴在身上，叫人看见。

她关不住自己心中的爱了。小小的院子关不住满园的春色了。她想叫心中的秘密公开？

自我们长大之后,肖莹不常来我家。可是从晓初出国后,她三天两头会来,当然更多时间是来找家慧。过去她心里的事很少与人说,甚至不与我们说,现在心里的事却忍不住要说。不过,她们女孩子的事如果不对我说,我也不问。反正都是与他人无关的悄悄话吧!可是一次家慧告诉我一件事,引起我的关注。这就是在晓初出国之前,肖莹和他闹过一次别扭。根由是肖莹不愿意他出国。她不同意晓初扔掉自己的专业,到海外去闯荡,没有目标,而且充满风险。但这还不是她最根本的理由。两人吵着吵着,肖莹把压在心里的理由喊了出来:"一个人真爱一个人时,会抛下她去追求一个不切合实际的空想吗?"

可是,晓初反问她:"一个人真的把自己交给另一个人,为什么不跟着他一起走?"

"你想叫我放弃舞蹈?"

"你想叫我永远给人拔牙、镶牙?"

家慧说:"现在我才知道,他俩曾一度争执得各不相让。虽然没有出现裂痕,但谁也说服不了谁。"

我说:"我们可一点儿也没看出来。"

家慧说:"等到他俩彼此妥协,就笑嘻嘻来请你帮忙了。"

我说:"不是彼此妥协,最后还是肖莹妥协了,所以现在是一个走,一个不走,把问题交给未来了。这样一来,他们的将来充满了未知数。肖莹是事业型的女孩子,舞蹈是她的生命,她绝不会轻易放弃舞蹈;可是江晓初为什么偏要出国,我还是不太明白。"

"国外的条件好呗!成功的机会多呗!谁不想?但是有比肖莹还重要吗?这才是关键。"家慧说,"肖莹姐表面温顺,骨子里很拗,但是她最后能对他做出妥协,让他走,还求你来帮他,是因为她太爱他了。"

"所以我说肖莹有点宠他。"我说。

"只求老天善待肖莹姐。"家慧说。

"老天是靠不住的。"我说。

一天肖莹抱来一个大纸盒。解开亮光光的丝带,掀开盒盖,随同着喷涌上来的五光十色是一种异香,令人愉快地扑在脸上。她伸手从盒中拿出一件颜色搭配得很谐调的毛衣和毛线帽,还有一盒莫扎特巧克力糖球,往家慧怀里一塞;跟着把一包花种也塞给家慧,说是这些花都是上奥州田野里的花,非常好看,是晓初送给我母亲的,花种的包装袋上印着各种各样诱人的奇花异卉。晓初怎么知道我母亲喜欢种花养花?显然是肖莹告诉给他的。晓初送给我的礼物有点重。其中一盒是音乐光盘,是我最喜欢的奥地利指挥家卡洛斯·克莱伯的作品。我痴迷小克莱伯胜于卡拉扬——这一定也是肖莹对他说的。还有一本厚厚的《奥地利古典建筑》,既精美又专业,细节很多,更是我需要的。我明白,这里边表达着他们对我的谢意。

肖莹一边把礼物从盒子里一样样拿出来,像圣诞老人那样分给我们,一边说:"喜欢吗?真的喜欢吗?"我们说喜欢,她便说:"太好了,我回头告诉晓初,再买些好玩的东西给你们!"我很高兴她现在这样子。她是他们的主人。

这时,她突然向我们伸出左手。

她的手很美,白嫩的手指又细又长,指尖向上翘。忽见,她中指上有一个东西,晶莹夺目,像阳光下的水滴散发着细碎而璀璨的光,是一颗戒指!家慧叫道:

"订婚戒指吗?这就是奥地利水晶吗?"

肖莹眯着眼笑,什么也不说,好像期待着家慧说出过分的玩笑。

江晓初一帆风顺,时过半年,已经是《欧华周报》一员得力的干将了。从组稿、校对、编发、请人排版,到跑印厂和组织运输,全拿得起来了。

人的能力一半是老天赋予的,一半是命运造就的。勤快、主动、奋取,大概都与他孤儿的身世相关。当命运夺走他的一切的同时,一定还把个人的能动性灌注到他的身上。

老天赋予他的还不只于此,还有亲和力、足够的精明,人又长得英俊,如果合作方是女人,他办事就若有神助。他有点女人缘。而且,不知为什么,他在拉广告方面似乎很擅长,他还有经济头脑吗?这半年多,《欧华周报》在他手里广告收益直线飙升,报纸的广告版面已经不够用了。报纸广告愈多愈好,这便加了一张报,扩了四个广告版面,可是广告还是挤得满满的。这些广告无形中催动了欧洲华人圈经济相互的沟通与往来,报纸的经济潜能便被开发出来。这意想不到的效应也给老乔开了窍,他决意用报纸给欧洲的华人经济搭台。报纸随之大大获益。

多年来,联系法德一些国家办报的事都由老乔亲力亲为,他里里外外早跑累了,现在就把这些差事交给这个颇有创业欲望的年轻人干。晓初出差跑了几趟法国和德国,很快就把那里实力雄厚的唐人街调动起来。他虽然不懂报纸,但他凭着悟性明白,谁被报纸"弘扬",谁就会关心报纸。他给老乔出主意,明年要扩大董事会,拉几个欧洲最强势的华人企业、华人商会、中国餐馆的老板进入董事会。

这期间,相邻老乔家不远的一个小楼出租,虽然这两层小楼房间不多,但有个挺宽敞的小院,租金便宜,现在老乔手里有钱,报纸的前程光明,就租下了。跟着又买了一辆二手的大众牌商务车,深蓝色面漆，八成新，又能用来办事，又能拉货。看来，老乔野心勃勃，真的要升旗击鼓大干一番了。

他把报纸的办公室从自己家中搬进了新楼。晓初也随之搬了过去，这一来无论生活和做事都独立起来。老乔和知春还教会晓初开车，出门办事方便得多了。自晓初来到维也纳，才大半年时间，居然有一个单独的小房小院，有车开。家慧说，她从肖莹那里看到一张照片，晓初站在报社小楼前，穿一件棕色的粗呢西服外套，倚在车前，神气十足。老乔和知春把这个突然降临到身边的极具才干的英俊年轻人，看作上天对自己的恩赐。他们绝不肯亏待他，一改原先的零花钱为一份不薄的工资，还给他投了保险。他已经不再上补习学校了，吃穿不愁了，这算不算"稳定"了？是不是该把肖莹接来——哪怕先接来看一看呢？

我知道的这些事都是老乔时而发来的邮件告诉我的。打肖莹嘴里却听不到多少信息。她天天依旧如常地上班，忙着团里的事，练舞，在市里或到外地演出。偶然从报上得知她新创作的舞蹈《孤独的白孔雀》很成功，受到好评。一句评论说她"意象地塑造出一种孤独美"，给我印象很深。以往肖莹有新的作品，都会邀请我们去看。这次可能她忙，没有送票给我们。我便叫家慧买票，我们悄悄去看。这个舞蹈是她的独舞，从头到尾舞台上只她一个人，像杨丽萍的《雀之灵》。她用绝对纯粹、柔软又坚韧的身体语言，一种含着苦涩的柔韧的动律，表达出一个灵魂的无依无靠。在背景浩荡的江天中，这只失群而落寞的白孔雀，经历苦苦寻找，不断挣扎，求助无应，陷入绝望，最后在一片虚幻中渐渐化为一种孤独的"美"。这美是从孤独中升华出来的吗？

我真的被她这个舞蹈强烈地感染了。

我带着诧异对家慧说:"她从哪里获得灵感呢?"

"反正不是从她自己身上。"家慧说,"她说,晓初想接她去维也纳过新年呢!"

这可是好事。他们之间纠结的难题是否会由此一点点松解开?

四

怀疑是事物第一条裂缝。

十二月中旬,肖莹打算去维也纳了。各种兴奋的想象使她的脸上藏不住笑容。晓初在维也纳那边把机票已经订好了。订的是奥航。肖莹向团里请了假,她要在一月中旬回来,晓初给她买了一月二日金色大厅新年音乐会的票,兑现他当初的诺言。这件事可在团里闹开了锅。团里谁也没见过江晓初,到处打听。舞蹈团里几个平日与肖莹相好的姐妹还要在成桂餐厅和她撮一顿,给她送行。

晓初告诉肖莹,说他这两天要去一趟法国,办一件急事。由于这件事与新年第一期报纸的出报相关,他必须亲自去解决。他一定快去快回,保证三天后回到维也纳,转天一准站在施威夏特机场的候机厅里迎接她。

算起来,加上飞机飞行的九小时,还有七天半。又短暂又漫长。可是,就在晓初到了巴黎的第二天,老乔发来一个加急的邮件,说晓初被巴黎那边的事绊住腿了。这几天回不来,哪天回来说不好,请我通知肖莹先把机票退了,具体改在哪天再说。我一听到这消息有点懊丧,但事出意外,总要顺应。我提醒老乔一句"年前机票会很紧",老乔只回答两个字"知道"。

这个变化很突然! 有点猝不及防。使肖莹一阵手忙脚乱,但忙乱过后，海外并无信息。老乔说晓初还在巴黎，那边事情棘手，正在排难解纷。可是晓初在巴黎自己可以来个电话呀，以往他去德国法国，都会给肖莹来电话，有时一天两个电话。肖莹请我催问，会不会出什么事？"出事"这两个字一说出口，立即叫人不安。

我觉得肖莹的想法合理，我当即给老乔发了一个邮件，追问究竟。没想到竟然得到一个莫名其妙的回答："告诉肖莹别着急，现在来帮不上忙，只有帮乱。"

帮不上忙，什么忙？什么乱？难道真的出了什么意外？是麻烦，还是祸事？我感觉不对，我能直接得到消息的只有老乔，但老乔为什么不回答我？连对我也不能说的一定不是好事。

可糟糕的是，当时肖莹就在我身边。老乔写在电脑屏幕上的这句回答肖莹全看见了。

家慧在一边说："乔大哥怎么这么说话，什么事还要瞒着大哥？肖莹姐去怎么会是帮乱？再问问他，晓初这是什么意思？"

肖莹没出声。我扭头见她脸色发青，嘴巴闭得很紧，似乎憋着一股气。我悄悄打手势叫家慧别再出声，我也不发表意见。冷了一会儿，肖莹忽然说："我先回去了。请帮我告诉他们——我不去了！"不等我再说什么，她围上围巾，走了。

她关门的声音很响。

接下来的一些天，感觉不好。空无信息，出奇平静，莫名其妙。尤其是老乔，支支吾吾，躲躲闪闪，似有难言之隐。他说的远没有我问的多。他愈说"其实没有什么大事"，我愈胡乱猜疑。后来他向我透露出一点"麻烦的原因"，是他们与报纸的法国合作方产生纠纷，很麻烦，很棘手。这话还靠点谱。这纠纷是不是晓初工作的不当

399

造成的？如果缘自晓初，晓初理所当然要去处理，排难解纷，把事情摆平。但是晓初自己为什么没有消息呢？其实如果他打一个电话，一切释然。谁都可以理解。特别是只要给肖莹打个电话，哪怕只说一句话几个字："我一切都好，你放心。"各种猜疑、担心和不安就都没有了。他为什么不给肖莹打一个电话，为什么不露面，他不知道肖莹最希望什么吗？爱，对于对方都是心领神会的。

但是没有。却只有一句"不要帮乱"，形同一个拒绝的手势，伸到她的面前。

这使她内心生出的委屈、愤怒、自尊走到前面。她不再寻问，甚至不再猜测。晓初愈没有消息，她心里的犟劲愈强。她好像需要这种犟劲保护自己。她绝不给晓初那边打电话，甚至不到我家来了，显然只有我们关切她这件事。

她不提，我们不提，但有人关心。不多天前，她向舞蹈团里兴致勃勃请了假，马上远赴重洋，去上演自己人生华彩的乐章，现在却一下，像一片灯全关了，了无声息，只有她自己孤单和沉寂的身影，就像舞台上那只白孔雀在音乐戛然而止时定格的画面。私下里，一定议论纷纷。人们猜到她突然遭遇变故，却无人敢问一问这位十分自尊的女子。

此时她是超敏感的，这一切她都感到了。

新年过去了，春节一天天临近。本来晓初与她说好，在维也纳过了新年，然后一起回国过春节。整个行程包括每天的节目他们都定好，甚至中餐和晚餐在哪里吃都确定了。晓初给她安排在分离主义美术馆附近的一个四星级小旅店，叫"贝多芬旅店"。分外优雅和舒适，具有美妙的古典音乐的氛围。据说二楼古色古香的客厅里摆着一架黑色的钢琴，还是贝多芬弹过的。晓初说，一定还要用一天时间带她出城去"瓦豪河谷"，叫她感受到一次"多瑙河的震撼"。一切都说得言之凿凿，现在全成了空话甚至是谎言！

一天，她一个人坐在屋里，忽然忍不住了。就像满天堆积的乌云忍不住要下雨那样。她抓起电话，一下子打到维也纳《欧华周报》的办公室。事情刚出来时，她从早到晚不停地、发疯般地拨打这个电话，但电话像死了一样，始终没人接。今天她以为一定还是这样，但这次铃声只响了三下，立刻接通。对方有人在咔嚓声中拿起话筒。肖莹怔住，说不出话来，只听话筒里传来一个声音。是一个女人的声音，用德语。肖莹不懂德语，以为是对方的接听录音。她下意识地问了一句："是《欧华周报》吗？"

对方竟改用华语："我是《欧华周报》，您找哪一位接听？"

这是一个中国女人！听口音是港台腔，很柔和、客气，彬彬有礼，语速缓慢。报社哪儿来的女人，怎么没听晓初说过？

肖莹说："我找江晓初。"

对方说："噢，您找江晓初先生，对不起，他现在不能接听，他在睡觉。"

肖莹先是一怔，原来晓初在维也纳，而且就在报社！他为什么不给自己打电话？她有点冒火，心想这女人你是谁，怎么能拦着晓初与自己通话？她说："我就要他现在接电话！"

对方似乎含着笑说："对不起，女士，现在凌晨五点。您是哪一位？"

对了，中欧之间有时差，维也纳正是凌晨。可是凌晨这女人怎么会和晓初在一起？睡在一起？她脑袋轰地好似热血冲上来，她直问："你是谁？"

401

"聂宛如。"她柔柔地说，"我是报社办公室的秘书。您呢？"

肖莹已经控制不住自己。她好像已经看见晓初在床上拥着被子呼呼大睡的样子。完了。自己彻底被欺骗了！她啪地摔了电话。

我是十多天之后知道的这件天塌地陷的事。是肖莹主动告诉给家慧的。她不主动对我说，她知道家慧会告诉我。家慧说，她约家慧到一个日本料理馆子里，把那天凌晨通电话的全过程原原本本告诉给家慧。她出奇的平静，说话不动声色，好像说别人的事。她能用十天时间就把心中的一块腐肉剜出来扔掉，中间经过怎样的痛苦与抉择，可以想象得到。现在她浑身上下已经没有一点奥地利的影子了。她穿一身深灰，墨色的长大衣，一条浅灰色的围巾。没有任何饰品。苍白的脸有些瘦削。她似乎在为自己的昨日送葬。

家慧说："我蛮佩服她的。这件事对于她像脱了一层皮，但裹着这层死皮她没法活下去。"

我惊讶又愤怒，可是我还是觉得这件事挺蹊跷。原本肖莹即刻就要奔赴维也纳，开始她与晓初的浪漫之旅，怎么会突然蹦出这个聂宛如？不可思议的变化！一件事从一个极端跳向另一个极端，中间一定有一个非同寻常的缘故。这里边会不会有一个天大的误会？可是晓初人在维也纳，却一直没有电话，而且凌晨与一个陌生女子同睡在房间里，这是事实，千真万确的事实！怎么解释这个事实？只有问老乔。我给老乔打电话，把肖莹与这位聂宛如通话冲突的事，以及肖莹现在的态度统统告诉老乔。没料到老乔竟然说："只能是这样的结局了，肖莹认可了，便是最好的结局。"

他还是没告诉我事情的真相，也不对晓初的态度做任何解释，甚至绝口不提聂宛如是什么人，似有难言之隐。我想不出这件事的真正原因。凡我能想出的种种可能，最后都被我自己否定。我甚至想远赴奥地利去探明究竟，但我还能够拯救这场情感的灾难吗？能使这已经摧折的树木生还如初吗？看来一切无可挽回了。事已如此，只能顺其自然。我无须再刨根问底，只望我的表妹少受伤害。

五

生活不知不觉地翻过了一页。

在它万花筒般令人眼花缭乱的变化中，最根本的变化还是在我自己身上。

我的妻子费尽心机，终于从她工作所在的无锡调回到我身边。我们买了房子，由父母的家里搬了出去。我们把存款几乎用光，加上贷款，只能在接近西郊的新社区柳江东买到一个两室一厅的公寓房。还好！这个新建小区的风格倾向于当今世界流行的简约明快的现代风格，很契合我们的口味。这一来，我们的兴趣与时间便全投入到新居的室内设计与装修上了。

我从父母家里搬走之后的一年，妹妹用我腾空的那间屋子结婚了。跟着是父亲患病，半年后离世。母亲由家慧陪伴。家中的男主人换成妹夫，几十年里形成的家庭格局根本地改变了。

我离开了自己出生、童年、少年和青年时代经历过的老街，也离开了街上昔日的邻居与熟人。其实这些年来，街上其他人家也在渐渐改换门庭。每个家庭变化的原因不一样，有的老人走了，有的人嫁出去，有的南下求财，有的换了新居搬到外边去住，那时全国城市都在大拆大建。肖莹也搬走了，她的原因是一种被迫。随着她年龄增长，又一直单身，来自继母的压力一天天加大。在她离开老街的那天，感觉自己有点像逃跑。她经济能力有限,买了河西老居民区一个二手房的独单。家慧去过她家两三趟,据说"挺惨"。幸亏肖莹是情调主义者,把一间小破屋收拾得挺有格调,还温馨。

经过那场变故,我们的关系渐渐变得疏远。可能我们都怕再碰那件事,不能谈,也无法谈。我总觉得有愧于她,如果不是我当初把晓初介绍到维也纳的老乔那里,也许就不是这样的结果。她似乎也在回避我,为什么回避就猜不透了。这种非常不舒服又无法说清的感觉成为我们之间的障碍。障碍愈被搁置就愈无法逾越。家慧劝我不要多疑,肖莹其实在回避所有人,回避所有知道她这件事的人。听说现在她还很少到团里去了。

我差不多每周一次回到老街上看望母亲。肖莹很少来我家,很难碰上。只有逢到中秋和春节两家老小相互探望时,偶尔能见到她,聊一会儿。一开始,总会话锋躲躲闪闪,好像什么地方有个伤口,害怕碰上。聊着聊着,便没什么可聊的了。

每次见面,都是她自己。她一直一个人?这两年,我在报上几乎没有看到有关她跳舞的消息。

过了许久许久的一天,忽然收到一封信,这大概是我有生以来收到她的第一封信。打开信封,是一场音乐舞蹈晚会的请柬。封皮淡蓝色,印得清新、素雅又精致。上边只印了晚会的名称:"春天来了!"还有一封超短的信,更像便条,夹在请柬里,只写了一句话:

"表哥表嫂:今晚是我的告别演出,欢迎你们光临。肖莹。"

我一怔,"告别"二字很刺眼!为什么是告别演出?她要离开舞蹈,永别舞蹈吗?这不可思议。当年她纠结在挚爱的男人与舞蹈之间时,她都没有离开舞蹈,现在为什么?是被迫还是缘自一种抉择?什么理由叫她做出这样自杀式的抉择？

这晚，她出演的节目仍是《孤独的白孔雀》。随着音乐她一跳起来，我就感觉已经不再是先前那只白孔雀了。

这只孤独的白孔雀一开始就不再痛苦地挣扎，而只是陷入一种迷茫。苦无出路的彷徨，失魂落魄的游荡，漫无目的的寻求。但如今的它，不再被孤独折磨。孤独不应该是终结，生活有无限可能。当昨天成了绑在身上沉入江底的沉重的巨石，为什么不解开绳索，卸下重负，凤凰涅槃，迎接新生？

她用舞蹈语言诉说自己不同以往的全新的思考。她自我表述的能力很强。我看明白了。

在独舞的结局中，它竟然在一片烟花般夺目又绚丽的光彩中，战胜自我，获得解脱，腾身飞旋，翩然起舞。说实话，这个结尾丝毫没有打动我。上一次看过她这个独舞，那只白孔雀在绝望的黑暗中陷入孤独、苦苦挣扎的形象曾扎进了我的心，我有想去营救的感觉，但现在这只孔雀叫我感到浮浅，落入俗套，空洞无物。

我对这个舞蹈的结局更加莫名其妙——

原先，她把孤独作为人生一个哲学的命题，她把孤独的灵魂深切地演绎出来，答案交给观众去寻找。现在她自己站出来。她在用一种世俗的欢娱来破解自己吗？

我不喜欢这个舞蹈，舞蹈后边没有思想。可是我们疏离已久，有隔膜了，我已经不大了解她了。

生活本身从来是强势的。现在更是一个生活强势的时代。不服从它一定是悲剧，顺从它往往也是悲剧。

四个月后，我又接到一封信，里边还是一张请柬，仍然是肖莹寄来的。一看请柬我就傻了——是肖莹的结婚请柬！地点在五大道的玫瑰别墅，时间就在本周末的傍晚。男方的名字有点熟，马上又想不起来，叫作梁丰登。请柬里依然夹着一个纸条，依然是只写了几个字："希望你自己来。"

什么意思？猜不出来。

周末五时，我开着车从马场道桂林路口驶入五大道地区。这个自上世纪初叶租界时代开辟的富人区，现在已过去百年，里边充满了历久年深、厚重又沧桑的历史气息。驱车穿街而行，风格不同的历经百年的花园洋房从车子两边掠过。虽然这些建筑在我上大学时做过调查，都很熟悉，但有时历史的事物反而比新事物更有"新鲜感"。时值初夏，天气和好，摇下车窗，马路两边的槐花盛开，浓郁的花香涌进车子，沁入心肺，好舒服！这时，我发现街上车子渐渐多起来，而且都是好车、名车。这些车都是来参加肖莹婚礼的吗？玫瑰别墅可是个超级的五星酒店啊，这绝不是一般规格的婚礼。这时，我忽然记起肖莹这位新郎梁丰登是一位大地产商。我脑袋有点发蒙，来不及把一时乱糟糟的思绪理清，站在街道中央几个穿黑色制服的交管已经伸手把我的车子拦住。

一个胖胖的中年交管向我要请柬，我拿给他，他看了看印在请柬左下角的编号，扭头对他身后另一个交管说："前五十号的，放行！"

噢，前五十号，大概我是贵宾。

玫瑰别墅就在前边不远，这条街临时已被禁行，只准要客进入和停车。谁能请来交管把一条街管控起来？这足见婚礼主办者的势头之大，非同一般。

玫瑰别墅是五大道规模上数一数二的花园洋房。建筑是西班牙地中海风格,结构错落分明,铺着深红色粗大的筒式陶瓦的屋顶,淡米黄色的抹灰墙,使得中间黑色铁艺的门窗和护栏醒目、大气、优美;前院有石雕的喷水池和爬满紫花的藤萝廊架,后院是开阔的草坪与高大的郁郁葱葱的黑色杉木。谁都知道,在这里举办婚礼不是为了婚礼本身,而是为了摆一个场面给人看。据说这房子是民国时期一位大盐商的旧居,此地是闻名海内的盐都,大盐商们富可敌国,个个家中都极尽奢华。虽然经多世变,房屋易人,豪门贵胄的气息却犹然未已。这里我只来过两次,都是陪外地的访客来用餐。我喜欢一楼客厅铺地的釉面的红缸砖、城堡一样厚重的墙、石头砌的大壁炉和粗粝的铸铁饰件。再有,便是它宏大的院落,前后临着两条街,自然构成了一块鸟儿们的安栖之地。虽然这房子地处城市的腹地,却可以听到许多鸟叫。

穿过长长的用玫瑰花枝编织成的甬道,随同纷纷而至的来宾一起来到后院。天色未晚,一些聚光灯已经把草坪中央一大片照得鲜碧耀目。四外全是餐桌。五颜六色的酒食、华服盛装的宾客、生气盈盈的鲜花气球,被四边高耸的杉木衬托得鲜明又华丽。男侍者一色黑色的燕尾服,女侍者一色白色长裙。男女侍者胸前一律别着一朵此处具有标志性的红玫瑰。一支小乐队在花园一角舒缓地演奏着背景音乐。

这样的婚礼场面十分罕见,看上去很像欧洲豪门庄园在举办什么家庭盛事。

我看看现场的人基本上全不认识,看得出来大多来宾都是新郎一方请来的商场中人,全是盛装艳服、珠光宝气,叫人不好接近。我拿了一杯香槟,找到人少的地方在一张桌旁坐下。

来宾愈来愈多,渐渐开始遮挡视线。一直没有人认识我。忽然一个胖胖、秃顶的人朝我笑嘻嘻地说:

"您是不是大华的冯总？"

这胖子不等在尴尬中的我摇头否认，便说："哈，错了错了，对不住！"扭身走了。他走路的姿势有点好笑。

这时，忽然掌声四起，坐在椅子上的人全站起来，好像要升国旗。站在后边的人踮脚引颈，向前看。

在灯光的聚焦中，今天的主角从楼里走了出来，音乐伴奏随之而起。由于很多人向前簇拥，半天才看出新郎，一个穿着深色西服、系大红领带、身材挺高的人，面孔无法看清。还有主持人，我一眼就认出来，这是一位太出名的电视主持人。他不在北京吗？高价钱请来的吗？怎么看不见肖莹呢？她被挤在人群中间了。

忽然，我这边的人群往后退，肖莹在那边现出了身影。她像在舞台上那样一露面就光彩夺目。但是她没有如想象的那样身穿雪白的婚纱，只穿一件缀满金色小花的淡紫色连衣的长裙，反而更美、更贵气，也还适合她的气质。我注意到，她今天的着装，没有刻意显露她可以为之自豪的线条优美的身材；略松的衣裙似乎想使自己年龄大一些，刻意要接近新郎梁丰登的年龄吗？

第一次见梁丰登。

这个人的形象能够清晰地传达出他的信息。他肌沉肉重的脸饱经风霜，结实的筋骨久经历练，摇摇摆摆走路的架势显现出心中的志得意满。他没有初做新郎的拘谨，他现在的神气好像在企业的年会上看望他的职工。他是二婚吧？应该是吧，他绝对有五十开外了。

没等我去想他和肖莹是怎样形成的结合，来自京华的仪表堂堂的主持人，以他出色的口才和悦耳的男中音，把所有人的注意力都吸引过去。婚礼没有惯常的俗套的证婚人讲话、开香槟酒、致敬双亲、放烟花等仪式。这恐怕是肖莹的风格。她讨厌这一套。于是，这个婚礼的全过程便依靠主持人出色的串场、即兴的发挥与优雅的玩笑在引起的阵阵欢笑中完成。

婚礼仪式的最后,主持人请新郎"梁总"出面表示答谢时,梁总一开口,便叫我一怔。他说:"我梁丰登一辈子有三件福事。头一福是我娘生了我。"

这话说得简单,却有情有义。于是有人叫好,有人鼓掌。

新郎梁总接着说:"我的第二福,是我拿下了金街上那块地。那块地叫我梁某人走上了金光大道。"

这话一出,没多少人呼应。发财是个人的事,跟别人也没关系。再说,这事跟你娘生你怎么比?

我是做建筑设计的,常跑工地,和不少干建筑的老板都熟。这些人都是直肠子,就这么说话,尤其他是大老板,说话更是由着性子。可是肖莹怎么会决定和这样的人一起生活?

下边他要说的第三件福事肯定就是肖莹了,只见他兴高采烈地说起来:"我第三个福就在眼前。我一辈子做梦都是娶这样的老婆,前半辈子打灯笼都找不着;今天天上掉馅饼了,我梁某人不再做梦了。"他在大家的笑声中,说出他下边更痛快的话:"我梁某人从今天起决不叫她再跳舞了,我叫她在家里享清福,给我老梁生儿子!"说完手一挥,很爽。

有人叫好,有人给他鼓掌,有人议论。我听呆了。这是肖莹要的吗?她知道他的想法吗?想到几个月前去看她"告别演出",想到她那只莫名其妙的白孔雀,今天有了答案。但是她为什么做出这样的选择?她现在应是什么心情?

乱哄哄的婚礼晚宴中,开始了草地舞会。人们的注意力都在舞会上,我想悄悄溜掉。这时忽然听梁总在前边拿起话筒说话。他可能酒喝多了,声音有酒劲,话筒离嘴太近,声音很响,说的话没头没脑。他说:"有人因为我不叫肖莹跳舞,对我有意见。今天是大喜日子,我不跟人争,而且我开禁!我叫肖莹再跳最后一次。谁想跟她跳,跟我说——"

他说得慷慨,又随便。

不等有人开口,肖莹忽然说:

"我自己挑舞伴!"

大家全怔住,静场,瞪大眼等着看谁是这个幸运者。肖莹忽然一指我这边说:"我请我表哥跟我跳。"

整个花园里的人都望着我。我奇怪,我一直躲在人群里,她怎么知道我在这边?我不知所措,只见肖莹从草坪上过来,她很美,含笑地走来,牵起我的手,我们一起走到草坪中间,乐队奏起了音乐,轻快、优美、一如流水般的《在水波上》。我们一同随同音乐起舞。我的华尔兹还可以,但许久不跳,又当着这么多人,心里发憷,步子就不顺畅了。所幸肖莹浑身全是舞蹈的感觉,不知她用什么办法,很快就把我融入音乐的节拍与跳舞的韵律中,并神奇地使我渐渐产生跳舞的快感。

我开始定下心来,去注意她的神情了。我发现,在这世俗的场面里,她没有任何被动、反感、勉强,也没有任何隐含的不适。可是我不相信她会安于这样的现状,乐于这样的生活,选择这样的未来,这不是她!除非她已经不再是原先的肖莹。如果她真的改变了——到底是生活改变了她,还是她改变了自己,为什么?就因为江晓初的背叛,就从一个极端跳向另一个极端,不再相信自己昨天的崇尚,抛弃心中一切金银绯紫,向原本对立的东西投诚,这不是毁掉自己?我不相信！我忍不住要问她，但我对她的问号太多，从哪里问起？怎么开口？这时，我发现，她似乎不想与我做任何交流。她约我来参加这个婚礼，就是想叫我看到她选择的生活。她把她的明天也告诉我了。我还发现，她眼睛的深处原先那个不停跳跃着的、亮闪闪的、充满魔力的精灵——舞者的精灵，现在没有了，空了。

在音乐旋律的起伏中，我望着这个与我相拥起舞的女人，她的气质还是那样优雅脱俗；脸儿略施粉黛，依旧娴静姣好；只是少了一点东西，一种孤芳自赏的孤高的东西？属于她灵魂的东西？灵魂这个东西看不见抓不住，原来说没就没，你甚至不知它何时、因为什么没有的。

一旦没有了，一种曾经无限美好的东西像一片灿烂的光和影倏然远去。

六

有时，生活的真相不如不知。

我用手机上的手电筒挨门挨户地寻找门牌号。

维也纳城中这些老街是一种真正的活着的历史。参差错落的老房子们全都斑驳如画；弯曲蜿蜒的街面不是铺着石板，就是凿满小而方又坚硬的石钉，这些石板和石钉历久磨光，古老苍劲，好像条条街道通往哈斯堡王朝。街面下陷的地方，雨后积水，在路灯幽暗的照射中，反着光亮。

我终于在手机射出的光束里，找到了47号。一个蓝底白字的搪瓷的门牌钉在暗红色的老门板上。一株很粗壮的大叶梧桐高出院墙，并把它凋落的黄黄的叶子，随意地撒落在院墙内外和墙头上。树后边是一幢两层小楼。灯火依稀，树影模糊。这显然就是老乔在异国的老巢了。

我第一次到维也纳，我最关心的自然是奥式的建筑，他们的古典和现代的建筑，还有这次在维也纳举办的国际研讨会的主题"城市个性与建筑师的个性"，对我有分外的吸引力。我平日在这方面思考得很多，我为这次会议准备的论文得到各国同行的好评。

这是我来维也纳的公务。我还有一个藏在心里的"私务"——就是寻找昨天留下的那桩不幸事情的真相。尽管此事早已时过境迁，一切全都木已成舟，而且人家肖莹自婚礼那天的舞会之后，即与舞蹈绝缘，销声匿迹，早已是一位标准的富家女子，而且生下一儿一女，锦衣玉食，活得滋润快活。这世上，偶尔为她遗憾和发出叹息的只有我和家慧了。我为什么还要来老乔这里探寻究竟，还想追回昨天吗？

在老乔堆满书籍、报纸和资料的客厅里，我望着这位十多年未见的老友。不用回忆，昔日的交情又来到身上。在不大明亮的光线里，他的脸色昏黯，皱纹显得很深。我们都说自己老了，其实他真的更"老"一些。在世界任何地方，普通人都不会养尊处优，很难白白胖胖，更何况在异国他乡。文化的磨砺看不见，却会更深刻。我们相互关切地询问了对方的家庭、工作，也谈了谈自己。我初识知春，这个奥地利女人给我的印象分外好，她显然是个善解人意的女人。她给我们烧好茶，桌上放些零食水果之后，便说要去帮老乔看稿子上楼了。她知道我们有话要说，把空间留给我们会更方便。

进入一个不知深浅的话题总有些费劲。何况这个话题里遗留了过去一些磕磴与别扭，当然更多的还是谜。还好，老乔比我强，他天性爽直、性急，在我支支吾吾不知怎么开始说的时候，他忽然说："不管在这中间有多少误解、避讳、无法说、不能说，都是过去的事了。原本怎么回事一揭开就全明白了。"老乔接着说，"我托人打听了，知道你表妹现在都当两个孩子的妈妈了，过得挺好。你我还有什么不好说的，而且我应该叫你知道全部真相了——"

"就在我们高高兴兴，准备晓初从巴黎一回来，就迎接肖莹来维也纳时。维也纳的新年非常具有古典气息，我们为肖莹准备好一系列别具风情的节目。晓初连金色大厅新年音乐会和音乐厅的新年舞会的票都拿到手了。就在这关口上，晓初出事了！是的，出事了！而且出了大事，几乎要了命！你别急，事情过去快十年了。这都是过去的事。你听我说——

"我一直后悔，如果当时不叫晓初去巴黎，一切事过了年再说，就什么事也没有了。但我们报纸在法国的合作方一定要晓初去一趟，研究第二年董事的名单。这里边的关键是，明年报社准备新增加两位董事，都是晓初个人在巴黎联系的企业老板，也是我们报纸最有实力的广告客户。可是，法国合作方认为这两位董事人在法国，应该归他们管，我们认为业务是我们联系的，不能给他们，这里边当然有利益问题。如果董事名单定不下来，明年第一期报纸就不能出报。只好派晓初去协商。晓初到了巴黎，怎么也谈不拢，双方争执不下，晓初有点年轻气盛，吵了起来，事情僵住了。据说当时吵得很僵。我电话叫他先回来，过年再说，因为肖莹马上就来了。谁料当晚晓初在他住的巴黎十三区那边吃点东西，回旅馆的路上，忽然几个人把晓初围起来打了。这几个下手很狠。当时街上黑，什么人根本看不清。这几个只打人，不说话，也不知是哪国人。等警察来了，打人的人全跑了——

"打得太厉害了，一个人用的是铁棍，晓初右边脸血肉模糊，耳朵打烂了，肾打坏了，膝盖也断了——

"不，不是打劫。打劫的人不伤人。我们又不是当地人，没仇人。我们想到可能是谁干的，但没有证据，无法告，告错了更麻烦。当时，晓初已经不省人事，警察从他身上的名片看到报社的电话，打过来，我连夜赶过去，急救三天，保住了性命，然后租一辆医用车把他弄回维也纳。你是没看见晓初那个样子，真是太可怕、太惨了。家智，当时我就在那样情况下，在巴黎、在车上、在医院，与你通的那些电话。你想，当时我能把真实情况告诉你吗？在晓初醒过来时，对我说的第一句话就是千万千万别告诉肖莹，别告诉你——

"最初那些日子，我也无法向你解释这是怎样一件事。等到晓初的伤基本稳定，他那张脸无法看！那些可怕的伤口，缺一个耳朵，左肾割去，腿也瘸了。他像一个压烂了的破纸盒子。我看着他，心里明白，此生此世，他与肖莹的缘分算完了。我想，不管你怎么想，怎么责怪我，也绝不能告诉你。叫肖莹知道真相就如同杀了她。晓初是孤儿，回去找谁去，还不是叫肖莹伺候他终生？我下决心，这事我担着了。他去巴黎是给报社出差，报社应该担着。但晓初和肖莹他俩的事怎么了结，我没办法。那天，肖莹的电话撞上了我们报社的女秘书聂宛如，产生了误会和冲突。我想，这也许是个歪打正着，就这么歪打正着吧！正好把他和肖莹的关系断了——

"这十年来，晓初一直在我这里。干报纸的事，报纸养着他。他不能再跑外勤，腿瘸了，脸上那样，怎么跑？他只做内勤，从编稿、排版到校对全是他干。聂宛如是个太好太好的女孩子，香港人，我的一个朋友——香港一位摄影家介绍来奥地利学音乐的。在我这儿打打零工。这女孩温顺善良，她同情晓初，常因他偷偷抹泪。这些年一直给他做饭，帮他生活，给他鼓励。他俩都住在报社。她从未想过离开他。她音乐也不学了。我也不知道这样下去怎么办。我想,她对他再好,也不会跟晓初结婚。晓初已经没法结婚了,结不结婚有意义吗?对他二人谁也没意义。可是,这么下去到哪一天?怎么终结?想也不敢想。如果有一天她真要远走高飞,晓初会不知道怎么活,为什么活——

"哎,我陪你去见一见晓初好吗?他已经知道你来了,你也给他一点力量吧——"

我没想好,怎么给他力量。这个突如其来的故事已经把我击昏。十年前天降的横祸,现在才真正落在我的头上;今天听起来,好像眼前刚刚发生的一般剧烈与刺激。我有一种扛不住的感觉,身体晃晃悠悠,脑袋里一片混乱,跟着老乔,从他那个小小的充溢着浓郁的木头气息的老楼里走出来,穿过透明的夜色,走到另一座同样古老的小楼前。老乔按响门铃,听到有人从楼里走出来。老乔忽对我加紧叮嘱一句:

"千万别提你表妹!"

这像一句警告。

没等我弄明白这句话,门儿开开,一个中等个子、微胖、身穿浅色长衣的女子站在门前,请我进去。她就是聂宛如,简单一两句见面话,从她的声音和语气中就知道是一位性情柔和的人了。

推门进去就是报社的办公室。房子又大又高,和老乔的客厅差不多,但这里有些阴冷。是由于这座楼朝北,还是没亮顶灯,光线昏暗?屋里到处堆满报纸、材料和文件,中间几张办公桌,黑影重重中只一台电脑亮着,有点冷寂和怪异的感觉。没看见晓初,他在另一间屋里吗?忽然听到前面一个声音:"您请坐吧。"

415

声音是从靠里边的一张桌前发出的。我的目光从一摞摞码得很高的报纸上边越过去,看到一个人坐在那边上半身的身影,他侧对着我,他肯定就是江晓初。但我从他的声音已经听不出是晓初。我记得当年他的声音兴冲冲,但现在的声音低沉而疏远。

他显然早已坐在那里了。他是不是坐在一张轮椅上?我看不清。他侧对着我,显然为了避开他右边受伤而难看的脸。他的头发很长,像个披头士。右边的灯光映照着他,他似乎很瘦,腮部塌陷,眼窝是一块黑影,只有从他高高的额头顺着鼻梁直到微翘的下巴这条清晰而优美的曲线,能够认出那个曾经清俊、轩昂、带着高贵感的年轻人。

但现在他显然在用身体的全部力量,支撑着自己的坐姿。他一动不动,也不看我,低垂的目光隐蔽在眼窝的阴影里。

老乔说:"家智来看看你,他后天就回去了。"

他不吭声。

我说:"你的事我都知道了。老乔和知春称赞你的顽强、你的精神。他们还夸赞你办报的能力,如今你们的报在欧洲华人中非常受欢迎。"

我记着老乔叫我给他一点力量,我努力说出一些鼓劲和带劲儿的话,由于一切来得突兀,又对他的生活现状与心理一无所知,说完之后感觉自己的话空洞、乏味,甚至有些虚假。对于失去了前程和所有的生命乐趣、形同废人的人,谁还要赞美诗?只用一些绚丽的语言就可以把这个枯索的生命重新点燃?我还能给他什么呢?当我看到,聂宛如从里屋拿来一条毯子给他蒙在腿上,我想,他需要而且不可缺少的也就是这些——实实在在的一点点生命的支持了。

下边该说什么,我完全不知道了。他显然也不知道该对我说什么。我们见面只为了见一面吗?而这见面有什么意义呢?

老乔似乎也无话可说。

其实,最应该说的是肖莹!没有肖莹,我与他、与老乔相互又有什么关系?但是,当事情的真相摆在我面前,这里边曾经的误会、错怪、恩恩怨怨还需要再解释吗?解释明白又于事何补?想到老乔刚刚那句"警告",我提醒自己绝不能提到肖莹!千万别惹出事端!只有匆匆告别,走出尴尬。

临出门时,我瞥他一眼。他依旧侧身坐着,动也未动,一声未吭,有如一尊黑色的冷冰冰的雕像。如果我是雕塑家,我一定要把他塑造出来。我想告诉人们,真正的痛苦是无可救助和无法言说的。

从报社出来,老乔想开车送我回旅店,我坚持独自散步去到大教堂那边逛逛。我说,听说教堂周围的广场上有个夜市不错,逛完教堂搭地铁可直回旅店。老乔心里明白我想一个人走走,消化一下刚刚堆满心中的疙里疙瘩。他便说:

"我和一位司机——他叫小彭——说好,明天上午九时去接你。他和我报社有长期合同,只要我这边有客人,他就出车,随叫随到。明天一天这车你随便用。小彭是旅行社的老地接,开车技术好,甭说维也纳,整个奥地利的地图都在他肚子里。我明天有事不陪你了,后天我送你登机。"

我俩相互拥抱一下分手,拥抱时彼此拍了拍后背。我感觉啪、啪拍打对方后背的时候,都有许多难言的话,都各自有一种很深的歉意。我感觉,老乔认为一切祸事都源于当年他派晓初去巴黎那个决定;而我觉得,这天大的麻烦还是我给老乔招致的。

大教堂高耸峻拔的尖顶与上半部分华美的装饰都消失在银蓝色的

417

夜色里，下半部分建筑的光彩则被广场上临时举办的夜市夺去了。一大片灯光把相互错落的布棚映照得白晃晃，耀眼夺目。每逢周六，大教堂周围的广场都归夜市使用。夜市的卖家是城郊的农家与山民。他们拿来新酿的葡萄酒、新烤好的面包、蜂蜜、果酱、奶酪、坚果、香料、调味汁等乡间土产以及各式各样民间的手工物品与艺术品。这些带着阿尔卑斯山气质与多瑙河风情的本土特产极其诱人。如果外来游客在维也纳赶上周末，一准要来夜市里串来串去游一遭。

然而，今天在这夜市里，眼前的任何新奇东西都没有魅力。我如游魂一般，抓不住自己的注意力与兴趣，脑袋被今天的所见所闻完全打乱。当十年前经过的一切掉头回来，今天的真相颠覆了昨天的判定，到底谁是谁的因，谁致谁的果？那场突如其来的灾难之后，到底怎样一步步发展到悲剧的今天？在网络时代还会有如此的信息艰难，是信息艰难还是人心相通的艰难？是由于爱而相瞒导致的误判，还是因为意气用事而各走极端？命运是一种暗中注定和不可抗拒的吗？当我想到了"命运"二字，并实实在在触摸它时，它竟如此坚硬如此阴冷如此不公。命运的本质是不公的。

那么，遭遇到命运不公的人，其中有没有自己选择上的失误？

一度我完全陷入思考，忘掉了自己。浑然不知自己从一个小摊上，拿起一束缠绕着彩带的美丽的松果，走到另一个卖蜂蜜的小摊前放在那里。弄得那里的人莫名其妙。

我回到旅店，洗过澡躺在床上，脑袋里还是静不下来。一个想法叫我联想下去愈来愈激烈：如果当年肖莹知道了真相，她会怎样？她会不会立即乘飞机来到维也纳，一直陪伴他到今天？如果今天肖莹知道了这个迟到的真相，她还会立即飞到维也纳来吗？

跟着，我又暗暗笑话自己，这只是个浪漫的想法。浪漫是一种一厢情愿的想象。想象最终全要安于现实；或者说，现实会从我们身上摘下浪漫的翅膀。

这样，我便呼吸着维也纳秋天清凉又柔和的空气安然入睡。

七

凌晨五时我就离开维也纳，前往多瑙河峡谷。

昨天夜里小彭来电话，问我是不是初来维也纳，想看哪里，去没去过戒指路、皇宫、美泉宫、施特劳斯公园以及美术史博物馆，等等。我说这几天会议闲暇时，抓紧时间，把这些地方都跑过来了。我叫他推荐一个地方，保证我看了之后永远难忘。说实话，我也是想去一个特别吸引人的地方，好散一散心。他说那就去瓦豪河谷吧。那里是多瑙河流经奥地利一段"天堂般"的地方，是世界遗产。只是这地方离着维也纳三百多里，去玩一趟，来回需要一整天的时间。我说我就拿出这次赴奥行程的最后一天吧，只是傍晚前要赶回来，我看好皇宫后的一家古董店里的一个石雕的小天使，雕工十分精美，早期巴洛克风格，局部有贴金，难得的古代宗教建筑的装饰构件，我想把它买回去，放在我书桌对面的条案上。我对东西方的建筑雕塑都很痴迷。

小彭说："那咱尽量早一点出发，我带上牛奶面包，早餐在车上吃。"

这主意好。

清晨五点我钻进汽车时，车子在外边搁了一夜，车厢里还挺凉呢。可是这并不能叫我清醒起来，昨天一夜我时睡时醒，现在精神和身子都很乏，眼皮打架，待吃了东西，加上车子摇摇晃晃便很快睡着了。

我从来没有在汽车里睡这么长一觉。我在小彭的呼叫声中醒来。只听他叫着："您要再睡可就回维也纳了！"

我睁开眼睛，外边的世界在左右两边的车窗上。啊，我在天国里？

高山、丛林、深谷、烟岚、白云、花原、葡萄园、山村、古堡，然后是翠绿、幽蓝、雪白、银灰、墨黑、赤黄、红棕以及花的夺目的五彩，这些风景这些色彩在车窗上相互交换然后五彩缤纷地掠过。不断地有一个不可思议的神奇的景象出现，随即又被另一个无限美妙的风景代替；左边车窗上的美景还没看清，右边车窗上的奇景已经飞驰而过。这些只在儿时的童话书里见过的图画，现在变成了真实的情景，而我竟然身在其中了。

当我们的车子行驶在谷底，我发现多瑙河的河水竟如此丰沛、明亮、急速、幽蓝；河中溢满河水，河面与河岸同在一个水平线上，我从未见过哪条江河这样与人亲近——它就像在我的车窗上流淌。

小彭几次想问我的感受，见我目瞪口呆，不停地发出感叹，他得意地笑了。

能从客人的惊喜中感到自豪的，一定是主人。小彭已经完全融入了奥地利。他不避讳自己已加入了奥籍。这个机灵、干练、黄头发、小个子的司机兼地接是湖南湘中人，早在九十年代初就来到这个国家，他和那个时代许多年轻人一样，没有专业向往，只想出国闯荡，浑身有发烫的一股劲儿。到奥地利的最初几年，他在中国餐馆里天天一连六七个小时洗盘子，在商店瞪大眼睛售货，开车长途跋涉去运输，干的全是卖力气赚钱糊口的苦差事。自从九十年代末中国人有了多余的钱，出国游玩的人愈来愈多。旅游业成了热门生意。中国人在外边语言不行，旅游要靠中国导游；而对于跑到海外谋生的人，干旅游和干中餐馆这两样是最容易的，而且可以马上拿到现钱。小彭说，干中餐馆需要店面，还要买菜做饭、照应客人，很琐碎。干旅游只一辆车就够了，而且天天内容不一样，还能借机玩遍四方。他天性喜欢玩，干这种事玩玩乐乐，见多识广，还赚钱，最多付出一点奔波之苦，他年轻不在乎。现在他不单成了跑遍奥地利的"第一游客"，而且跑出来房子、老婆和家，天天都有收入，口袋里总有不少的钱。

我说："现在旅游市场这么好，你称得上得风得水。但只有一样你要注意，必须保住身体，关键是开车要小心。"

没料到他回答说："您这话千真万确。前些年乔先生报社有位能人，非常能干，大家都看好他。正干得风风火火，可是出了一件事，身体完了，结果全完了。"他停了一下，问我，"您昨天在乔先生家见到这个人了吗？"

我不想和他谈晓初，打岔说："什么人？"

小彭说："这人叫江晓初。他不会与生人见面的。他叫人打断了腿，还打坏了半张脸。据说他平时都是侧身坐着，用半边好脸对着人。听说他那边连耳朵都没有了。有人看过他那半张脸，吓死人！"

"怎么会打成这样？"

"在巴黎出差时叫人打的。听说是一帮人喝醉闹事，叫他赶上了。"小彭说。

看来他对晓初的事也不深知，我便说："你常年给报社开车，应该和他很熟。"

小彭笑道："维也纳的华人圈子很小，互相全认识。中国人在国内认为外国人彼此谁也不管谁，关系简单，容易相处。可是到了国外才发现，外国人根本不管你的事，有事还得回到中国人堆儿里来。"

421

他告诉我:"江晓初刚到维也纳时我见过他,自打出了那事后,不再露面,不见外人,憋在屋里干活。外边的事全叫一个女秘书聂小姐包了。你昨天见到她了吧?"

"打个照面,没说几句话,觉得人挺温和,挺不错。"我说。

"何止不错,那个人没处找去。我们都说乔老总运气好。当年的江晓初,又聪明又能干,人也好,这个人百里挑一。后来江晓初出了事,又顶上来一位聂小姐,勤快肯干,性情好,不单报社里里外外的事全揽过去,连照顾江晓初也包了下来。这种人哪儿去找,都说是老天派下来的。"小彭说。

我说:"听老乔说,她是来维也纳学音乐的。"

"她哪还上学!早不上了,今年四十过了。不单报社离不开她,江晓初更离不开她。报社离开她就垮了,江晓初离开她一天都活不下去。"

"她总得有自己的生活。"我说。这是我担心的。

"最担心她离开的恐怕是乔总。"小彭说,"前几天乔总叫我想办法给聂小姐找一架钢琴。这事不难办,维也纳人唯一不缺的就是钢琴。我心里明白,乔总怕聂小姐在报社待不长,想拿钢琴留住她。"

我没说话,我想老乔还是没明白聂小姐这个人,能不能留住聂小姐的绝不靠一架钢琴。究竟靠什么,是极致的善良,是大义,还是爱?我不了解她,我想不出来。反正她靠自己一种纯精神的东西。是这种东西把她留下来。反正一般人没有这种东西。

我又想,不幸的晓初又是幸运的,这世界有这么好的两个女人至真至诚于他。一个是现在的聂宛如,一个是曾经的肖莹。现在肖莹对世俗享乐的偏激的选择,也是由于对他的误解而导致的吧!

如果当初肖莹知道这件事情的真相,现在背负这个终生苦难的女主角就一定换作肖莹了。

这样一来,我的多瑙河峡谷的游赏就不再纯粹了。我的眼前不断涌现出人间破碎的景象,我的心弥漫着人生中的浑浑噩噩。我的心仿佛听见这些悲剧主人公们的嘶叫。十年来,在这件事上,我好像一直被裹挟在各种谜团中间找不到出口,总憋在一条令人窒息的死胡同里。今天,真相更叫我绝望!于是,眼前充满大自然灵性的山光水色对于我而言已然没有多少感觉了,任何美丽的事物都与我无关。

小彭说:"我们聊得太多了,好几个特别好看的地方都错过去了。您右边,河对岸那一片红色建筑是梅尔克修道院,是世界文化遗产,世界上最著名的巴洛克风格的教堂。您不想过去看看吗?来回要两个小时。但非常值得一看。"

此刻我们在这边一座山上,透过车窗俯瞰下去,梅尔克半隐在一片层层丛林簇拥的郁郁葱葱的山峦之间,整座修道院太壮观了。宏大、华美又繁复。当我们的车子随着山路而下驶入深谷时,它渐渐转向群山的那一边,然后远远地,像停在多瑙河那一边一艘暗红色豪华的巨轮。然而,不知为什么,我此时竟然失去过去看一看这座经典的巴洛克建筑的兴致。我说:"我还要在傍晚前赶回维也纳呢,下次吧,留点遗憾会更叫我想着再来。"

"那我带你去近处另一地方。今天的旅行总得在一高潮中结束,就像交响乐。"小彭说。

在维也纳待长了的人都懂得音乐了。

车子在一个高高的山坡前停下。我们下车顺着一道台阶往上爬。这里的一部分台阶是从岩石上凿出来的,高矮不一,登起来挺吃力。

用了不少时间，我们站在一堵石墙前，中间一个门洞，没有门。右上边是一座巍峨的灰色的古堡，它一定历时久远，经历过无数次金戈铁马和烈火烽烟，早已荒废成废墟；一片散落的断壁残垣，与荒木野林混杂一起，无声地散发着一种历史沉寂之后的荒凉感。待穿过门洞，竟别有洞天。一瞬间，我有一种穿越时光隧道般的惊奇，眼睛和心头同时一亮——我看到了一个超小的山城。它令我更惊奇的是，古老，古老，古老，却又充满着生活的光鲜！

一条碎石板拼成的小路，从我脚下蜿蜒向前，伸向一片简朴的老房子的深处；与这些歪歪扭扭、模样笨拙、式样各异的村舍混在一起的，是繁盛的林木与艳丽的花丛。有的花爬满门洞的四周，几乎要将这门洞吞没；有的花从院内喷涌上来，翻越过墙，如同彩色的瀑布。我欣赏沿街石墙上隔不远就有一个一米大小的洞穴。小彭告诉我，这是古代放油灯的地方，如同现在的路灯；如今有路灯了，人们就在这里放上一盆花。从这些花盆的造型和所选鲜花的品种看，我十分欣赏这里山民审美的眼光。

过去我对欧洲建筑的关注，多是历史建筑、宗教建筑和城市建筑，多是学院派的角度，很少去倾注这些村落民居，但在这里，我感到我的知识用不上，还感到历史和文明都在嘲笑我的无知。现在剩给我的，只有痴迷和神往了。叫我奇怪的是，这里的山民是怎么能叫历史活着的？是人为刻意的？是自然而然的？还是一种传统的精神或精神的传统？

我发现街上没有电线。

我还发现大门上没有锁。

我看到一个俊俏的女子远远走来。她金色的头发梳在头顶上，随便一绾；雪白的衣衫外边套着一条宽松的棕色的连衣裙，手里拿一个很大的铁环,环上一串老式的大钥匙,走路时一颠,手里的钥匙串便哗地一响。她耳朵戴着白色的灵巧的小耳机,还挺时髦呢。但一看就知道不是旅客,而是原住民。她走到街角,扭身走到一个拱形的大木门前站住,从手里的铁环中找到一把长柄的大号的钥匙插入锁孔中,嘎嘎一拧,把门打开。这当儿我们正好从这门前走过,扭脸一看,室内好似放满古董,古朴又厚重,这是对游客开放的,还是他们自己生活的居所?小彭笑着说,这里家家户户都是这样。

一只白鹳站在屋顶的烟囱上向远处张望;

二楼上一个剧院包厢似的阳台,一个老妇人用藤条拍打着晾晒的棉被;

街边石台阶上,半瓶葡萄酒扔在那里。

这时,从前边忽然飞来一只红肚皮的小鸟儿,它居然一下站在我的肩头上;我的吃惊吓了它一跳,它一扬翅膀飘然而去。

这时,此地的一种东西,一种活生生的精灵吧,自然而然地把我感动了。我在其他地方,还有过同样的感受吗?

于是,刚刚一直缠绕在我脑袋里那些悲凉、那些无解的烦恼,不知不觉不见了。神奇的瓦豪河谷把我拥抱起来。

我跟随小彭走进一座山村的小教堂。

教堂是西方古代村落的中心,就像中国村落的中心是庙宇。我喜欢这座教堂以天蓝色和白色为外墙的颜色。它在绿幽幽的河谷里分外明亮分外纯洁;当多瑙河缓缓流动时,它的倒影像一块也在缓缓流动却不会流走的白云。我还喜欢这种乡村小教堂特有的一种单纯而虔敬的气质。它没有那些身负盛名的大教堂的豪贵与威严,只有小百姓们的至诚至信与一往情深。教堂里有一幅十九世纪描绘天主的降生的油画《基督诞生》,这个原本庄严而神圣的题材被当时红极一时的彼德迈耶的画家们描绘得像一幅世俗生活的温馨写照。它给小教堂平添了一种亲和又温暖的气息。我想在这教堂长长的木凳上坐一坐,小彭把我拉起来,好像下边还有什么更好的事情等着我。果然,在教堂后边下临河谷的一块高地上,我体验到了一种绝美的震撼——

多瑙河从远处山影重重的蔚蓝色的深谷里无声地流淌而来,它在河谷口转折处扭转过身,静静的河水陡然变得激流汹涌,从我们的脚下流过,然后奔泻而去,消失在身后峡谷深浓的绿色里。就在它转折处,刚好日光下彻,波峰的反光强烈刺眼,波谷的阴影漆黑如墨。两岸的风物仿佛被这条大河的激情感染,一拥而来,参与了这天地间美的创造。于是,重重叠叠的森林腾起形态万千的云烟,五彩缤纷的山花野卉肆意地散放着芬芳。大自然也懂得像艺术家那样用美去征服世界、征服人心吗?

我相信世界上如此至美的风景是绝无仅有了,若要再见,只有再来。

我频频拍照给它留影,并叫小彭帮我拍照留念。

我叫小彭把我身后远处斑斓的花影一起摄入镜头。小彭说,那是墓地。西方人喜欢把过世的人安葬在教堂后边的墓地里,据说那里是距离上帝最近的地方。

我说:"还用到天上去寻找?这里的大自然就是人间的天堂了。"

小彭忽说:"我想起来,您说这话,江晓初也说过。他刚来奥地利时,我陪乔总和他到这里玩,他傻了。他还说他将来死了,就埋在这里。"

我听了,半天说不出话来,而且再没了游兴,也没了感觉,或者说感觉变得异样。晓初那个侧身坐着的黑黑的雕塑般的形象又出现在我眼前。我说我想赶紧离开这里回维也纳,小彭不知道我的心理,于是我们回到村口，上了车。

八

我出访归来，见人便谈维也纳，但没与任何人说过江晓初。尤其对家慧，还有我妻子。我要把往日的秘密永远封锁在自己的心里，让生活永远延续着昨日的误解与误判，把昨天的句号变为永久的句号。我知道只要从我嘴里走露出一点昨日的真相与今日的真情，都会把已经过去的悲剧拉回来重演一次，结果还会更糟。

肖莹似乎更需要与过去彻底切割，她从家慧那里知道我访奥，但过年来我家拜年时却只字不提。我桌上明明放着在维也纳的照片，她见如没见，绝口不问，她最有兴趣的话题是儿子的聪明，兴致勃勃地为聪明的儿子高唱赞歌，甚至连"舞蹈"二字也不去碰了。她明显要与昨天一刀两断，绝不会再碰昨天的痛处而对昨天漠然。

昨天的事与昨天的人，总会被生活一页页掀过去。

特别是老乔，渐渐与我联系寥寥，快要淡出了。严冬的一天忽然接到他从维也纳寄来的一封信。这几年，万能的手机取代了生活的一切，绝少收到私人信件了。什么特别重要的事需要写一封信？打开一看，是一封短信，只写了几句话：

"家智：你好。晓初今年秋天急症去世了，这个可怜的人，他解脱了！遵他生前所愿，将他安葬在多瑙河峡谷。这是我最近去到那里看他时拍的一张照片。留个纪念吧。这世上没几个人记得他了。知春问候你和夫人。老乔。"

原来信封里还有照片，我忙掏出来看。

照片的风景是瓦豪河谷，墓地在山坡上，守着河谷。晓初的坟墓

427

在一角，正好俯瞰多瑙河上最最绮丽的风光。墓地很简朴，只有一块方形的黑色碑石，上边有晓初的名字和生卒年月，无任何装饰。这里原本是碧山蓝水、鲜花白云，胜似画图。大概老乔去墓地这天是在一场大雪之后，风景骤变苍劲，整个墓地一片白皑皑，只有这位东方陌生的逝者沉默的碑石，穿过厚厚的雪被，孤零零裸露在峡谷寒冷的空气里。

在晓初墓碑前的白雪上，斜放着一束夹杂着几朵黄菊的淡紫色的勿忘我，很惹眼，也很凄凉。这是老乔放在这里的。老乔是如今惟一还去看望他的人吧。那么聂宛如呢，另奔前程而去了？她先离他而去，还是他离她而去的？

为什么还去追问生活？什么样的生活才经得起追问？

2021年9月25日初稿
2021年10月11日定稿

图书在版编目（CIP）数据

冯骥才小说 / 冯骥才著. -- 北京：作家出版社，2025.5. --（作家小说典藏）. -- ISBN 978-7-5212-3299-8

Ⅰ. I247.7

中国国家版本馆 CIP 数据核字第 2025RF7468 号

冯骥才小说

丛书策划：	路英勇　张亚丽
出版统筹：	启　天　省登宇
作　　者：	冯骥才
策划编辑：	钱　英
责任编辑：	杨新月
装帧设计：	孙惟静
出版发行：	作家出版社有限公司
社　　址：	北京农展馆南里 10 号　邮　编：100125
电话传真：	86-10-65067186（发行中心）
	86-10-65004079（总编室）
E-mail：	zuojia@zuojia.net.cn
http:	//www.zuojiachubanshe.com
印　　刷：	北京盛通印刷股份有限公司
成品尺寸：	142×210
字　　数：	335 千
印　　张：	13.625
版　　次：	2025 年 5 月第 1 版
印　　次：	2025 年 5 月第 1 次印刷
ISBN	978-7-5212-3299-8
定　　价：	48.00 元

作家版图书，版权所有，侵权必究。
作家版图书，印装错误可随时退换。